»Ich hätte eine normale Frau werden sollen, aber es kam anders. Mit vierzehn tötete ich den ersten Mann. Und seitdem konnte ich nicht mehr damit aufhören.«
Judith, Lisbet und Carol sind bei ihrer Großmutter aufgewachsen, weil die Mutter sich nicht um ihre Kinder kümmern konnte. Lisbet wird Hebamme, Judith Fotografin und Carol eine desillusionierte Alkoholikerin. Aber wer von den drei Schwestern tötet Männer?
Als an Weihnachten im Krankenhaus von Tromsø ein Mann ermordet wird, der zuvor seine schwangere Frau misshandelte, schaltet sich der pensionierte Polizist Holger Eliassen ein. Er kann es nicht verwinden, dass er während seiner Dienstzeit mehrere Männermorde nicht aufklären konnte. Schon seit langem verdächtigt er eine der Schwestern. Doch welche?
Der fünfte Kriminalroman von Norwegens Bestseller-Autorin Unni Lindell ist ein raffinierter psychologischer Thriller, in dem eine Frau sich mit aller Macht gegen das »stärkere Geschlecht« behauptet.

Unni Lindell hat 1986 ihren ersten Roman veröffentlicht. Seither hat sie über 20 Bücher geschrieben – Romane, Kinder- und Jugendbücher, Kriminalromane, Novellen und eine Gedichtsammlung. Die Autorin hat viele Preise und Auszeichnungen erhalten, ihre Bücher erscheinen in insgesamt vierzehn Ländern. Unni Lindell lebt mit ihrer Familie in der Nähe von Oslo. Im Fischer Taschenbuch Verlag ist lieferbar: ›Spurlos in der Nacht‹ (Bd. 16300), ein Cato Isaksen-Krimi.

Unsere Adresse im Internet: www.fischerverlage.de

Unni Lindell

LAUTLOS IN DEN TOD

Roman

Aus dem Norwegischen von
Gabriele Haefs

Fischer
Taschenbuch
Verlag

Veröffentlicht im Fischer Taschenbuch Verlag,
einem Unternehmen der S. Fischer Verlag GmbH,
Frankfurt am Main, Juni 2007

Für die deutsche Ausgabe:

Die norwegische Originalausgabe erschien 2004
unter dem Titel ›Rødhette‹
im Verlag Aschehoug & Co. (W. Nygaard), Oslo

Das Werk wurde vermittelt durch die Bengt Nordin Agency, Stockholm
und Agentur Literatur, Gudrun Hebel, Berlin
Satz: Pinkuin Satz und Datentechnik, Berlin
Druck und Bindung: Clausen & Bosse, Leck
Printed in Germany
ISBN 978-3-596-16927-6

Inhalt

Sieh dich vor, Wolf!
Bald holt dich Rotkäppchen!

(Graffito an einer Mauer)

Das kleine Mädchen ging an den Blumen am Feldrand vorbei. Die Sonne, die um diese Jahreszeit rund um die Uhr schien, hing über ihr wie ein brennendes gelbes Auge. Die Berge hatten weiße Schneekappen. Es war ein besonders schöner Tag. In der Ferne bellte ein Hund. Ihr rotes Kleid war von Lehm und Sahne befleckt. An den Füßen trug sie kleine Stoffschuhe. Sie wollte zum Baum. Zu dem Baum, der sprach, wenn sie das Ohr an den Stamm legte und lauschte. Der Baum gehörte ihr und ihren Schwestern, aber an diesem Tag wollte sie ohne die anderen hingehen. Das hatte sie noch nie gemacht, denn die Großmutter wollte sie nicht allein in den Wald lassen.

Sie blieb stehen und pflückte eine Blume. Als sie sah, dass sie die Blume mit der Wurzel ausgerissen hatte, war sie traurig. Sie wusste, dass die Wurzeln in der Erde bleiben mussten, damit die Blume jedes Jahr von neuem leben könnte.

Sie dachte an ein Eichhörnchen, das sie einige Tage zuvor gesehen hatte, als sie mit ihrer Schwester hier gewesen war. Das Eichhörnchen war mit wippendem Schwanz im Wald verschwunden.

Wenn ich doch bloß ein Eichhörnchen hätte, dachte sie. Wenn ich doch nur ein Kätzchen oder einen kleinen Hund hätte. Oder einen süßen kleinen Tiger oder den blauen Puppenwagen aus dem Schaufenster des Spielzeugladens neben dem Kino in der Stadt.

Die Stille im Wald war aus vielen gelben und grünen Geräuschen zusammengesetzt. Dünnen Geräuschen, von Blättern mit kleinen Schnäbeln.

Sie sah die gelben Sonnenflecken an, die hoch, hoch da oben durch das Blattwerk huschten. Auf dem Waldboden wurden sie zu ungleichmäßigen Ringen aus Gold. Es roch so gut. Die Welt war genauso groß wie dieser Wald und ebenso hell und schön. Und noch immer hatte sie den Geschmack von Erdbeeren im Mund.

Der Läufer steigerte sein Tempo, als er den Wald erreichte. Wenn seine Turnschuhe auf den Boden auftraten, klang es hohl, als gäbe es unter dem hartgetretenen Boden heimliche Räume. Der Läufer war groß und kräftig.

(Bald, in einer Minute und dreiundvierzig Sekunden, würde er das kleine Kind zwischen den Bäumen entdecken. Dann würde er stehen bleiben, und weil er müde wäre, würde er die Hände auf die Knie stützen und Atem holen.)

Sein Haaransatz und seine Achselhöhlen waren nass. Der Schweiß lief ihm in die Augen. Er hob die Hand und rieb ihn weg. Dann hob er den Kopf und schaute zu dem Kind hinüber. Und als er noch so dastand, kam ihm ein schlimmer Gedanke.

Das kleine Mädchen hatte ihn noch nicht gesehen. Es sang. Es kniete neben einem Büschel Gänseblümchen. Dann erhob es sich und strich sich die Haare aus den Augen.

Der Läufer spürte, dass etwas überhand nahm, etwas Großes, Gefährliches. Kleine Mädchen dürften nicht allein in den Wald gehen.

Sein Puls verlangsamte sich nicht, während er sich noch ausruhte, er wurde schneller.

Der Läufer richtete sich auf.

Sein Herz schlug so hart wie vorher, aber es schlug auf eine andere Weise.

Er wusste, dass der Wald stumm war.

Liebes Nachtbuch,

heute ist der 29. Dezember 1998. Albern, im Nachtbuch meiner Kindheit zu schreiben, aber ich habe ein wenig zu viel getrunken. Ich war vierzehn, als ich das erste Mal einen Mann getötet habe, und seither habe ich nicht damit aufhören können. Eigentlich habe ich erst beim dritten begriffen, dass es Mord war, damals war ich einundzwanzig, aber ich denke kaum noch daran. Es hat sich einfach so ergeben. Und zum Glück kann man es mir ja nicht ansehen.

Der Erste ist mein Onkel Olaf gewesen. Olaf mit den Fischaugen und dem Schmerbauch. Er starb am 26. Dezember, im Jahr vor meiner Konfirmation.

Als ich damals die Tür zu dem Zimmer öffnete, in dem er lag, geschah etwas Merkwürdiges: Er wurde plötzlich zu dem fremden Mann im Wald. Ich geriet in Panik. Ich hatte das Gefühl, der Kopf wollte mir zerspringen. Und mich überschwemmte eine Woge von Aggression.

Ich erinnerte mich plötzlich an mein zerfetztes Kleid und die zerschrammten Arme. Daran, wie mein Herz in meinen Ohren hämmerte, wie die Steinchen sich durch meine Socken bohrten und unter meinen Fußsohlen festklebten. Als ich damals, vor so langer Zeit, in den Wald hineingegangen war, hatte ich mich vor nichts gefürchtet. Aber als ich wieder herauskam, fürchtete ich mich vor allem. Damals war mir zum ersten Mal ein böser Mann begegnet. Es gibt viele böse Männer auf der Welt. Aber es gibt auch einige böse Mädchen.

Das stärkste Gefühl, wenn ich einen Mann getötet habe, ist das Gefühl zu herrschen, Macht zu haben und Sicherheit. Und ich fühle mich glücklich. Richtig glücklich. Ich empfinde Ruhe. Alles stimmt. Plötzlich ist die Welt wieder in Ordnung, jedenfalls für eine Weile. Das nennt man Omnipotenz. Darüber habe ich gelesen. Die vielen Beschreibungen von mir in diesem Text haben mir nicht gefallen. Er schrieb, ich litte an einer extremen Form von Verleugnung und Egozentrik und würde deshalb völlig normale Ansprüche meiner Umwelt als irrelevant abtun. Das führe dann zu dem Drang, Angst, Panik und Minderwertigkeitsgefühle zu unterdrücken, schrieb er. Es gehe darum, Stabilität zu gewinnen. Und das sei nur möglich, wenn ich die Kontrolle wiedererlangte. Omnipotenz also, aber das ist nichts als ein Wort, und Wörter sind nicht gefährlich.

... Trotzdem bin ich doch ein Mensch. Wenn das Gefühl der Befreiung sich gelegt hat, kommt die faserige Angst. Weiß und kalt kriecht sie mein Rückgrat hoch. Schwer wie ein Stein liegt sie im Bauch. Die Tage nach dem Mord an Onkel Olaf verschwimmen in meiner Erinnerung. Ich weiß nur noch, dass Weihnachten war und dass ich mich durchsichtig fühlte wie Glas. Dass es eiskalt war. Und dass mich die konstante Winterdunkelheit umzingelt hielt. Die Dunkelheit, das waren die schwarzen Löcher in den Spitzengardinen. Schwarze Augen, die mich von draußen ansahen. Es knackte leicht in den Wänden, als wollte jemand dort ausbrechen. Die Möbel kamen mir fremd vor, das Zimmer roch anders. Die Stille im Haus, das kalte Lampenlicht. Ach, ich kann mich an alles erinnern.

Als ich oben im Kinderzimmer stand und die Gardinen zur Seite zog und zu den schwach leuchtenden Sternen hochschaute – sie waren weiß, fast durchsichtig wie Fingerabdrücke auf Glas –, hätte ich in diesem Moment,

einem gefährlichen Moment, beinahe Mutter Berit erzählt, was ich getan hatte. Aber dann kam Besuch, Leute, die mit leisen Stimmen redeten, immer mehr Leute. Und das hat mich gerettet.
Die alte Standuhr tickte und tickte und schlug laut tönend jede halbe und volle Stunde.
Ich saß stocksteif in Großvaters altem Schaukelstuhl, und meine Füße waren eiskalt. Großmutter sagte, es gebe viele Arten zu trauern, und ich brauchte kein schlechtes Gewissen zu haben, weil ich nicht weinte. Und das hatte ich auch nicht. Aber meine Schwestern weinten.
Ich wollte natürlich nicht ins Gefängnis oder ins Erziehungsheim. Ich wusste, dass man böse Kinder ins Erziehungsheim steckte. Ich wollte, dass alles wieder normal wäre. Und das wurde es ja auch, nach einer Weile.

FROST

(Schnee)

(Nordlicht)

(Wind)

(Schnee)

Der Schnee kann hoch oben als Regen beginnen und dann auf dem Weg nach unten gefrieren. Er kann wieder schmelzen, ehe er den Boden erreicht. Er kann mit dem Wind über Hügelkämme peitschen, und er kann sich zu unregelmäßigen Haufen sammeln. Trockener Schnee, der über den Boden treibt, wird zu kleinen Partikeln geschliffen und zu Schneewehen und Harschschnee zusammengepresst. Unter dem Mikroskop sieht Schnee aus wie kleine, aus Perlen zusammengesetzte Eissterne. Vor allem im Herbst, wenn der Schnee noch nicht liegen bleibt, kann es vorkommen, dass er in Gräben und an Waldrändern Schutz sucht. Dass Schnee weiß aussieht, hängt mit dem Sonnenlicht zusammen. Schnee ist weiß, weil er alles sichtbare Licht aus der Sonnenstrahlung reflektiert. In der Kälteperiode sind die Farben abstrakt. Der Winter ist eine geizige Jahreszeit.

Carol Marner schaltet die Lampe auf der Fensterbank ein. Es ist Samstag, der 22. Dezember 2003, erst kurz nach zwei Uhr nachmittags, und um diese Zeit herrscht in norwegischen Kleinstädten meistens Ruhe. Die Schneewehen am Straßenrand haben dunkelblaue Kanten. Das geizige Tageslicht, das mittags für kurze Zeit zu ahnen ist, hat sich zurückgezogen, und die Dunkelheit färbt die Landschaft jetzt wieder schwarz. Es ist eiskalt. Die wenigen Straßenlaternen, die es hier gibt, brennen rund um die Uhr, aber eine ist defekt. Das Licht flackert einige Male auf, dann erlischt es wieder. Die immer neuen Versuche des Lichts, sich festzusetzen, sind irritierend. Der Motor einer Schneefräse dröhnt regelmäßig. Die Fräse frisst hungrig den kalten Schnee vor einer Garage und spuckt die schwere Masse als dicken weißen Strahl wieder aus.

Auf dem Weg in die Küche fällt Carol Marners Blick im Spiegel auf ihr Gesicht. Sie geht zuerst daran vorbei, bleibt dann aber stehen und macht kehrt. Automatisch fährt sie sich mit der Hand durch ihre kurzgeschnittenen Haare. Ihr Spiegelbild starrt sie aus der ovalen Fläche aus geschliffenem Glas an. Der Untergrund des Spiegels ist vor Alter braungefleckt. Im Spiegel sieht sie das Foto hinter sich an der Wand, es ist aufgenommen worden, als sie drei oder vier Jahre alt war. Sie ist die Jüngste, sie ist die Dunkelste. Die beiden älteren Schwestern sehen auf dem Bild fast gleich aus. Das hat sich inzwischen geändert. Als Erwachsene sind Lisbet und Judith sehr verschieden. Obwohl es ein Schwarzweißfoto ist, kann Carol sich erinnern, welche Farbe die Kleider hatten. Sie weiß es eigentlich nicht selbst, aber ihre Schwestern haben darüber gesprochen. Rot, blau und gelb. In der Regel hatte jede ihre feste Farbe. Carol weiß noch, dass ihre Lieblingsfarbe eigentlich Rosa war. Aber die Großmutter sagte, Rosa sei nur etwas für Babys. Carol wusste, dass das nicht stimmte, die Nachbarstöchter trugen schließlich rosa Kleider.

Carol ist mager und hat fast keine Brüste, aber sie trägt einen BH, der das ein wenig korrigiert. Die Schwellungen unter ihren Augen ändern sich von Tag zu Tag. Manchmal wirkt ihr Gesicht aufgedunsen, wenn sie morgens aufwacht. Und das gerade jetzt, wo sie aller Wahrscheinlichkeit zum Trotz eine Stelle im Laden unten im Haus gefunden hat und ziemlich gut zurechtkommt. Aber sie weiß nicht, wie lange sie sich da halten kann. Vorläufig hat sie noch nichts gestohlen.

Sie ist nicht wie ihre Schwestern, sie hat keine Angst, es zu zeigen, wenn sie sauer ist oder Angst hat. Aber jetzt hat sie eine gute Phase. Ihre beiden Schwestern leben in einer seltsamen

Symbiose. Ist die eine abweisend oder übellaunig, wird die andere ängstlich und unsicher. Und ist die eine wieder freundlich, wird die andere abweisend und unleidlich. Es ist ein einsames Gefühl, danebenzustehen, aber Carol hat nicht die Kraft, sich da einzumischen.

Jetzt geht sie zum Fenster, reißt es sperrangelweit auf und rückt dann zwei Bücher im Regal gerade. Sie blickt auf das viele Weiß. Sie wandert jetzt schon seit mehreren Stunden ruhelos durch die Wohnung.

Die Schwestern beschweren sich immer über den Rauchgeruch. Der hat sich in den getäfelten Wänden festgesetzt. Jetzt packt die Kälte sie. Die eiskalte Meeresluft füllt das Zimmer. Carol beugt sich hinaus und sieht, dass sich Reif wie ein weißer Bart an die Außenwände geheftet hat. Sie steckt sich eine Zigarette an und bläst den Rauch in die Kälte hinaus, aber immer, wenn sie einen neuen Zug machen will, dreht sie sich zum Zimmer hin um.

Carol ist nervös, weil jetzt jeden Moment die Schwestern kommen können. Judith fährt den weiten Weg von Oslo mit dem Auto, während Lisbet nur ein gutes Dutzend Kilometer vom Krankenhaus in Tromsø hat.

Es sind noch zwei Tage bis zum Heiligen Abend. Normalerweise übernachtet Judith bei Lisbet in dem schönen Einfamilienhaus, aber in diesem Jahr haben beide gesagt, dass sie Carol besuchen wollen.

Sie hat Wohnzimmerwände, Vorhänge und Möbel zugeräuchert und sucht immer wieder die Erniedrigung, egal ob in ihrem sozialen Umfeld oder wenn sie allein durch die Straßen von Tromsø wandert, auf der Suche nach jemandem, bei dem sie schnorren kann. Sie ist wegen Ladendiebstahls und Vernachlässigung ihres Sohnes angezeigt worden. Sie ist als Rezeptfälscherin und Taschendiebin aufgeflogen. Sie hat in der Ausnüchterungszelle übernachtet und ist an der Endhaltestelle aus Bussen geworfen worden. Aber eigentlich ist sie stolz. Und stur.

Carol schließt das Fenster und geht in die Küche, wo sie anfängt, Kartoffeln zu schälen. Sie legt die Kartoffeln in einen Topf mit kaltem Wasser, damit sie sich nicht verfärben.

Lisbet ist Hebamme, und sie distanziert sich von allem, was ungesund ist, obwohl Carol glaubt, sich vage erinnern zu können, dass sie sie einige Male mit einer Partyzigarette gesehen hat, was jedoch schon lange her ist. »Deine Schwester ist so sauber, dass sie nach Chlor riecht«, sagte die Großmutter, als sie noch klein waren. Und so ist Lisbet noch immer. Sie hat schmale, gepflegte Hände mit sauberen, blanken Nägeln. Sie trägt ihr volles blondes Haar zu einem Pagenkopf geschnitten, benutzt diskreten Lippenstift und gerade ausreichend Augen-Make-up. Kühl ist eine Bezeichnung, die gut auf sie passt. Carol weiß, dass ihre Schwester eine gute Hebamme ist. Carol selbst hat ihren Sohn unter der Fuchtel einer strengen alten Furie geboren, als sie gerade siebzehn war. Die Schmerzen schienen sie zu zersägen. Sie weiß noch, dass sie trotz allem das Gefühl hatte, in kundigen, wenn auch feindseligen Händen zu sein.

Sie wirft einen Blick auf das schiefhängende Thermometer, das am Fensterrahmen befestigt ist. Draußen sind es neunzehn Grad minus. Alle wissen, dass Carol es nicht schaffen wird, die Feier am Heiligen Abend zu arrangieren. Der Heilige Abend ist Lisbets großes Meisterwerk, mit Weihnachtswichteln und Engeln und roten Herzen in den Fenstern. Und mit sauberen, frischgebügelten Tischdecken, perfekter Kost und kleinen Silberlöffeln, um den Kaffee umzurühren. Carol nimmt schon die ängstliche Unruhe wahr, die in ihrem Magen wütet. Sie muss eine halbe Flasche von etwas Stärkendem mitnehmen und die irgendwo verstecken, als heimliches Depot. Vielleicht im Kleiderschrank oder in ihren Stiefeln oder im Handtuchregal im Badezimmer. Natürlich hoffen alle, dass sie sich anständig benehmen wird. Sich anständig zu benehmen bedeutet, ruhig und ziemlich nüchtern zu sein, keine Witze zu erzählen und nicht in Tränen auszubrechen. Sie fragt sich, ob Judith auch in diesem Jahr Willy ausfindig machen wird. Er wohnt jetzt nicht mehr in der Pflegefamilie, sondern hat in Tromsø eine kleine Sozialwohnung. Und ohne ihn ist Weihnachten nicht Weihnachten.

Die Heizkörper geben in der kühlen Wohnung plötzlich leise Seufzer von sich. Ob den anderen schmecken wird, was Carol vorbereitet hat? Sie fasst sich an den Hals und spürt, wie das Blut in ihren Adern pulsiert. Sie geht zum Fenster und versteckt ihr Gesicht in den Vorhängen. Auch die riechen nach Stille, und die Stille breitet sich in ihr aus wie Gift. Vielleicht muss sie doch ein Valium nehmen, ehe ihre Schwestern kommen.

Judith Marner nähert sich Engelsvågen. Auf dem Kirchdach liegt Schnee, die Kirche ist angestrahlt. Judith fährt vorbei an der Fabrik, die jetzt einer Kette gehört, vorbei an der Tankstelle mit dem grellen Licht und dem baufälligen Haus, wo Virak in den alten Zeiten sein Café und den Süßigkeitenladen hatte. Der liebe, dicke Virak Karlsen, der immer lachte und lächelte und ihnen Drops und Lakritzschiffchen schenkte.

Bei dem hellgrünen Versammlungshaus biegt Judith ab und erreicht den kleinen Weg, der zu dem Haus führt, in dem sie und ihre Schwestern aufgewachsen sind. Der Weg ist fast derselbe, nur Hecken und Bäume sind etwas größer geworden. Aber hier im hohen Norden wächst ja nichts sehr schnell.

Als sie klein waren, hatten die Schwestern einen Baum im Wald, der ihnen gehörte. Sie kletterten darin hoch und setzten sich auf den zweitobersten Ast. Sehr hoch war das gar nicht, aber es kam ihnen so vor. Alles ließ sich berühren, wenn sie da oben im Baum saßen: Wind, Wolken und der papierfarbene Tagmond. Sie weiß noch, wie sie das Ohr an den Stamm legte und auf das dunkle Herz des Baumes lauschte. Sie weiß noch, wie der Baum im Sommer rauschte, wie er bei Regen hysterisch weinte und wie er im Winter den Schnee trug wie einen weißen Pelz.

Es ist fast 27 Stunden her, dass Judith in Oslo aufgebrochen ist. Eine Nacht hat sie im Hotel verbracht, in Mosjøen, ansonsten hat sie immer wieder einmal angehalten und ein Nickerchen eingelegt, aber wenn der Motor ausgeschaltet ist, wird es schnell kalt. An einigen Gebirgspässen staute sich der Verkehr, wäre die Straße wieder zugeschneit, hätte man im Auto erfrieren können. Riesige Schneepflüge gaben sich alle Mühe, die Pässe befahrbar zu halten. Einmal war vor ihr eine Schneelawine heruntergekommen. Bei Saltfjellet musste sie eine ganze Stunde warten, ansonsten aber ist die Fahrt gut verlaufen.

Beim Anblick der beiden kleinen, hellen Fenster in Mutter Berits altem Haus empfindet sie eine tiefe Wehmut. Die Betontreppe vor der Haustür zerbröckelt. Der weiße Anstrich blättert oben am Giebel und hinter der Regenrinne ab. Obwohl die Großmutter schon vor Jahren ins Pflegeheim gezogen ist und das Haus vermietet hat, gehört es ihr noch immer. Jetzt wohnen dort Michelle Tangen und ihr Mann. So haben sie als Kinder die beiden immer genannt. Michelle Tangen und ihr Mann. Vielleicht, weil Michelle aus England kommt, während Reidar Tangen sein ganzes Leben in Engelsvågen verbracht hat. Der langweilige Reidar mit seinen ewigen Strickjacken liebt Blumen und hat in einer Ecke des Gartens ein kleines Gewächshaus aufgestellt. Jetzt ist das Glas von Eis und Reif bedeckt.

Eine von Michelles drei Katzen sitzt auf der Fensterbank und leckt sich die Pfote. Judith sieht im Vorbeifahren die schwarze Silhouette hinter der Tüllgardine. Das erleuchtete Fenster ist ein gelbes Dreieck im Schnee, und die Katze zeichnet sich in der einen Ecke deutlich ab.

Früher haben Michelle und Reidar in dem Wohnblock hinter der Fabrik gewohnt, wo vor langer, langer Zeit auch Judith, Lisbet und Carol mit ihrer Mutter gelebt haben. Auch Onkel Olaf hatte dort eine kleine Wohnung.

Es war immer wieder von neuem phantastisch, wenn Michelle Tangen hereinkam und ihre dicken englischen Versandhauskataloge mit den Bildern von Frauen in feinen Kleidern mitbrachte. Judith, Lisbet und Carol lagen dann auf dem Boden und schnitten die Papierdamen aus den Katalogen.

Judith erinnert sich an das Geräusch der kleinen Scheren, die sich durch das Papier fraßen. Es war ein leises, ungefährliches Geräusch. Und sie erinnert sich an die Papierdamen, die in Spitzenunterwäsche, Kleidern, Mänteln, türkis- und rosafarbenen Blusen und engen schwarzen Hosen nebeneinander lagen. Immer hatten sie einen kleinen Knick in der Hüfte und wohlgeformte, graziös aneinandergelegte Beine in schönen Schuhen. Und die Männer, mit ihren Hawaiihemden und ihren Schmalztollen. Sie erinnert sich an den Geruch im Wohnzimmer, den Geruch von warmem Winterzimmer. Das Bewusstsein, dass draußen der Reif in den Brettern saß, dass die Kälte sich mit ihren weißen Zähnen festgebissen hatte. Und in der Küche war Mutter Berit schon am Werk, um irgendetwas zu backen. Judith erinnert sich an das Gefühl, geborgen zu sein vor den Gefahren der Welt draußen.

In den Katalogen gab es auch Vorhänge und Teppiche, Handtücher und Bettwäsche. Alles von guter englischer Qualität. Die Vorhänge wurden ausgeschnitten und mit Spucke auf die Innenseiten von Pappkartons geklebt. Auf diese Weise bekamen die Papiermenschen ein Haus zum Wohnen und ein Zimmer, in dem sie sich aufhalten konnten. Und die Kleider wurden mit Büroklammern an den dünnen Körpern der Papierdamen befestigt.

Judith fährt noch hundert Meter, biegt vom Weg ab und stellt ihren neuen Volvo neben den kleinen Laden, über dem Carol wohnt. Ein gelbes Plakat mit dem Kilopreis für Schweinerippe steht auf einem Holzklotz in der Eingangstür. Die Lebensmittel in den beleuchteten Schaufenstern sind mit Lametta und norwegischen Fähnchen geschmückt.

Sie sieht den alten Sivander in seinem weiten Mantel über den Hof gehen. Er ist groß und dünn, fast knochig, und hat ein altmodisches, längliches Gesicht. Sicher war er bis jetzt im Laden, denkt sie. Der Laden ist sein Leben, sonst hat er kaum eine Beschäftigung. Jetzt dreht er sich um und mustert neugierig das fremde Auto, das auf den Hof fährt und hält. Judith winkt ihm zu, aber er erkennt sie nicht, er dreht sich nur um und geht langsam weiter.

Judith sieht zu, wie er in der Dunkelheit verschwindet. Dann beugt sie sich vor und schaut zu Carols Fenstern hoch. Eins steht offen. Da lüftet sie sicher, ehe wir kommen, denkt Judith.

Im Autoradio singt Louis Armstrong gerade die Schlusstakte von »What a wonderful world«.

Als sie den Motor des Volvo 70 ausschaltet, verschwindet die beruhigende Radiostimme, und die Heizung verstummt. Jetzt merkt sie, wie müde sie ist. Der starke Geruch von neuem Auto füllt ihre Nase auf angenehme Weise. Judith will gerade die Autotür öffnen, dann aber lässt sie die Hand wieder sinken und lehnt den Kopf für einen Moment an die Nackenstütze. Sie will sich nur ein wenig sammeln, sich einige Sekunden Ruhe gönnen, ehe sie zu Carol hochgeht.

Judith schließt die Augen. Nach und nach entsteht das Bild von Mutter Berits weißem Haus in ihr. Sie sieht es im Winter, wie jetzt. Und im Sommer, mit dem grünen Rasen und den Blumen an der Wand. Sie sieht es im Herbst. Und im Frühling. Und dahinter liegen die Berge wie eine dichte Mauer. Sie hört Lachen durch die Räume rollen und im ersten Stock jemanden weinen. Sie nimmt eine Stille wahr, die sich irgendwo hinter ihrer Stirn festsetzt, und sie sieht ein Fahrrad, das umgekippt auf dem Kiesweg liegt.

Sie hat sich auf das Wiedersehen mit ihren Schwestern gefreut, aber jetzt weiß sie nicht mehr so recht. Ihre Stimmung hat sich unterwegs verändert, und nun, wo sie am Ziel ist, empfindet sie nur Leere. Episoden aus ihrer Kindheit und Jugend wirbeln ihr durch den Kopf. Alles wird so fremd, gefährlich und kalt, jetzt, wo sie zu Hause ist. Sie freut sich ja auf Lisbet, fragt sich aber, in welchem Zustand Carol diesmal sein wird.

Morgen ist der dreiundzwanzigste Dezember. Dann wird sie Willy holen. Judith freut sich darauf, ihrem Neffen ihr neues Auto zu zeigen. Es ist zum Brauch geworden, dass sie ihn holt.

Aber in diesem Jahr wird alles anders sein, denn Willy ist von seiner letzten Pflegefamilie in eine eigene kleine Wohnung in Tromsø gezogen. Dort scheint er jedoch nie zu sein. Gerüchte wollten wissen, dass er sich einfach herumtreibt, das hat Lisbet ihr am Telefon erzählt.

Judith weiß, wenn sie sich umdreht, wird sie die Lichter des Pflegeheims ahnen können, in dem die Großmutter lebt. Sie denkt an die alte Frau, die einsam und verlassen unter einer weißen Decke in einem viel zu grell beleuchteten Zimmer liegt. Morgen werden sie sie besuchen, alle drei. Und am Heiligen Abend wollen sie sie zu Lisbet nach Hause holen.

Judith versucht, die gute Stimmung wiederzufinden, mit der sie in Oslo aufgebrochen ist. Aber sie sieht nur das hellgrüne Neonlicht im Schaufenster.

Lisbet Marner Johansen wirft einen raschen Blick auf die Uhr. Das gelblich trübe Licht im Krankenhausflur wirkt vor der Dunkelheit draußen grell. Lisbet sieht ihr Spiegelbild im Fenster und weiß, dass sie zum Wiedersehen mit ihren Schwestern eine halbe Stunde zu spät kommen wird. So ist es fast immer. Sie hat das Gefühl, fast ihr ganzes Leben in der weißen Tracht verbracht zu haben. Weil sie alles richtig machen will, fühlt sie sich gestresst, wenn nicht alles so läuft, wie sie sich das vorgestellt hat. Und Zeit gehört zu den Faktoren, die ihr immer wieder in die Quere kommen. Immer häufiger ertappt sie sich bei der Vorstellung, wie alles anders hätte kommen können.

Es war ein hektischer Nachmittag mit zwei Geburten, bei einer lief alles gut. Bei der anderen sah es nicht so einfach aus, aber um die hat Inga sich gekümmert, auch wenn die Gebärende deutlich durchblicken ließ, dass Lisbet ihr Kind holen sollte. Aber Lisbet stellte sich taub, verließ das Zimmer und überließ die Patientin ihrer älteren Kollegin. Jetzt hört sie das leise Wimmern des frischgeborenen Kindes.

Sie greift zur Fernbedienung und stellt den Fernseher leise. Auf einem roten Sofa neben einem viel zu stark geschmückten

Weihnachtsbaum ist dort eine Frau zu sehen, die mit dem Ministerpräsidenten redet. Sie hat Ähnlichkeit mit Judith, denkt Lisbet, und streicht zerstreut eine Falte in ihrer weißen Tracht glatt. Die Frau auf dem Bildschirm lacht so herzlich, dass ihre dunkelblonden Locken beben. Sie ist hübscher als Judith, denkt Lisbet. Warum nur bringt sie es niemals über sich, ihrer Schwester etwas Nettes zu sagen? Ihre Fotos werden in vielen großen Zeitungen veröffentlicht. Wenn Carol dabei ist, hat Lisbet immer das Gefühl, sie dürfe nichts Positives über Judith sagen.

Als sie sich gerade umziehen will, kommt ein Zuwandererpaar durch die Tür. Die Frau jammert und lehnt sich an ihren Mann. Der ist bleich. Die Frau starrt ängstlich zu Boden. »Ist das euer erstes Kind?«, fragt Lisbet und schaut noch einmal ungeduldig auf die Uhr. Der Mann schüttelt den Kopf.

»Essen?«, zwitschert eine Schwesternhelferin aus der Tür des Stationszimmers. Lisbet dreht sich um, schüttelt den Kopf, sagt, dass sie jetzt aufbrechen werde. »Aber ich fahre nicht nach Hause, sondern nach Engelsvågen. Zu meinen Schwestern.« Sie bittet die Schwesternhelferin, der Stationsschwester Bescheid zu sagen, damit jemand sich um das neu eingetroffene Paar kümmert. Dann überredet sie die werdenden Eltern, sich in die zwei orangefarbenen Sessel vor der Wand zu setzen, und versichert ihnen, dass sich bald jemand ihrer annehmen werde.

Als sie im Umkleideraum die Krankenhauskleidung ablegt, nimmt sie den strengen Geruch ihres Körpers wahr. Sie kann nicht mehr duschen, und das ist ihr unangenehm. Aber sie zieht ein wenig Papier aus dem Behälter über dem Waschbecken, feuchtet es an und lässt Seife darauf laufen. Dann wäscht sie sich unter den Armen und zieht das blaue Wollkleid an. Sie streift eine dicke Strumpfhose über, ehe sie die Füße in die schwarzen Lederstiefel schiebt. Dann kämmt sie sich und wäscht sich gründlich die Hände. Vom Auto aus ruft sie ihren Mann an, der im Erdgeschoss ihres Hauses seine Arztpraxis betreibt. Die Vorstellung, dass etwas einfach nicht stimmt, kommt ihr in letzter Zeit immer häufiger, aber sie entschuldigt sich damit, dass sicher nur ihre Verachtung für alles, was mit Liebe zu tun hat, daran schuld ist. Sie wird daran arbeiten, genau wie ein Naturforscher mit schleimigen Larven arbeitet, aus denen dann schließlich schöne Schmetterlinge werden. Sie fragt ihren Mann, was die Söhne machen. Sie hat Essen für sie bereitgestellt, und sie hat ihnen auf Zetteln notiert, wie das Essen zubereitet wird. Ihr Mann sagt, sie solle sich einen schönen Abend machen. Lisbet mustert im Rückspiegel ihren Mund, in den Mundwinkeln liegt ein bitteres Lächeln auf der Lauer. Ihr graust davor, bei Carol zu übernachten, aber sie weiß, dass sie sich zusammenreißen muss. Sie verspürt ein Kribbeln im Magen, wenn sie daran denkt, dass sie bald Judith wiedersehen wird.

Die geheimen Muster, die Art, wie die Schwestern miteinander umgehen, alles, was um jeden Preis aufrechterhalten bleiben muss, denkt sie und sieht die tiefrote Rose aus Seide an, die ihr jüngster Sohn über den Rückspiegel gehängt hat.

Carol geht in die Küche. Sie wünscht sich Freundschaft, kein Mitleid, aber sie weiß nicht, wie sie die Maske abwerfen soll, die sie sich in all diesen Jahren zugelegt hat. Die Kartoffeln kochen im Topf vor sich hin. Auf der Anrichte steht eine Platte mit Roastbeef und rohen Zwiebelringen. Das Roastbeef hat sie unten im Laden eingepackt gekauft und auf der Platte arrangiert. Eine Lichtsäule von der Straßenlaterne liegt über Anrichte und Linoleumboden. Carol sieht zum Parkplatz hinunter und stellt fest, dass Judiths Wagen unten steht. Judith hat ihr von dem neuen schwarzen Auto erzählt. Für Judith sind Autos wichtig. Jetzt entdeckt Carol auch Judith, die weißen Hände, die sie auf dem Schoß verschränkt hat. Sie sitzt ganz still im Auto und wartet. Worauf wartet sie? Warum kommt sie nicht hoch? Hat sie mit Lisbet verabredet, unten zu warten, damit sie zusammen eintreffen können? Carol spürt, wie der Glaube, dass am

Ende alles gut gehen wird, zerbröselt. Das Glück, das all ihr Leid rechtfertigen kann, wird vernichtet, wenn die Schwestern als Paar erscheinen und nicht einzeln. Das wäre mehr, als sie ertragen könnte.

Plötzlich fällt ihr etwas ein. Kurz bevor sie in die Schule kam, kniete sie einmal auf einem Stuhl vor dem Fenster und sang: »Papa, komm nach Hause ...« Ihre Stimme war hoch und rein. Hell, fast wie eine kleine Glocke. Damals hatte Mutter Berit sie zum ersten Mal geohrfeigt. Sie spürt noch immer, wie die Wange damals gebrannt hatte. Es ging eigentlich nicht so sehr um den Schlag, sie war schon häufiger geschlagen worden, von ihrer Mutter und von den Schwestern. Nur nicht von der Großmutter. Aber damals sah Carol wohl ein, dass nichts jemals wieder wirklich gut werden könnte. Sie erinnert sich an den Geruch des kalten Fensterglases. Wenn sie vom Stuhl stiege, hatte sie gedacht, würde die Kälte vom Boden durch ihre Socken dringen. Denn es war Herbst. Dieses Gefühl setzte sich in ihr fest und ließ sie seither nie wieder ganz los. Vielleicht war es damals, als sie beschloss aufzugeben.

Ihre Erinnerungen vermischen sich mit dem Bild des großen schwarzen Autos und der ältesten Schwester, die dort unten sitzt und wartet. Das Geräusch in diesem Bild erinnert sie an etwas. Sie sieht die hohen Schneekanten, das Schild mit dem Preis für Schweinerippe und das Lametta. Und die Pappkartons, die der Wind mitgefegt hat und die hinten bei den Mülltonnen aufeinanderliegen.

Judith dreht sich um und schaut zu Carols Küchenfenster hoch, und plötzlich entdeckt sie ihre Schwester. Ein schmales weißes Gesicht hinter der Fensterscheibe. Sie hebt die Hand und winkt, unbeholfen, fast reflexhaft, wie ertappt.

Sie fasst die Tüten und die Tasche zusammen, die auf dem Beifahrersitz liegen, öffnet die Tür und steigt aus. Hier oben gibt es eine besondere Luft, die sie von Besuch zu Besuch vergisst. Eismeerluft bei 70 Grad nördlicher Breite. Sie zieht ihren halblangen Daunenmantel fester um sich, stößt die Autotür zu und läuft mit der Tasche und den Tüten in den Händen über den Hof. Sie klingelt nicht, denn schon hört sie auf der Treppe Carols leichte Schritte.

Dann steht die jüngere Schwester plötzlich da, hinten im Treppenhaus, halb versteckt hinter der Tür. Judith lächelt.

Lisbet hält neben Judiths neuem Volvo. Wenn sie an ihre ältere Schwester denkt, krampft ihr Magen sich vor Wärme zusammen. Es ist Carol, die für das Unbehagen sorgt.

Lisbet beugt sich vor, öffnet das Handschuhfach und nimmt den kleinen Fotoapparat heraus. Sie will mit Selbstauslöser ein Foto von allen dreien machen. Sie sieht das Bild schon vor sich: drei Frauen, eine dunkle, eine blonde und eine dunkelblonde. Drei Paar Augen, Judiths braune, ihre eigenen blauen, und Carols trübe mit den dunklen Ringen darunter. Und ihre Münder, kurz vor einem Geständnis.

Sie steigt aus dem Wagen und weiß, dass die Begegnung der Schwestern die Sterne am Himmel nicht verschieben wird. Entfernung und Nähe lassen sich nicht in Zeit messen. In Mutter Berits Haus war das Leben geborgen und gefährlich zugleich. Das hat eine ganz besondere Schwesternschaft wachsen lassen, labil und gefährdet, dann aber wieder voller Fürsorge und Liebe. Plötzlich hat sie ein Bild im Kopf. Einmal durften sie für die Kinder des Pastors auf eine Ratte aufpassen. Die anderen beiden nahmen sie aus dem Käfig und streichelten sie. Lisbet selbst traute sich nicht, die Ratte zu berühren. Sie erinnert sich an das Geräusch des Laufrades in der Nacht. Ein lebendes Tier war im Zimmer, zwar ein kleines, aber kleine Tiere können größer werden. Sie hatte schreckliche Angst, dass die Schwestern sie allein lassen könnten, in der leeren Dunkelheit, mit dem wachsenden Tier.

Im Pflegeheim liegt die alte Berit Marner und schaut zur Decke hoch. Heute hat das Personal sie gezwungen, für zwei Stunden aufzustehen. Jetzt liegt sie wieder im Bett. An der

Decke sieht sie ihre Küche. Tief in ihr ist das vielleicht das Einzige, was sie noch hat. Und sie weiß noch, dass die Nachbarskinder sie Mutter Berit mit den Kuchen nannten – weil sie ihnen immer etwas Süßes vorsetzte, wenn sie ihre Enkelinnen besuchten, Judith, Lisbet und Carol. Die Püppchen mit den niedlichen Kleidern. Sie nimmt den starken Geruch von Hirschhornsalz wahr, mit dem sie Sirupecken gebacken hat. Sie weiß genau, wie heiß das Bügeleisen sein muss, damit sie die Puffärmel mit den Rüschen nicht versengt. Sie bückt sich und öffnet eine Schublade. Weiß genau, wo was liegt. Holzlöffel ganz oben, Gabeln und Messer, von der Mutter geerbt, in der zweiten Schublade. Die gelben Tassen mit den Rosen stehen im untersten Regalfach über dem Spülbecken. Und im Fach darüber stehen die hellblauen Essteller von Figgjo, die sie werktags benutzt haben. Um den Rand zieht sich ein Zopfmuster in derselben Farbe.

Das Bild wird von den Schmerzen in den dünnen Armen und Hüften zerfetzt, die beim Liegen wehtun. Die eine Ferse hat sie wundgelegen, und ab und zu wird die Wunde gewaschen. Sie mustert die Zimmerdecke, hält Ausschau nach den kleinen Spuren im Anstrich. Sie navigiert nach den kleinen Unebenheiten, die sie so gut kennengelernt hat. Sie ist eigentlich wie dafür geschaffen, in diesem schlechtbeleuchteten Raum zu liegen. Nur die Nachttischlampe brennt. Aber mehr Licht wäre auch keine Hilfe. Denn hier ist sie notgelandet. Es war ein Schiffbruch, und sie ist nur noch ein Vogel von wenigen Gramm. Sie weiß sehr gut, dass das viel zu wenig ist. Sie bewegt die Hand langsam auf der Decke hin und her. Die Decke ist eine Filmleinwand, wo für alle Zeit am Küchentisch Hektik herrscht. Alle wollen gleichzeitig etwas zu essen, und sie muss für die Pastorenfrau ein Kleid nähen, ehe sie ins Postamt stürzt, um Briefe zu sortieren.

Eine Pflegerin kommt herein. »Bitte, sprich nicht so laut, Berit. Milla muss schlafen.« Eine Hand streichelt ihre Stirn, aber eigentlich nicht sanft, merkt Berit, sondern eher gebieterisch.

Milla ist vielleicht ihr Kind? Nein, Milla ist nicht ihr Kind. Milla ist die alte Frau im anderen Bett. Deren Sohn ist offenbar auch umgebracht worden, auf dem Campingplatz, in einem Winter vor langer Zeit. Mutter Berit sieht an der Decke ihre Enkelinnen. Sie sitzen um den sauber gescheuerten Tisch und essen Waffeln mit Marmelade. »*Weinst du nie, Mutter Berit?*«, fragte Judith einmal, als sie acht oder neun war.

»*Das hilft nichts*«, antwortete sie.

»*Aber was hilft dann?*«

»*Was hilft, ist böse zu werden*«, antwortete sie.

»*Wie denn böse, Mutter Berit?*«

»*So, mein Mädel*«, sagte sie, griff zu einem Holzlöffel und hielt ihn demonstrativ hoch.

Wie froh sie war, wenn die Mädchen endlich oben in der Mansardenkammer eingeschlafen waren. Judith auf dem Bauch mit geballten Fäusten, immer mit geballten Fäusten. Lisbet auf dem Rücken, den Kopf eine Ahnung zur Seite. Sie atmete immer so leise. Oft beugte Berit sich über sie, um zu hören, ob sie noch lebte. Und dann Carol, der kleine Troll. Als sie noch ganz klein war, schlief sie auf den Knien und streckte die Hose mit der Windel in die Luft. Als sei sie bereit, jederzeit aufzuspringen. Die dunklen Haare klebten immer schweißnass und verwuschelt an ihrem kleinen Kopf. Die Mädchen waren jetzt groß, aber wo waren sie eigentlich? Wollten sie sie nicht holen kommen? Hatte sie nicht etwas darüber gehört, dass sie sie zu Weihnachten holen wollten?

Egal. Er war ja offenbar tot, der Junge. Es gab einzelne Dinge, an die sie besser nicht denken sollte. Sie wollte lieber an ihr Haus und an den Rasen im Sommer denken. Im Herbst, kurz vor Sonnenuntergang, fielen die Schatten wie Striche über die grüne Fläche. Die Striche bewegten sich, wie die Zeiger einer Uhr. Die Zeit kam auf sie zu, aber der Atem geht noch immer bei ihr aus und ein, während sie wie ein Fossil hier liegt und Abdrücke in der weißen Bettwäsche hinterlässt.

Judith, Lisbet und Carol sitzen in Carols kleinem getäfelten Wohnzimmer und essen Roastbeef mit rohen Zwiebelringen und gekochten Kartoffeln. Es gibt keine Soße und kein Gemüse. Carol sieht es jetzt, etwas fehlt, das Essen sieht farblos und trocken aus.

Die drei Schwestern führen an Carols Esstisch aus den siebziger Jahren mit den passenden Stühlen ein ziemlich angespanntes Gespräch. Lisbet erzählt, dass sie am Vortag bei der Großmutter war. Sie klingt dabei ganz leicht vorwurfsvoll. Carol wohnt viel näher, sie selbst muss vierzig Minuten fahren.

»Bei Mutter Berit gibt es nichts Neues«, sagt sie. »Alles ist so wie immer.«

Das Gefühl, dass sie keine Schwestern sind, überwältigt Carol wieder. Sie haben dieselbe Mutter und natürlich dieselbe Großmutter, aber keine von ihnen hat denselben Vater.

»Wir sind für den dritten Tag zu Michelle und Reidar eingeladen«, sagt Carol und öffnet eine neue Zigarettenpackung. Sie hat bisher nur im Essen herumgestochert und kann es ohne Nikotinzuschuss nicht mehr aushalten. »Ruth und Holger Eliassen kommen wohl auch«, fügt sie hinzu.

Judith sieht überrascht aus. »Eliassen, der alte Polizeichef, du meine Güte. Mit denen haben wir doch noch nie Weihnachten gefeiert.«

»Wisst ihr noch, wie sehr wir uns als Kinder vor Eliassen gefürchtet haben?« Lisbet schaudert es. »Immer wollte er alles im Griff haben. Auf dem Rasen vor dem Versammlungshaus durften wir nicht Fußball spielen. Hinter Viraks Café durften wir nicht auf die Bäume klettern. Die Äste könnten abbrechen. Die Bäume könnten darunter leiden.«

Carol trinkt einen Schluck Rotwein. »Ich weiß nicht, ob ich Mutter Berits Haus besuchen will«, sagt sie. »Das stimmt alles irgendwie nicht, wenn da andere Leute wohnen.« Seit Mutter Berit im Pflegeheim ist, war sie erst einmal da, obwohl es nur fünfzig Meter sind. »Es roch anders«, sagt sie. Nicht wie zu Mutter Berits Zeit, wo starker Seifengeruch, Küchengeruch und

Red-Rose-Parfüm die Zimmer füllten. Mutter Berits Gerüche waren verschwunden, wie die Nippesfiguren, die schweren Möbel und die selbstgenähten Vorhänge.

»Jedenfalls haben sie uns eingeladen«, sagt sie jetzt. »Und ich hab es nicht über mich gebracht, nein zu sagen.« Carol schiebt sich eine Zigarette zwischen die Lippen. Lisbet erhebt sich, geht demonstrativ zum Fenster und öffnet es. »Nur wir drei, oder kommen Erik und die Jungen auch mit?«

»Ich weiß nicht.« Carol gibt sich Feuer und macht einen langen Zug. »Ich glaube, sie haben nur uns drei gemeint. Holger war zweimal im Laden und hat sich nach Onkel Olaf erkundigt.«

»Ach, und warum?« Judith stellt ihr Glas auf den Tisch.

Carol zuckt mit den Schultern. »Er hat behauptet, dass er alte Fälle durchsah. Er hat mich auch nach Millas Sohn gefragt. Ich wollte euch das eigentlich nicht erzählen.«

Lisbet sieht ihre Schwester an. Carol macht einen ängstlichen Eindruck. »Wisst ihr noch, wie er mit seinem Gewehr Möwen erschossen hat? Ich weiß noch, wie ich ihm ein Möwenei gezeigt habe, das ich gefunden hatte. Er sagte, ich solle es auf den Boden legen. Und schon da wusste ich, dass der Vogel in dem kleinen grauen Ei niemals ein richtiger Vogel werden würde. Holger Eliassen hat das Ei zertreten.«

»Ich kann meine Familie am dritten Weihnachtstag nicht verlassen«, sagt Lisbet gereizt. »Das liegt doch auf der Hand, nicht am dritten Weihnachtstag. Erik und die Jungen können dann nicht allein sein.«

Jetzt fühlt Judith sich provoziert. Lisbet klammert sich dermaßen an die Konventionen. »Sicher kannst du das«, sagt sie, erhebt sich und schließt das Fenster.

»Nein.« Lisbet schüttelt energisch den Kopf.

Carol schaut Judith verzweifelt an. »Gehen wir zwei dann allein?«, fragt sie.

Judith zuckt gleichgültig mit den Schultern. »Werden ja sehen«, sagt sie.

»Das geht nicht«, sagt Lisbet genervt. »Sie müssen doch Bescheid wissen. Immerhin haben sie uns eingeladen.«

»Wir antworten morgen.« Judith fährt sich mit der Hand durch die Locken. Sie ist gesund und schön, auch sie hat kurze Haare, ihre aber sind hellbraun, und wenn sie lächelt, sind ihre hübschen gleichmäßigen Zähne zu sehen.

»Erzähl von deinem neuen Mann.« Lisbet schüttelt ihre Verärgerung ab und schaut Judith an, die kurz lächelt.

»Edgar«, sagt sie. »Er kommt aus Chile.«

»Ein Ausländer?« Lisbet ist überrascht. »Das hast du nicht erzählt.«

»Er ist kein Ausländer«, sagt Judith gereizt. »Er wurde adoptiert. Er ist mit zwei Jahren nach Norwegen gekommen. Damals hieß er noch Eduardo.«

Carol grinst und zieht wieder an ihrer Zigarette. Das Valium wirkt. Noch ein wenig mehr Wein, dann ist alles perfekt. Sie öffnet eine weitere Flasche.

Judith erzählt mit leisem Kichern, dass sie den norwegischen, den schwedischen und den finnischen Weihnachtsmann fotografiert hat. »Es heißt, dass die drei Länder sich um das Monopol auf den Weihnachtsmann streiten«, sagt sie. »Kein Wunder, dass es auf der Welt so unruhig zugeht, wenn sich sogar die Weihnachtsmänner fetzen. Genau wie dann, wenn Muslime, Juden und Christen sich um ihr Monopol auf Gott zanken. Auf den echten Gott, meine ich. Und jetzt sind einige Norweger sauer, weil die Finnen den Weihnachtsmann für sich haben wollen und der Welt weisgemacht haben, dass er aus Rovaniemi ist. Wo er doch aus Drøbak stammt«, lacht Judith und stellt ihr Weinglas vorsichtig auf den Tisch.

»Drøbak, also echt.« Lisbet fährt sich mit den Fingern durch die gepflegte Frisur. Sie braucht immer lange, um die Haare so zu sprayen, dass sie perfekt liegen. »Der Weihnachtsmann kommt aus Nordnorwegen. Er kommt von hier«, lacht sie. »Das wissen doch alle.«

»Die Schweden behaupten, dass er aus Schweden kommt«,

sagt Judith und lacht ebenfalls. »Und es gibt auch Finnen, die meinen, dass er aus Harriniva bei Muoni stammt. Ich kenn mich da jetzt wirklich aus.«

»Wo ist das denn gedruckt worden?«, fragt Carol. Lisbet hebt ihr Glas, damit Carol nachschenken kann.

»Das stand in der SAS-Zeitschrift«, sagt Judith stolz. »Ich hab den Artikel zusammen mit einer Journalistin namens Tinna Agnesdóttir geschrieben, sie ist Isländerin.«

»Woher kennst du die denn?«, fragt Lisbet.

»Von einem Seminar in Stockholm«, sagt Judith geheimnisvoll.

Carol zieht an ihrer Zigarette. Judith erlebt so viel. Carol erinnert sich an einen lange zurückliegenden Heiligen Abend. Onkel Olaf war Weihnachtsmann. Am Heiligen Abend war er immer Weihnachtsmann. Zwei Tage darauf lebte er nicht mehr.

»Der Weihnachtsmann ist ja ohnehin tot«, nuschelt sie. »Verdammt, er ist doch im ersten Stock in Mutter Berits Bett gestorben, genau über unseren Köpfen. Der Fettsack«, fügt sie hinzu.

Die beiden anderen hören sofort auf zu lachen. Einige Sekunden lang beben diese Worte gefährlich zwischen ihnen. Sie haben ihren Onkel als Leichnam gesehen, alle drei. Als er die Treppe hinuntergetragen wurde, während die weißen Hände schlaff nach unten hingen. Zwei Augenpaare mustern die kleine Schwester. Und Carol nimmt sich in Acht. Sie schließt die Augen. Kleine gelborangefarbene Flecken tanzen hinter ihren Augenlidern. Dann lacht Judith. Lisbet schließt sich an, und Carol öffnet die Augen und lächelt vor sich hin.

Aber dann spürt sie einen Druck im Hals. Das ist so, wie an einer Muschel zu horchen, denkt sie. Alles Geheimnisvolle, was passiert ist, die Zeit, die außerhalb der Reichweite des Gedächtnisses liegt. Der tote Onkel. Das Leben der Mutter mit den vielen Männern, die Zeit, bevor und nachdem sie zu Mutter Berit gekommen sind. Ihre Gedanken streifen die Zeit, die sie mit ihrem eigenen Kind verbracht hat, mit Willy, ehe sie ihn hergeben musste. Wenn sie an Mütter denkt, denkt sie an schlampige Wesen mit Lippenstift. An Mütter, die falsche Wimpern benutzen und ihre Wohnzimmer mit künstlichen Blumen schmücken. Wie Muscheln sind sie. Außen schön, innen finster. Ganz innen enden alle Muscheln in einem Punkt, wo alles einsam ist, grau. Wie das Gefühl, das sie hat, wenn sie am Uferrand watet. Einmal, als sie alle drei klein waren, waren sie draußen auf einer Insel und wollten Möweneier sammeln. Die waren graubraun und hässlich. Zerbrechlich, aber trotzdem schwer von Leben. Und da hatte Carol die Conchylie gefunden. Sie behauptete jedenfalls, das sei eine Conchylie, aber im tiefsten Herzen wusste sie ja, dass es einfach eine ganz normale Muschel war.

Lisbet stochert im Essen. Jetzt sind sie wieder gefährlich nahe gerückt. Dem Punkt, der bei jeder ihrer Begegnungen bedrohlicher wird. Der Punkt erinnert an den klinischen Geruch von Desinfektionsmitteln. An das kalte Neonlicht der Krankenhausgänge. An den Schlüssel zum Medizinschrank, der klein und kalt in ihrer Tasche ruht. An die Angst davor, dass Carol sie noch einmal besucht und den Schlüssel zum Medizinschrank an sich bringt. Lisbet schaut ihre Hände an. Ihr Perlmuttnagellack ist teuer und glatt und lässt sich leicht auftragen.

Jeder Gedanke ist wie eine Berührung, die wehtut. Sie registriert jetzt Details. Ihre Sinne sind um einiges geschärft. Eine Hebammenschülerin hat einen Ring, der an einen Blutstropfen erinnert. Ringe und anderer Schmuck sind auf der Station verboten.

Sie greift zu der aufgeweichten Serviette und zupft sie auseinander, Schicht um Schicht. Als wäre die Serviette etwas anderes. Sie sieht ihre Schwestern an und erinnert sich plötzlich an die kalte Angst von damals, wenn Mutter Berit sich resigniert abwandte, wenn sie müde war.

Es war Sommer, als Judith und Lisbet für immer in Mutter Berits Haus zogen. Sie waren sechs und knapp fünf Jahre alt. Carol war ein Baby und wohnte noch immer bei Lilly im Wohnblock hinter der Fischfabrik. Ehe sie zu Mutter Berit kamen, war alles anders. Mutter Berit war damals einfach nur eine ganz normale Großmutter, die sie ab und zu besuchten. Sie besuchten sie zum Kaffee und zum Übernachten, und es gab Sahnetorte und gelben Saft und Essen auf feinen Tellern. Auf dem Tisch lag immer eine Decke. Und oft durften sie in der großen Badewanne baden, und sie bekamen saubere Wäsche, die Mutter Berit für Lilly gewaschen hatte. Danach gingen sie wieder in die Wohnung im Block. Zusammen mit Lilly. Immer zusammen mit Lilly.

Die Mutter hatte viele Freundinnen, die oft zu Besuch kamen. Und es gab immer ein lustiges Spektakel, wenn die Damen Tee mit Schuss tranken und über Männer und Kleider und schöne Schuhe sprachen. Lisbet und Judith lagen im Kämmerchen hinter der Küche und hörten zu. Aber das Lachen konnte auch gefährlich werden. Später nachts kam es vor, dass es in Johlen und Geschrei umschlug. Und oft kamen dann Männer. Die waren unzuverlässig, blöd und laut. Und Lilly wollte den nächsten Tag dann immer ganz verschlafen.

Nachdem sie zur Großmutter gezogen waren, kam es vor, dass Lisbet nachts in Mutter Berits Haus aufwachte und ihre Mutter lachen hörte.

Das neue Baby hatte Lilly so müde gemacht, dass Lisbet und Judith nicht mehr zu Hause bleiben konnten. Die langhalsige Frau Mork vom Jugendamt war mehrmals zu Besuch gekommen, und was sie dabei gesehen hatte, wollte ihr so gar nicht gefallen, sagte sie. Deshalb mussten sie umziehen.

Lisbet hatte Bauchweh bekommen. Sie stand nachts immer auf und ging hinunter in Mutter Berits leeres Wohnzimmer. Denn sie konnte nicht schlafen, wenn es draußen so hell war, dass die Rückseite der Vorhänge glühte. Aber dann kam der Herbst, und es wurde kälter und kälter, und Lilly und das Baby sollten am Heiligen Abend kommen.

Einige Wochen zuvor hatte Mutter Berit Lisbet gefragt, was

sie sich zu Weihnachten wünsche. Lisbet hatte geantwortet, sie wünsche sich ihre Mutter, aber da war Mutter Berit traurig geworden. Judith hatte die beiden von dem Küchenstuhl aus betrachtet, mit dem sie herumwippte. Sie hatte gesagt, sie wünsche sich eine Spielzeugpistole. Und als die Großmutter Lisbet das nächste Mal nach ihren Wünschen gefragt hatte, hatte sie das auch gesagt.

»Ich wünsch mir eine Spielzeugpistole, Mutter Berit.«

Judith steht auf und geht hinaus ins Badezimmer. Sie will das Gespräch auf etwas Handfestes, Angenehmes lenken. Soll sie den Schwestern vielleicht von ihren neuen Plänen erzählen? Von den Bildern, die sie aufnehmen, und von dem Buch, das sie zusammen mit Tinna herausgeben will?

Carol und Lisbet sitzen da, und jede schaut in eine andere Richtung. Lisbet kann ihre Gedanken nicht losreißen. Immer wenn sie ein neues Leben in Empfang nimmt, steht sie mit fast mathematischer Präzision vor dem mit weißen Laken bedeckten Gebärstuhl, sie sieht Gummihandschuhe und Blut. Und sie denkt an die großen Doppeltüren, die sich zwischen den Stationen öffnen und schließen.

»Noch Wein?« Carol schenkt ein, ehe Lisbet etwas sagen kann. Judith kommt zurück und setzt sich wieder auf ihren Stuhl.

»Ich habe gestern eine Geburt gehabt«, sagt Lisbet. »Und die Mutter war gelb und blau geschlagen worden. Ratet mal, wer der Vater ist!«

»Wer denn?« Judith spürt, dass sie die Antwort lieber nicht hören will.

»Tim Karlsen, Viraks Sohn. Aber ihr dürft nicht verraten, dass ich das gesagt habe.«

»Ist der liebe Virak wirklich schon Großvater«, sagt Judith seufzend.

»Ist sie wirklich misshandelt worden? Ich kenne sie eigentlich gar nicht.« Carol rutscht auf ihrem Stuhl hin und her.

»Sie kommt aus der Stadt. Sehr nett, schrecklich jung«, sagt Lisbet.

»Wie jung?«, fragte Judith ernst.

»Anfang zwanzig.«

»Tim ist genauso alt wie ich«, sagt Carol. »Sechsunddreißig.«

»Trägt er noch immer diesen albernen Cowboyhut?«, fragt Judith und denkt daran, wie Tim Karlsen zwei Jahre zuvor Carols Sohn zusammengeschlagen hat.

»Dreimal darfst du raten«, sagt Lisbet.

»Und Cowboystiefel«, sagt Carol grinsend, aber dann fällt ihr ein, wie der große, kräftige Mann ihren Sohn mit diesen Stiefeln getreten hat.

»Vielleicht sollten wir lieber weiter über die Weihnachtsmänner reden«, sagt Judith lachend. »Oder über das phantastische Buch, das ich herausgeben will. Wollt ihr davon hören?«

»Nein, erzähl weiter über diesen verdammten Frauenschläger.« Carol blickt ihre mittlere Schwester ernst an.

»Da gibt's nicht mehr zu erzählen. Das ist nur traurig. Die Frau hatte blaue Flecken an den Armen und auf der Brust.«

»Und?« Carol steckt sich noch eine Zigarette an. »Wisst ihr noch, wie Willy damals vor zwei Jahren ausgesehen hat?«

Lisbet mustert ihre kleine Schwester mit ernster Miene. »Sie war natürlich gefallen«, sagt sie ironisch. »Das sagen sie immer.«

»War der Cowboy bei der Geburt dabei?« Judith kratzt an einer kleinen Wunde an ihrem Mund herum.

»Das war er. Er hat geweint, als das Kind in seinen Armen lag. Ein kleiner Junge.«

»O Scheiße«, sagt Carol. »Und kannst du gar nichts unternehmen?«

»Was denn?« Lisbet lächelt ihr mildes Lächeln und schaut Carol an. »Wie geht's denn übrigens Willy?«, fragt sie. »Wann hast du ihn zuletzt gesehen?«

Carol spürt, wie der Alkohol jede Zelle ihres Körpers füllt

und sie leicht und entspannt macht. Aber das, was sie über Tim Karlsen gehört hat, macht ihr gewaltig zu schaffen. Einmal hatte sie selbst etwas mit Tim Karlsen, vor langer Zeit. »Das ist nicht meine Schuld, das mit Willy«, sagt sie abwehrend. »Ich kann nichts dafür, dass Willy ausgeflippt ist. Es ist einfach so gekommen.«

»Aber wessen Schuld ist es, wenn nicht deine?«, fragt Lisbet.

Judith trommelt nervös mit den Fingern auf die Tischplatte.

»Das ist geerbt.« Carol setzt sich gerade. »Denkt an Mama. Denkt an Lilly.«

»Aber dann müssten Judith und ich doch auch …«, sagt Lisbet.

»Das sind die Gene«, sagt Carol. »Dagegen ist man machtlos. Die einen kriegen mehr Gene als die anderen«, sagt sie und versucht, alles mit einem Scherz beiseite zu wischen. Sie dürfen nicht mit ihren Vorwürfen anfangen. Dann kommt es vor, dass sie einfach ausrastet. Wie vor einer Woche beim Arzt. Carol schnappt sich ihr Weinglas. Was hatte er noch zu ihr gesagt, der Arzt, den sie um etwas Beruhigendes gebeten hatte. Emotional labile Persönlichkeitsstörung, hatte er das genannt. Sie hatte zugegeben, unter starken Stimmungsschwankungen zu leiden, mit dem Sozialen Probleme zu haben, mit dem Verhältnis zu anderen Menschen, zum Jähzorn zu neigen. Sie hatte so getan, als sei sie seiner Meinung, hatte versucht, sich einzuschmeicheln. Trotzdem hatte der Arsch ihr kein Rezept geben wollen.

Judith schweigt. Sie denkt an die Liebe; ein Wort, das in dieser Familie nie benutzt wird. Es ist die Liebe, die dafür sorgt, dass sie sich einsam fühlt. Die Liebe zu ihren Schwestern, Gefühle, die sie nicht vermitteln kann, sie kann sie nicht aussprechen oder zeigen. »Es ist gut, Geschwister zu haben«, sagt sie plötzlich. »Gut, dass wir drei sind.«

»Aber wir sind doch keine Geschwister«, sagt Carol verbissen. »Keine echten Schwestern jedenfalls.«

»Natürlich sind wir Schwestern«, fährt Lisbet sie an.

»Du hast gut reden, wo du Vater und Mutter hast.« Carol hat keine Zigaretten mehr und holt sich eine Packung Drehtabak.

Judith spürt eine einsetzende Übelkeit, die sich langsam in ihrem Körper ausbreitet.

»Irgendwo, ja, aber wo?« Lisbet ist müde.

»In Oslo«, sagt Judith rasch. »Ich habe Walter in Oslo gesehen, Lisbet.«

»Nenn Walter nicht meinen Vater. Irgendwie ist er auch dein Vater. Wir waren doch eine Familie, wir vier, mehrere Jahre lang.«

Judith legt den Kopf in den Nacken und lacht. »Familie hin oder her. Aber ich weiß wirklich nicht, was Walter in der Stadt will, wo er doch immer seinen Rucksack gepackt und sich wochenlang im Gebirge herumgetrieben hat. Und Lilly saß dann mit allem allein da.«

Carol findet es wunderbar, wenn die beiden großen Schwestern aneinandergeraten und sie nichts damit zu tun hat.

»Also nenn Walter nicht meinen Vater«, wiederholt Lisbet beleidigt. »Du warst doch erst ein paar Monate alt, als er auf der Bildfläche erschienen ist.«

»Und was ist mit mir?« Carol sieht sie herausfordernd an. »Wie denkt ihr über mich? Ich hab nie dazugehört, oder was?«

Lisbet bereut es, wie sie sich ausgedrückt hat. »Aber damals warst du doch nicht einmal geboren, Carol. Du bist fünf Jahre jünger als ich. Sechs Jahre jünger als Judith.«

Carol wirft ihre Serviette hin, springt auf und läuft in die Küche. Nach einer Weile kommt sie mit Kaffee zurück.

Judith erhebt sich und nimmt Tassen aus der Vitrine. Sie wirft einen Blick aus dem schwarzen Fenster. Es sind neunzehn Grad unter null, trotzdem schneit es. Die Flocken sind trocken und lautlos. Die Bewegung des gefrorenen Wassers erinnert sie an etwas. Judith sieht, dass das Spiegelbild ihres Gesichts einer Totenmaske ähnelt, und plötzlich fällt ihr das Gebet ein, das sie als Kind ihre Schwestern gelehrt hat. *Lieber Gott im Himmel.*

Gib uns heute unser tägliches Brot und gib uns unsere Mutter zurück. Amen.

»Jetzt nehmen wir uns zusammen«, sagt sie streng und dreht sich zu den beiden anderen um. »Jetzt haben wir für diesmal genug Wunden aufgerissen. Jetzt machen wir es uns gemütlich.«

Lisbet und Carol wechseln einen Blick, dann drehen sie sich zu Judith um und nicken.

Judith holt Atem. »Bist du für Heiligabend im Plan?«, fragt sie leichthin.

Lisbet nickt. »Die Plätzchen sind fertig, Essen und Geschenke hab ich gekauft. Aber ich muss morgen leider arbeiten. Zum Glück hab ich um fünf Dienstschluss. Und Erik ist ja zu Hause. Er hat die Praxis über Weihnachten geschlossen.«

»Das tun alle faulen Ärzte«, pöbelt Carol.

»Sag Bescheid, wenn ich irgendwas tun kann«, sagt Judith mit einem nachsichtigen Blick auf ihre kleine Schwester.

»Du wirst doch Willy holen?« Lisbet reißt sich zusammen, um ihre Verärgerung nicht zu zeigen.

»Ich hole Willy, und dann wollen wir ja Mutter Berit besuchen«, antwortet Judith.

»Wir schauen morgen Vormittag bei Mutter Berit vorbei, ehe wir in die Stadt fahren«, sagt Lisbet. »Aber ich brauche keine Hilfe, bei mir geht alles nach Plan.«

»Wie immer«, sagt Carol mit sarkastischem Lächeln.

Der pensionierte Polizeichef von Engelsvågen, Holger Eliassen, stand draußen im Schnee und spürte, wie die Kälte durch seine Stiefel drang. Er zog seine Uhr hervor, starrte in der Dunkelheit aus zusammengekniffenen Augen die Zeiger an. Er wusste, dass die drei Marner-Schwestern in der kleinen Wohnung über Sivanders Laden saßen. Beim bloßen Gedanken an die drei Frauen lief ihm ein kalter Schauer über den Rücken. Er nahm in seinem Hals einen metallischen Geschmack wahr, wie Galle. Ein Satz aus der Untersuchung, die er gefunden hatte, hatte sich in seinem Kopf festgesetzt: »... *ihr Mangel an Bestätigung und ihre ererbten Störungen haben zu vielen destruktiven Reaktionsmustern geführt, und das hat bisher im Mord an zwei Männern resultiert.*«

Holger Eliassen war mit fünfundzwanzig fertig ausgebildeter Polizist gewesen. Er hatte sehr gute Noten gehabt, und seinen unfähigen Mitschülern hatte er nur Verachtung und Mitleid entgegengebracht. Im Herbst waren es fünfundvierzig Jahre her gewesen, dass er seine erste Stelle angetreten hatte. Seit damals hatte sich sehr viel geändert. Die neuen Polizisten hielten ihren Beruf für nichts Besonderes mehr, in der Praxis waren sie auf dasselbe Niveau wie Feuerwehrmänner und Sicherheitsleute herabgestuft worden.

Holger Eliassen war ein hervorragender Schütze. Er war auch Kreismeister im Schach. Seine Intelligenz reagierte auf gefährliche Tendenzen in der Gesellschaft. Er konnte sich auf Wellenlängen einstellen, die den meisten anderen unbekannt waren. Deshalb kam er Verbrechern oft zuvor oder war ihnen zumindest dicht auf den Fersen. Oft las er die Gedanken von Lügnern, ohne dass sie das merkten. Er war immer den Lösungen auf der Spur.

Ruth hatte die allerbanalste Frage angebracht, ehe er sie ins Schlafzimmer gejagt hatte. Woher willst du wissen, dass die Marner-Schwestern etwas Besonderes an sich haben, hatte sie gefragt. Ruth verstand ihn nicht. »Ich fühle mich einsam«, hatte sie gesagt und ihn mit den hellen Augen in ihrem runden Gesicht flehend angeblickt. Ihre Dauerwelle war straff, und ihr Körper war in den letzten Jahren gewaltig in die Breite gegangen. Sie war gemein zu ihm gewesen und hatte über sein Alter gespottet. Ruth ahnte nicht, dass es eine andere Luft gab als die, die sie in der Kirche einsog. Er hätte ihr von knallbunten Schaubildern erzählen können, die tote Körperteile und zerlegte Gehirnschalen und Leichen mit aufgeschlitzten Bäuchen zeigten. Aber diese Freude wollte er ihr nicht machen. Jetzt lag sie im Schlafzimmer, eingewickelt in Wolldecken.

Die letzte Stromrechnung war himmelhoch gewesen, und obwohl Ruth zu frieren behauptete, befahl er ihr, abends die Heizkörper auszuschalten. Er arbeitete an einem länger zurückliegenden Fall, den er jetzt wieder ans Licht holen wollte. Der Vorteil des Rentnerdaseins war, dass man langsam und genau sein und das Recht auf Arbeitsruhe geltend machen konnte. Das hatte es zu seiner Zeit bei der Polizei nicht gegeben. Er war sicher, dass die Fälle zu schnell abgeschlossen wurden, eben aufgrund von Zeitdruck. Doch die Vorstellung, dass ein Mörder frei herumlief, machte ihm eine Gänsehaut. Das durfte einfach nicht passieren.

Holger Eliassen hörte ein Knirschen. Er spitzte die Ohren. Er hatte eben einen alten Mann aufgefordert, sein Auto anderswo hinzustellen. Dass der Mann behauptete, Sivanders Bruder zu sein und bei ihm Weihnachten feiern zu wollen, half überhaupt nichts. Natürlich wusste er, dass der Mann Sivanders Bruder war, aber trotzdem sollte er bei Viraks Café parken und das kleine Stück zu Fuß gehen. Dass der Mann alt war und der Weg glatt, war nicht Holger Eliassens Problem. Die Leute mussten sich an die Vorschriften halten, statt zu machen, was ihnen passte. Die wenigen Parkplätze vor dem Block waren für die Bewohner reserviert.

Er drehte sich um und betrachtete die Fenster in dem länglichen Steinhaus. Dann ging er die wenigen Treppenstufen hoch und öffnete die Tür. Im kleinen Gang streifte er seinen Mantel ab und hängte ihn auf. Er stellte seine Galoschen ordentlich ins Schuhregal. Die Schneeflocken, die sich in seinen grauen Haaren festgesetzt hatten, schmolzen jetzt.

Die kleine Wohnung hatte etwas von einer Maulwurfshöhle. Die Wände waren flaschengrün angestrichen, und die Möbel groß und dunkel. Hinten am Fenster in dem kleinen viereckigen Wohnzimmer hatte der ehemalige Polizeichef seinen Schreibtisch mit der grünen Leselampe stehen. Er hatte alle anderen Lampen im Zimmer gelöscht.

Vor allem arbeitete er am Mordfall Ivar Josteinsson, der niemals aufgeklärt worden war. Zwei Jahre darauf war dann ein junger Student verschwunden. Aber alles hatte mit Olaf Marner angefangen, vor über zwanzig Jahren schon.

Es war eigentlich ein Zufall, der seinen Verdacht auf die Familie Marner gelenkt hatte. Bei Olaf Marners Tod waren dessen Nichten sehr jung gewesen, und Holger Eliassen war überhaupt nicht auf die Idee gekommen, dass der Todesfall durch ein Verbrechen verursacht worden sein könnte. Er selbst hatte den Fall damals bearbeitet, und es war ja eigentlich gar kein Fall gewesen, sondern nur die Routineuntersuchung eines plötzlichen, unerklärlichen Todes, und das Ergebnis lautete, dass es keinen Verdacht gab. Aber später, viele Jahre später, hatte er sich Gedanken über die beiden anderen unaufgeklärten Morde in der Gegend gemacht. Vor allem über den an Ivar Josteinsson. Der Mord war mitten im Winter passiert, bei klirrender Kälte, auf dem geschlossenen Campingplatz. Es war ein besonders grauenhafter Mord, der Mann war regelrecht totgeschlagen worden. Die Tat war niemals aufgeklärt und die Mordwaffe niemals identifiziert worden.

Und dann war da Odd Olsen, der zwei Jahre danach an einem Tag im März verschwunden war. Er war nie gefunden worden, und zuletzt war er auf Skiern gesehen worden, möglicherweise zusammen mit einer Frau. Und obwohl nach der Frau gesucht worden war, hatte sie sich niemals bei der Polizei gemeldet. Warum hatte diese Frau sich nicht gemeldet? Hatte sie ihn vielleicht gar nicht gekannt, war sie nur zufällig einige Meter hinter ihm gegangen? An dem Tag waren viele Menschen unterwegs gewesen.

Aber erst im vergangenen Winter war Holger Eliassen mit der Gewissheit ans Werk gegangen, dass die Antwort in nächster Nähe liegen könnte. Michelle und Reidar Tangen waren alte Freunde von ihm und Ruth, und das, obwohl Michelle viele Jahre jünger war als die anderen drei. Sie sprach Nordnorwegisch mit englischem Akzent und hatte eine melodische, schöne Stimme. Eine Woche zuvor hatten sie zusammen einen Abendspaziergang gemacht. Sie trug ihr dunkles Haar nach hinten gekämmt, und die Kälte bildete darin Eiskristalle. Die Straßenlaternen hatten Glorienscheine aus Frost, und der Wind ließ das rosa Neonschild des Frisiersalons klappern, sodass die Buchstaben gegen die Mauer schlugen. Sie hatten über ihre Ehen gesprochen. Er hatte das starke Bedürfnis gehabt, zu vermitteln, wie die Tage mit der langweiligen, eingetrockneten Ruth, mit der er seit über vierzig Jahren verheiratet war, jetzt für ihn verliefen. Ruth war Vorsitzende des Gemeinderates ihrer Pfarrei und war versessen auf moralische Werte.

Michelle hatte Probleme mit dem Zimmer im ersten Stock, erzählte sie, wo Berit Marners Habseligkeiten aufbewahrt wurden. Sie kam immer wieder auf diesen Raum zu sprechen, die Vorstellung, dass Olaf Marner dort oben gestorben war, gefiel ihr nicht.

Holger Eliassen war mehrere Male in dieser Kammer gewesen. Am Ende hatte er dort wirklich etwas gefunden. Er hatte nicht gewusst, wonach er suchte, hatte aber aufs Geratewohl einige Schubladen aus einer Kommode gezogen und in einen Schrank geschaut. Und im Schrank lag eine Tüte mit Glanzbildern.

Zuerst hatte er die Tüte einfach liegen lassen, aber einmal hatte er sie herausgenommen und dabei entdeckt, dass die Tüte noch etwas anderes enthielt: eine Art Untersuchung, in der einzelne Stellen mit rosa Marker hervorgehoben waren. Es war eine unbehagliche Lektüre gewesen.

Im Licht dieses Fundes in Berit Marners Abstellkammer war in ihm eine Ahnung herangewachsen: Vielleicht war es kein Zufall, dass eine oder mehrere der Schwestern mit den drei Männern Kontakt gehabt hatten, unmittelbar bevor die gestorben, verschwunden oder ermordet worden waren? Diese Ereignisse hatten sich zwar im Abstand von jeweils mehreren Jahren zugetragen. Dass eine der Schwestern mit den Morden zu tun haben sollte, war im Grunde eine wahnwitzige Vorstellung, aber nun hatte der Gedanke trotzdem Wurzeln geschlagen. Holger Eliassen war jetzt Rentner und hatte Zeit zum Nachdenken.

Er hatte die Unterlagen mit nach Hause genommen. Die Personenbeschreibung, die Art, in der das alles formuliert war, die Gefahr und die Schärfe der Worte, das alles hatte ihm das deutliche Gefühl gegeben, dass er etwas Wichtiges gefunden hatte. Sein Gehirn arbeitete, vielleicht unbewusst, mit der Analyse des Gefundenen. Eines Nachts hatte er geträumt, dass ein Vogel auf ihn losflog. Er mochte Vögel nicht, spürte das widerliche Gefühl von Flügelschlägen im Gesicht. Nahm den ekelhaften Geruch des feuchten Gefieders wahr. Etwas an der Farbe des Traums ließ ihn nachts hochschrecken, etwas, das ihn wütend machte.

Aber erst am Heiligen Abend vor einem Jahr, als er und Ruth in die Kirche gegangen waren, hatte sich der konkrete Gedanke in ihm festgesetzt, dass Judith, Lisbet oder Carol Marner womöglich drei Männer ermordet hatten. Die Schwestern saßen in der ersten Reihe. Er betrachtete ihre Hinterköpfe und musste an die Untersuchung denken. Stimmte es, dass Odd Olsen vor seinem Verschwinden mit einer Frau zusammen gesehen worden war? Die Augen des Ermittlers wanderten forschend durch die Gemeinde, aber dann traf sein Blick die Christusfigur an der Wand hinter dem Altar. Seine Augen schlossen sich. Warum lag die Abhandlung zwischen Berit Marners Habseligkeiten? Hatten Judith, Lisbet oder Carol sie dorthin gelegt? Er öffnete die Augen und sah wieder das Bild hinter dem Altar an. Der Mund der Christusfigur war fast weiß. Das ekelhafte Gefühl setzte sich in ihm fest. Sie waren alle drei seltsam, jede auf ihre Weise. Es war, als wäre ein widerliches Insekt von der Decke gefallen. Er wusste noch, dass der Pastor etwas über Verdammnis gesagt hatte. Und wenn ihn etwas interessierte, dann eben gerade Verdammnis.

Als sie die Kirche verließen, um nach Hause zu gehen, hatten die verschneiten Grabsteine ausgesehen wie weiße Rücken unter dem schwarzen Himmel. Und alle die Kerzen, die zur Erinnerung an die Toten angezündet waren, erinnerten in der Dunkelheit an gelbe Augen.

Holger Eliassen hatte eine unbehagliche Unruhe verspürt. Er war sofort nach Hause gegangen und hatte sich die Untersuchung vorgenommen. Er hatte die grüne Lampe eingeschaltet und alles sehr sorgfältig gelesen.

In der Untersuchung, bei der es um eine »Sie« ging, standen erschreckende Dinge über »Größe« und »Reinheit«. Das waren an sich Begriffe, mit denen er etwas anfangen konnte, aber nicht auf diese Weise. Es ging um Katastrophenangst, um Erziehung zum Krieg und zur Bekämpfung von Feinden. Um den Nutzen, der in der Rückkehr zu einem früheren, kindlicheren und primitiveren Funktionsniveau liegt. Und dann stand dort ein Wort, das ihm keine Ruhe ließ, »Omnipotenz«. Holger Eliassen hatte festgestellt, dass dieses Wort etwas mit Schizophrenie zu tun hatte, dass es an sich nicht nur ein negativer Begriff war, sondern dass es sich auch auf intellektuelle und kreative Fähigkeiten bezog. Aber es kam vor, dass jemand aus detaillierten Systemen von Zwangsvorstellungen ein Muster entwickelte. *Eine eventuelle Behandlung muss auf die destruktiven Familienverhältnisse in ihrer Kindheit eingehen. Sie (die Patientin) ist intuitiv, sensitiv und eine scharfe Beobachterin, und sie durchschaut mit Leichtigkeit alle Arten von »Spielen«, die mit Macht und Machtkampf zu tun haben*, stand dort.

Was jedoch seinen Verdacht genährt hatte, dem er jetzt nachzugehen versuchte, waren zwei Dinge: Am Rand des Blattes stand etwas in rosa Blockbuchstaben. Mit geraden, anonymen Großbuchstaben, aber es schien doch die Schrift eines Mädchens zu sein. Eines jungen Mädchens. Und dann hatte er eine Entdeckung gemacht, bei der es ihn eiskalt überlief. Die Abhandlung war von niemand anderem verfasst worden als von Odd Olsen aus Tromsø, dem Medizinstudenten, der vor Jahren spurlos verschwunden war.

Manche nannten Holger Eliassen einen Genauigkeitskrämer. Er wollte, dass alles seine Ordnung hatte, an der richtigen Stelle stand. Ruth konnte das durchaus zu viel werden, aber es schadete doch niemandem.

Durch einen Zufall hatte er erfahren, dass jemand am Abend vor Ivar Josteinssons Tod Carol und ein anderes Mädchen auf seinem Campingplatz gesehen hatte. Judith und Lisbet hatten einige Stunden zuvor ein Fest im Versammlungshaus besucht, zusammen mit vielen anderen jungen Leuten. Er mochte Judith nicht. Sie starrte ihn immer mit viel zu scharfem Blick an. Er konnte auch Carol nicht leiden, und Lisbet war viel zu nett und einschmeichelnd. Er sah die drei Schwestern an dem Tag vor sich, an dem Olaf Marner gestorben war. Wenn er jetzt an diesen Tag dachte, dann hörte er in Gedanken ein Geräusch. Das Geräusch war dunkel und eintönig und klang irgendwie boshaft.

Er hatte in der Bibliothek in alten Zeitungen geblättert. Hatte über den Mord auf dem Campingplatz und das Verschwinden von Odd Olson gelesen. Er hatte auch Olaf Marners Todesanzeige gefunden.

Ruth durfte sich seinem Schreibtisch nicht nähern. Die naive und gutgläubige Ruth, der es um Mitmenschlichkeit und Fürsorge für andere ging. Dass er zum Beispiel die alte Berit Marner mit seinen Fragen quälte, hätte ihm wohl kaum Ruths Beifall eingebracht.

Holger Eliassen war von der alten Schule. Seine Triebkraft war die Wahrheit. Was mit Olaf Marner passiert war, beruhte auf unklaren Umständen. Ein Familienfest. Ein Mann, der zu viel trank und danach in seinem eigenen Erbrochenen erstickte oder der an einer Alkoholvergiftung starb. Oder der vielleicht mit einem weichen Gegenstand erstickt wurde. Er dachte an das rote Kissen, das, von Erbrochenem bedeckt, neben ihm im Bett gelegen hatte.

Er wollte versuchen, die Obduktionsberichte zu lesen. Die über Olaf Marner und über Ivar Josteinsson. Er dachte an die sensationellen Schlagzeilen, die es hageln würde, wenn er genug Indizien zusammenbringen könnte. Die Fälle waren so alt, dass es keine DNA gab. Dass sie verjährt waren, konnte ihn auch nicht aufhalten. Es ging hier um etwas anderes. Es ging um Gerechtigkeit. Ein Mensch, der einen Mord begangen hatte, durfte nicht frei herumlaufen, auch dann nicht, wenn dieser Mensch eine Frau war.

(Nordlicht)

Das Nordlicht oder Polarlicht ist ein Licht, das sich in der oberen Atmosphäre bildet, vor allem in den Polargebieten. Polarlichter entstehen, wenn elektrisch geladene Teilchen des Sonnenwinds auf die oberen Schichten der Erdatmosphäre treffen. Die sichtbarste Farbe im Nordlicht ist Gelbgrün, man sieht aber auch Grün, Rot, Rotlila, Blau und Weiß. Das Nordlicht kann viele unterschiedliche Formen annehmen. Die üblichsten Nordlichtformen sind Bögen, Bänder und Strahlen. Sie können gesammelt oder isoliert auftreten. Die Strahlen im Nordlicht liegen parallel zu den magnetischen Feldlinien und stehen deshalb in den Polargebieten fast senkrecht. Die Perspektivenwirkung kann jedoch einen ganz anderen Eindruck hervorrufen. Ein Beispiel dafür ist die besonders Aufsehen erregende Nordlichtform, die »Krone« genannt wird. Diese entsteht nur, wenn eine Strahlenfällung in der Nähe eines magnetischen Zenits auftritt.

Das Nordlicht scheint durch die Decke zu den beiden Frauen hindurchzudringen, zu Berit Marner und Milla Josteinsson, die in ihren Betten im Pflegeheim liegen. Rechts und links und oben und unten tauschen die Plätze. Beide haben Schmerzen, und ihre Bilder sind grau. Die Zeit streichelt sie vorsichtig. Die Linien laufen lautlos weiter.

Berit Marner sieht an der Decke ihren Geliebten. Seine Schulter ist glatt und blank. Er riecht nach Salzwasser und frischer Luft. Er zieht sie an sich, schiebt ihre Beine mit dem Knie auseinander. Das Gefühl von Trauer breitet sich in ihr aus. Er lebt ja nicht mehr. Sie wartet auf die Inschrift »The End«. Nicht auf die Schrift an der Wand, sondern die Schrift an der Decke.

Der Heizkörper unter dem Fenster tickt ein wenig, und die Frau im Bett gegenüber stöhnt leise. Ihre Bewegungen bringen die Decke zum Rascheln.

Die Krankenpflegerin streichelt ihre Wange diesmal nicht. »Jetzt musst du endlich stillliegen, Mutter Berit«, sagt sie leise. »Du musst unter der Decke liegen, es ist mitten im Winter, sonst wirst du kalt wie Eis, und morgen kommen deine Mädchen zu Besuch, und zu Heiligabend holen sie dich zu Lisbet nach Hause.«

Berit Marner wendet der Pflegerin ihr runzliges Gesicht zu.

»Meine Mädchen? Lilly, meinst du?«

»Nein, nein, Lisbet und die beiden anderen, deine Enkelinnen, weißt du.«

»Ach, meine Enkelinnen. Die Mädchen, ja.«

Vor der Geburt der Mädchen war Berits Tochter Lilly gesund und reizend. Aber vielleicht war Lilly ja zu reizend. Sie war eigentlich Ellen Lillian getauft, aber den Namen Lilly hatte der Vater ihr schon als winzigem Kind gegeben. Kleine Lilly, süße Lilly, schöne, tolle Lilly. Viele Jahre später, lange nachdem die Mitteilung gekommen war, dass Carl Eilert ertrunken war, erkannte Berit Marner den Geruch von Angst und Schmerz, der aus ihrem Körper sickerte, den Geruch von Eisen und Tod. Wie sollte sie allein mit Lilly zurechtkommen?

An der Wand über ihrem Bett hängen gerahmte Fotos ihrer Familie. Das Licht, das durch den Türspalt sickert, bildet kleine gelbe Vierecke auf den Bildern. Sie hatte nur zwei Kinder, mehr kamen dann nicht mehr. Aber sie freute sich über Olaf und Lilly. Sie waren acht und zehn, als ihr Vater auf dem Meer blieb.

»Willst du das Nordlicht sehen?«, flüstert die Pflegerin an ihrer Wange, ehe sie zum Fenster geht und den einen Vorhang zur Seite zieht.

Berit Marner hebt den Kopf vom Kissen. Ein strahlendes Licht verbreitet sich auf der schwarzen Himmelsfläche. »Das sind Nachtwolken«, lacht die alte Frau.

Die blauweißen Striche sehen aus wie Bänder und Schleifen. Die Lichtpirouetten verschwinden über den scharfen Felsrücken, kommen dann aber in anderer Form und anderer Farbe zurück. Das Licht wird blau und noch schärfer. Die Linien wogen hin und her und färben den Schnee auf dem Feld vor dem Wäldchen hellblau, türkis und neonweiß. Der Lichtpinsel streicht über die schneebedeckten Tannen, ehe alles stirbt und verschwindet, wie ein dünner Strich über dem Felsrücken.

Am nächsten Morgen stehen die drei erwachsenen Schwestern in der Türöffnung und schauen ins Zimmer, in dem die Großmutter liegt und die gekrümmten Hände auf der Bettdecke gefaltet hat. Judith zögert einen Moment, ehe sie ins Zimmer geht. Carol steht mit beiden Füßen vor der Schwelle, geht aber nicht weiter. Lisbet lehnt sich an den Türrahmen.

»Warum steht ihr da?«, fragt Milla Josteinsson, wendet den Kopf und sieht sie an. Carol und Lisbet gehen ins Zimmer hinein. Sie nicken Milla Josteinsson zu und gehen dann zum Bett ihrer Großmutter. Judith streichelt ihre Hand. Carol setzt sich auf einen Stuhl hinten beim Fenster. Sie sehnt sich schrecklich nach einer Zigarette. Sie besucht Mutter Berit nur selten, und dabei wohnt sie doch am nächsten. Aber ihr fehlt die Kraft. Jetzt jedenfalls, wo sie arbeitet. Nur Lisbet sieht regelmäßig nach der Großmutter.

Als Carol zuletzt im Pflegeheim war, erzählte die Pflegerin, dass Holger Eliassen gekommen sei, um mit Mutter Berit zu reden. Die Pflegerin goss Kaffee in eine weiße Tasse und reichte sie Carol, und Carol fragte, ob sie wisse, was er gewollt habe.

Die Pflegerin trocknete den Rand der Thermoskanne mit einem weißen Lappen ab. *»Es ging offenbar um etwas, das vor langer Zeit passiert ist«*, sagte sie.

Carol war empört gewesen. Warum besuchte der alte Polizeichef Mutter Berit?

»Es ging wohl um diese toten Männer. Um Millas Sohn und um deinen Onkel. Und dann war da noch irgendein Verschwundener«, sagte die Pflegerin.

Carol schaut zu Milla Josteinsson hinüber. Die hört genau zu, als Judith und die Großmutter miteinander reden. Carol mustert sie irritiert, sie will, dass Milla ihren Blick abwendet, aber das tut Milla nicht, sie lässt ihn nur von Judith weiter zu Carol wandern und starrt dann sie aus ihren hellen Augen an.

Carol schaut ihre Hände an und überlässt das Gespräch mit der Großmutter ihren Schwestern. Sie schließt für einen Moment die Augen und hört das Lachen ihres Onkels, vor langer Zeit. Sie sieht ihn ganz deutlich vor sich. Er trug eine dicke Strickjacke und eine schwarze Hose. Sie selbst hatte einen gelben Baumwollpullover und eine verdreckte weiße Strumpfhose an. Die Flecken auf der Hose waren neu, sie kamen vom roten Saft, der ihr aus dem Glas geschwappt war. Aber das Bild ist unklar, doch es spiegelt die Wahrheit wider, wie das nur echte Träume können.

Sie sieht die Erinnerungen wie Negative vor sich. Hat Mutter Berit gewusst, wie Onkel Olaf wirklich war? Carol hört in Gedanken sein Lachen. *»Was willst du haben, Herzchen?«* Er sah sie fragend an und hob die Kuchenschüssel hoch.

»Halt die Fresse, du Fotze«, fauchte sie ihn an.

Carol weiß noch, wie Onkel Olaf den Kopf in den Nacken legte und lachte. Sein Schmerbauch bebte. »Die Kleine hat aber schon allerlei mitgekriegt«, kicherte er.

Aber Mutter Berit lachte nicht. Sie trat hinter Carols Stuhl, riss ihn vom Tisch weg und packte Carols Oberarm mit Raubtiergriff. Dann zog sie sie in den kleinen Gang hinaus und starrte ihr streng und mit süßem Atem ins Gesicht und sagte, wenn sie so weitermachte, würde sie ihre schreckliche Mutter jedenfalls niemals wiedersehen.

Carol lässt ihre Füße in der tiefen Pfütze zwischen den Torpfosten ertrinken. Lilly sei eine schreckliche putzsüchtige Närrin, so erzählt man sich. Michelle Tangen hat es Sivander im Laden gesagt. Carol hat es mit eigenen Ohren gehört. Aber das ist nicht so schlimm, sagt sie sich und hebt den Arm und beißt in den Regenmantel, der nass und bitter schmeckt. »So kann das nicht weitergehen«, äfft sie Mutter Berit nach. »Wir müssen uns anständig benehmen.« Sie fragt sich, ob alle Kinder eigentlich dasselbe Kind sind. Ob alle Kinder so ängstlich und traurig und froh sind wie sie. Denn sie kann froh sein, auch wenn sie weiß, dass das vergehen wird. Sie ist froh, wenn sie mit ihren Schwestern zusammen Papierpuppen ausschneiden darf. Wenn es in der Küche Waffeln und Milch gibt. Und wenn die Mutter kommt. Carol ist warm und froh, weil Lilly kommen wird. Die Mutter hebt sie immer hoch und aus dem Schmerz hinaus. Aber das vergeht, wenn die Mutter wieder verschwindet. Und auch wenn Mutter Berit das nicht laut sagt, so wissen doch alle, dass sie insgeheim wütend ist. Immer wenn Lilly da war, nimmt alles im Haus eine unsichtbare Farbe an, wie die Farbe der Regenpfützen oder die Farbe des Himmels, wenn er nicht blau ist und wenn es keine Wolken gibt. Wie Nichtfarbe, wie die Farbe von Wasser.

Die erwachsene Carol am Fenster des Pflegeheims wird sich immer an den Tag draußen im Regen erinnern, als sie zum grauen Himmel aufblickte und dachte, dass die Welt ein seltsamer Ort sei. *Sie sah die Gesichter der Schwestern, wie zwei weiße Eier hinter der Fensterscheibe. Mama Lilly wäre wütend gewesen auf Mutter Berit, wenn sie erfahren hätte, dass die ihr Carolkind hinaus in den Regen geschickt hatte. Sie wurde immer wütend, wenn Mutter Berit ihre Kinder zurechtwies. Sie sagte dann, sie wolle keine Einmischung in ihr Leben. Aber wenn sie so etwas sagte, lachte Mutter Berit höhnisch und meinte, dann könne sie sich verdammt nochmal auch selber um ihre Kinder kümmern, wie normale Leute das machten. Und Lilly ist nicht wie normale Leute, das weiß Carol. Das weiß Judith, und das weiß Lisbet. Das wissen alle. Aber Lilly antwortet mit einem höhnischen Lachen und schreit, das wolle sie doch gerade, aber Besserwisser hätten sich in ihr Leben eingemischt und alles ruiniert.*

Dann verschwand Lilly. Zuerst wussten sie nicht, was mit ihr passiert war, aber dann hörten sie, dass sie nach Oslo gegangen sei, in die Tigerstadt. Ein kleines Lächeln spielt um Carols Mundwinkel. Sie weiß noch, dass sie das Wort Tigerstadt nicht verstand. Sie hielt es für einen gefährlichen Ort, mit Tigern und Löwen und Elefanten. Und mit vielen bösen und gemeinen Männern.

Nach dem Besuch im Pflegeheim fahren Judith und Lisbet jede mit ihrem eigenen Auto nach Tromsø. Lisbet muss arbeiten, Judith will Willy holen. Sie hat versucht, den Neffen anzurufen, kann ihn aber nicht erreichen. Sie verspürt eine irritierende Unruhe.

Carol muss beim Weihnachtsendspurt im Laden helfen. Der alte Sivander lässt sie fast keinen Moment aus den Augen. Das ist nervig und ermüdend. Carol gibt sich alle Mühe, sich wie ein normaler Mensch zu verhalten, aber sie weiß, dass es ihm nicht passt, wenn sie an der Kasse zu tun hat. Sie weiß aber auch nicht, ob es ihr gelingen wird, die Tasten auseinanderzuhalten, wenn er sie so anstarrt, und da ist es eigentlich egal. Sie findet es sogar schwer, das Geld anzusehen. Sie spürt schon, wie ihr in den Handflächen der Schweiß ausbricht, obwohl es im Laden ziemlich kühl ist. Die Leute drängen sich zwischen den Regalen durch, plaudern und stoßen einander an. Es ist noch zu früh für eine Zigarettenpause, denkt Carol. Sivander bittet sie, im Regal Zucker nachzufüllen, das tut sie also. Sivander ist der Bruder der Hebamme, die Carol auf die Welt geholt hat. Inga Kåresen arbeitet noch immer im Krankenhaus. Lisbet zufolge ist sie ebenso übellaunig und schweigsam wie ihr Bruder, und sie hätte schon längst in Rente gehen müssen. Sivander trägt noch immer Olaf Marners Mantel, den er nach Olafs Tod geerbt hat.

Carol schiebt die Kartons mit den Waren über den Boden. Es gibt Kartons mit Rotkohl und Kümmelkohl, die eingeräumt werden müssen, und braune Tüten mit Kartoffeln. Die Arbeit ist schwer für ihren schmalen Rücken. Der Laden hat neue Lieferungen bekommen, aber die sind fast zu spät eingetroffen. Die Leute haben jetzt fast alles für Weihnachten vorbereitet und sind mit Backen fertig.

Carol hat schon seit Jahren Rückenschmerzen, hat im Arm Sehnenentzündung, Ellbogen und Rippen tun weh, aber ihr Arzt wollte ihr bei ihrem letzten Besuch trotzdem keine schmerzstillenden Mittel mehr geben. Der verdammte Kurpfuscher schrieb alles einer Depression zu. Sie würde dem Alten schon zeigen, was eine Depression ist. Warum konnte er ihr dann nichts gegen die Depression geben? Weil er meinte, sie habe schon genug, sagte er.

Carol zieht ihren Mantel an und nimmt ihre Handtasche, um eine kleine Pause zu machen. Sie sucht nach ihren Zigaretten. Nickt und grüßt die Kundschaft, die im Laden ein und aus geht. Es macht jedes Mal »pling«, wenn jemand in die Tür tritt. Vielleicht sollte sie mit dem Bus nach Tromsø fahren und Judith bei der Suche nach Willy helfen? Sie schaut kurz auf die Uhr, es ist Viertel vor zehn. Sie müsste sich mehr wie eine Mutter benehmen. Sie fasst einen Entschluss, drückt die Zigarette an der Hausmauer aus und geht auf die Bushaltestelle zu.

Sie geht natürlich nicht wegen Willy zum Bus, wie sie sich eingesteht. Sie braucht Nachschub, ehe es Weihnachen wird und alles geschlossen hat. Sie kann die nächtlichen Schmerzen bald nicht mehr aushalten. Dieser verdammte Geizhals von Arzt! Jetzt hat er über Weihnachten geschlossen, und das wird sie sich zunutze machen. Beim Notdienst kann sie sich bestimmt etwas erbetteln. Sie beherrscht die Tricks. Auch Mutter Berit war immer so geizig. Wenn sie überhaupt Süßigkeiten bekamen, dann nur ganz wenig für jede. Brot und warmes Essen dagegen, das gab es reichlich. Aber besondere Dinge, wie Cola, Lakritzschiffchen und Himbeerbonbons, traten nur in kleinen

Portionen auf. So war es eben, und Carol hatte noch immer das Gefühl, von nichts genug bekommen zu haben. Ihr ganzes Leben war eine einzige große Rationierung gewesen.

Carol friert. Sie trägt einen etwas zu großen Mantel. Der ist so weit, dass die Kälte unter den Wollstoff kriecht. Als Kind hat sie Winterkleider gehasst. Die Wollsachen kratzten an ihrer dünnen weißen Haut. Die Nähte waren grob, die Strumpfhosen lagen als Wülste um ihre Waden. Ihre dünnen Beine sahen aus wie Mumien, in viele Stoffschichten eingemummelt und dann in die Stiefel gezwungen. Jetzt setzt sie sich ganz hinten in den Bus. Bei der nächsten Haltestelle steigt Holger Eliassen zu. Carol schaut aus dem Fenster, aber der Mann in seinem Mantel erinnert sie an einen Raubvogel. Sie ist erleichtert, als er ganz vorn Platz nimmt.

Judith hätte fast einen Mann angefahren, der ein Paar eingepackter Skier trägt. Nach vielem Hin und Her findet sie in der Innenstadt einen Parkplatz. Das bisschen Licht, das sich gegen Mittag durchkämpft, erreicht jetzt seinen kraftlosen Höhepunkt. Sie schaut zur Eismeerkathedrale hinüber, während sie ihren Wagen abschließt. Von hier aus sieht die Kirche mit ihrer spitzen Kerzenform aus wie ein prachtvoller Weihnachtsbaum.

Judith findet das Mietshaus, in dem die Gemeinde Willy eine kleine Wohnung zugewiesen hat. Er war in drei verschiedenen Pflegefamilien, aber jetzt, wo er mündig ist, kann er selbst entscheiden, wo er wohnen will. Im Treppenhaus begegnet Judith einer Frau, die berichten kann, dass Willy Marner weggezogen sei. Die Frau benutzt ein viel zu starkes Parfüm. Sie schlägt vor, dass Judith im Hafen nach ihrem Sohn sucht.

Sie hat versucht, ihn anzurufen, aber angeblich ist die Nummer nicht vergeben. Willy wechselt seine Mobilnummer so oft wie andere ihre Kleider.

Sie geht das kleine Stück zurück in die Innenstadt. Gerade legt ein Schiff der Hurtigrute an. Die Laufplanke wird ausgefahren, und die Vertäuungstrossen werden an den riesigen

Dückdalben befestigt. Die Fischkutter, die daneben liegen, wogen mit der Dünung auf und ab.

Judith blickt auf das Eiswasser, das gegen die Hafenmauer schlägt, als die Fahrgäste über die Laufplanke strömen. Sie kann Willy nirgendwo entdecken.

Judith zieht ihren Daunenmantel fester um sich zusammen. Sie friert. Ein kalter Wind fegt durch die Eismeerstadt. Die Ampeln sind so vereist, dass Rot und Grün nur mit Mühe zu unterscheiden sind.

Sie geht am Focus-Kino vorbei und findet ein kleines Café. Feuchte Wärme und der strenge Geruch vieler Mäntel schlagen ihr entgegen. Sie findet einen freien Tisch am Fenster, holt sich eine Tasse Kaffee und ein kleines rundes Stück Gebäck. Draußen eilen die Leute vorbei. Kinder werden in alle Richtungen gezogen. Ehemänner, die in letzter Minute noch einkaufen, parken verbotenerweise auf den Gehsteigen. Die Schaufenster auf der anderen Straßenseite sind strahlend erleuchtet. Kerzen und rote Herzen, Weihnachtsmännlein und Engel.

Judith trinkt einen Schluck von ihrem heißen Kaffee und stellt die Tasse wieder auf die Untertasse. Als sie den Blick hebt, flimmert plötzlich das Bild eines Bekannten vorbei. Tim Karlsen, Viraks verdammter Sohn, ist draußen unterwegs. Er geht auf seine breitbeinige Weise, als sei nichts passiert, obwohl er doch gerade Vater geworden ist. Judith ertappt sich bei diesem Gedanken. Wie geht eigentlich einer, der gerade Vater geworden ist, überlegt sie und hört in Gedanken Lisbets Stimme. *Da gibt's nichts zu erzählen. Das ist nur traurig. Die Frau hatte blaue Flecken an den Armen und auf der Brust.*

Plötzlich entdeckt sie auch Carol. Die barhäuptige Carol, die hinter Tim Karlsen herläuft. Was will Carol in der Stadt? Sie hat doch behauptet, sie müsse im Laden arbeiten. Judith springt wie auf einen Reflex hin auf und spürt in der Brust einen stechenden Schmerz. Sie reißt ihren Mantel an sich und stürzt hinaus auf den vereisten Bürgersteig. Gibt es etwas, das Carol über Willy nicht erzählt hat?

Ein Straßensänger singt ein Lied über Dezemberblues, während seine blaugefrorenen Hände mit den Pulswärmern auf den abgenutzten Gitarrensaiten klimpern. Die Leute stoßen einander an und drängen sich weiter. In irgendeinem Laden geht eine Alarmklingel los. Ein paar kleine Kinder kommen auf Judith zu, die sich alle Mühe gibt, um ihre Schwester im Menschenstrom nicht aus den Augen zu verlieren. Die Kinder schauen einander lachend an und tuscheln über Dinge, die sie gar nicht wissen dürften.

Die Tracht fühlt sich an ihrem Körper steif an. Das dumpfe Brummen der Klimaanlage des Krankenhauses ist zu hören. Lisbet denkt an ihren ersten Arbeitstag als frischausgebildete Hebamme. Sie weiß noch, dass sie sich vorstellte, wie viele Kinder sie ins Leben holen würde, und dass einige von ihnen sterben würden. Vielleicht sogar als Folge ihrer Fehler.

Sie erinnert sich an das plötzliche Gefühl, gefangen zu sein, das Krankenhaus erschien ihr als riesiges Raubtier. Im nächsten Jahr um diese Zeit bin ich vielleicht nicht mehr hier, denkt sie und hebt die Hände an ihren Hals. Sie ist schockiert von den brutalen Vorstellungen, die sie eiskalt durchströmen. Sie nimmt die Kaffeetasse, die Inga ihr reicht, und rührt nachdenklich mit dem kleinen Löffel um und um und um.

»Du siehst müde aus«, kommentiert Inga erbarmungslos.

»Ich bin auch müde«, sagt Lisbet. »Vor dem Heiligen Abend ist immer so viel zu erledigen.«

Sie stellt die Tasse auf den Tisch, erhebt sich und geht hinaus auf den Gang. Sie will nach der misshandelten jungen Mutter sehen.

Unten im Foyer geht Carol durch den Haupteingang. Sie entdeckt einige Meter vor sich Tim Karlsen. Er schlendert auf den Fahrstuhl zu. Carol überkommt beim Anblick des frischgebackenen Vaters eine Gänsehaut, und sie denkt an seine Freundin, von der Lisbet am Vortag erzählt hat. Es gibt Dinge, an die sie einfach nicht denken sollte. »Man darf dem Gehirn nicht alle möglichen Gedanken zumuten«, murmelt sie und sieht den Weihnachtsbaum an, der mit seinen vielen Lichtern aussieht wie ein Springbrunnen. Daneben, in einer Krippe aus Pappe, liegt das Jesuskind.

Carol geht zum Notdienst. Dann kommt sie wieder heraus und passiert einen Mann in einem Rollstuhl. Sie geht durch eine doppelte Glastür, zieht eine Nummer und setzt sich auf einen roten Stuhl. Im Wartezimmer wimmelt es nur so von Menschen, kranken Kindern und alten Männern. Eine Strophe aus einem Lied fällt ihr ein. *It's still the same old story, a fight for love and glory.* Die Unruhe ist jetzt vollkommen. Sie nimmt den allgegenwärtigen Krankenhausgeruch wahr. Sie schaut zur Decke hoch. Einige Etagen über ihr arbeitet Lisbet.

Tim Karlsen spürt den Drang im Fahrstuhl. Er bemerkt die stickige Luft in dem kleinen Raum und ist erleichtert, als er den Stock erreicht, in dem er aussteigen muss. Er mustert seine spitzen Stiefel, und im selben Moment fällt ihm ein, dass er keine Blumen gekauft hat. Er zieht an der an der Decke befestigten Schnur, und die Tür zur Station brummt leise, ehe sie aufgeht. Das Neonlicht gibt dem Krankenhausgang ein kaltes, unpersönliches Gepräge. Es riecht süß und warm. Er geht vorbei an einem Rollwagen mit Thermoskanne, Plastiktassen und einer Schüssel voll Pfefferkuchen. Eine Frau in einem Bademantel schiebt ein Kind in einem kleinen Plastikbett vor sich her. Die Räder knacken. Die Frau watschelt wie ein Elefant, denkt Tim Karlsen und grinst. Er hört hinter den Türen dünne Säuglingsstimmen. Als er an der Frau mit dem Plastikbett vorbeigeht, schaut er auf das Kind hinunter, das wach ist und Augen wie Plastikkugeln hat. Er denkt an sein eigenes Kind. Von nun an wird er niemals mehr frei sein. Er hat einen Menschen, um den er sich kümmern muss. Weiter vorn geht plötzlich eine Tür auf, und eine Frau mit blonden Haaren und weißer Tracht kommt heraus. Er sieht sie von hinten. Sie kommt ihm bekannt vor.

Sie geht mit leichten Schritten weiter und verschwindet hinter einer anderen Tür. Aus einem Zimmer hört er ein Weihnachtslied.

Bald kommt Carol an die Reihe. Der Arzt bietet ihr einen Stuhl an, sieht ihr aber nicht ins Gesicht. Er ist ein untersetzter Mann mit rötlichen dünnen Haaren und sommersprossigen Händen. Sein Kopf ist ziemlich rund, und er trägt eine Goldbrille mit dicken Gläsern.

Carol ist eine meisterliche Schauspielerin. Wenn sie ihre verschlossene, nervöse Maske ablegt, wird sie zu einer anderen. Wenn sie etwas erreichen will, setzt sie sich mit aller Kraft dafür ein. Sie vermittelt als Erstes ihre Verzweiflung. Sie weiß, was sie will. Sie hat sich für Paralgin forte entschieden, und sie erzählt eine Geschichte über Trauer und Schmerz. Über das Gefühl, dass jemand ihr einen Nagel in den Nacken geschlagen hat. Die Kopfschmerzen werden sie noch umbringen, sagt sie.

Der Arzt mustert sie über den Brillenrand hinweg. Er sagt, sie müsse zu ihrem Hausarzt gehen.

Carol schaut ihn traurig an und erklärt mit tränenerstickter Stimme, dass ihr Hausarzt über Weihnachten leider nicht zu sprechen sei. Und wenn dieser Arzt jetzt nichts gibt, wird sie die Feiertage nicht überleben, sagt sie. Er fragt, ob sie noch andere Medikamente nimmt.

Carol sagt, das sei nicht der Fall. Sie habe jedoch einige Male Valium bekommen, fügt sie hinzu, und dann bricht sie in Tränen aus.

»Mein Sohn ist gestorben, verstehen Sie«, sagt sie und ermahnt sich, in diesem kalten, weißen Raum nicht Phantasie und Wirklichkeit zu vermischen.

Der Arzt nimmt die Brille ab. Er hat jetzt einen milderen Gesichtsausdruck. »Wann ist Ihr Sohn gestorben?«, fragt er mitfühlend.

»Vor einem Monat«, sagt Carol leise.

»Wie ist er gestorben?«

»Was glauben Sie wohl? Natürlich bei einem Autounfall. Er ist zu schnell gefahren. Ich hatte nur ihn.«

»Ich verstehe.« Der Arzt mustert seinen Rezeptblock und setzt dann die Brille wieder auf.

Jetzt schreib endlich, du verdammter Trottel.

»Mit diesem Präparat hier ist nicht zu spaßen«, sagt er. »Sie wissen, dass es süchtig machen kann?«

Mir doch scheißegal. Carol sieht ihn traurig an. *Schreib schon, du Lahmarsch.*

»Wissen Sie, ob Sie an irgendeiner Krankheit leiden, oder ist es nur die Trauer, die Ihnen Probleme macht?«

»Nur die Trauer, meine Güte.« Das sagt Carol sehr laut. *Ich werd dir gleich eine Krankheit verpassen, Mann!* »Das ist es ja eben«, klagt sie. »Das ist die Krankheit, mit der ich mich schon mein Leben lang herumschlage. Ich leide seit Jahren an emotionalen Störungen. Ich habe auch eine Diagnose, eine Persönlichkeitsstörung. Und dann ist auch noch das passiert. Ich kann einfach nicht mehr!«

Der Arzt mustert sie mitfühlend. »Sie bekommen das nur, weil Weihnachten ist«, sagt er gestresst und schaut auf die Uhr, die an der einen Wand rhythmisch tickt.

Carol spürt, wie die Nerven unter ihrer Haut prickeln. Ihr Mund ist wie ausgedörrt, und sie muss schlucken. Die Wut überwältigt sie, und sie kann sich nicht beherrschen. »Ich hab nicht so viel Zeit, ich muss den Bus nach Hause erreichen. Ich muss mich auch noch um meine kranke Großmutter kümmern«, schluchzt sie.

Der Arzt sieht sie mit ernster Miene an. Dann schreibt er weiter, stempelt das Rezept und reicht es ihr.

Carol ballt auf ihrem Schoß die Fäuste, und ein Seufzer der Erleichterung rutscht ihr heraus. Sie nimmt das Rezept und steht auf. Dann zieht sie den Mantel an.

Tim Karlsen merkt, dass er eine Zigarette braucht. Er hat das Kind auf dem Arm. Der Geruch ist fremd und ein wenig unangenehm. Er spürt die Kräfte in dem schmächtigen Jungenkörper. Er weiß nicht, ob ihm das Gefühl des leichten Gewichtes behagt. Die kleinen Hände sind fast durchsichtig, und durch die dunklen Flaumhärchen kann er die Adern auf der Kopfhaut sehen. Wenn er das Kind auf den Boden fallen lässt, wird es zerbrechen. Sein Köpfchen wird am Boden zerschellen. Tim Karlsen ist stolz, vor allem, weil es ein Junge ist, aber manchmal kann es zu viel sein. Er muss alles in kleinen Portionen in sich aufnehmen. Das muss seine Umgebung verstehen. Er schaut seine Freundin an, die im Bett sitzt. Sieht ihr weißes Gesicht und die Nase mit den kleinen Sommersprossen. Sieht ihre Brust, die unter dem Krankenhaushemd anschwillt, und legt das Kind wieder in das kleine Plastikbett. Endlich ist ihr dicker Bauch verschwunden. Das Kind ist in ihr herumgeschwommen, hat sie bis an den Rand gefüllt.

Seine Freundin fragt, ob er das Kind zurechtmachen will. Sie fragt es so, dass er nicht nein sagen kann, schon gar nicht, wo die alte Kuh im anderen Bett genau zuhört. Er möchte es sich verbeten haben, dass seine Freundin ihm Befehle erteilt. Er macht das Kind zurecht, wenn ihm das passt. Der Kleine fuchtelt jetzt mit Armen und Beinen. Um den Mund hat er einen rötlichen Ausschlag. Das Geräusch, das aus seinem kleinen Rachen quillt, erinnert an etwas anderes. »Ich muss erst eine rauchen«, sagt er. Seine Freundin nickt mürrisch, denn sie weiß, wie ungeduldig er sein kann.

Der frischgebackene Vater schlendert aus dem Zimmer und weiter über den Gang mit dem blauen Linoleumboden. Ganz hinten blinkt an einer Schwingtür eine Metallplatte. Die Wände sind weiß und kalt. Er sieht nicht die Hebamme, die ihn beobachtet, während sie in ihrem Mantel am Garderobenständer etwas sucht. Sie mustert ihn durch das Fenster in der Tür des Stationszimmers, während ihre Hand tief unten in der Tasche wühlt.

Tim Karlsen geht durch die Glastüren, nimmt den Fahrstuhl

zum Erdgeschoss. Die Luft in der hektischen Krankenhausatmosphäre ist warm und feucht. Vor dem Haupteingang ahnt er eine Gestalt, bleibt für einen Moment stehen, friert aber beim bloßen Gedanken an die Kälte draußen. Er will doch nur eine blöde Zigarette rauchen. Er schaut zum Fahrstuhl hinüber. Dahinter führt die Treppe in den Keller. Wer wird ihn denn schon entdecken, wenn er im Keller eine raucht, denkt er und geht die mit Linoleum bedeckten Treppenstufen hinunter.

Sie sieht, dass Tim Karlsen plötzlich stehen bleibt und sich unsicher umschaut. Die Luft ist erfüllt von süßem Weihnachtsduft und leisen Stimmen aus allen Stationen. Vor dem Haupteingang haben zwei Kinder eine Schneeballschlacht gestartet. Sie weiß, was Tim Karlsen denkt. *Draußen ist es so verdammt kalt*, denkt er.

Sie weiß, dass er nicht draußen in der Kälte rauchen will. Er ist nicht der Einzige, der sich jetzt nach Sommerfarben sehnt. Plötzlich verschwindet er auf der Treppe hinter dem Fahrstuhl. Sie beschließt, ihm nach unten zu folgen.

Tim Karlsen macht sich an seinem Feuerzeug zu schaffen. Als er es aus der Tasche zieht, hört er ein Geräusch und fährt herum. Aber es wird wieder still, und er saugt das Nikotin tief in seine Lunge. Plötzlich greift jemand nach der Türklinke und öffnet die Stahltür. Er versteckt die Zigarette hinter seinem Rücken und bläst langsam den Rauch aus. Ein seltsames Lächeln gleitet über seinen Mund. »Ach, du bist das«, sagt er überrascht und hebt die Hand mit den gelbbraunen Fingerspitzen zu einem feschen Gruß.

Sie mustert ihn überrascht. »Was machst du denn hier?«

»Was machst du selbst hier unten«, gibt er rasch zurück.

Sie antwortet nicht, starrt zu Boden, während sie auf ihn zugeht. Der Betonboden weist einige hässliche weiße Streifen auf. Er bietet ihr eine Zigarette an.

Sie bleibt vor ihm stehen. »Rauchst du hier unten heimlich?«, sie lächelt und nimmt die Zigarette, die Tim Karlsen ihr angeboten hat.

Er schiebt sich seine eigene Zigarette in den Mundwinkel, zieht das Feuerzeug aus der Tasche und gibt ihr Feuer. Sie macht einige kurze, nervöse Züge.

»Wie geht's denn so?«, fragt sie.

»Gut«, sagt er, »und dir?«

»Gut«, sagt sie.

Der Krankenhauskeller ist lang und schmal und schlecht beleuchtet. Irgendwo hinter einem Heizkessel sind einige Betten aufeinandergestapelt. Ein Gestell mit Schwesterntrachten ist hinter die Betten geschoben worden.

»Wie ist es denn so, Papa zu sein?« Sie holt ihre allersüßeste Stimme hervor.

Er mustert sie mit einem Blick, der immer auf das Schlimmste vorbereitet ist. »Schon okay, so ein Baby«, sagt er misstrauisch. »Wieso fragst du?«

»Wieso ich frage?«, wiederholt sie. »Wie meinst du das? Hast du nicht gerade ein Kind bekommen? Ist es da nicht natürlich, dass ich frage, was das für ein Gefühl ist?« Sie lächelt wieder und schaut durch den bleigrauen Gang. Lange Reihen von grauen Schränken sind nebeneinander aufmarschiert, in unsicherem Habacht. Kein Mensch ist zu sehen.

»Hier ist Rauchen verboten«, teilt sie mit und nickt zur Sprinkleranlage unter der Decke hoch. »Es ist vielleicht keine so gute Idee, hier zu stehen.«

Für einen Moment sieht er verzweifelt aus, wie ein verwöhntes kleines Kind, das seinen Willen nicht durchsetzen kann. Plötzlich hören sie den dumpfen Klang von Schritten auf der Treppe.

»Scheiße«, sagt er. »Da kommt jemand.«

»Komm«, sagt sie und läuft durch den Gang. Tim Karlsen stutzt, dann läuft er hinterher. Er geht rasch, versteckt die Zigarette in der Hand, schließt die Hand darum. Sie hat ihre schon an der Wand ausgedrückt.

Ein Stück weiter vorn biegt der Gang nach rechts ab. Sie biegt um die Ecke. Er streift die Wand mit der Schulter, ehe er hinter ihr her durch den geraden Korridor läuft.

Hinter sich hören sie, wie die Tür geöffnet wird.

»Wie verdammt weit müssen wir denn noch?«, flüstert er genervt.

Sie gibt keine Antwort, geht vorbei an einigen kleinen Containern mit schmutziger Bettwäsche. »Kühlraum«, steht auf einer Tür. Hinter sich hören sie eilige Schritte auf dem Betonboden.

Eine weitere Schrankreihe rettet sie. Sie pressen sich dahinter an die Wand. Jetzt hat eine weitere Person den Kellergang betreten. Zwei Stimmen reden miteinander. »Sicher zwei Ärzte«, flüstert sie ihm zu und beugt sich vorsichtig vor. Etwas an ihrer Art zwingt ihn zum Gehorsam.

Plötzlich entdeckt sie ein vergessenes Schlüsselbund in einer Tür am Ende des Ganges. An dem blanken Metallring hängen mehrere Schlüssel.

Das Geräusch der Stimmen kommt näher. Sie schiebt sich aus ihrem Versteck, stürzt auf die Tür zu, dreht den Schlüssel um und verschwindet im Raum dahinter. Tim Karlsen steht noch immer hinter dem Schrank. Er merkt, dass er wütend und gereizt ist, und er sieht ein, dass sie ihn manipuliert hat. Er versteht nicht, was hier passiert, aber diese Situation erinnert ihn an etwas. Er denkt an Frauen, die keine Lust zum Kochen haben, die vergessen, die Sachen rechtzeitig aus der Gefriertruhe zu nehmen. Die Stimmen verschwinden ein Stück weiter in einem Zimmer. Eine Tür knallt. Plötzlich wird er von schmerzhaftem Begehren überwältigt. Er spürt es am ganzen Leib. Das Begehren stammt aus einem Kern der Unzufriedenheit und hängt mit der plötzlichen Stille im Keller zusammen.

Er ist nicht gerade gemütlich, der Raum, in dem sie sich jetzt befindet. Es ist eine Art Vorzimmer oder eher eine Art Hinterzimmer für einen Operationssaal. Zwei Glastüren führen weiter, aber nur eine einsame Arbeitslampe brennt in einem Nebenraum, der ziemlich groß ist. Die Klimaanlage dröhnt, das Geräusch kommt aus einem Gitter oben unter der Decke.

Ihr ist heiß, Schweiß strömt über ihren Hals. Sie streift den Mantel ab und legt ihn auf den Boden. Leise wird an die Tür geklopft. Sie drehte sich um und bleibt eine Sekunde lang unschlüssig stehen, ehe sie aufmacht und ihn einlässt.

»Sie sind weg«, sagt er und zieht die Tür hinter sich zu. Er macht den letzten Zug an seiner Zigarette, dann drückt er sie an seinem Stiefelabsatz aus und steckt die Kippe in die Tasche.

Sie sagt nichts, sondern öffnet die Glastüren und drückt dahinter auf den Lichtschalter. Das Licht der Neonröhren geht einige Male an und aus, ehe es sich festigt und weiß wird. Sie betreten eine Art Saal. Die Türen hinter ihnen schlagen hin und her wie zwei müde Schwingen.

Der Saal hat keine richtigen Fenster, es gibt nur schmale Lichtscharten oben an der Decke, die von dichten grauen Rollos verdeckt sind. Es riecht nach Chlor und etwas anderem Scharfen.

»Ja, Scheiße«, sagt Tim Karlsen. »Wo sind wir hier denn überhaupt?«

Ein Stahltisch mit einer grünen Plastikmatratze ist von weißen Papierbögen bedeckt. Auf einem Rolltisch liegen Instrumente aufgereiht, Skalpelle, Messer, kleine Behälter mit Watte. Optische Instrumente, eine Schachtel mit Gummihandschuhen, eine Rolle mit blankem Faden und Scheren mit krummen Blättern. In einem Gestell stehen einige Reagenzgläser, und in einer kleinen Dose daneben liegen graublaue Etiketten mit einem Loch. Darauf wird eine Nummer geschrieben, und dann werden sie am großen Zeh der Leiche befestigt, denkt sie. »Der Obduktionssaal«, sagt sie vor sich hin.

Er fragt sich, was sie eigentlich will, ob sie etwas von ihm will. Zum Beispiel eine Nummer. Das Begehren lodert wieder auf. Schwangere Frauen wollen gar nichts. Sie sieht ihn an und lächelt, und er lächelt auch.

»Wollen wir Doktor spielen?«, fragt er.

»Red keinen Scheiß«, sagt sie und schaut seine Pranken an.

»Ich rede keinen Scheiß«, sagt er. »Ich glaube, du brauchst eine Runde.«

»Red keinen Scheiß«, sagt sie noch einmal. Vielleicht wird sie etwas unternehmen müssen. »Ich weiß, wie du bist«, sagt sie laut. »Ich weiß, wie du andere behandelst.«

»Andere«, sagt er ungläubig. »Verdammt, was soll das denn heißen?« Er bläst sich auf, wie ein Auerhahn kommt er drohend auf sie zu. Die Veränderung ist total. Sie weiß ja, wer er ist, aber trotzdem fühlt sie sich überrumpelt. Sie richtet den Blick auf den Tisch hinter ihm. Kleine Erinnerungsfetzen lassen sich in ihrem Gehirn nieder. Stromführende Spieße mit Leitungen voller Elektrizität verhaken sich in den Nervenbahnen. Der Schmerz ist scharf, aber sie versucht, ruhig zu atmen. Das Blumenmuster vom Wiesenrand vor langer Zeit jagt wie ein Farbband durch ihre Erinnerungen.

»Was soll das heißen, verdammt nochmal?«, beharrt er wütend. »Sag es nochmal, wenn du dich traust.«

Sie schrumpft vor ihm zusammen und verschwindet. Sie wird weiß wie die Wände, matt wie der Boden, blank wie der Tisch mit den vielen Instrumenten. Sein Gesicht verschwimmt. Die Szene aus dem Wald ist eine vage Erinnerung, wie eine Glasmalerei, deren Farben langsam verblassen. Wie ein Zeichen, denkt sie. Wieder. Es ist nicht möglich, diesen Augenblick aufzuschieben. Sie setzt ein Gleichheitszeichen zwischen Gedanken und Wirklichkeit. Der Gedanke muss so konkret werden wie die Wirklichkeit. *Psychopathologie*, denkt sie. Das Wort fällt von der grauen Steindecke. *Multiple Persönlichkeit. Die inneren Objekte bewahren. Dich selber retten.*

Er ist jetzt ganz nah an sie herangekommen, jagt sie durch den Raum. Er mustert sie mit gefährlichem Blick.

Es ist so, als ob sie an einem anderen Ort wären, denkt sie. Er packt sie und presst den Arm gegen ihren Mund.

Eine kalte Klarsicht durchjagt ihr Gehirn. Man kann nur

einmal sterben, denkt sie und nimmt durch den Jeansstoff den Geruch seines Körpers wahr. Mit einer plötzlichen überraschenden Bewegung kann sie sich seinem Zugriff entziehen. Ihre Stimme ist wieder da. Sie lacht. Sie lacht laut.

Er mustert sie, während das Herz in seiner Brust hämmert. Die Lage hat sich verändert. Einen Moment lang fühlt er sich unsicher, dann überwältigt ihn wieder das Begehren.

Sie macht eine abwehrende Handbewegung. Als habe sie hier das Sagen. Er bleibt stehen und sieht sie an. Sie dreht sich um und geht hinaus ins Vorzimmer. Er folgt ihr langsam und sieht, wie sie eine grüne Schürze von einem Haken an der Wand nimmt und umbindet. Die ganze Zeit hält sie seinen Blick fest, nun aber dreht sie ihm den Rücken zu, reckt sich und nimmt eine Haube aus einem Regal. Dann zieht sie die Haube über ihre Haare.

Sie bückt sich und schnappt sich ein Paar Plastiksocken, die sie über ihre Stiefel streift.

Er sieht sie an, atmet schwer. »Soll ich das auch machen?«, fragt er. Sie schüttelt den Kopf und legt geheimnisvoll den Zeigefinger an den Mund. Dann geht sie zurück in den Obduktionssaal und zieht ein grünes Laken aus einem Stapel, der in einem Regalfach unter einer Rollbank aus Stahl liegt.

»Komm«, sagt sie und winkt ihn zu sich. Dann legt sie das Laken auf den Boden und bittet ihn, sich darauf zu legen.

Tim Karlsen grinst. »Nein«, sagt er. »Ich leg mich doch auf keinen Scheißboden!«

Sie schärft ihre Sinne bis zum Äußersten. Schnappt sich ein Paar Handschuhe aus dem Karton auf dem Rollwagen. Ihr Lächeln sieht echt aus. Tim Karlsen hat einen seltsamen Ausdruck im Gesicht. Er freut sich auf das, was jetzt kommen wird. Sie ist eine feurige, exzentrische Frau. Wer hätte das gedacht?

Sie hört die kleinen Fensterscheiben in der Kälte knacken. Sie atmet tief durch, nimmt ein langes Skalpell, hebt den Arm und stößt mechanisch nach ihm. Sie ist blitzschnell.

»Ja, Scheiße«, ruft er. »Spinnst du, oder was?«

Das Skalpell hat den Stoff seiner Jacke zerfetzt und sich in seinen Arm gebohrt. Er muss sich in die Lippe beißen, um nicht laut aufzuschreien. Der Schmerz durchjagt ihn wie eine Strafe dafür, dass er die Wirklichkeit nicht erkannt hat. Er jagt seitwärts davon, wie ein Krebs. Sie setzt sofort hinter ihm her. Sie ist schneller als er, aber ihre Plastiksocken sind glatt. Das Skalpell schneidet wieder durch seine Jeansjacke. Die Haut unter dem Stoff ist weich und geschmeidig, sie dehnt sich, dann spannt sie sich für einen Moment, ehe die Messerklinge durch die Oberfläche schneidet. Das Metall gleitet ins Fleisch, durchtrennt Gewebe und weiche Blutadern. Frisst sich mit jedem Schnitt tiefer.

Tim Karlsen hört ein Geräusch, das eigentlich kein Geräusch ist. Er hebt die Hände, um sich zu schützen, aber die Messerklinge zerfetzt seine Handflächen.

Sein Kopf scheint in tausend Stücke zu springen. Seine ganze maskuline, aggressive, böse, intensive Leere scheint überzuschwappen. Sie hat über Aphrodite und den Erlöser gelesen, über Stille, Sturm, Wellen und Schaum. Elemente, aus denen der Körper aufgebaut ist. Elemente, die zu Masse werden können, zu Fleisch und Blut.

Alles geht so schnell. Er verspürt zwei elektrische Stöße in der Seite. Er verspürt auch an anderen Stellen in seinem Körper Stöße. Der Schmerz geht über in einen Zustand von Verleugnung und Apathie.

Sie sieht den Unglauben in seinen Augen und sieht die Arme, die sich langsam zum Schutz heben. Er ist dabei, zu entkommen. Plötzlich macht er sich über sie her. Packt sie und zwingt sie zu Boden. Seine Kraft überwältigt sie. Sein Blut fließt über sie hinweg. Ihr Fuß bleibt in dem stählernen Rollwagen hängen. Bei ihrem Sturz reißt sie den Wagen mit sich, und alle Instrumente und Reagenzgläser fallen neben ihr mit einem lauten Krachen zu Boden. Sie packt ein größeres Messer und stößt es in seine Wange. Sein Schrei zerreißt den Raum. Sie dreht sich auf die Seite. Die Scherben der Reagenzgläser bohren sich in die Handgelenke und den grünen Schürzenstoff. Sie kommt wieder auf die Beine und sieht, dass er sich vornüberbeugt. Wie um sich zu einem neuen Angriff zu sammeln. Sie sieht dieses Bild nicht zum ersten Mal. Sie geht die wenigen Schritte auf ihn zu, wie mit Ballettsocken, sie hebt den Arm und bohrt ihm das Messer in den Rücken. Sie sticht wieder zu, wieder und wieder. Am Ende sinkt er in sich zusammen und bleibt auf der Seite liegen. Er atmet schwer, ein Röcheln quillt zusammen mit einem kleinen Schwall hellroten Blutes aus seinem Mund.

Sie dreht sich um und hebt ein kleines, dünnes Skalpell auf. Sieht es einen Augenblick an, dann bückt sie sich und bohrt es ihm in den Hals. Es gleitet hinein, durch Haut und Muskeln. Hälse sind empfindlich. Sie denkt an den Skistock damals vor langer Zeit und zieht das Skalpell nicht wieder heraus, lässt es stecken.

Er liegt fast still da. Sie beugt sich über ihn und betrachtet ihn. Sie atmet keuchend ein und aus. Sie geht in die Knie und legt ihr Gesicht an seins. Er riecht süßlich. Sie riecht das nicht zum ersten Mal. Eine leise Bewegung der Halsschlagader zeigt, dass er noch immer lebt. Sie richtet sich auf und kommt wieder zu Atem. Beugt sich vor und lässt die Hände auf den Knien ruhen, während sie die Handschuhe auszieht und in die Schürzentasche steckt. Dann geht sie langsam durch die Glastür ins Vorzimmer. Sie schaut sich um und findet eine Rolle Müllsäcke. Reißt einen ab und bindet die Schürze los, die Plastiksocken aber behält sie an. Alles zusammen stopft sie in den Sack. Dann dreht sie die Hähne am Waschbecken auf, beugt sich vor und wäscht sich Gesicht, Hände und Arme. Die ganze Zeit schaut sie sich immer wieder um. Sie zieht zwei Glasscherben aus ihrem Handgelenk, trocknet sich mit einem Papiertuch ab und steckt alles in den Sack. Dann nimmt sie ein Handtuch aus dem Regal und fährt über Wasserhahn, Waschbecken und Boden. Die Details bleiben in ihrem Gehirn haften wie Karos in einem Flickenteppich. An das hier wird sie sich immer erinnern. Sie fühlt sich wie ein Kind, das in einem geheimen Zimmer gespielt hat. Sie schaut durch die Glastür. Sie hat mit einem Mann gespielt, einem Mann, der auf dem Boden liegt und alle Männer auf der ganzen Welt ist. Sie geht zurück ins Nebenzimmer, hält ihr Ohr an sein Gesicht und hört, dass er stirbt.

Dann wischt sie den Lichtschalter neben der Tür ab und schaltet ihn mit dem Ellbogen aus. Sie fährt über die Glastür und die Klinke der Kellertür. Endlich hebt sie das Schlüsselbund vom Boden auf, nimmt ihren Mantel, geht hinaus und schließt hinter sich ab. Auch das Schlüsselbund lässt sie in den schwarzen Sack fallen, den sie über den Kellergang trägt, dann biegt sie nach links ab, geht auf die Tür am Ende des Ganges zu und geht hinaus. Sie steigt die Treppe hinter dem Fahrstuhl hoch und mischt sich unter die Leute. Es ist der Tag vor Heiligabend. Der Weihnachtsbaum funkelt. Ein schwacher Weihrauchduft kommt von einer Kerze am Rezeptionstresen. Es ist wirklich nicht weiter seltsam, wenn jemand einen Müllsack trägt. Irgendwer lacht laut. Ein alter Mann wird in einem Rollstuhl geschoben. Sie geht auf die Damentoilette, zieht eine kleine Sprayflasche hervor und sorgt dafür, dass ihre Haare wieder hübsch und natürlich liegen. Dann geht sie hinaus.

Ein Mann ist tot. Er liegt im Keller auf dem Steinboden, mit offenen Augen, die in eine Welt schauen, die er nicht sehen kann. Das grüne Laken ist feucht vom Blut. Das Blut hat auf dem Boden ein schönes Perlenmuster gezeichnet.

Carol, Lisbet und Judith sind wie eine dreiköpfige Pflanze, wie sie in der Stadt umherwogen. Eine von ihnen hat soeben einen Mann umgebracht. Er war nicht der Erste. Vieles ist sinnlos, als sei der Sinn unterwegs entlaufen und habe die Gefühle als Fragmente stehen lassen. Es gilt, tief durchzuatmen und in eine andere Dimension überzuwechseln, zurück in die wirkliche Welt. Es geht um Gut und Böse. Darum, Dinge von außen zu sehen. Es gilt, sich der frischsten Erinnerungen zu entledigen und ein inhaltsloses Gemüt wiederherzustellen. Millionen von Menschen werden geboren und sterben. Die Welt ist ein Ort für Tiere, für große Tiere und für kleine Tiere. So ist es einfach. Hinter dem Kreis aus Trauer liegt die Wut wie ein haariges Insekt auf der Lauer. Es gilt, sich eine innere Welt zu bauen, die Identität zu sammeln und die Leute anzulächeln, denen man begegnet. Denn nichts hat sich verändert, und bald wird es schneien.

Carol ist aufgewühlt, als sie in der Warteschlange in der Apotheke steht. Lisbet kümmert sich um ein neugeborenes Kind. Sie beugt sich darüber und legt den Mund an die warme, weiche Haut. Es riecht süß. Judith konzentriert sich darauf, nicht auf dem glatten Bürgersteig der Innenstadt auszurutschen. Sie wird Willy finden, und wenn sie den ganzen Abend dafür braucht.

Carol bekommt ihre Pillen. Vielleicht gibt es Hoffnung, denkt sie. In einem anderen Universum. Es ist ein schöner Gedanke, dass man nicht ewig lebt. Es ist nicht ihre Schuld, dass alles so gekommen ist. Sie ist das Opfer einer Familientragödie. An allem ist Lilly schuld. Freude, Vertrauen, Schutz, Geborgenheit, Liebe, das alles ist vor langer, langer Zeit zusammen mit ihren rauschenden Röcken verschwunden. Sie hat irgendwo gelesen, dass das Destruktive sich festsetzt, wenn das Kind nicht bestätigt oder als etwas Wichtiges in sich selbst behandelt wird. Sie nimmt die Tüte mit der Medizin und steckt sie in die Manteltasche, dann geht sie hinaus in die Kälte.

Das kleine Kind sieht sie verwundert an. Für eine Sekunde hält Lisbet den Atem an. Sie scheint plötzlich rückwärts zu leben. Sie denkt an ihr eigenes Erstgeborenes. Dieses Kind hat Ähnlichkeit mit ihm. Er gehört mir, nur mir, denkt sie. Aber nein, dieses Kind gehört ihr nicht. Ihr Kind hat lange Beine und fettige Haare und sitzt zu Hause vor einem Computerspiel. Sie muss ihre Gedanken korrigieren, denkt sie und starrt ihre Hände an. Sie muss sich die Nägel schneiden, damit sie das Kind nicht zerkratzt.

Bald wird sie nach Hause fahren und das Festmahl für den

morgigen Tag vorbereiten. Sie muss sich auf das Essen konzentrieren, das sie kochen will. Alles liegt zu Hause im Kühlschrank bereit. Sie hat zwei von Mutter Berits alten Kochbüchern aufbewahrt. Wenn sie darin blättert, sucht sie unbewusst nach verborgenen Zeichen.

Sie hatte die Schweinerippe so gesalzen und gepfeffert, wie ihre Großmutter das auch immer gemacht hat. Nichts war in Mutter Berits Haus wichtiger als das Essen. Sie war immer mit etwas beschäftigt, ihre molligen Hände kneteten Brotteig oder schälten Äpfel oder drehten einen Braten um. Die Großmutter knetete den Teig mit ihren großen Händen auf dem Küchentisch. Der Geruch setzt sich im Holz fest. Lisbet hat den Küchentisch geerbt. Noch heute, wenn sie die Wange auf die Tischplatte legt, kann sie den warmen Dunst von Hefe aus der rauen Fläche quellen spüren.

Holger Eliassen löst sich aus der Dunkelheit. Judith wäre fast mit ihm zusammengestoßen, aber sie erkennt ihn sofort. Er ist groß, und alles an ihm ist grau – Augen, Haare und Mantel. Auch er wirkt überrascht und leicht verwirrt, aber er ist nicht so wortkarg wie sonst. Sie tauschen Gemeinplätze und reden ein wenig über das Wetter. Dann fragt Judith, wie es Ruth geht, und Holger Eliassen verlagert sein Gewicht auf das andere Bein, sagt, danke, sehr gut, und fragt Judith nach Mutter Berits Befinden.

»Darüber weißt du ja wohl mehr als ich.« Judith antwortet wie aus der Pistole geschossen. »Ich wohne doch in Oslo, und wenn ich das richtig verstanden habe, hast du sie vor kurzem erst besucht.«

Holger Eliassen mustert die Frau, die da vor ihm steht. Ihre Wangen haben eine frische Farbe, und auf ihre Weise ist sie hübsch. Hübsch im Stil von Meryl Streep. Er weiß natürlich, warum Judith in der Stadt ist. Sie will sicher ihren Neffen holen, Willy. Es ist unmöglich, einer Frau anzusehen, wer sie ist, denkt er. Im Bus in die Stadt hatte er Carol entdeckt, die sich hinten ganz klein machte. Sie wollte offenbar nicht mit ihm reden. Er denkt an die dritte Schwester, Lisbet Marner Johansen. Vor einer Woche war sie ihm über den Weg gelaufen, als sie mit ihrem Hühnerhund unterwegs war. Sie glitt auf Skiern an ihm vorbei und gab vor, ihn nicht zu sehen. Die Spuren des Hundes sahen im Schnee aus wie schwarze Flecken. Hündin, murmelte er vor sich hin, und damit war nicht das Tier gemeint.

Holger Eliassen war auf der Wache und hat sich davon überzeugt, dass Olaf Marner damals nicht richtig obduziert worden ist. Dermaßen offensichtliche Fälle untersuchte man anscheinend nicht gründlich genug. Aber Olaf Marner war bei seinem Tod noch keine vierzig gewesen. Das bohrende Gefühl, dass hier etwas nicht stimmte, war nun noch stärker geworden. Sein Gehirn strengte sich an, um die roten Fäden miteinander in Verbindung zu bringen. Er gab sich alle Mühe, die Fragmente zu wichtigen Beobachtungen zusammenzufügen. Es ging darum, Gedanken und Gefühle in Übereinstimmung zu bringen. Aber Gefühle hatten mit Polizeiarbeit doch eigentlich nichts zu tun. Die Polizei von Tromsø würde am Ende alles bekommen, wenn er erst mehr Fleisch auf den Knochen hätte.

Judith Marner betrachtet ihn, ohne etwas zu sagen.

Holger Eliassen bohrt die Finger durch ein Loch in seiner Tasche. Er würde sie alle drei verfolgen, das hatte er beschlossen, bis eine platzte und mit der Wahrheit herausrückte. Wenn er nachts im Bett lag, kam er sich ab und zu vor wie in einem Sarg. Er würde sie verfolgen, bis eine von ihnen sich verriet. Die Schwestern mussten etwas übereinander wissen. Michelle hat sie auf seinen Wunsch zu einem kleinen Wiedersehen eingeladen.

»Wir sehen uns am dritten Weihnachtstag bei Michelle und Reidar, wenn ich das richtig verstanden habe«, sagt er und lächelt. Aber das Lächeln erreicht seine Augen nicht.

Judith mustert sein kaltes Lächeln. Dann reitet sie der Teutel. »Ja, vielleicht«, sagt sie freundlich. »Das wird sicher sehr, sehr nett. Wir freuen uns alle drei schon sehr.« Sie nickt, und das Licht der Straßenlaterne lässt ihre Pupillen glitzern. Dann dreht sie sich um und verschwindet hinten auf der Straße.

Sie geht wieder zum Hafen, vorbei an einem Speicher und einem großen Kran. Das Bild von Holger Eliassen wogt vor ihr auf und ab. Seine Nase erinnert an eine Schnauze, und sie weiß noch, wie er sie als Kinder aus dem Wartehäuschen an der Bushaltestelle vertrieben hat.

Sie spricht mit einem Fischer, der mit Fischblut verschmierte Plastikkästen aufeinanderstapelt. Er meint, sie solle in einem gleich nebenan gelegenen Gebäude suchen. »Da sind immer junge Leute«, sagt er. Judith dankt und zieht die Handschuhe aus ihrer Tasche an. Sie entdeckt im Gebäude eine offene Tür und geht hinein. Es ist ein großer Raum mit Steinboden und vier kleinen, vergitterten Fenstern hoch oben in einer Wand. Irgendwer hat versucht, dem Raum Schwung zu geben, indem er die Wände gelb angestrichen hat. Das sieht total falsch aus. Sie hört hinter sich ein Geräusch. Es kommt aus einem Container. Ein junger Mann sitzt dort mit geschlossenen Augen und lauscht seinem Walkman. Hinten in einer Ecke leuchtet eine umgefallene Stehlampe. Der Boden ist mit leeren Flaschen und Farbdosen bedeckt.

Ein Junge kommt auf sie zu. »Hast du Willy Marner gesehen?«, fragt sie.

»Marner? Hat irgendwer Marner gesehen?« Der Junge dreht sich zu dem Walkmanhörer um. Der gibt keine Antwort, wiegt nur langsam seinen Körper hin und her. Judith spürt die Angst wie einen Stich im Magen. Sie marschiert auf den jungen Mann zu und packt seinen Arm. »Weißt du, wo Willy Marner steckt?«

Der Junge, der total weggetreten ist, wacht auf, als sie ihn packt. »Was zum Teufel«, sagt er. »Hau ab!«

Aber Judith lässt ihn nicht los. »Was weißt du über Willy?«

Er gibt keine Antwort, zieht die Ohrstöpsel heraus und lässt sich an die Wand zurücksinken. Seine Augen sind glasig. »Ich weiß nichts über Willy«, murmelt er, während der Kältedampf wie Flocken aus seinem Mund rieselt.

»Er war eben noch hier«, sagt plötzlich eine zarte Mädchenstimme. Judith dreht sich um. Ein Mädchen mit einer weißen Mütze setzt sich auf der Matratze in der Ecke auf. Sie hält sich eine geblümte Steppdecke an den Hals, und ihre Fingerspitzen sind rot.

Judith sieht sie an und fragt, ob sie Willys Telefonnummer weiß.

»Er hat eine neue Nummer«, sagt sie.

Das Mädchen legt sich wieder hin. »Der hat dauernd neue Nummern«, murmelt sie. »Ich kann mich nicht erinnern.« Judith blickt sie traurig an, dann geht sie wieder.

Der Himmel ist grauschwarz und zum Bersten mit schweren Schneewolken behangen. Judith spürt, wie die feuchte Kälte vom Meer durch den Hafen streicht. Der Wind bohrt sich wie Nadeln in ihr Gesicht. Sie muss Willy finden. Es kann nicht Heiliger Abend sein, wenn Willy nicht da ist. Sie kann die Vorstellung nicht ertragen, dass er zugedröhnt und unglücklich in irgendeiner Ecke liegt, während die restliche Familie sich an Lisbets Festmahl gütlich tut.

Judith schaudert es, aber sie weiß nicht, dass Holger Eliassen ihr folgt und es genießt, Detektiv zu spielen. In seinem Leben hat es zu viel Papierarbeit und Familienstreitereien gegeben. Die kühle Luft hat Farbe in seine bleichen Wangen gebracht. Er zieht den Mantelkragen fester zusammen und bleibt auf sicherer Distanz zu der Frau im goldenen Daunenmantel, lässt sie aber nicht aus den Augen.

Plötzlich entdeckt Judith ihn. Willy lungert an einer Ecke herum. Er wirkt nicht überrascht, nur abwartend. Er sieht sie mit einem kleinen ironischen Na-hast-du-mich-doch-gefunden-Blick an.

Judith lächelt. Sie erinnert sich an ihre Freude bei dem Anruf, der die Geburt des kleinen Willy mitteilte. Auf irgendeine Weise hatte sie das Gefühl, dass er auch ein wenig ihr gehörte.

Bei ihrem ersten Besuch saß Carol auf dem verschlissenen Sofa und weinte. Sie war erst siebzehn, und Willy schrie die ganze Zeit mit seiner schrillen, zitternden Säuglingsstimme. Sie wohnten im Keller in einem gemeindeeigenen Mietshaus. Carol nuckelte manisch an ihrer Zigarette, die Windel des Kleinen war voll Urin und Kacke. Sein Hemdchen stank nach Erbrochenem.

»Ich bin einfach so müde«, sagte Carol. »Ich weiß nicht, ob ich das hier noch lange bringe. Lilly hat doch auch aufgegeben«, sagte Carol höhnisch. »Sie hat uns Mutter Berit überlassen. Viele geben auf.« Sie zog das eine Bein noch weiter unter sich. Sie streifte die Asche von der Zigarette, schaute gleichgültig vor sich hin und fragte, was Judith denn gerade so mache. Als Judith von ihrer Fotografielehre erzählte, lachte Carol spöttisch. Als ob das ein Grund wäre, stolz zu sein.

»Du kannst den Kleinen ja mit nach Oslo nehmen, finde ich. Du schaffst doch immer alles. Du wärst eine bessere Mutter als ich.«

Judith weiß noch, dass sie zögerte. Die Vorstellung war eigentlich verlockend. Sie könnte es tun. Sie könnte Willy mitnehmen. Sie schaute das hellblaue Bündel mit dem großen Drontekopf an. Willy war kein schönes Kind. »Dazu hab ich doch keine Möglichkeit«, sagte sie dann.

Als Willy sieben war, war Judith einmal mit ihm ins Schwimmbad gegangen. Sie hatte ihm das Schwimmen beigebracht, aber Willy schwamm nur mit einem Arm. Den anderen musste er sich über den Mund legen. So groß war seine Angst davor, den Mund voll Wasser zu bekommen.

Willy nickt zum Terminalgebäude hinüber, wo das Schiff der Hurtigrute gerade die Laufplanke einholt.

»Da hinten steht Holger Eliassen«, sagt er.

Judith fährt herum.

»Carol hat unten im Speicher nach mir gefragt«, sagt er dann. »Vor anderthalb Stunden.«

Judith nickt. »Ich hab sie vorhin gesehen«, sagt sie. »Sicher ist sie mit dem Bus gekommen. Ich dachte, sie müsste heute arbeiten.« Auch Willy nennt seine Mutter beim Vornamen, denkt sie. Das Wort Mama scheint in dieser Familie geächtet zu werden.

»Sie hat sich sicher Sorgen um dich gemacht?«, Judith schiebt die Hände in die Taschen.

Willys Mundwinkel kräuseln sich in der Andeutung eines Lächelns. »Sie wollte sich sicher nur irgendwelche Pillen besorgen, stell ich mir vor. Das war sicher alles.«

Judith nickt mit ernster Miene. »Aber jetzt geht es ziemlich gut, glaube ich«, sagt sie. »Deine Mutter arbeitet im Moment in Sivanders Laden. Aber das weißt du sicher. Am Heiligen Abend wird alles gut gehen.«

Willy zieht energisch an seiner Zigarette und schneidet eine Grimasse. »Verdammtes Weihnachten«, sagt er. »Weihnachten ist für die Kapitalisten der beste Anlass zur Völlerei. Das ist alles. Das Jesuskind und diese ganze Pisse haben damit nichts zu tun. Die Welt ist eigentlich gar nicht so schlecht«, fügt er dann hinzu. »Wenn nur nicht dieses verdammte Weihnachtsfest einmal im Jahr Stücke aus deiner Seele risse.«

»Fahren wir?«, fragt Judith vorsichtig.

»Ich muss mich auf der Wache melden«, sagt Willy.

»Warum das?«

»Es geht um ein geklautes Auto. Pures Missverständnis. Kommst du mit?« Willy fröstelt in der Kälte.

Judith schüttelt den Kopf. »Warum wohnst du nicht in deiner Wohnung?«, fragt sie.

»Tu ich doch«, sagt er. »Aber da sind keine Möbel.« Eilig schaut er sich um.

»Was ist mit diesem gestohlenen Auto?«

»Das hat nichts mit mir zu tun, aber ich weiß, wer es war.«

Judith sieht ihn an. Sie zieht die Handschuhe aus und fährt sich rasch mit den Fingern durch die Haare.

Judith und Willy gehen über die Straße und weiter über den eisglatten Bürgersteig. Das Schild der Wache leuchtet ihnen entgegen. Sie kommt mit, geht hinter ihm die Treppe hoch. In der Rezeption ist alles leer, aber nach einer Weile kommt eine junge rothaarige Polizistin und bittet sie, noch einen Moment Platz zu nehmen. Judith schaut sich um. Da Willy über achtzehn ist, hat sie keinen Anspruch darauf, zu erfahren, worum es bei dem Fall geht. Er hat ihr deutlich gesagt, dass sie sich nicht einmischen soll.

Die Eingangstür öffnet sich, und Holger Eliassen kommt herein. Was ist denn jetzt schon wieder, denkt Judith irritiert und registriert, wie er Willy ansieht. Der soll ja Willy in Ruhe lassen, denkt sie. Eliassen nickt Judith noch einmal zu und trampelt sich den Schnee von den Stiefeln. In diesem Moment lässt eine Spinne sich an einem dünnen, glitzernden Faden herab. Die Spinne landet auf Judiths Knie. Sie wischt sie nicht weg, denn anders als viele anderen hält Judith Spinnen für Glücksbringerinnen.

Holger Eliassen murmelt etwas und verschwindet hinten im Flur. Judith ärgert sich darüber, dass Carol die Einladung für den dritten Weihnachtstag schon angenommen hat. Sie lässt ihren Blick durch den Raum wandern und betrachtet die Spinne, die an ihrem Bein nach unten klettert. Überall scheint es klatschsüchtiges Ungeziefer zu geben. Sie denkt an die Familientradition. Lilly und Carol, und jetzt Willy.

Judith mustert die hübsche rothaarige Polizistin, die Willy holen kommt. Ihre Haut hat leichte Sommersprossen. Die Polizistin sieht Judith lange an, Judith kann diesen Blick nicht deuten.

Die Frau geht mit Willy in ein Büro. Judith sieht zu, wie die Tür hinter den beiden zufällt. Die Tür ist rotorange und hat eine blanke, geschwungene Klinke. Was ist aus Holger Eliassen geworden?

Judith versucht, das seltsame Lächeln der Polizistin zu analysieren. Sie ist Willys Angehörige. Der Schmerz steckt ihr im Magen. Die Erinnerungen sind nicht gerade ein Trost. Mutter Berit kochte die Flaschen in Wasser aus, ehe sie sie mit Saft füllte. Kochendes Wasser war lebensgefährlich für Kinder. Die große Schwester von Lisbet und Carol zu sein bedeutete, dass sie Zauberin, Stier und Polizist sein musste, alles auf einmal. Als sie klein waren, konnte ein ganz normales Spiel in Mutter Berits Wohnzimmer plötzlich zu etwas ganz anderem werden. *We hate you, we hate you.* Sie erinnert sich an diese Rufe, die sie aus einem englischen Film hatten. Kichern und Geheul und Geschrei und Mutter Berits Kommando aus der Küche: *Macht nicht solchen Krach!* Die Spiele, die sich plötzlich veränderten. Der Tisch, der plötzlich nicht mehr der Schalter in einem Postamt war, sondern eine Brücke, über die der erste Brausebock trampeln sollte, um sich fettzufressen. Aber niemand ging ungestraft über den Postschalter. Während Carol lachte und den Kopf in den Nacken warf, schleuderte Judith die Papiertausender auf den Boden und holte Streichhölzer. Aber Lisbet nahm ihr die Schachtel ab. *Wir machen hier im Zimmer kein Feuer*, schrie sie. Carol rief die Polizei. Und die Polizei kam aus der Küche, mit blaukarierter Schürze und Händen wie Eisenkrallen. *Sie ist betrunken, sie ist betrunken*, rief Carol. Judith schnappte sich die Postkundin, die zur Feier des Tages rosa Handschuhe und einen geblümten Hut trug.

Aber es war immer abends, wenn die beiden anderen schon schliefen, dass Judith sich wegen der Zukunft ängstigte. Wie alles werden sollte. Wie sollte sie dafür sorgen können, dass ihre Schwestern glücklich würden? Sie erinnert sich daran, wie Mutter Berit einmal zwei hohe Rechnungen bekommen hatte – eine Stromrechnung und dann eine grüne, Judith wusste nicht, worum es dabei ging. Sie konnte nicht schlafen. Das Licht der Laterne vor dem Haus fiel durch den Vorhangspalt. Sie stand auf und schaute hinaus. Draußen nieselte es. Der Regen tanzte unter der Laterne wie ein Schwarm von schwarzen Tupfen in dem hellen Nebel.

Auf dem Regal über Lisbets Bett saß die Clownspuppe. Daran waren eine rote und eine blaue Medaille befestigt. Als ob die Puppe etwas gewonnen hätte. Judith weiß noch, wie die Puppe sie anstarrte.

Judith fährt zusammen, als die Tür aufgeht. Willy kommt zurück. Sie springt automatisch auf.

»Die sind hier wie die Wölfe.« Willy bewegt nervös die Arme. Er kratzt sich am Hals. »Oder wie Hyänen«, fügt er hinzu. »Schlau, gerissen, hektisch und falsch. Egal, was du sagst, sie glauben dir nie.« Er tritt auf die Spinne, die eben noch über den Boden lief. »Komm«, sagt er und sucht in seiner Tasche fieberhaft nach Tabak.

Willy öffnet die Tür, und sie gehen hinaus in die Kälte. Große, wütende Schneeflocken wirbeln vom Himmel. Jemand knallt mit einer Autotür und lässt einen Motor an.

Judith betrachtet seine vertrauten Züge und sieht ihn plötzlich als kleines Kind vor sich. Seine runden Wangen, die grüngrauen Augen. Schon als Kind sah Willy aus wie ein Verlierer. Vielleicht, weil er nie ganz sauber war. Oder weil seine Haare weder dunkel noch hell waren. Der ganze Junge war irgendwie beige. Er war ein quengeliges, anspruchsvolles Kind, das allen Leuten mit dem »Tod« drohte. Sie weiß noch, dass er eine Spielzeugwaffe hatte, mit der er umherlief und Leute »totschoss«. Es war die Kopie eines echten Revolvers, keine unschuldige rote Plastikpistole, wie Judith und ihre Schwestern sie früher gehabt hatten.

Holger Eliassen musterte Anna Borelius Hansen. Er habe ihr ein Märchen zu erzählen, hatte er gesagt. Er gab sich große Mühe, jovial und harmlos zu wirken. Man weiß ja nie, wie diese jungen Polizisten reagieren, dachte er. Und bei jungen Polizistinnen weiß man es erst recht nicht.

Anna Borelius Hansen war müde, immer wieder klingelte das Telefon auf ihrem Schreibtisch. Am Ende teilte sie der Zentrale mit, sie sei nicht zu sprechen. Eine beginnende Infektion, sie habe Halsschmerzen. Im Fenster hing ein verschossener Christstern. Ein junger korpulenter Polizist mit einem runden Kindergesicht klopfte an die halboffene Tür und brachte einige Unterlagen. Sie nickte ihm kurz zu und versprach, sich die Papiere später anzusehen.

Es war der Tag vor Heiligabend. Holger Eliassens Art zu reden, erinnerte sie an etwas, an das sie gar nicht denken wollte. Und Märchen waren im Moment wirklich nicht das, was sie am dringendsten brauchte.

Holger Eliassen war sich nur zu bewusst, dass sie auswich. Er musterte ihr Gesicht und die schmalen weißen Hände. Er hatte immer noch Probleme damit, dass Frauen zur Polizei gingen.

Er fing behutsam an. Erzählte von einem Menschen, der verzweifelt war, der sich wertlos fühlte, voller Hass, Wut und Angst. »Es ist eine Frau«, sagte er, »die mindestens drei Männer umgebracht hat.«

Plötzlich fiel ihm ein Kaffeefleck auf Anna Borelius Hansens Hemd auf, gleich über ihrer linken Brust. Der Fleck lenkte ihn ab. Seine eigene Uniform war immer tadellos gewesen. Wenn Ruth etwas gut gekonnt hatte, dann, seine Uniformen in Schuss zu halten.

Bei dieser Information hätte ich doch aufspringen müssen, dachte Anna, aber das tat sie nicht. Wenn das, was Holger Eliassen ihr hier erzählte, stimmte, dann war das eine Sensation. Aber seine monotone Stimme ließ sie an *Leiden* denken. Sie sah den Ring an seinem Finger an. Sie glaubte nicht an sein Märchen.

Sie kam ihm nicht entgegen, wollte ihre Distanz nicht aufgeben. Vor einigen Jahren hatte er den Kontakt zu ihrem Vater abgebrochen. Deshalb war sie erleichtert, als ihr Mobiltelefon klingelte. Es war eine Freundin, die erzählte, dass sie sich ein Hundebaby zugelegt hatte. Unter seinen buschigen grauen

Augenbrauen musterte Holger Eliassen sie mit scharfem Blick. Anna, das Einzelkind, wusste, wie es war, im Mittelpunkt aller Aufmerksamkeit zu stehen. Sie genoss die Stimme der Freundin, die mit Wärme von ihrem Hund erzählte. Die Freundin wollte sofort auf die Wache kommen, um ihr den kleinen Hund zu zeigen. Anna sagte, sie sei herzlich willkommen.

Holger Eliassen betrachtete das Bild mit zwei schönen Pferden auf einer grünen Wiese, das in einem dunklen Lederrahmen hinter Anna Borelius Hansen an der Wand hing. Kaum hatte sie ihr Telefon ausgeschaltet, da fing er an, über die Vergangenheit zu schwadronieren. Vom ersten Tag an habe er großartige Ergebnisse erzielt, sagte er. Erstens liege seine Intelligenz über dem Durchschnitt, zweitens besitze er Intuition für das Verhalten von Verbrechern, für die Gesetze schwacher Menschen.

Und er fügte hinzu: »Du kennst vielleicht das Gefühl, wenn einem plötzlich ein Zusammenhang aufgeht, den man bisher nicht verstanden hat. Wenn man plötzlich auf ein Detail stößt, das Gewissheit bringt und alles andere in die richtige Perspektive rückt.«

Er fing an, von den Marner-Schwestern zu erzählen und von diesen alten Fällen, die er nicht vergessen hatte. »Mit dieser Familie stimmt etwas nicht«, sagte er. »Sieh dir doch nur Willy Marner an.«

Anna Borelius Hansen sagte, was er da erzähle, sei reichlich unwahrscheinlich. Sie erhob sich, öffnete die Tür und schaute sich im Flur um. Dann setzte sie sich wieder.

Holger Eliassen folgte ihren Bewegungen. Er ließ sich ungern kritisieren. Und schon gar nicht von einem jungen Mädel wie Anna Borelius Hansen. Er hatte einmal einen Vortrag über Empathie gehört. Der hatte seiner Meinung nach eher Schaden angerichtet als geholfen. Fälle wurden nicht durch Gefühle gelöst. Anna war erst Anfang dreißig und wagte trotzdem, ihm gegenüber diesen belehrenden Tonfall anzuschlagen. Er hatte sein gesamtes Erwachsenenleben der Gerechtigkeit gewidmet, und das Mindeste, was er erwartete, waren Entgegenkommen und ein wenig Enthusiasmus aufseiten der jungen Vertreterinnen der Polizei. Aber da sie die Tochter eines alten Bekannten war, empfing sie ihn jetzt vielleicht nur aus Höflichkeit, überlegte er. Vielleicht hatte sie sich über seine Bemerkung bei seinem letzten Besuch geärgert, dass ihr Büro durchaus unaufgeräumt wirke. Er konnte vielleicht belehrend wirken, aber wie wollte man denn Fälle aufklären, wenn man nicht einmal sein eigenes Büro aufräumen konnte?

Anna Borelius Hansen wollte sich von der gespannten Stimmung nicht beeinflussen lassen. Vor dem Fenster tanzte der Schnee gegen die Scheibe. Sie finde das interessant, was er erzähle, sagte sie und bat ihn, es schriftlich einzureichen. Sie sagte das mit einer aggressiven Professionalität in der Stimme.

Sie schaute auf die Uhr. Im Besprechungszimmer sammelten sich jetzt die Kollegen, um die Ereignisse des Tages zusammenzufassen. Anna bat um Entschuldigung, sie müsse jetzt gehen. Als sie aufstanden, legte er ihr die Hand ins Kreuz. Wollte er sie bestrafen, weil sie ihn wieder auf die Winterstraßen hinausschickte? Später wusste Anna nicht mehr, wie sie aus ihrem Büro und ins Besprechungszimmer gelangt war. Sie hatte ein brennendes Gefühl in der Brust. Das Fieber hatte sich hinter ihrer Stirn festgesetzt.

Als Holger Eliassen die Eingangstür öffnete, kam ihm eine junge Frau mit einem goldgelben Hundebaby auf dem Arm entgegen. Er trat beiseite und hielt die Tür für sie auf. Dann ging er hinaus in die Dunkelheit, wo Schneeflocken wie eine Engelschar von rechts auf ihn einstürmten.

»Ich hab dir ein Weihnachtsgeschenk gekauft«, sagt Judith.

Willy friert. Die Kälte dringt durch seine verschlissenen Turnschuhe. Er hat keine Handschuhe, und seine Jacke ist dünn. »Weiß nicht, ob ich das bringe«, sagt er.

»Aber Mutter Berit kommt auch. Ich hole sie morgen aus dem Pflegeheim. Es ist vielleicht ihr letztes Weihnachtsfest.«

»Das sagst du jetzt seit zehn Jahren.«
»Nicht seit zehn.«
»Aber jedenfalls seit fünf.«
»Meinetwegen.« Judith lächelt. »Du weißt doch, dass ich die ganze Zeit an dich denke. Es wäre gemein, wenn du nicht kämst.«
Willy sieht sie an. Sie haben eine besondere Beziehung, er und seine Tante. Einmal hat sie gesagt, dass er sie beerben wird. Er hat diese Worte in einer dunklen Ecke seines Bewusstseins versteckt.
»Du hast ein neues Auto, nicht wahr?«, fragt er.
Judith nickt stolz. »Das steht gleich hier um die Ecke.«
»Darf ich fahren?«
Judith nickt erleichtert. »Du kommst zuerst mit zu Carol, da übernachten wir heute«, sagt sie energisch.

Carol steigt zwanzig Minuten, ehe Judith und Willy eintreffen, aus dem Bus. Sie nimmt drei Paralgin forte und trinkt dazu ein halbes Milchglas voll Wodka. Dann geht sie in ihr kleines Badezimmer und putzt sich die Zähne. Ihre Augen starren sie aus dem Spiegel müde an. Nichts verändert sich über Nacht, denkt sie und hat einen Hustenanfall. Nach kurzer Zeit verspürt sie das wunderbar prickelnde Gefühl in Armen und Beinen, Ruhe und fröhliche Gleichgültigkeit breiten sich in ihr aus.
»Hast du gewusst, dass ich dich liebe?«, fragt jemand im Fernseher. Sie steckt sich eine Zigarette an und setzt sich aufs Sofa. Lässt sich gegen das Polster zurücksinken und merkt, wie die Wärme des kleinen Heizstrahlers ihr guttut. Es ist so kalt. Obwohl sie in ihren Turnschuhen dicke Wollsocken trägt, kommt der Frost über den Boden geschlichen.
Auf der Rückfahrt saß sie im Bus neben Nelly. Nelly Bertinussen war früher Carols beste Freundin. Mutter Berit hatte nie etwas von Nelly gehalten. Sie war die Tochter des Hausmeisters in der Schule, und der hatte Carol geschwängert. Auf diese Weise wurde Nelly zu Willys Halbschwester. Die Freundschaft

der beiden Mädchen nahm ein jähes Ende. Mutter Berit weinte und tobte. Aber jetzt, nach all diesen Jahren, konnte Carol mit Nelly plaudern.

Auch Michelle Tangen saß im Bus. Carol ärgert sich über sie, diese kackvornehme Kuh mit ihren Katalogen und Kleidern und Gardinen. Und diesen blöden Katzen. Carol kann Katzen nicht ausstehen. Doch jetzt haben die Tiere das Haus der Großmutter in Besitz genommen und sitzen auf den Fensterbänken, wo einst Mutter Berits Pelargonien die Töpfe überwuchert haben. Es ist kaum zu ertragen. Und dort soll sie den dritten Weihnachtstag verbringen. Carol flucht leise vor sich hin, der Alkohol treibt die Dämonen heraus, die sich sonst tief unten im Bauch verstecken.

Wie es wohl ihrem kleinen Willy geht? Sie will jetzt nicht sentimental werden, sie will nur eine Weile ihren Körper verlassen. »Seht mich nur an, ich hab es geschafft«, sagt sie laut zum Fernseher.

Sie erhebt sich und öffnet das Fenster. Der Schneewind fegt in den Raum, lässt sie an damals denken, als Willy in dem kühlen Keller unter der Schule empfangen wurde. Noch heute weiß sie nicht, inwieweit sie vergewaltigt wurde. Sie wollte doch nicht, dass der Hausmeister machte, was er eben machte, aber sie sagte auch nicht nein. Sie versuchte immerhin, ihn mit dem kleinen koketten Lachen loszuwerden, das sie sich zugelegt hatte. Dass es Nellys Vater war, war ja auch ein bisschen widerlich, aber irgendwo war sie doch auch stolz, er war ja ein erwachsener Mann.

Plötzlich steht Willy vor ihr. Er hat seine Schuhe nicht ausgezogen, und der Schnee schmilzt um die verschlissenen Turnschuhe.

»Hallo«, sagt er, und Carol nickt ihrem Sohn hilflos zu und drückt fieberhaft in dem großen Aschenbecher ihre Zigarette aus. Sie erhebt sich und schließt das Fenster, ist fast verlegen. Unter dem Fenster hat sich eine kleine Pfütze gebildet. Sie findet es schwierig, mit ihrem Sohn zu reden, weiß nicht, was sie sagen soll. Aber seine Anwesenheit lässt ihr Gesicht jünger aussehen.

»Judith kommt gleich«, sagt Willy. »Sie hat mich fahren lassen. Sie will nur unten noch schnell einkaufen.«

Carol nickt. Dann setzt sie sich wieder aufs Sofa, während ihr Sohn vor ihr stehen bleibt.

Judith tischt Tacomuscheln auf, dazu Hack, kleingeschnittenes Gemüse, Sauerrahm und Chilidip. Sie bittet Willy, den Tisch zu decken. Sie verrät nicht, dass sie von dem Ausflug ihrer Schwester in die Stadt weiß. Carol leugnet ohnehin immer, wenn die anderen etwas nicht wissen sollen. Diese Lügen fungieren immer wie Barrieren. Judith spürt, dass sie sich beschützen muss.

Während sie die Mahlzeit vorbereitet, horcht sie zum Wohnzimmer hinüber, aber dort ist es still. Willy und Carol haben sich nichts zu sagen.

Carol bleibt auf dem Sofa sitzen. Sie steckt sich wieder eine Zigarette an, während Willy sich am Fernseher zu schaffen macht. Sie sieht ihn an und denkt, dass ihre Vergangenheit nichts ist, was sie durchlebt hat, sondern eher eine Geschichte, die ihr erzählt worden ist. »Rasierst du dich nicht?«, fragt sie.

Judith bringt das Essen, ehe Willy antworten kann. Eine Zeit lang essen sie schweigend, dann lockert sich die Stimmung. Willy erzählt von irgendwelchen Typen im Speicher, von der Tochter seiner letzten Pflegeeltern, von der unheimlichen Vogelscheuche, die er Reidar Tangen zerbrochen hat, als der vor vielen Jahren einen Küchengarten anlegen wollte, und von damals, als er Mutter Berit im Pflegeheim besuchte und einen alten Topf umgestoßen hat. Und, nicht zuletzt, wie er drei lebende Möwen gefangen hat und denen dann die Köpfe abschlug und sie vor Holger Eliassens Haustür legte. Sie lachen alle drei, während der Zigarettenrauch die Luft füllt. Judith verjagt ihn in regelmäßigen Abständen. Das mit den toten Möwen will sie nicht hören. Carol und Willy rauchen beim Essen. Sie trinken Bier dazu.

Carol steht auf und holt einen kleinen Fotoapparat. Auf dem Film sind nur noch ein paar Bilder übrig. Sie bittet Judith, eine Aufnahme von ihr und Willy zu machen. »Du als Fotografin«, sagt sie. Judith stellt sich dicht vor die Wand und hält das Auge an das kleine Loch. Dann drückt sie auf den Knopf. Der Augenblick wird auf den Film gebannt. Ein bestimmter Punkt in Zeit und Raum. Carol hat ein seltsames Licht in den Augen. Einen Widerschein von etwas, das mit Freude zu tun hat. Sie schaut zu ihrem Sohn hinüber. Das übliche Gefühl von Distanz ist verschwunden. Danach wird Willy den kleinen Weihnachtsbaum holen, der hinter dem Laden beim Container steht, und dann werden sie ihn mit den Dingen schmücken, die er als kleiner Junge aus Glanzpapier gebastelt hat.

Sie ist Willys Mutter, und er ist ihr Kind. Sie hält den Atem an, damit der Augenblick nicht vergeht. In diesem Moment ist sie in sich einige Millimeter höher gestiegen.

Gegen sieben ruft Judith Lisbet an und erzählt, dass sie Willy gefunden hat, dass sie bei Carol sind und dass sie gerade gegessen haben. Sie erzählt, dass Willy auch in diesem Jahr mit der Familie Weihnachten feiern will. Als sei das eine gute Nachricht.

Lisbet wischt wütend den Küchentisch ab. Im Wohnzimmer lachen die Söhne laut über etwas, während sie den Weihnachtsbaum schmücken. Lisbet erschrickt beinahe über ihre eigene heftige Reaktion, aber sie ist erschöpft. Die Arbeit im Kreißsaal ist nicht immer leicht. Außerdem hat sie hundert Dinge zu erledigen, denkt sie, während sie frischgeformte Schokoladenkugeln im Zucker rollt. Willy ist ihr ja wohl egal. Sie findet es verletzend und ärgerlich, dass Judith so auf ihn fixiert ist. Wie wäre es, wenn Judith sich ein wenig mit ihren anderen beiden Neffen beschäftigte? Mit Lisbets Söhnen, Thomas und Nicolai. Die erleben nie irgendeine Aufmerksamkeit, abgesehen von den üblichen Geburtstags- und Weihnachtsgeschenken. Es lohnt sich eben nicht, sich anständig zu benehmen und zurechtzukommen. Wenn man Belohnung haben will, muss man etwas anstellen.

Lisbet tat sich nicht die ganze Zeit leid, aber objektiv gesehen hatte vielleicht sie die wenigste Fürsorge erlebt. Sie war die Mittlere und machte nicht viel von sich her. Jetzt war sie diejenige, die die Familientraditionen weitergab. Sie war die Einzige, die regelmäßig Mutter Berit besuchte. Sie kümmerte sich um Carol, sie arbeitete. Sie war Ehefrau und Mutter. Judith reiste um die Welt und fotografierte. Judith lebte ihr eigenes Leben und machte jedes Jahr zu Weihnachten einen Höllenaufstand, damit Willy es gut hatte, um ihn wie ein Geschenk zur Familie nach Hause zu bringen.

Als sie klein waren, konnte Lisbet mit den anderen Kindern im Block hinter der Fabrik juxen und lachen, Judith aber bestimmte. Und Lisbet ließ sie bestimmen, denn Judith konnte sich verändern und gefährlich werden. Sie war die Größte, sie war immer die Größte. Lilly schimpfte sie aus, wenn sie sich stritten, aber einmal nahm sie Lisbet auf den Schoß und sagte, sie müsse sich wehren. *»Ich bin nicht die ganze Zeit da, um dir zu helfen. Du musst dir selber helfen. Du musst auf liebe Weise böse sein.«*

Auf liebe Weise böse. Diese Worte hat Lisbet nie vergessen. Sie hat sie wie eine Art Credo mitgenommen und übt noch immer.

Sie weiß noch, wie still alles war, ehe sie von Lilly weggeholt wurden. Die Frau vom Jugendamt war mehrere Male bei ihnen. Lisbet konnte hinter dem Vorhang mit den Rosen fast nicht atmen, so heiß war dieser Sommer. Die weißen Wände warfen Risse wie nach einem Erdbeben.

Ab und zu, auch als sie schon älter war, stellte Lisbet sich vor, wie der Vater kam und sie holte. Einmal, als sie Lilly im Block besucht hatten, hatten die anderen Kinder Judith erzählt, dass sie gar nicht Walters Kind sei. Das gab Lisbet eine Sonderstellung. Walter war wirklich nur ihr Vater. Judith hatte keinen Vater. Danach hatte die dumme Judith Lilly gefragt, ob sie wirklich ihre echte Mutter sei, wo ihr Vater doch nicht ihr echter Vater war. Worauf Lilly Judith eine Ohrfeige verpasst und ihr befohlen hatte, sich zum Spielen nach draußen zu scheren.

Nachdem die Tür hinter der großen Schwester zugefallen war, kroch Lisbet wie ein kleiner Judas auf den Schoß ihrer Mutter und tröstete sie.

»*Ich bin eure Mutter*«, weinte Lilly und schob Lisbet ein Stück weiter zu ihren Knien hin, denn der Bauch mit dem neuen Baby war schon so groß.

Um Punkt siebzehn Uhr am nächsten Tag begibt Familie Marner sich zu Tisch, um den Weihnachtsschmaus einzunehmen. Die Nachrichten erwähnen nichts von einem Mord. Im Krankenhaus gibt es über die Feiertage nur eine Notbesetzung.

Judith und Lisbet waren in der Kirche. Carol hat die Zeit mit Willy verbracht. Sie haben nebeneinander vor dem Fernseher gesessen, und Willy hat fast die ganze Zeit gegessen.

Auf dem Fernsehschirm eröffnet ein Knabenchor das Weihnachtsfest mit glockenreinen Stimmen. Ihre Weihnachtstafel ist mit einer roten Decke, Silberleuchtern und Tannenzweigen mit blanken Herzen gedeckt. Im Kamin knistert das Feuer. Lisbet hat ein Räucherstäbchen zwischen die Holzscheite geworfen.

Sie sitzen am Tisch und verzehren die gute, warme Weihnachtskost. Lisbet, Erik, die Söhne Thomas und Nicolai. Judith, Carol, Willy und Mutter Berit im Rollstuhl. Mutter Berits Körper neigt sich nach links, wie ein kleines Schiff im Sturm. Viele Weihnachtsfeste haben sie so gesessen. Die Erinnerungen dürfen am Heiligen Abend in himmlischer Ruh liegen. Auf eine Weise ist alles so, wie es immer gewesen ist. Das Fehlen der Menschen, die auch dabei sein sollten, wird feierlich registriert. Carl Eilert und Olaf sind tot. Lilly ist nicht mehr da.

»Gottes Wege sind unergründlich«, murmelt Berit Marner und streckt ihre runzligen Finger nach dem Glas aus. Das winzige Aquavitglas zittert in ihrer bebenden Hand. »War es schön auf dem Friedhof?«, fragt sie.

»Sehr schön«, sagt Lisbet. »Hunderte von Kerzen und Kränzen auf den Gräbern.« Lisbet und Judith tauschen einen Blick und prosten einander lautlos zu. Im tiefsten Herzen weiß Judith, dass Lisbet gehofft hatte, sie werde Willy diesmal nicht finden. Judith empfindet eine tiefe Wärme, wenn sie ihre Schwester ansieht. Mit Willy kommt das Versagen wieder ins Haus. Mit Willy wird das Bild korrigiert und zurechtgerückt. Judith schließt für einen kleinen Moment die Augen. Liebste Lisbet, denkt sie.

Nachdem die Geschenke verteilt und ausgepackt worden sind, serviert Lisbet Kaffee und Mandelkranz und fünf Sorten Plätzchen, Pralinen und Cognac. Mutter Berit hat arge Schmerzen, aufrecht zu sitzen tut ihrem Rücken nicht gut. Sie ist daran gewöhnt, große Teile des Tages zu liegen und die Bilder unter der Decke anzusehen.

Jetzt bringt Lisbet das Album mit den Fotos aus alten Zeiten. Das Brillenetui wird aus der Handtasche der alten Frau gefischt. Die Fotos sind die Landkarte, an der sie sich orientiert. Wenn man lügt, um eine Situation zu retten, muss man vielleicht noch einmal lügen, um die Lüge zu verbergen, wirbelt es ihr durch den Kopf. Im Kopf brummt es wie eine Wespe. Aber es ist schön, die Bilder anzusehen. Lisbet in einem geblümten Kleid. Sie selbst in einem synthetischen Morgenrock. Carl Eilert unten im Hafen auf einem Hocker. Und Olaf mit seinem etwas zu dicken Bauch.

Berit Marner starrt ein Bild der Mädchen an. Judith, Lisbet und Carol tragen die gleichen Kleider. Sie hat diese Kleider genäht. Ihre Hände berühren einander, als bildeten die drei eine heimliche Kette. Im Gras vor ihnen liegt die rote Spielzeugpistole, die ihnen allen gehört.

Die Stimmen summen im Wohnzimmer. Willy konzentriert sich auf das Computerspiel, das die Vettern ihm zeigen. Lisbets Mann setzt sich zu Mutter Berit, aber sie hat seinen Namen vergessen.

Lisbet sieht Judith an, die Carol ansieht. Dann heben sie die Gläser und prosten einander zu.

Eine Schwester ist für einen Moment nicht dabei. Ihr Gesicht ist erloschen. Ein vager Schmerz sitzt im obersten Teil ihres Bauches. Sie verdrängt die Erinnerungen. Wenn sie den Schmerz ignoriert, kann sie wie ein normaler Mensch funktionieren. Trotzdem durchfährt sie plötzlich die schreckliche Angst aus dem Krankenhauskeller. Das liegt am Schlafmangel, denkt sie und gähnt. Die Stimmen um sie herum verschwinden. Ein Filzherz, das an einem kleinen Holzstück lehnt, lächelt sie rot an und lenkt ihre Gedanken zu dem lange zurückliegenden Weihnachtsfest, an dem der Onkel gestorben ist. Sie war erst vierzehn. Es war dasselbe Gefühl, dieselbe Leere und Wut, das sie damals überkam. Aber auch die lichte Erleichterung danach, weil sie entkommen war.

Onkel Olaf hatte zu viel getrunken und musste nach oben gehen und sich eine Weile hinlegen, in Mutter Berits Bett. Sie schaute zu ihm hinein, und er hob die Hand und winkte sie zu sich. Warum hatte sie die Tür geöffnet? Warum war sie mit ihrem Hasenherzen zu ihm gegangen? Er packte sie und zog sie an sich, und sie nahm seinen Atem wahr, einen lauen widerlichen Alkoholdunst, der ihr Gesicht traf. Sie riss sich los und wich einige Schritte zurück. Das Zimmer wurde grün wie ein Wald. Hinter den vielen schönen Blättern lagen schleimige Schnecken auf der Lauer, saßen Tiere mit scharfen Zähnen, zum Zuschlagen bereit. Zerfetzte Kleider flatterten um einen zerschundenen und schmerzenden Körper, und das Weinen steckte im Hals fest und ließ ihn wehtun. Der Handrücken war von Dornen übersät. An der Schläfe war ein Haarbüschel ausgerissen worden. Die Stoffschuhe hatte sie verloren, und Schlamm und Schmutz klebten wie Leim unter den weißen Socken. Sie hörte in Gedanken Mutter Berits Stimme: *Wie gehst du denn mit deinen Kleidern um? Ich habe Tage gebraucht, um das Kleid zu nähen. Verflixtes Gör! Und die Schuhe, geh jetzt sofort deine Schuhe suchen!*

Von unten hatte sie die Stimmen der anderen gehört. Onkel Olaf lag in Mutter Berits Bett, als ob nichts passiert wäre. Er lag auf der hellblauen Bettdecke, als ob nichts passieren würde.

Danach begriff sie nicht, wie sie das geschafft hatte, aber er war sehr betrunken gewesen und hatte tief geschlafen. Sie hatte seinen Kragen geöffnet und seinen Schlips gelockert. Mit einem Rascheln hatte sie den Schlips an sich gerissen, denn damit wollte sie ihn erwürgen. Sie betrachtete ihn angeekelt. Er war aus weinroter Seide, voller Flecken und Soßenreste. An einer Stelle klebten noch dazu weiße Schuppen von seinen Haaren. Sie blieb stehen, wie abwartend, für einen kurzen Moment, dann entdeckte sie das Kissen, das auf den Boden gefallen war. Mit aller Kraft presste sie es gegen sein Gesicht. Aus seiner Kehle kam ein langer weher Laut. Der Augenblick nahm kein Ende. Es kam zum Kampf, der Onkel kämpfte und kämpfte. Sie wollte schon aufgeben, aber sie hatte ihm doch gezeigt, wer sie war. Also konnte sie nicht aufgeben. Am Ende durchfuhr ein krampfhaftes Zucken seinen Körper, und er blieb ganz still liegen.

Nachdem die Gäste gegangen waren, spülte Lisbet und räumte bis halb drei Uhr nachts auf. Als Erik und die Jungen eingeschlafen waren, hatte sie fast zwanzig Minuten nahezu apathisch im Sessel gesessen, ehe sie sich mechanisch erhob und anfing, Bänder und Geschenkpapier vom Boden aufzulesen. Sie weinte dabei nicht, denn es war ein gelungener Heiliger Abend gewesen. Erst später, als sie vor den vielen Töpfen stand, konnte sie die Tränen nicht zurückhalten. Etwas war passiert, als die anderen gehen wollten. Als alle schon in der Tür standen, war Lisbet Carols Blick begegnet. Carol blieb stehen, als wolle sie etwas sagen. In ihrem Blick war nichts von der üblichen Distanz zwischen den Schwestern gewesen. Die wütende Falte zwischen ihren Augenbrauen war verschwunden. Trauer lag in ihrem Blick. Lisbet hatte Carol angesehen, und sie hatte sich verwirrt gefühlt. Und sie konnte nichts tun oder sagen. Die Zeit wurde zu knapp, der Augenblick war schon verflogen. Aber sie hatte Carol gegenüber eine fremde Nähe verspürt, die ihr Angst machte.

Am Nachmittag des ersten Weihnachtstags fährt Judith Willy zurück in die Stadt. Er besteht darauf. Judith weiß nicht, wie sie ihn zum Bleiben überreden soll. Carol findet, er sei erwachsen genug, um selbst zu entscheiden. Sie scheint fast zu wünschen, dass ihr Sohn verschwindet, als verschlimmere sich ihre Unsicherheit durch seine Anwesenheit. Er sieht sie, und sie will nicht gesehen werden.

Auf der Fahrt nach Tromsø ist Willy stumm und mürrisch. Auf dem Rücksitz liegt eine Plastiktragetasche mit seinen Weihnachtsgeschenken. Die Glocken läuten, als sie an der Kirche vorbeifahren. Irgendwo sehen sie einen kleinen gefrorenen Wasserfall, der an einen Brautschleier erinnert. Judith richtet ihren Blick auf die glatte Fahrbahn und versucht ihn zu überreden, in seiner Wohnung zu bleiben. Sie fragt auch, warum er dauernd seine Telefonnummer ändert. Willy empfindet eine tiefe Zufriedenheit, wenn sie herumnervt. Er muss sich erst Möbel zulegen, sagt er, dann wird er seine Wohnung auch benutzen.

Judith ist empört, dass die Gemeinde einem Achtzehnjährigen eine möbellose Wohnung zuweist, aber Willy hat ihr nicht alles erzählt. Natürlich war die Wohnung möbliert, doch das Geld, das ihr Verkauf ihm eingebracht hat, konnte er gut gebrauchen.

Judith verspricht, mit ihm Möbel kaufen zu gehen, wenn die Läden wieder öffnen. Bett und Stühle und Tisch und einen kleinen Fernseher und ein paar hübsche Teller und Töpfe, sagt sie.

Willy lächelt und starrt aus dem Fenster. Sein Blick geht ins Leere.

Beim Nachtdienst sind die Geräusche anders. Das Klappern der Gesundheitsschuhe auf dem Linoleum ist gedämpft. Die Stimmen sind leise. Ein Mann in einem dicken Wintermantel kommt durch die doppelte Glastür. Seine schwangere Frau klammert sich an seinen Arm. Der Mann erinnert Lisbet an einen anderen Wintermantel vor langer Zeit. Die Frau hat starke Wehen und wird in ein Untersuchungszimmer gewiesen, wo ein Arzt bereits wartet.

Lisbet setzt sich zusammen mit Inga Kåresen in die Kaffeeküche. Keine sagt etwas. Inga ist nicht gerade redselig. Sie kümmert sich um die Kaffeemaschine. Es ist eine seltsame Vorstellung, dass Inga damals Carol geholt hat, denkt Lisbet.

»Wie war der Heilige Abend«, fragt Inga und lässt sich auf das orangefarbene Sofa fallen.

»Gut«, sagt Lisbet mechanisch und merkt im selben Augenblick, wie erschöpft sie ist.

»Ich war draußen bei Sivander«, sagt Inga resigniert. »Es ist unmöglich, diesen Sturkopf aus seiner Wohnung zu holen. Mein jüngster Bruder war auch da. Aber Sivander schafft es immerhin, alles sauber und ordentlich zu halten«, murmelt sie.

Lisbet fällt ein, dass Sivander noch immer den alten Mantel des Onkels trägt. Zwei Wochen nach der Beerdigung hat Mutter Berit ihm den Mantel geschenkt. Sie fand, ein so solides Kleidungsstück dürfe man nicht wegwerfen.

Lisbet schaut rasch zum Fenster und in die Dunkelheit hinaus und hört in Gedanken ihre eigene Kinderstimme.

»Da ist jemand, Judith, vor dem Fenster.«

»Lass sehen.« Judith schob Lisbet vorsichtig zur Seite und bückte sich und schaute unter der unteren Spitzengardine hindurch, die sich quer über das Küchenfenster hinzog.

Wenn Mutter Berit zum Nähkränzchen ging, mussten sie allein zu Hause bleiben. Mutter Berit stellte im Wohnzimmer Kekse und Saft für sie bereit und schloss die dicken senfgelben Vorhänge vor allen Fenstern. Drinnen war es warm und gemütlich. Das Radio in der Ecke lief, und auf dem Boden waren alte Illustrierte verstreut. Sie hatten gerade Papierdamen ausgeschnitten.

»Lieber Gott, mach, dass da niemand ist«, wimmerte Lisbet in der allerdunkelsten Küchenecke.

»Das ist Onkel Olaf«, sagte Judith.

Sie mussten ihn hereinbitten und ihm Kaffee kochen. Das wollte er immer so.

Und während Judith in der Küche Kaffeewasser aufsetzte, setzte er sich immer in den Schaukelstuhl und nahm Lisbet auf den Schoß und erzählte ihr Märchen aus dem Brüder-Grimm-Buch, während er langsam hin- und herschaukelte. Und dann kam Judith an die Reihe.

Onkel Olaf kam immer zu Besuch, wenn Mutter Berit beim Nähkränzchen war. Lisbet hatte als Kind immer Angst vor Gespenstern gehabt. Sivander im Laden hatte etwas erzählt: Er hatte eine Frau gesehen, die mit einer klirrenden Kette hinter sich ganz lautlos durch sein Schlafzimmer gegangen war. So was konnte man ja eigentlich gar nicht glauben, aber Sivander, der ein erwachsener Mann war, hatte es mit eigenen Augen gesehen, und er hatte das Klirren der Kette gehört. Lisbet schaut aus blanken Augen hinaus in die Dunkelheit. *»Ich kann auch nächstes Mal mit Onkel Olaf im Schaukelstuhl sitzen, Judith, dann brauchst du das nicht.«*

Als sie das gerade gesagt hat, wird die Tür des Personalzimmers aufgerissen, und ein Oberarzt kommt hereingestürzt. »Habt ihr das schon gehört?«, fragt er aufgeregt.

»Was denn?« Inga und Lisbet knallen ihre Kaffeetassen auf den Tisch. Sie springen gleichzeitig auf.

»Unten im Obduktionsraum ist ein Toter gefunden worden. Und er war nicht tot, als er dort hingekommen ist. Er wurde da unten umgebracht. Da sieht es offenbar ganz schrecklich aus, überall Blut und Instrumente und Glasscherben. Vermutlich liegt er schon seit Tagen da«, sagt der Arzt erregt und läuft zum Fenster. »Nun seht euch die vielen Streifenwagen an!« Die beiden Hebammen nehmen ihn in die Mitte und schauen auf das Blaulicht hinunter. Die winterliche Dunkelheit verstärkt das Licht, das in einem blauen Zickzackmuster über die Vorhänge huscht und deren Farbe auswischt. Vor dem Eingang wimmelt es von Polizisten, und auf beiden Seiten drängen sich die Neugierigen. Ein Stück weiter entfernt ruht der Mond in den Ästen eines großen Baumes. Auf der Mondoberfläche zeigen die Mondmeere sich wie vage graue Schatten.

(Wind)

Wind ist Luft, die sich über der Erdoberfläche bewegt. Wind entsteht durch horizontale Temperaturunterschiede. Die Sonne treibt den Wind vorwärts. Aber weil sie nicht überall gleich stark scheint, fällt die Temperatur unterschiedlich aus. Wenn Luft sich erwärmt, wird sie leicht und steigt nach oben. Neue Luft strömt von den Seiten herein und ersetzt die alte. Wind aus dem Norden ist immer kalt.

Michelle Tangens drei Katzen benahmen sich allesamt wie Königinnen. Jede hatte ihre eigenen festen Plätze. Lydia saß zum Beispiel immer auf der Fensterbank. Da saß sie jetzt und sah sich den Wind an, den der Schnee weiß färbte, als er an der Fensterscheibe vorbeiflog. Mitzy lag wie eine niedliche Puppe zusammengerollt im besten Sessel, während Tara nichts als Jux und Unfug im Kopf hatte. Sie bohrte die Krallen ins Sofa und zog sich an den Vorhängen hoch. Sie hatte große gelbe Augen und nutzte jede Gelegenheit, um klarzustellen, dass sie Aufmerksamkeit fordern durfte. Außerdem griff sie Fremde an. Hängte sich wie ein Muff um ihre Unterarme, während sie schrien und versuchten, sie abzuschütteln. Schlug ihre Krallen in die Hosen der Männer und zerfetzte die Nylonstrümpfe der Frauen. Sie traf mit ihren Sprüngen immer ins Schwarze, während Lydia sich träge von der Fensterbank erhob und die Taten der Schwester mit nachlässigem Blick registrierte. Wenn Tara es zu toll trieb, sprang Mitzy aus ihrem Sessel und zog sich unter das Sofa zurück. Dort lag sie wie ein weißer Strich vor der Wandleiste und horchte und betrachtete die Beine der Menschen, die von der Sofakante hingen wie ein Vorhang über einer Bühne.

Vor langer Zeit, ehe der Frost eingesetzt hatte, hatte Tara einmal eine Maus ins Haus gebracht. Michelle Tangen weiß nicht, dass in dem Zimmer, wo Berit Marners Habseligkeiten lagern, im ersten Stock, eine tote Maus liegt. Die Mäuseleiche sondert Geruchsfragmente von Tod und Verwesung ab. Das graue Tier liegt hinter einer gestreiften Hutschachtel. Aber da es kühl im Zimmer ist, geht der Auflösungsprozess langsam weiter. Die Katzen erkennen den Gestank der Maus jedes Mal, wenn die Tür geöffnet wird. Die Chronologie blüht in den Köpfen der Katzen. So war es gewesen: Die Maus lief über das Gras, auf den Zaun zu, vorbei am Baum. Tara bog sich einen Moment zurück, dann nahm sie Anlauf und fuhr die Krallen aus. Und dann knallte es.

Michelle und Reidar Tangen wohnten seit vier Jahren in Berit Marners Haus. Jetzt deckten Ruth und Michelle den Tisch für sieben Personen, in einer Stunde würden Judith, Lisbet und Carol Marner zum Mittagessen kommen. Michelle hatte den ganzen Herbst hindurch gefastet und vier Kilo abgenommen. Reidar, der nicht einmal bemerkt hatte, dass sie dünner geworden war, sorgte für Stühle und Getränke. Holger Eliassen fraß seinen Ärger über Ruth und ihr Geplapper in sich hinein. Alles hätte anders sein können, wenn nur seine Umgebung ihm geglaubt hätte, dass er noch immer erfolgreich war. Bestrafung war sein Hauptplaisir gewesen. Dass er den anderen jetzt nicht mehr zeigen konnte, wer er war, machte ihm zu schaffen. Alt zu werden bedeutete, niemand zu sein, und das konnte er nicht ertragen. Abends saß er am Schreibtisch und starrte hinaus in die Dunkelheit, während es unablässig in ihm arbeitete.

Es war ein Schock für ihn gewesen, als er an diesem Morgen die Schlagzeilen gesehen hatte. Doch in sein Unbehagen hatte sich auch ein Hauch von unterdrückter Freude gemischt. Der

Mord im Universitätskrankenhaus nahm die gesamte erste Seite ein. Ein Mann war im Krankenhauskeller gefunden worden, auf bestialische Weise umgebracht. Seine Identität war noch nicht bekanntgegeben worden, und die Leiche hatte mehrere Tage dort gelegen. Ein großes Bild von Anna Borelius Hansen füllte die halbe Seite. Der Polizeibezirk Tromsø werde zusammen mit der Zentralen Kriminalpolizei in Oslo die Ermittlungen leiten, hieß es.

Holger Eliassen ging die Treppe zum ersten Stock hoch und öffnete den Abstellraum. Olaf Marner war im Bett seiner Mutter gestorben, an einem Weihnachtsfest vor vielen Jahren. Holger Eliassen hatte den Raum zuletzt bei Tageslicht betreten. Jetzt nahm er Fragmente eines fremden Geruchs wahr. Das Licht der Deckenlampe brummte leise hinter dem abgenutzten Schirm. Die Gedanken summten in seinem Kopf. Er hatte alle Kartons durchgesehen und Schubladen und Schränke durchsucht, er hatte die unvollendete Abhandlung gefunden, an der Odd Olsen vor seinem Verschwinden gearbeitet hatte. Der Medizinstudent Olsen war außergewöhnlich tüchtig gewesen. Dass er sich später auf Psychiatrie spezialisieren wollte, hatte seinen Professor nicht weiter überrascht. Holger Eliassen hatte ihn im Oktober aufgesucht und ihn nach seinem damaligen Studenten gefragt. Aber der Professor konnte sich nicht gut erinnern, es war doch alles so lange her. Immerhin konnte er bestätigen, dass Odd Olsen ein überaus begabter Student gewesen war. Als er dann die Abhandlung sehen wollte, hatte Holger Eliassen zurückhaltend reagiert. Das hier ging nur ihn an.

Holger Eliassen hatte auch mit ehemaligen Kommilitonen von Odd Olsen gesprochen. Die waren jetzt über das ganze Land verstreut. Er hatte erfahren, dass Odd Olsen ein Einzelgänger gewesen war. Er war meistens in seine Bücher vertieft, konnte aber auch gesellig sein. Ob er eine Freundin gehabt hatte, wusste allerdings niemand mehr. Odd Olsens Eltern waren jetzt alt, aber Holger Eliassen wollte trotzdem mit ihnen sprechen. Leider verbrachten sie das Winterhalbjahr in Spanien. Sie würden erst im Mai nach Hause kommen.

Mai.

Jetzt stand die Dunkelheit wie eine Wand hinter der Fensterscheibe mit den niedlichen Spitzengardinen. Der Boden knackte unter seinen Füßen. Die Gedanken lagen ihm bleischwer im Kopf. Judith und Carol waren am 23. Dezember in der Stadt gewesen. Er hatte sie beide dort gesehen. Und Lisbet hatte Dienst gehabt. Das hatte er am Vormittag festgestellt. Und als er und seine Frau gerade ins Auto steigen und zu Michelle und Reidar fahren wollten, war ihnen Sivander begegnet, der erschüttert berichtete, dass der Ermordete im Krankenhaus Viraks Sohn war. Schon waren allerlei Gerüchte im Umlauf, wie Gift breitete der Ich-habe-ihn-am-besten-gekannt-Wettbewerb sich in Engelsvågen aus. *»Und das, wo er gerade ein Kind bekommen hatte«*, sagten die Leute, die über ihren Kaffeetassen plötzlich ungeheuer viel Gesprächsstoff hatten.

Eine unumstößliche Gewissheit hatte sich in Holger Eliassen festgesetzt. Er wütete dagegen. Das Wort Verhalten drang in ihn ein. Nicht Mord, nicht Totschlag, sondern *Verhalten.* Was hatte Tim Karlsen an sich gehabt? Was hatten Olaf Marner, Ivar Josteinsson und Odd Olsen für Gemeinsamkeiten? Er war wie erstarrt und schlug die Hand weg, die Ruth auf seinen Arm gelegt hatte. Dann fing er an, Schnee vom Autofenster zu wischen. Ein starker Schmerz schoss ihm vom Herzen in den linken Arm.

Als sie bei Michelle und Reidar ankamen, war Holger Eliassen eine Weile allein vor dem Haus stehen geblieben, während Ruth hineinging und die entsetzliche Nachricht erzählte. Er rief Anna Borelius Hansen an, in der Kälte entwich die Atemluft sichtbar aus seinem Mund. Sie habe natürlich sehr viel zu tun, behauptete die Ermittlerin. Er hörte, dass sie erkältet war. Er zwang sie trotzdem, ihm zwei Minuten zu bewilligen, und fragte, ob die Polizei wisse, wann der Mord im Krankenhaus geschehen sei. Sie hatte geantwortet, das werde in kurzer Zeit der vorläufige Obduktionsbericht zeigen, aber offenbar habe er einige Tage dort gelegen.

Holger Eliassen drehte sich um und schaute auf den verschneiten Garten. Ein scharfer Eiswind packte seinen Mantelkragen. Ruth öffnete die Tür, um zu sehen, was er eigentlich machte, aber wütend winkte er ab. Dann erzählte er Anna Borelius Hansen, dass der Mord am 23. Dezember zwischen zwölf und dreizehn Uhr geschehen sei. Sie hatte natürlich widersprochen. Es gebe bisher noch keinen Hinweis darauf, dass der Mann im Keller am 23. ermordet worden sei. Aber Holger Eliassen war sicher, dass sein Fall jetzt Dimensionen annahm, wirkliche Dimensionen. Und jetzt würde er bald der Mörderin gegenüberstehen.

Jetzt blickte er auf Berit Marners Möbel. Der große, von Mehltau befallene Korbsessel sonderte einen schimmeligen Geruch ab. Dort, wo das Bett mit dem toten Olaf Marner gestanden hatte, befand sich nun ein Nähtisch. Eine Schneiderpuppe saß auf einem Gestell in der einen Ecke. Berit Marner hatte viele Jahre als Näherin gearbeitet. Auf der Puppe hing ein halbfertiges Kleid mit einem blaugrünen Rosenmuster. Seltsam, dachte der Ermittler, als ob ihr Leben mitten in der Arbeit an einem Stück Kleiderstoff plötzlich ein Ende genommen hätte.

Alte Möbel waren wahllos aufeinandergetürmt worden. Man musste sich vorsichtig einen Weg hindurch suchen. Er musterte das grüne Sofa, einen braunen ovalen Tisch, eine Lampe mit fliederfarbenem Schirm und Pappkartons in allen möglichen Formen. Holger Eliassen hielt nach weiteren Zeichen Ausschau. Es konnte doch noch mehr in einer Kommodenschublade liegen, in einem Brief, vielleicht eine Busfahrkarte von damals, als Odd Olsen verschwunden war, oder eine Adresse und ein Name von jemandem, der nicht mehr lebte. Er wusste nicht, wonach er suchte. Was er wusste, war, dass eine der Schwestern eine gute Schauspielerin war. Eine lebensgefährlich gute Schauspielerin.

Als Judith, Lisbet und Carol fünf Minuten zu spät eintrafen, wussten sie schon von der Sache mit Tim Karlsen. Sie standen in der kleinen Diele und zogen ihre Stiefel aus, als Holger Eliassen die Treppe vom ersten Stock herunterkam. Die Schwestern hatten die Kälte mit ins Haus gebracht. Sie tauschten mit den Gastgebern und mit Ruth Eliassen Weihnachtsfloskeln aus, machten dann ihrem Entsetzen Luft und verabredeten gemeinsame Kondolenzsträuße.

»Der arme, arme Virak«, sagte Ruth immer wieder. »Und dann das Kind, und seine Freundin. Sie waren ja nicht verheiratet, aber trotzdem«, plapperte sie.

Holger Eliassen hielt sich im Hintergrund, erst als die Gäste das Wohnzimmer betraten, erwiderte er Michelles Blick. Sie kehrte ihm den Rücken zu und machte sich an den Sherrygläsern auf dem Tisch zu schaffen. Ihr gefielen die Schwingungen nicht, die Unklarheiten und die Ablenkungen, die mit dem Zimmer im ersten Stock zu tun hatten, als wäre das Zimmer ein Organ, ein unabhängiges Herz mit einem eigenen Rhythmus. Berit Marners Habseligkeiten waren ein Teil von Michelles Zuhause. Das Zimmer war in der Regel abgeschlossen, aber der Schlüssel steckte im Schloss. Nicht genug damit, dass Olaf Marner dort gestorben war, es gab noch etwas anderes. Die vielen privaten Dinge, den fremden Geruch der Habseligkeiten anderer. Michelle Tangen kam sich vor wie ein Eindringling in ihrem eigenen Zuhause. Holger weitete seinen Machtbereich aus, indem er das Recht beanspruchte, dort oben herumzuwühlen. Sie wusste nicht, wie sie der Sache ein Ende machen sollte. Sie musste zugeben, dass sie sich auf den Tag freute, an dem Berit Marner nicht mehr leben würde, und an dem sie das Haus vielleicht kaufen könnten. Auch wenn es in ihrer Ehe mit Reidar mehr Einsamkeit als Liebe gab, wollten sie nach Berit Marners Tod doch das Haus kaufen.

Reidar Tangen, zur Feier des Tages in grauer Jacke und dunkler Hose, verschwand in Mutter Berits Küche und brachte eine Flasche Limonade mit zurück. Ruth Eliassen trank statt Sherry lieber etwas Alkoholfreies.

Eines der Katzentiere strich an der Wand entlang. Das einzige von Berit Marners Möbelstücken, das nicht aus dem Wohnzimmer entfernt worden war, war die große alte Standuhr. Darin schlug rhythmisch ihr Herz.

In dem Zimmer im ersten Stock lagen die Kleidchen, die die Mädchen früher getragen hatten. In diesem Karton lag auch ein besonders gefährliches Buch. Sie hatte das Buch zu Weihnachten bekommen. Sie hatte sehr gern darin geschrieben. Aber zu irgendeinem Zeitpunkt war sie dazu übergegangen, ihr Tagebuch Nachtbuch zu nennen. Das war gleich nach dem Tod des Onkels gewesen. Jetzt saß sie am Esstisch und hörte in sich all diese Geräusche, Atem, Lachen und Weinen. Es war beklemmend. Wie konnte sie sich davon befreien? Das widerliche braune Gefühl hatte sich in ihrem Bauch festgesetzt. Sie zog sich das Bündchen der Pulloverärmel über die Handgelenke, damit die Kratzer nicht zu sehen wären. Draußen pochte der Wind an die Fensterscheiben.

Der Tisch war gedeckt mit einer weißen Damastdecke, Kristallgläsern und schönen alten Tellern. Fünf winzige Christsterne in roten Töpfen schmückten den Tisch, und die roten Duchesse-Servietten waren kunstfertig gefaltet und standen wie kleine Springbrunnen in ihren Gläsern. Die Christsterne hatte Reidar in seinem kleinen Treibhaus gezogen.

Holger und Reidar saßen an den Tischenden, Carol hatte den Stuhl zwischen Ruth und Michelle, und ihnen gegenüber saßen Judith und Lisbet nebeneinander.

Ruth Eliassen war, wie gesagt, Vorsitzende des Pfarrgemeinderates. Wenn ihr Mann sie demütigte, verzieh sie ihm immer. Das wünschte Gott sich so. Ruth war auch Mitglied desselben Nähkränzchens gewesen wie Berit Marner, Michelle Tangen und Dagny Mork vom Jugendamt, und das mehr als zwanzig Jahre lang. Aber Dagny war an MS erkrankt und wohnte jetzt im Pflegeheim.

Lisbet wühlte in ihrer Tasche nach dem Lippenstift. Sie fand ihn und fuhr sich rasch damit über die Lippen. Michelle reichte die Schüsseln mit Lachs und Schinken herum. Sie hatte Kartoffelsalat und Rührei gemacht. Es gab auch kalten Kümmelkohl und Preiselbeeren. Und selbstgebackenes Roggenbrot mit Butter. Rotwein wurde in die schönen Gläser geschenkt, nur Lisbet und Ruth blieben bei der Limonade. Vor dem Essen sprach Ruth ein kurzes Tischgebet. »Das mit Tim Karlsen ist ja so schrecklich«, sagte sie.

Alle um sie herum redeten. Sie fühlte sich nach der Sache im Krankenhauskeller vor einigen Tagen wie gerädert. Sie schloss für einige Sekunden die Augen. Sie wusste, dass Holger Eliassen mit geschärften Sinnen da saß und sie alle drei mit Argusaugen überwachte. Die Lage war gefährlich. Aber es hieß jetzt oder nie. Sie musste die Sachen oben aus der Kammer holen. Sie kam ja nicht oft in Mutter Berits Haus.

Vielleicht war das, was geschehen war, ein Krankheitssymptom. Es hatte zu tun mit der Art, wie Männer ihr Zeichen gaben. Der Albtraum von neulich verfolgte sie noch immer. Sie war sehr weit gekommen. *Wenn du weit genug kommst, stehst du trotzdem erst am Anfang deiner selbst.* Aber hier, in Mutter Berits Haus, neben Holger Eliassen, wusste sie nicht, zu welchem Punkt sie kommen könnte. *Du verlierst deine Züge. Sie verrinnen neben dem Blut. Wegen der Nacht, in die du hineingehst. Geh zurück auf Los. Fang noch einmal an!*

Als sie das Buch versteckt hatte, hatte sie den Wunsch verspürt, mit ihren Notizen nichts mehr zu tun haben zu müssen. Sie hatte sich nie vorgestellt, dass jemand hier in Mutter Berits Haus nach Spuren suchen würde, aber Holger Eliassen war im Pflegeheim gewesen und hatte mit Mutter Berit über Onkel Olafs Tod gesprochen. Er hatte auch mit Milla Josteinsson geredet. Wenn sie Holger Eliassen ansah, dann wusste sie, dass er gefährlich war. Das hatte etwas mit Schnittpunkten zu tun, mit Übertragung und Intuition. Die Schreie im Krankenhauskeller waren einfach entsetzlich gewesen. Auf irgendeine Weise musste sie sich an diesem Abend das Buch beschaffen. Und die Abhandlung, die im dritten Schrankfach in der Tüte mit den Glanzbildern lag. Es wäre gar nicht gut, wenn Holger Eliassen herausfände, dass sie Odd Olsen gekannt hatte. Ihr Körper war ganz und gar in Alarmbereitschaft. Ein lautes Geräusch oder eine plötzliche Bewegung konnte etwas auslösen, worüber sie keine Kontrolle hätte. Es verlief eine Trennungslinie zwischen dem Bewussten und dem Unbewussten. Eine klare, gerade Linie, die sie zerteilte.

Holger Eliassen saß am Tischende und erzählte angeregt von seinen Erlebnissen bei der Polizei. Er versuchte, seine Stimme natürlich und entspannt klingen zu lassen. Er wusste mehr über Lilly, als die Schwestern ahnten, und er achtete darauf, dass seine Erzählungen nicht zu viel verrieten.

Sie aß mechanisch und bemühte sich, ihre Mimik zu kontrollieren. Lächelte, wenn die anderen lächelten, lachte, wenn die anderen lachten, und wurde ernst, wenn sie begriff, dass das jetzt angebracht war. Sie beantwortete Fragen und stellte Fragen. Sie kam sich vor wie an einem Tisch auf einer Bühne. Sie musste einfach ihre Rolle spielen und auf den richtigen Zeitpunkt warten, falls der überhaupt kam. Sie könnte Buch und Abhandlung sonst nur durch einen nächtlichen Einbruch an sich bringen. Sie betrachtete das schwarze Katzentier, das sie von der Fensterbank her anstarrte.

Sie hatte beschlossen, noch nicht ins Badezimmer zu gehen. Als die beiden Schwestern oben gewesen waren, war die Gesellschaft schon beim Kaffee angekommen. Immer wenn eine von ihnen zur Toilette wollte, erhob Holger Eliassen sich. Er ließ es wie einen Zufall aussehen, aber er horchte konzentriert darauf, ob die Tür zur Kammer im ersten Stock geöffnet wurde. Einmal war er sogar in die Diele gegangen.

Es gab natürlich Grenzen dafür, wie oft er aufstehen und sich so verhalten könnte, ehe die anderen reagierten. Ruth Eliassen hätte nur wissen sollen, dass sie, als sie ihren Mann bat, ihr die

Bibel aus dem Auto zu holen, ein weiteres Mal die Situation gerettet hatte. Sie bat um die Erlaubnis, einige Verse vorzulesen, wo doch Weihnachten war. Es war leicht zu sehen, dass Michelle Tangen sich ärgerte. Aber Reidar Tangen sagte, bitte sehr, natürlich, und schob seinen Stuhl näher an den Tisch heran. Das war ihre Chance. Sie musste schnell reagieren, wie ein Raubtier.

Sie erhob sich und hatte das Zimmer schon zur Hälfte durchquert, ehe Holger Eliassen die Stiefel angezogen hatte. Sie lief die Treppe hoch, als er die Haustür hinter sich zuzog. Sie öffnete die Tür und drückte auf den Lichtschalter. Ein starker Pappgeruch füllte das kühle Zimmer. Es roch auch noch nach etwas anderem, etwas vage Faulem. Eine Winterfliege war hinten beim Fenster aufgewacht. Sie summte schwarz gegen das Glas.

Die Stimmen aus dem Wohnzimmer waren nur ein leises Murmeln. Genauso hatte es sich auch angehört, als sie Onkel Olaf umgebracht hatte. Sie war überrascht von ihrer Angst, denn wer könnte es ihr eigentlich verweigern, in ihrem eigenen Tagebuch zu lesen? Würde Holger Eliassen es ihr aus den Händen reißen? Solange er das Buch nicht gelesen hatte, hatte er nichts gegen sie vorzubringen.

Sie zwängte sich vorbei an dem mit Pappschachteln und Kartons beladenen Sofa. Sie schob den großen Korbstuhl zur Seite. Ihr Fuß hing irgendwo fest. Auf einem Stuhl lagen allerlei lose Blätter. Die hatten bei ihrem letzten Besuch nicht dort gelegen.

Sie wusste genau, in welcher Kiste das Buch lag. Es lag zusammen mit den Kleidern in der Bananenkiste. Sie erkannte die Kiste auf den ersten Blick. Aber jetzt stand sie an einer anderen Stelle. Ein deutlicher Hinweis auf das, was sie schon geahnt hatte, nämlich dass Holger Eliassen ihre Sachen durchwühlt hatte. Sie zog die Kiste hervor und öffnete sie. Suchte mit rascher Hand zwischen den ordentlich zusammengefalteten Kleidern. Die Kiste hatte einen doppelten Boden, deshalb musste sie die

Kleider zuerst herausnehmen. Sie legte sie beiseite, ließ ihre Finger rasch über den Saum ihres roten Sommerkleidchens wandern und riss den Boden aus der Kiste. Dort lag das Buch, zusammen mit einem Brief und zwei alten Zeugnissen. Innerhalb einer Sekunde hatte sie das Tagebuch in ihren Hosenbund gesteckt unter Bluse und Pullover. Sie warf die Kleider wieder in die Kiste, schloss sie und stellte sie zurück.

Ihr Herz hämmerte bis in den Hals. Hörte sie Schritte auf der Treppe? Sie riss die Schranktür auf und fand zwischen den Kleidern im dritten Fach die Tüte mit den Glanzbildern. Aber die Tüte enthielt nur Glanzbilder. Die Untersuchung war verschwunden. Der Anblick der Tüte mit den Glanzbildern traf sie wie ein harter Schmerz. Und rief Angst hervor. Er war ihr auf der Spur. Er hatte über Omnipotenz gelesen, über Wahnsinn, über maskuline Bosheit, Leere und das Gefühl, etwas wiederherzustellen.

In ihrem Kopf hörte sie ein dumpfes, dunkles Geräusch. Wie das Summen eines kleinen Kraftwerks.

Holger Eliassen kam die Treppe hoch. Seine Schritte wurden durch die Stufen gedämpft. Sie warf die Tüte in den Schrank, zog eine Bluse darüber, schloss die Schranktür, lief zur Zimmertür, öffnete sie einen Spaltbreit, stand dann draußen auf dem Gang und zog lautlos die Tür hinter sich zu. Er war jetzt fast oben. Mit hämmerndem Herzen erreichte sie die Badezimmertür, konnte sie lautlos öffnen, stürzte ins Bad und verriegelte die Tür.

In dem kleinen Badezimmer blieb sie für einen Moment stehen und horchte auf die Schritte draußen. Das Blut pochte drohend in ihren Adern. Jetzt stand er genau vor der Tür. Sie legte sich auf den Boden und schaute unter dem Türspalt durch. Instinktiv wusste sie, dass er das auch tun würde. Sie richtete sich wieder auf, lief zur Toilette, streifte die Hose herunter und setzte sich. Am Handgelenk hatte sie zwei tiefe Kratzer, die das zerbrochene Glas im Obduktionssaal verursacht hatte. Sie zog den

Pulloverärmel weiter nach unten. Vor der Tür war alles still. Sie registrierte trotz ihrer Aufregung den vertrauten Geruch von Wärme, Vanille und Zimt. Die Wände waren noch immer warmgelb. Die Unregelmäßigkeiten zeichneten sich durch den Anstrich ab. Auf dem Boden lag ein hellblauer Frotteeteppich. Die kleinen bunten, herzförmigen Seifestücke lagen ordentlich nebeneinander in einer kleinen Porzellanschale neben dem Waschbecken.

Plötzlich erinnerte sie sich an den Geschmack der säuerlichen und bitteren Siko-Zahnpasta, die Mutter Berit ihnen aufgezwungen hatte. Sie behauptete, die sei stärker als alle anderen Sorten und entferne den vielen Zucker, den sie von Lilly bekamen. Die Tube war schwarzweiß gestreift. Sie erinnerte sich an den widerlichen, säuerlichen Geschmack.

Sie zog ab und schob das Buch fester unter den Hosenbund. Danach zog sie den Pullover darüber, drehte die Wasserhähne auf und ließ das Wasser in das alte Waschbecken aus Porzellan laufen. Dann ging sie zur Tür und öffnete sie. Holger Eliassen lächelte sie an. Sie kannte dieses säuerliche Lächeln. »Tut mir leid«, sagte er. Sie machte ein überraschtes Gesicht, dann lächelte sie zurück und ging eilig über den Gang, während das kalte Buch auf ihrer warmen Haut lag. Sie versuchte, natürlich die Treppe hinunterzugehen, wie ein ganz normaler Mensch.

Ruth Eliassen bat darum, ein kleines Stück aus dem Römerbrief im Neuen Testament vorlesen zu dürfen. Außerdem wollte sie ein Gebet für den armen alten Virak Karlsen sprechen, der seinen Sohn verloren hatte. Holger Eliassen fühlte sich unruhig. Michelle Tangen sah ihre Hände an. Ruth Eliassens Stimme war laut und klar, als sie vorlas: »*Wir aber, die wir stark sind, sollen der Schwachen Gebrechlichkeit tragen und nicht Gefallen an uns selber haben. Es stelle sich ein jeglicher unter uns also, dass er seinem Nächsten gefalle zum Guten, zur Besserung.*« Als sie dann noch das Gebet gesprochen hatte, erinnerte sie die anderen an die Freude, die trotz allem in der Weihnachtsbotschaft liegt. »Wenn wir die Freude vergessen, haben wir nichts mehr«, sagte sie traurig und erwähnte das Neujahrsbingo, das wie immer zu Silvester im Versammlungshaus abgehalten werden würde. Dann zeigte sie Bilder von Madagaskar, wo sie einige Male zusammen mit Dagny Mork gewesen war. Das Fotoalbum wurde herumgereicht.

Eine Frau auf einem Bild erinnerte an Lilly. Das sahen die Schwestern sofort. Die Frau auf dem Bild hatte ein großgeblümtes Kleid, toupierte Haare und einen knallroten Lippenstift. Die Erinnerung tat weh. Als kleine Kinder hatten sie sich eine andere Mama ausgedacht. Eine, die zusammen mit den übrigen Müttern in die Kirche ging. Die wirkliche Lilly sah mit ihren kurzen Röcken und hohen Absätzen eher aus wie ein Flittchen. Sie trug auch bei fünfzehn Grad unter null dünne Nylonstrümpfe. Oft waren ihre Oberschenkel von lila Geäder überzogen, das der Frost auf ihre Haut malte.

Plötzlich gingen unter dem Tisch die Katzen zum Angriff über. Carol nahm im Fuß einen brennenden Schmerz wahr. Tara hatte ihr Zähne und Krallen in die Wade geschlagen. Immer war sie es, die angegriffen wurde.

Carol, Judith und Lisbet saßen auf dem Sofa. Die Bilder in Ruth Eliassens kleinem Fotoalbum waren bunt und gestochen scharf, fast wie die Wirklichkeit. Carol war für Lilly eine Art Schmusepüppchen gewesen.

Carol betrachtete das Bild von Frau Mork und hatte das Gefühl, dass in ihrem Bauch eine Tränenmaschine steckte. Eine Tränenmaschine, die eingetrocknet und verrostet und deshalb nicht mehr zu brauchen war. Es gab Dinge in Carols Leben, die nicht zu ertragen waren. Sie konnte ihre weißen Hände auf dem Schoß falten und sie ansehen. Wie zwei dünne Fächer lagen sie da. In der ersten Zeit bei Mutter Berit konnte sie plötzlich einen Stuhl vor das Fenster schieben, daraufklettern und in den Blumentöpfen herumgraben. Aber ihre kleinen Hände wurden dadurch nicht glücklicher. Sie schrie nach Lilly, bis es tief in ihrem Bauch wehtat. Carol erinnerte sich an damals, als Mutter Berit ihr erlaubt hatte, sie Mama zu nennen, *wenn das so wichtig ist*, hatte sie gesagt. Und das war es, es war wichtig, aber sie konnte sich auch an die Erleichterung danach erinnern, als sie dieses Angebot abgelehnt hatte. Seit damals hatte sie nie mehr nach Lilly gerufen.

Lisbet und Judith wollten am liebsten ihre Ruhe haben. Es gefiel ihnen nicht, dass die Erinnerung an die Mutter hier zum Thema geworden war. Judith hatte das Gefühl, plötzlich keine Luft mehr zu bekommen, als sei sie aus großer Höhe gestürzt und warte nur noch auf die grausame Begegnung mit dem Boden.

Bei Lisbet kamen die Gedanken nachts. Licht und Schatten zogen über sie hinweg wie eine dünne Decke. Allein und mit dem regelmäßigen Atem ihres Mannes neben sich, konnte sie die seltsamsten Erinnerungen hervorholen. Sie konnte Wut auf Mutter Berit empfinden, die Lilly damals hatte gehen lassen. Für Lilly war alles so leicht gemacht worden. Für Lilly war alles immer so leicht gewesen.

Als Kind hatte Lisbet geglaubt, alles, was sie anfasste, könne zerbrechen, und jedes kleine Ding jagte ihr Schrecken ein.

Aber am Ende hatte sie es dann geschafft. Sie hatte ein feines Zuhause, einen feinen Mann, feine Kinder und einen feinen Hund. Trotzdem hoffte sie weiterhin, dass etwas passieren würde.

Judith, Lisbet und Carol gehen nebeneinander die Straße entlang. Drei Schwestern, von der Dunkelheit eingehüllt. Irgendwann wird der Frühling kommen, mit einem rosa Schleier und seinem sanften, verheißungsvollen Hauch. Bis dahin leben die Wintermenschen wie Tiere im Winterschlaf, von einer Nacht zur anderen.

In Mutter Berits altem Fenster sitzt ein Katzentier und schaut hinter ihnen her. Reidar Tangens Treibhaus hinter der Hecke ist von Reif bedeckt. Die Schwestern sagen nichts. Sie sind ausreichend damit beschäftigt, sich warm zu halten. Judith dreht sich um und wirft einen letzten Blick auf das Haus ihrer Großmutter, ehe sie ihren Mantel fester zusammenzieht. Lisbet zieht sich den blauen Schal über den Mund, während Carol zu Boden sieht. Sie umklammert die Zigarettenpackung in ihrer Tasche.

Eine von ihnen spürt das Tagebuch auf ihrer Haut. Es bewegt sich im Gehen auf und ab. Es hat ein kleines Hängeschloss, das mit einer Schere oder einem Messer ganz leicht geöffnet werden kann. Den winzigen Schlüssel trägt sie an einer Kette um den Hals. Als sie Ivar Josteinsson ermordet hat, war es ebenso kalt und dunkel wie jetzt.

Sie war elf, als sie anfing, die gefährlichen Wörter zu schreiben. Aber nicht alles steht im Buch. Das meiste trägt sie als Gedanken und Erinnerungen bei sich.

Es war kalt im Schlafzimmer, und es roch sauber. Ein Gefühl der Leere breitete sich in ihr aus, während sie das Kissen auf das Gesicht des Onkels presste, aber hinter der Leere lauerte ein anderes Gefühl, die Angst. Sie hatte eigentlich keine Wahl. Sie spürte, wie die Kälte in ihrem Körper hochkroch und in ihren kalten Händen zu Metall wurde. Der Onkel warf den Kopf hin und her und versuchte verzweifelt, sich von dem Kissen zu befreien. Dann sagte er mit röchelnder Stimme etwas. Sie hob das Kissen für einen Moment und begegnete seinem Blick. Als er sich erbrach, presste sie ihm das Kissen wieder aufs Gesicht. Sie drückte und drückte. Die Zeit schien stillzustehen. Dann hielt sie das Kissen noch fester auf sein Gesicht. Wenn er nur nicht versucht hätte, sie mit dieser blödsinnigen Bewegung zu sich zu locken.

Im Erdgeschoss hing Onkel Olafs Mantel im Gang. Er war schwarz wie ein Nachthimmel. Ein wenig verschlissen am Kragen und sehr weit. Er brauchte ihn nicht mehr. Das war ein gutes Gefühl.

Die Kälte beißt sich an allem Lebenden und Toten fest. Das Fehlen der Sonne macht die Wintertage dunkel und kurz. Man hat das Gefühl, sich an einem unterirdischen Ort zu befinden. Gegen Mittag erhebt sich am Horizont ein gieriges Licht, ein fahles Grau. Aber die Dunkelheit verschlingt es fast sofort wieder. Die Dunkelzeit kann auch Schutz geben. Man zieht ein zusätzliches Unterhemd an, einen Pullover, Wollstrumpfhose, Hose und Jacke. Streift sich Socken über die Füße, nimmt einen Schal, der die Halshaut verdeckt, und eine Mütze, die den Kopf vor dem Frost schützt. Aber man friert trotzdem. Manche kleiden sich in Pelz und leihen die Wärme eines toten Tieres.

Am frühen Morgen des 28. Dezember kamen drei Ermittler von der Kripo nach Tromsø, um im Mordfall Tim Karlsen zu ermitteln. Anna Borelius Hansen holte die Männer am Flugplatz ab. Sie fühlte sich nicht wohl. Ihr taten alle Glieder weh, und ihr Körper war schwer und heiß. Der scharfe Wind vom Vortag hatte sich noch nicht gelegt. Jetzt fegte der Schnee über die weiße Fahrbahn.

Die Ermittler waren jovial und professionell. Ihr Leiter hieß Stein Tønne und war Ende vierzig, ein blonder Mann mit schütterem Haar. Sie verloren kein Wort über die Störung des Weihnachtsfriedens. Sie stellten während der Autofahrt ihre klugen Fragen, und Anna antwortete so gut sie konnte. Sie konzentrierte sich darauf, den Wagen auf der Straße zu halten, und merkte, dass die Anspannung sie zu überwältigen drohte. Das hing mit dem Schlafmangel zusammen. Es hing mit Holger Eliassens Anruf an diesem Morgen zusammen. Datum und Uhrzeit, die er für den Mord genannt hatte, hallten in ihrem Kopf wider. *Verletzung* war ein Wort, das jedes Mal auftauchte, wenn sie seine Stimme hörte. Beim bloßen Klang seiner Stimme empfand sie eine Wut, die sich aus Unbehagen speiste. Aus etwas Undefinierbarem, das durch ihren Körper schäumte. Sie hatte nachts einen entsetzlichen Traum gehabt, sie lag in einem Zimmer, in dem alle Fenster weit aufgerissen waren. Und die Vorhänge flatterten im Wind. Trotzdem war das Zimmer warm, als befände sie sich an einem anderen Ort. Weit fort von Kälte und Dunkelheit. Die Katze, die sie als Kind gehabt hatte, sprang durch eines der Fenster. Sie hielt einen Vogel im Maul. Und der Vogel war tot, seine kleine Brust war zerfetzt. Der Schnabel war geschlossen.

Sie konnten die braunen Krankenhausgebäude schon von weitem sehen. Anna fuhr unter den Glasgang, der wie eine Brücke über die Straße führte. Sie hielt gleich beim Haupteingang, neben einem weiteren Streifenwagen. »Der Tatort sieht entsetzlich aus«, sagte sie. »Aber daran seid ihr ja sicher gewöhnt.«

Die Männer nickten und stiegen aus. Stein Tønne wartete, bis sie den Wagen abgeschlossen hatte, dann betraten sie zusammen das Krankenhausgebäude.

Im Foyer war es verhältnismäßig ruhig. Eine Frau schob ihr neugeborenes Kind in einem kleinen Plastikbett hin und her. Ein alter Mann mit Krücken saß auf der Kante eines Ledersessels und starrte die Polizisten neugierig an. Der große Weihnachtsbaum strahlte, aber irgendwer hatte die Krippe mit dem Jesuskind entfernt. Zwei Krankenpflegerinnen standen bei der Information und plauderten. Eine drehte sich um und rückte ihre Brille gerade.

Der Bereich hinter den Fahrstühlen und die Kellertreppe war mit roten und weißen Bändern abgesperrt. Die Ermittler von der Kripo nickten dem jungen Polizisten, der an der Treppe Wache hielt, kurz zu. Unten im Keller war der gesamte Ermittlungsapparat in Gang gesetzt. Die Techniker waren noch nicht fertig. Sie mussten bei der Untersuchung von Obduktionsraum und Kellergang überaus vorsichtig vorgehen. Nichts durfte übersehen werden. Noch das dünnste Haar und die winzigsten Hautpartikel mussten gesammelt und analysiert werden. Die Polizei hatte Lampen aufgestellt, die starke Wärme abgaben. Noch das kleinste Fragment konnte eine Geschichte erzählen. An Türen und Glasflächen wurde nach Fingerabdrücken gesucht. Alles sollte analysiert werden.

Ein Team war zu Tim Karlsens Wohnung geschickt worden,

und seine Freundin, die eben erst ein Kind zur Welt gebracht hatte, war bei ihrer Mutter vernommen worden. Sie stand unter Schock und hatte offenbar die Milch verloren, weshalb das Kind mit Muttermilchersatz ernährt werden musste.

Die geronnenen Blutlachen auf dem Boden und das grüne Laken, auf dem die Leiche gelegen hatte, waren noch nicht entfernt worden. Ebenso wenig wie die umgekippte Bank, die Skalpelle, die Messer und die Glasscherben.

Anna Borelius Hansen musterte die vielen blanken Instrumente. Und die dichten Jalousien vor den kleinen Fenstern. Sie versuchte sich vorzustellen, was hier unten geschehen war. Ein Schluchzen stieg in ihrem Hals auf. Es tat weh, an die Frau zu denken, die keine Milch mehr für ihr Kind hatte. Das Gespräch mit Holger Eliassen machte ihr ebenfalls zu schaffen. Er hatte sie auf ihrem Mobiltelefon angerufen, sowie er erfahren hatte, dass es sich bei dem Opfer um Tim Karlsen handelte. Er hielt das für eine weitere Bestätigung seiner Theorie. Tim Karlsen stammte aus demselben Ort wie die Marner-Schwestern. Holger Eliassen kam ihr vor wie eine Spinne. Sie hatte Angst davor, dass er sie wieder aufsuchen würde. Anna wandte sich ab und unterdrückte ihr Weinen. Sie fühlte sich müde, vielleicht machte einfach das Fieber alles schlimmer. Grauenhafte Bilder zogen an ihrem inneren Auge vorbei. Eine spitze Angst bohrte in ihr. Es waren seltsame Feiertage gewesen. Sie hatte den Heiligen Abend bei ihren Eltern verbracht, danach aber hatte sie gearbeitet, denn neben diesem entsetzlichen Mord lagen zwei Vergewaltigungen, drei Einbruchsdiebstähle und mehrere Körperverletzungen vor. Zwei kleine Kinder hatte das Jugendamt übernommen. Die Kollegen wirkten alle resigniert. Nichts schien jemals ein Ende zu nehmen. Die Stapel von Unterlagen wuchsen auf ihrem Schreibtisch. Die bösen Taten hörten nicht auf. Und ein bestialischer Mord wie dieser ließ niemanden unberührt. Zum Glück musste sie sich nicht auch noch um Kinder und Familie kümmern, dachte sie.

Die Leiche lag in einem Fach des Kühlraums. Anna Borelius Hansen ging mit den Kripoermittlern hinein. Das Geräusch, mit dem die Schublade herausgezogen wurde, war kalt wie Eisen. Tim Karlsen sah aus wie eine Wachsfigur. Sein Totengesicht war leer und ausdruckslos. Die geruchlose Haut lag wie eine Mattierungsschicht über dem Gesicht mit den geschlossenen Augen und den blutlosen, starren Lippen. Die Wunden an Armen, Rücken und Hals waren blutleer und wirkten wie dunkle Striche auf dem toten Körper. An der einen Seite seines Halses gab es einen blauen Fleck. Dort hatte ein dünnes Skalpell gesteckt.

Anna Borelius Hansen verspürte immer einen kalten Schauer, wenn sie einen toten Menschen sah. Was ihr am meisten zu schaffen machte, war das alles verschlingende Nichtmehrsein. Plötzlich war ihr schlecht, und kalter Schweiß brach aus.

Die Leiche trug am großen Zeh einen Nummernzettel. Die Fußsohlen waren gelb, und Anna Borelius Hansen sah, dass er sich dringend die Zehennägel hätte schneiden müssen. Mehr konnte sie nicht ertragen und verließ das Zimmer.

Nach vier Stunden Arbeit fuhren die Ermittler zur Wache, um die erste Lagebesprechung abzuhalten.

Anna wusste, dass sie bis tief in die Nacht hinein an der Arbeit sein würden. Sie nahm zwei Paralgin, ging zum Fenster und legte die Stirn ans Glas. Das Glas roch nur nach Glas. In Gedanken hörte sie das Echo von Holger Eliassens Stimme.

Bilder des Toten, auf denen er im Obduktionssaal auf dem Boden lag, waren auf dem Tisch des Besprechungszimmers verstreut. Die Farben waren fast schön – das grüne Laken, das rote Blut. Und der Mann, der in der Mitte lag, der auf dem Rücken lag, den einen Arm unter sich geschoben, die andere Hand mit den ringlosen Fingern zur Faust geballt, und das blanke Skalpell, das aus seinem Hals ragte. Was würde diesmal in ihrer Erinnerung haften bleiben? Vielleicht würde sie später immer noch Tim Karlsens gelbe Fußsohlen und seine scheußlichen Zehennägel vor sich sehen.

Anna Borelius Hansen holte Kaffee und schenkte ein. Ein Kollege hatte Pizza bestellt. Sie aßen und redeten leise miteinander. Der vorläufige Obduktionsbericht würde in zwei Tagen vorliegen. Bis auf weiteres wollte sie das, was sie von Holger Eliassen erfahren hatte, für sich behalten. Mitzuteilen, ein pensionierter Polizeichef halte eine einundvierzigjährige Hebamme für die Schuldige, wäre doch peinlich. Er hatte direkte Andeutungen gemacht. Er hatte auch gesagt, es könne eine der beiden Schwestern dieser Hebamme sein. Es gebe weitere starke Verdachtsmomente, hatte er gesagt. Er behauptete, eine der Schwestern sei mit dem vor Jahren verschwundenen Odd Olsen bekannt gewesen. Er könne das beweisen, sagte er. Er wisse aber nicht, welche Schwester. Offenbar verfolgte er die Familie Marner mit seinem Hass. Aber was, wenn an seinem Gerede doch etwas Wahres wäre? Sie würde alles überprüfen, wenn ihr Fieber sich erst gelegt hätte. Aber sie wusste nicht, wie sie sich aus seinem Zugriff befreien sollte, denn sie hatte wirklich das Gefühl, dass Holger Eliassen sie auf irgendeine Weise im Griff hatte. Er schien zu glauben, dass sie ihm etwas schuldig sei. Sie wollte nicht an ihn denken. Ihr Vater und er waren keine besten Freunde mehr, sie schuldete ihm nichts. Er wies sie immer wieder zurecht, wollte ihr erklären, was sie zu tun hatte. Er hatte ziemlich offen gesagt, dass er ihr Büro zu unordentlich fand. Jetzt hatte sie aufgeräumt. Sie hatte Teile des ersten Weihnachtstags damit verbracht, ihr Büro aufzuräumen. Was war es an Holger Eliassen, das sie veranlasste, sich ganz anders zu verhalten, als sie das wollte, wie ein braves kleines Mädchen? Ein ängstliches kleines Mädchen. Er hatte nicht das Recht, sich auf der Wache herumzutreiben. Er war pensioniert, ausrangiert, alt. Anna besaß eine selektive Empfänglichkeit für die verdrängte Feindseligkeit anderer. Und Holger Eliassen schien sie zu durchschauen. Aber etwas an seinem Verhalten kam ihr bekannt vor, etwas, das sie herauszuarbeiten versuchte.

DAS NACHTBUCH

Das hier ist ein Tagebuch, das ich von Onkel Olaf zu Weihnachten bekommen habe. Ich habe mich so gefreut, als ich sah, dass das Buch rosa ist. Rosa ist eine sehr schöne Farbe. Und dann habe ich noch zwei Bögen Glanzbilder bekommen, die so schön sind, dass ich sie nicht auseinanderreißen will. Ich bin elf Jahre alt.

Liebes Tagebuch,

ich kann die Namen aller großen Städte in Norwegen, Schweden, Finnland und Island. Ich weiß, dass die Hauptstadt von Schweden Stockholm heißt und die von Finnland Helsinki.
In Oslo gibt es keine Wölfe. Und Rotkäppchen gibt es auch nicht. Das ist gut, wir haben im Wald nämlich eine Hütte gebaut. Aber ich werde nie wieder allein in den Wald gehen. Im Wald können nämlich böse Männer sein.
Mir ist im Wald ein böser Mann begegnet. Damals war ich erst sechs. Er hatte lange Krallen, und die hat er mir in den Arm gebohrt, und dann zerriss mein Kleid, und ich fing an zu bluten. Er riss mir an den Haaren und machte noch etwas anderes. Dann konnte ich wegrennen, aber ich verlor meine Schuhe. Danach musste ich zurückgehen und sie suchen, denn Mutter Berit war böse, weil sie mein Kleid flicken musste. Ich konnte ihr nicht erzählen, was passiert war, weil ich doch nicht allein in den Wald gehen darf. Aber das ist jetzt lange her. Der Mann hatte eine Narbe am Knie. Sie sah aus wie ein

Segelboot. Und er hatte eine blaue kurze Hose an. Mehr weiß ich nicht mehr.

Mutter Berit sagt:

1. Kleine Mädchen dürfen nicht allein an gefährlichen Straßen entlanggehen.
2. Kleine Mädchen dürfen nicht allein in dunkle Wälder gehen.
3. Kleine Mädchen dürfen ganz viel nicht.
4. Kleine Mädchen müssen sich in Acht nehmen! Und das ist blöd, im Sommer ist es doch so schön, im Wald zu spielen. Aber Mutter Berit hat ja recht, es ist gefährlich.

Liebes Tagebuch,

heute haben wir von Mutter Berit Nyco bekommen. Wir haben es mit Wasser verdünnt und in Plastikflaschen gegossen. Nyco hat Ähnlichkeit mit Brause. Mutter Berit sagt, dass es auch eine Art Brause ist. Na gut.
Ich habe ein Messer mit auf unser Zimmer genommen. Auf der Fensterbank war eine Fliege, die ich zerteilen wollte, aber stattdessen habe ich mich geschnitten, oben am Arm, da, wo der Mann mich vor langer Zeit gekratzt hat. Danach fiel mir alles wieder ein, und später ging es in mir wieder etwas ruhiger.

Liebes Tagebuch,

heute ist Sonntag. Heute ist Lilly gekommen. Sie sagt, dass sie kein Geld hat, um sich Essen zu kaufen. Aber Mutter Berit glaubt ihr nicht. Ich hab ihr eine Banane gegeben, die oben in der Kammer gelegen hatte. Aber sie hat sich über die Banane nicht gefreut.

Liebes Tagebuch,

Onkel Olaf kommt zu Besuch, wenn Mutter Berit zum Kränzchen geht. Er sagt, dass er auf uns aufpassen will. Und dass es ein Geheimnis ist, deshalb dürfen wir Mutter Berit nichts verraten. Mutter Berit ist zusammen mit Michelle Tangen und Frau Eliassen und noch einigen anderen Damen beim Nähkränzchen. Frau Mork auch, glaube ich. Weil Mutter Berit sie kennt und sie nett zu uns sein wollte, mussten wir nicht in ein Pflegeheim. Sie hat so was nämlich zu bestimmen.
Aber wir wollen lieber nicht zusammen mit Onkel Olaf im Schaukelstuhl sitzen. Er sagt immer, dass das sein muss. Und dann lacht er. Und dann lachen wir. Er riecht nach Tran und Fisch. Er ist nämlich Fischer. Manchmal bleibt er wochenlang weg. Unter dem Handgelenk ist die Schlagader. Da hab ich mich nicht geschnitten, nur ganz oben, wo Mutter Berit das nicht sehen kann.

Liebes Tagebuch,

jetzt habe ich über ein Jahr kein Tagebuch mehr geschrieben. Ich wollte einfach nicht. Es gab nichts zu beschreiben. Jetzt ist wieder Winter. Wir müssen jeden Tag ins Freie, sagt Mutter Berit. Alle Kinder sollen im Winter draußen sein. Wir laufen ein bisschen Ski und fahren mit dem Schlitten. Manchmal bin ich so wütend auf meine Schwestern. Ich möchte sie an den Haaren ziehen und sie schlagen, bis sie zu bluten anfangen. Aber das kann ich ja nicht machen, denn dann wird Mutter Berit böse. Sie nimmt den Tretschlitten, wenn sie zur Arbeit ins Postamt muss. Das ist doof, ich würde ihn gern häufiger benutzen. Dieser Schlitten hat ganz scharfe Kufen. Wenn ich groß bin, will ich anderen Leuten helfen. Aber heute habe ich aus Mutter Berits Portemonnaie fünf Kronen gestohlen und bin zu Virak an der Ecke gerannt und hab Schaumschiffchen gekauft. Er hat mir ein paar umsonst gegeben. Die Schaumboote erinnerten mich an die Narbe auf dem Knie von dem Mann damals im Wald. Ich musste einfach etwas Süßes haben. Denn manchmal werde ich fast krank, wenn ich nicht genau die Süßigkeiten bekomme, die ich mir wünsche.

Liebes Tagebuch,

heute war es in der Schule langweilig, wir hatten einen Test in Englisch. Ich hab geschummelt, aber das hat niemand gemerkt. Ich habe keine beste Freundin, aber ich bin ziemlich viel mit anderen aus der Klasse zusammen. Heute hat Holger Eliassen uns wieder vom Wartehäuschen verjagt. Er sagt, dass wir da nicht stehen dürfen. Er ist ja bei der Polizei, also haben die meisten Angst vor ihm. Ich hab nur ein bisschen Angst vor ihm, ich habe ja gesehen, was er mit den Vögeln gemacht hat. Und er hat gesehen, dass ich das gesehen habe.
Manchmal finde ich die Leute aus meiner Klasse einfach nur doof, wie Affen. Idioten irgendwie, Jungen und Mädchen. Aber ich hoffe, dass ich irgendwann eine beste Freundin haben werde. Sie muss aber genauso sein, wie ich das will.
Heute haben wir einen riesigen Schneemann gebaut. Er war größer als alle anderen Schneemänner. Aber nachts hab ich dann von dem schrecklichen Schneemenschen geträumt, der mit seinen großen Füßen durch die Berge

wandert und Kinder fangen will. Ich weiß nicht genau, wie er aussieht, aber ich stelle mir vor, dass er ein bisschen aussieht wie ein Eisbär und ein bisschen wie ein Wolf. Und ein bisschen wie ein Mensch.

Liebes Tagebuch,

jetzt ist es passiert. Aber natürlich war es irgendwie blöd. Ich hatte eine weiße lange Hose an, weil es heute so warm war. Und dann musste ich etwas an die Tafel schreiben. Die anderen lachten, weil ich einen Blutfleck auf dem Hintern hatte. Und da wusste ich, dass ich jetzt DAS hatte, und ich lief nach Hause. Mutter Berit war gar nicht froh. Sie sagte, dass jetzt die gefährliche Zeit anfängt. Jetzt kann ich Kinder kriegen. Daran denke ich gar nicht gern.

Liebes Tagebuch,

ich habe Angst. Onkel Olaf ist tot, und das ist meine Schuld. Ich bin vierzehn Jahre und vier Monate. Es ist natürlich traurig für Mutter Berit, er war doch ihr Sohn. Aber sie weiß ja nicht, wie er war. Ich bin froh darüber, dass er tot ist. Wenn man tot ist, schläft man. Es geht ihm jetzt gut, dem blöden Onkel Olaf. Er weiß sicher nicht, dass er tot ist. Ich bin nicht sicher, ob er in den Himmel kommt. Böse Männer kommen vielleicht nicht in den Himmel. Vielleicht kommen auch böse Mädchen nicht in den Himmel. Aber das ist nicht so schlimm. Ich will gar nicht in den Himmel. Ich will lieber hier sein.
PS. Es ist blöd, dass Mutter Berit weiter in dem Bett schlafen muss, in dem Onkel Olaf gestorben ist. Ich habe ein Loch in die hellblaue Bettdecke gebrannt. Ich habe

sie gefragt, ob sie kein neues Bett kaufen kann, aber sie hat nur den Kopf geschüttelt. Die arme Mutter Berit.

Liebes Nachtbuch,

heute Nacht konnte ich nicht schlafen, weil ich gedacht habe, dass Gott vielleicht böse auf mich ist. Ich glaube ja nicht an Gott, aber WENN es ihn gibt, dann weiß er doch, was ich getan habe. Und dann ist es irgendwie kein Geheimnis mehr, wenn ER es weiß, meine ich. Denn Gott ist doch auch ein Mann, nicht wahr, und dann hält er sicher zu Onkel Olaf.

Ich finde es gut, dass du Nachtbuch heißt, denn ich schreibe jetzt fast nur noch nachts. Ich schleiche mich in die Abstellkammer und setze mich in den alten Korbsessel, wenn die anderen schlafen. Da liegt eine Decke, und ich ziehe mich warm an. Ich schreibe gern nachts. Vielleicht werde ich später Nachtarbeiterin.

Liebes Nachtbuch,

die Sonne brennt den ganzen Tag. Fast kriegt man dieses viele Licht satt. Alles ist irgendwie durchsichtig. Und Nachtbuch zu schreiben ist vielleicht ein bisschen kindisch.

Wenn ich zurückblättere und lese, was ich geschrieben habe, dann tue ich mir selber leid. Ich hatte solche Angst vor dem Wald und vor der Sache mit dem Schaukelstuhl. Es ist nicht meine Schuld, dass alles so gekommen ist. Ich hatte vor nichts Angst, als ich damals in den Wald gegangen bin, aber als ich dann herauskam, hatte ich vor allem Angst. Damals ist mir zum ersten Mal ein böser Mann begegnet. Böse Männer gibt es viele auf der Welt.

Aber es gibt auch ein paar böse Mädchen. Eins davon bin ich.
Im Sommer, wenn ich einen fremden Mann in Shorts sehe, im Laden oder auf der Straße, dann schaue ich nach, ob er eine Schiffchennarbe über dem Knie hat. Über dem linken Knie. Ich werde mein ganzes Leben lang nach dieser Narbe suchen. Ich weiß noch genau, was ich gedacht habe, ehe ich ihm begegnet bin.

Liebes Nachtbuch,

hier gibt es nur Schnee, Eis und Kälte. Du kannst nicht einen Fleck an deinem Körper unbedeckt lassen, außer Gesicht und Händen, und die eigentlich auch nicht. Die hässliche Wunde auf meinem Arm ist verheilt. Im Sommer ist dann sicher nichts mehr zu sehen. (Das ist schon komisch, wenn du klein bist, glaubst du, dass du mitten in der Welt wohnst. Dass alle deinen Wohnort kennen. Dass der im Zentrum steht. Im Mittelpunkt der Welt. Und dann wohnst du eigentlich am Ende der Welt. So weit vom Leben entfernt, wie das überhaupt nur möglich ist.)
Wenn ich mir gerade jetzt etwas wünschen dürfte, dann wäre das ein Unglück. Denn alles hier ist so still und langweilig, und das Leben geht irgendwie nicht weiter. Ich bin sechzehn Jahre und fünf Monate, ich war gestern in einem Auto unterwegs. Ich will nicht verraten, wie er heißt, aber was er mit mir auf dem Rücksitz gemacht hat, darf Mutter Berit niemals erfahren. Sie kapiert so was doch nicht. Ich wünschte, ich hätte ein eigenes Zimmer. Aber in diesem Haus gibt es ja nur zwei Schlafzimmer. In unserem Zimmer ist es dunkel und kalt, und ich habe meine Schulbücher vor mir aufgeschlagen und weiß, dass die anderen aus meiner Klasse

zusammen sind. Ich weiß, dass sie jetzt zusammensitzen und über Jungs und Schminke reden, und dass sie Tee oder Kakao trinken. Und das finde ich schrecklich. Ich will, dass alle anderen einsam sind, ganz allein, so wie ich. Wenn alle anderen auch einsam sind, ist man selbst nicht so einsam.
Gestern hat Mutter Berit mich gefragt, was ich werden will, wenn ich groß bin. Aber ich mag es nicht, wie sie sagt, *wenn* du groß bist, als ob das eine Selbstverständlichkeit wäre. Denn man weiß doch gar nicht, *ob* man jemals groß wird.

Liebes Nachtbuch,

okay, ich bin zu erwachsen für dieses Gefasel. Aber etwas ist passiert: Vor drei Tagen habe ich herausgefunden, dass Odd Olsen mich ausnutzt. Ich bin ihm vor einigen Wochen auf einem Studentenfest begegnet. Ich bin nicht an so tüchtige Leute gewöhnt, und da fühlte ich mich schon ein wenig geschmeichelt, weil er sich für mich interessierte. Odd Olsen wollte Arzt werden. Ich sage, *wollte*, denn er lebt nicht mehr.
Mit ihm zusammen habe ich mich frei gefühlt. Er war ein wenig schüchtern, aber ein spannender Liebhaber. Bei ihm habe ich mich entspannt. Ich glaube, ich war die Erste für ihn. Aber er wusste natürlich alles über Anatomie. Das war eine Befreiung. Er hatte schon häufiger Frauen mit gespreizten Beinen gesehen, sagte er. Aber dann haben wir uns auf seiner Bude betrunken. Ich war betrunkener als er. Und in einem Moment von akutem Geständniswahnsinn habe ich ihm erzählt, was ich getan hatte. Ich habe gesagt, dass ich Onkel Olaf und Ivar Josteinsson umgebracht hatte. Er lachte. Legte den Kopf in den Nacken und lachte.

Zuerst hatte ich nicht begriffen, dass er mich anzeigen wollte. Er ließ sich nichts anmerken. Er wollte mich ausnutzen. Denn er wollte nicht Arzt werden, sondern Psychiater. Und er wollte eine Abhandlung über mich schreiben. Mich zuerst ausnutzen und mich dann den Wölfen vorwerfen. Ich glaube, Odd Olsen hat in mir etwas getroffen, das so gefährlich war, dass nicht einmal er es analysieren konnte, obwohl er doch so intelligent war. Er brachte mich dazu, über meine Kindheit und meine Gedanken zu sprechen. Es war so ein unglaublich schönes Gefühl. Ich erzählte ihm, wie ich mir die Arme zerschnitt, aber dass ich das nicht mehr machte, seit ich ihn kennengelernt hatte. Ich erzählte von Mutter Berit und Lilly und Onkel Olaf. Erst später ging mir auf, dass er mir Fragmente einer Gefährlichkeit zuschrieb, die zu Begriffen wie Schizophrenie, Psychopathologie und ich weiß nicht, was sonst noch, tendierte. Er hat mich ausgenutzt, analysiert, was ich erzählt habe, und es aufgeschrieben. Das habe ich erst vor drei Tagen begriffen. Da fand ich in einer Kommodenschublade, was er über mich geschrieben hatte. Er verwendete Wörter wie Omnipotenz, multiple Persönlichkeit und Psychopathologie. Er schrieb über Mutterbindung und -abwesenheit, darüber, dass man das Kind als ein selbständiges Individuum sehen muss. Er bewies mit großer Überzeugung, dass es für mich eine gefühlsmäßige Katastrophe gewesen war, dass Lilly nicht mehr meine Mutter sein wollte. Er erwähnte meinen Namen nicht, sondern nannte mich Objekt. Er wollte mich weiter beobachten, hieß es. Aber so kommt es ja nun nicht mehr.

Gestern hatten wir uns zu einer Skitour verabredet. Meine Skistöcke sind schrecklich spitz. Und die Haut an seinem Hals war sehr, sehr dünn. Das rote Blut war im Schnee besonders gut zu sehen. Danach rollte ich ihn in eine Gletscherspalte.

So ist es einfach: Wenn jemand dir eine Falle stellt, musst du diesen anderen zuerst fangen. Und ich kann dir sagen, das ist möglich. Aber du musst daran glauben, was du tust. Wenn du auch nur ein Zeichen der Schwäche zeigst, kann die Hölle losbrechen.

Warum glaubst du, dass ein Dompteur immer zuerst in die Manege geht, vor den Augen der Löwen? Um zu markieren, dass die Manege sein Territorium ist. Er ruft und trampelt und knallt mit der Peitsche. Die Löwen wissen von Anfang an, dass sie hier nichts zu sagen haben. Die Unterwerfung prägt sie vom ersten Moment an. Obwohl sie der König der Wüste sind, kriechen sie mit hängenden Schwänzen. Raubtiere können gezähmt werden, aber können Männer das auch? Ich betrachte mich als Dompteuse. Ich bin wie der Löwenbändiger, absolut sichtbar. Ich stehe mitten im Lichtkreis, mit Sägemehl unter den Füßen. Ich betrete die Manege hocherhobenen Hauptes. Ich verstecke mich nicht. Das ist eben der Trick. Deshalb durchschaut niemand, was ich getan habe. Eine Löwenbändigerin darf sich nicht verstecken, darf keine Angst zeigen.

Liebes Nachtbuch,

heute ist der 29. Dezember 1998. Albern, im Nachtbuch meiner Kindheit zu schreiben, aber ich habe ein wenig zu viel getrunken. Ich war vierzehn, als ich das erste Mal einen Mann getötet habe, und seither habe ich nicht damit aufhören können. Eigentlich habe ich erst beim dritten begriffen, dass es Mord war, damals war ich einundzwanzig, aber ich denke kaum noch daran. Es hat sich einfach so ergeben. Und zum Glück kann man es mir ja nicht ansehen.

Der Erste ist mein Onkel Olaf gewesen. Olaf mit den

Fischaugen und dem Schmerbauch. Er starb am 26. Dezember, im Jahr vor meiner Konfirmation.
Als ich damals die Tür zu dem Zimmer öffnete, in dem er lag, geschah etwas Merkwürdiges: Er wurde plötzlich zu dem fremden Mann im Wald. Ich geriet in Panik. Ich hatte das Gefühl, der Kopf wollte mir zerspringen. Und mich überschwemmte eine Woge von Aggression.
Ich erinnerte mich plötzlich an mein zerfetztes Kleid und die zerschrammten Arme. Daran, wie mein Herz in meinen Ohren hämmerte, wie die Steinchen sich durch meine Socken bohrten und unter meinen Fußsohlen festklebten. Als ich damals, vor so langer Zeit, in den Wald hineingegangen war, hatte ich mich vor nichts gefürchtet. Aber als ich wieder herauskam, fürchtete ich mich vor allem. Damals war mir zum ersten Mal ein böser Mann begegnet. Es gibt viele böse Männer auf der Welt. Aber es gibt auch einige böse Mädchen.

Das stärkste Gefühl, wenn ich einen Mann getötet habe, ist das Gefühl zu herrschen, Macht zu haben und Sicherheit. Und ich fühle mich glücklich. Richtig glücklich. Ich empfinde Ruhe. Alles stimmt. Plötzlich ist die Welt wieder in Ordnung, jedenfalls für eine Weile. Das nennt man Omnipotenz. Darüber habe ich gelesen. Die vielen Beschreibungen von mir in diesem Text haben mir nicht gefallen. Er schrieb, ich litte an einer extremen Form von Verleugnung und Egozentrik und würde deshalb völlig normale Ansprüche meiner Umwelt als irrelevant abtun. Das führe dann zu dem Drang, Angst, Panik und Minderwertigkeitsgefühle zu unterdrücken, schrieb er. Es gehe darum, Stabilität zu gewinnen. Und das sei nur möglich, wenn ich die Kontrolle wiedererlangte. Omnipotenz also, aber das ist nichts als ein Wort, und Wörter sind nicht gefährlich.
… trotzdem bin ich doch ein Mensch. Wenn das Gefühl

der Befreiung sich gelegt hat, kommt die faserige Angst. Weiß und kalt kriecht sie mein Rückgrat hoch. Schwer wie ein Stein liegt sie im Bauch. Die Tage nach dem Mord an Onkel Olaf verschwimmen in meiner Erinnerung. Ich weiß nur noch, dass Weihnachten war und dass ich mich durchsichtig fühlte wie Glas. Dass es eiskalt war. Und dass mich die konstante Winterdunkelheit umzingelt hielt. Die Dunkelheit, das waren die schwarzen Löcher in den Spitzengardinen. Schwarze Augen, die mich von draußen ansahen. Es knackte leicht in den Wänden, als wolle jemand dort ausbrechen. Die Möbel kamen mir fremd vor, das Zimmer roch anders. Die Stille im Haus, das kalte Lampenlicht. Ach, ich kann mich an alles erinnern.

Als ich oben im Kinderzimmer stand und die Gardinen zur Seite zog und zu den schwach leuchtenden Sternen hochschaute – sie waren weiß, fast durchsichtig, wie Fingerabdrücke auf Glas –, hätte ich in diesem Moment, einem gefährlichen Moment, beinahe Mutter Berit erzählt, was ich getan hatte. Aber dann kam Besuch, Leute, die mit leisen Stimmen redeten, immer mehr Leute. Und das hat mich gerettet.

Die alte Standuhr tickte und tickte und schlug laut tönend jede halbe und volle Stunde.

Ich saß stocksteif in Großvaters altem Schaukelstuhl, und meine Füße waren eiskalt. Großmutter sagte, es gebe viele Arten zu trauern, und ich brauchte kein schlechtes Gewissen zu haben, weil ich nicht weinte. Und das hatte ich auch nicht. Aber meine Schwestern weinten.

Ich wollte natürlich nicht ins Gefängnis oder ins Erziehungsheim. Ich wusste, dass man böse Kinder ins Erziehungsheim steckte. Ich wollte, dass alles wieder normal wäre. Und das wurde es ja auch, nach einer Weile.

Liebes Nachtbuch,

es ist Karsamstag, 1999. Jetzt sind wir wieder zusammen, Mutter Berit, meine Schwestern und ich. Ich sehe ein, dass dieses Buch so langsam gefährlich wird, und dabei ist das alles doch jetzt so viele Jahre her. Ich werde das Buch in einer Kiste im Schrank verstecken und es dann hervorholen, wenn ich zu Besuch komme. In der Kiste liegen unsere Kinderkleider. Es gibt keinen Grund, warum irgendwer in nächster Zeit die Kiste öffnen könnte. Außerdem habe ich ein Stück Pappe zurechtgeschnitten, das so groß ist wie der Kistenboden, und darunter habe ich das Buch versteckt. Dann habe ich die Kleider wieder hineingelegt. Ich weiß, dass Mutter Berit sich niemals von unseren Kleidern trennen würde. Es sind unsere und Lillys und ihre eigenen Kleider. Insgesamt neun Stück. Sie liegen in einer Bananenkiste mit einem Reklameaufdruck - eine ganz normale Kiste mit alten Kleidern, wie alle Menschen sie irgendwo aufbewahren.
Ich klebe auch ein Bild auf diese Seite. Ein Kinderbild von uns dreien. Am Bildrand steht ein Mann. Wir hatten als Kinder zu dritt nur eine Spielzeugpistole. Auf dem Bild habe ich sie in der Hand. Normale Menschen sehen nicht, was ich sehe. Normale Menschen sollten sich in Acht nehmen.

Liebes Nachtbuch,

heute ist der dritte Weihnachtstag 1999, und Mutter Berit geht es schlechter. Wir haben uns für sie um einen Platz im Heim beworben. Aber sie will das Haus nicht verkaufen, und wir haben ihr versprochen, dass ihr das erspart bleiben wird. Wir können es vermieten, haben wir gesagt. Es ist wichtig für sie zu wissen, dass ihr Haus auf sie wartet, falls doch noch ein Wunder geschieht.

Jetzt habe ich fünf Glas Wein getrunken. Ich sitze im Korbsessel in der Abstellkammer, wie früher. Mutter Berit hat in all den Jahren zu wenig Fürsorge erlebt. Ich sehne mich trotz allem nach meiner Kindheit. Die Erinnerung an Lilly ist mit den Jahren verblasst. Sie verschwand einfach. Sogar in Gedanken ist sie mir fremd. Wir sind ihr ja ab und zu begegnet. Aber das hat immer ziemlich wehgetan. Meine MUTTER ist Mutter Berit, aber alle Töchter hassen ihre Mutter doch im tiefsten Herzen, nicht wahr?

Die fünf Glas Wein und die Tatsache, dass die kleine rote Pistole, mit der wir als Kinder gespielt haben, auf der Fensterbank liegt, sind schuld, dass ich das hier schreibe. (Die Pistole liegt hinter der löchrigen Tüllgardine mit den vielen starren Fliegenleichen.)
Wenn du das nächste Mal ein kleines Mädchen mit einer Spielzeugpistole in der Hand siehst, dann schau der Kleinen in die Augen. Sieh sie dir an, wenn ein Mann vorüberkommt. Sieh, wie sie ihm triumphierend in den Rücken schießt. Betrachte ihr engelhaftes Grinsen, wenn sie ein ablenkendes Manöver macht und sich bückt und ihre Söckchen hochzieht. Wie sie die Schmetterlingsrüschen an ihrem Blüschen zurechtrückt. Und sieh, wie ihre schmutzigen Fingerchen sich danach durch die weichen Haare fahren.

(Ha, ha, ha, ha, ha, ha. Jetzt sitze ich in der Kammer und lache und lache.)

Kluge Frauen fürchten sich, habe ich gedacht. Kluge Frauen, die sich nicht fürchten, kennen die Wirklichkeit nicht. Man muss an den Dingen vorbeisehen. Da ein Totenschädel keine Mimik hat, das habe ich irgendwo gelesen, ist im Grunde jedes Lächeln oberflächlich. Das stimmt wirklich. So muss man das Leben sehen. Man muss unter die Haut schauen, hinter die Maske. Schiffe können untergehen, Flugzeuge abstürzen. Ein Erdbeben kann uns überraschen. Dagegen kann man nur wenig ausrichten. Aber wenn ein anderer dir etwas tun will, dann kannst du dich dagegen wehren. Das ist der große Unterschied.

Liebes Nachtbuch,

(Drei Glas Wein und Pulswärmer.)
morgen ist Silvester. Ich sitze in der Kammer. Jetzt, so viele Jahre später, will ich diese Erinnerungen aufschreiben. Denn in meinem Kopf sind die Erinnerungen glasklar, und vielleicht komme ich am Ende zu dem Punkt, an dem alles aufhört.
Der Sarg war aus dunkelbraunem Holz, aber vor dem weißen Schnee sah er schwarz aus. Der Totengräber war seit Stunden an der Arbeit gewesen, zuerst, um den Schnee zu entfernen, und dann, um in den gefrorenen Boden ein Loch zu hacken.
Der Pastor stand neben dem Loch und ließ Erde auf den Sarg rieseln. Feine schwarze Erde. Woher nimmt man mitten im Winter solche Erde? Vom Staub bist zu gekommen, sagte er. Aber ich hörte nur: Vom Frost bist zu gekommen, zu Eis sollst du werden. Ich dachte, dass der Pastor Onkel Olaf nicht gekannt hatte. Er hatte ihn nicht gekannt, wie er wirklich gewesen war. Was für ein Mistkerl. Das, was der Pastor in der Kirche sagte, stimmte gar nicht.
Ich weiß noch, dass es an diesem Tag ganz dunkel war.

Der armselige kleine Friedhof war ganz und gar zugeschneit. Die dicken Wände waren eiskalt und die Bogenfenster blind. Am Vortag hatte es im Versammlungshaus das Weihnachtsbingo gegeben. Onkel Olafs Beerdigung kam mir auch vor wie ein Bingo. Und als ich daran dachte, musste ich lachen.
Ruth Eliassen war die Küsterin. Sie trug einen schwarzen Rock und eine unkleidsame dunkle, engsitzende Bluse. In den Bankreihen hinter uns saßen Reidar und Michelle Tangen, Sivander und die strenge Hebamme, seine Schwester. Dagny Mork, Nelly und viele andere aus der Schule. Der Hausmeister und Holger Eliassen, Virak und Tim Karlsen und drei Freundinnen von Lilly. Und Milla Josteinsson und ihr Sohn. Und vier Fischer, mit denen Onkel Olaf zusammengearbeitet hatte, und der Postmeister und seine Frau. Aber Lilly war nicht da.
Die Frau des Pastors trug ein Kleid, das Mutter Berit genäht hatte. Ich erkannte den braungemusterten Stoff. Kleine Blätter mit spitzen Stängeln. Der Pastor sagte, wir müssten uns Gott beugen und unsere Sünden gestehen. Ich dachte, dass das vielleicht nicht so dumm wäre. Gott ist trotz allem kein Klatschvetter. Heiliger Gott, himmlischer Vater. Blicke in Gnaden auf mich sündigen Menschen herab, denn ich habe dich gekränkt in Gedanken, Worten und Werken und kenne in meinem Herzen die Lust auf das Böse.
Ich glaube, ich versuchte, ein wenig Trauer zu verspüren, damit das Gewicht stimmte. Aber das gelang mir nicht. Ich sagte nur zusammen mit den anderen die Gebete auf. Vergib mir alle meine Sünden und lehre mich, nur dich zu fürchten und zu lieben.
Es war eine lange Beerdigung. Der Pastor holte seine unpersönlichen Bemerkungen über die Liebe aus Paulus' Worten im ersten Brief an die Korinther.
Mutter Berit saß stocksteif zwischen uns. Eine solche

Vorstellung kenne ich sonst nur aus dem Kino. Obwohl Dutzende von Kerzen brannten, war es in der Kirche dunkel. Die Blumenarrangements oben beim Altar und auf dem Sarg waren eher dünn. Der Anblick der tropfenden Kerzen und der im Luftzug flackernden Flammen brachte mir plötzlich einen tiefen, unerträglichen Schmerz. Wie traurig, dass es so kommen musste, dachte ich. Einen Moment lang fürchtete ich, dass ich in Ohnmacht fallen würde. Ich senkte den Kopf und spürte Mutter Berits warme Hand im Nacken. Ich schwankte so heftig hin und her, dass meine großen Zehen sich in meine guten Schuhe bohrten. Die Schuhe waren eigentlich zu klein.

(Es ist halb drei Uhr nachts, am 1. 1. 2000.)

Ich werde weitererzählen. Im Mai sollte ich in dieser Kirche konfirmiert werden. Aber der Frühling kam sehr spät in diesem Jahr, wie jeder Frühling hier im hohen Norden. Es wurde ein böser Tag. Der Friedhof war schwarz und verschlammt. Aber alle fanden mich schön in dem weißen Gewand. Die Kirchenglocken läuteten. Sie schwangen hin und her und machten ein scharfes, scharfes Geräusch, es kam mir vor wie etwas von einer spiritistischen Sitzung. Es war ein kühler, grauer Tag. Fotos wurden gemacht. Seltsam, sich jetzt dieses Bild anzusehen. Ich in dem weißen Gewand, wie ein Engel ohne Flügel. Es wehte ein leichter Wind, und meine Haare wurden auf der einen Seite hochgeblasen. Auch an diesem Tag ist Lilly nicht gekommen.
Doch dann wurde es Sommer. An dem Tag, an dem Mutter Berit ihren verschlissenen Schal weglegte und wir auf der Treppe draußen Tee tranken, nur sie und ich, wusste ich, dass der Sommer kommen und Eimer aus Sonne über den Hofplatz auskippen würde, es würde die

ganze Nacht lang hell bleiben, und das scharfe Geräusch in mir würde verschwinden. Denn obwohl ich nach Onkel Olafs Tod so ängstlich und verzweifelt gewesen war, bereute ich doch nicht, was ich getan hatte. Wenn man kein Engel auf Erden ist, kann man vielleicht nach dem Tod einer werden?

Liebes Nachtbuch,

heute ist der 5. Oktober 2000. Es ist 15.45 Uhr. Mutter Berit ist jetzt im Pflegeheim. Ein Umzug an einen solchen Ort ist wie ein kleiner Tod. Die Zimmerdecke über ihrem Bett ist wie ein viel zu großer Hut. Die Pflegerinnen haben sie zurechtgemacht und ins Bett gelegt. Die Herbstsonne schien herein. Aber auf ihrer Stirn war Nacht. Ich weiß sehr wohl, was sie aus ihren viel zu großen Augen anstarrt.
Ich habe das Gefühl, dass ich dort liege. Ich möchte mich zu einem dünnen Strich zusammenrollen und verschwinden. Aber ich will nicht in dem Bett liegen, dann will ich lieber sterben.
Michelle und Reidar Tangen werden in ihr Haus ziehen. Es war ziemlich viel Arbeit, ihre Möbel in die Kammer zu bringen. Wir haben eine Menge weggeworfen und verkauft. Meine Arme tun vom Putzen weh. In Mutter Berits Haus muss vieles weggeputzt werden. Wir machen morgen weiter.
Jetzt sitze ich auf einem Stein bei der Hauptstraße und schreibe. Oben in den Bergen liegt der Schnee wie große Tücher. Im Oktober sind die Gletscher von Neuschnee bedeckt, der bei sinkender Temperatur zu Eis wird. Ich wüsste gern, wie Odd nach all den Jahren aussieht.
Die Sonne liegt wie ein kalter Streifen über dem Weg. Vorhin, als ich mich umgedreht habe, kam plötzlich ein

kleines Mädchen aus dem Wald gerannt. Ich sah sie wenige Sekunden lang. Sie war anders als andere Mädchen. Sie sah mich nicht, lief nur einfach weiter auf mich zu. Das alles passierte in Zeitlupe, und plötzlich nahm ich den fauligen Geruch der Blätter am Wegesrand wahr. Das Gefühl von Trauer und Verlassensein füllte mich bis zum Rand, denn mir ging plötzlich auf, dass ich selbst dieses kleine Mädchen war.
Wenn ich jetzt zum Wald hinüberblicke, dann sehe ich, wie klein der ist. Eigentlich wirklich nur ein Wäldchen, aber es geht ein Weg hindurch. Im Sommer sind die Bäume natürlich belaubt. Jetzt ist Herbst, und die Blätter liegen wie gelbe Sonnenblumen auf dem Boden. Bald wird der Wald verschneit sein. In diesem Wald kann sich niemand verstecken.

(22.15 Uhr)
Ich nenne mich die vierte Schwester. Das macht alles ein wenig einfacher. Ich weiß ja, dass ich einigermaßen normal bin. Ich bin jedenfalls so normal wie meine Schwestern. Aber das heißt vielleicht nicht sehr viel, denn wir sind doch alle auf irgendeine Weise beschädigt.
Neulich habe ich in der Zeitung gelesen: *Unterschiede werden übertrieben. Die hartnäckig behaupteten Unterschiede können zum distanzierten großen Bruder der Angst werden, der lieber nichts tut, als einen Fehler zu begehen.*

Liebes Nachtbuch,

wer hat Angst vorm bösen Wolf, bösen Wolf, bösen Wolf?
Ich hab Angst vorm bösen Wolf, bösen Wolf, bösen Wolf.
Wer hat eigentlich das Märchen von Rotkäppchen und dem Wolf geschrieben? Ich habe das Lexikon in die

Hand genommen, als wir Mutter Berits Sachen einpackten, und darin geblättert. Rotverschiebung. Rotglühend, Rotzeug, Rotgold, Rotlicht, Rothenburg. Rotkäppchen, Märchen der Gebrüder Grimm, auf Grundlage von zwei Niederschriften in Kassel, erstmals gedruckt 1812 in »Kinder- und Hausmärchen«. In ganz Europa bekannt. Auf Englisch heißt Rotkäppchen »Little Red Riding Hood«. Onkel Olaf hat uns das Märchen vorgelesen. Mutter Berit auch, aber nicht am Abend. Nicht so spät, dass wir danach nicht schlafen konnten. Und niemals, wenn wir schon im Bett lagen.

Das Märchenbuch der Brüder Grimm stand auch im Bücherregal. Ich brauchte es nicht aufzuschlagen, denn ich konnte den Anfang auswendig. Er geht so:

»Es war einmal eine kleine süße Dirne, die hatte jedermann lieb, der sie nur ansah, am allerliebsten aber ihre Großmutter.«

Und so geht es aus: »Da waren alle drei vergnügt. Der Jäger zog dem Wolf den Pelz ab und ging damit heim, die Großmutter aß den Kuchen und trank den Wein, den Rotkäppchen gebracht hatte, und erholte sich wieder. Rotkäppchen aber dachte: Du willst dein Lebtag nicht wieder allein vom Wege ab in den Wald laufen, wenn dir's Mutter Berit verboten hat.«

DIE VIERTE SCHWESTER

(Eis)

(Eis)

Der Eisgletscher ist kein Teil der Erde. Er ist eine Kappe aus Kälte, die bei der geringsten Berührung mit Wärme dahinschwindet. Bei jedem Zentimeter, den man sich durch das Eis nach unten hackt, entdeckt man Erinnerungen an vergangene Jahre: kleine Steine, Tannennadeln, ein Blatt. Eis ist Wasser in fester Form. Reines Eis ist farblos, aber in dicken Schichten sieht es bläulich aus. 80 % allen Süßwassers auf der Welt existiert in Form von Eis. Süßwasser gefriert bei null Grad Celsius, kann aber auch bei niedrigeren Temperaturen eisfrei gehalten werden. Eis kristallisiert trigonal, galt früher aber als dem hexagonalen System zugehörig. Die Grundeinheit ist ein sechseckiges Prisma. Wenn Wasser in Hohlräumen und Spalten gefriert, entstehen starke Kräfte, die den Fels zersprengen, da Wasser in gefrorenem Zustand sich ausdehnt. In Gletschern wird die meiste Luft herausgepresst, deshalb wirkt das Eis dort blau.
Die Regenbogenfarben im Eis entstehen dadurch, dass der Brechungswinkel bei den kurzen Wellenlängen am größten ist (violett), und am kleinsten bei den langen (rot). Ab und zu kann man einen sekundären Regenbogen mit größerem Radius sehen. Er ist breiter, weniger lichtstark, und die Farben treten in der umgekehrten Reihenfolge auf. Da die Sonne keine punktförmige Lichtquelle ist, gehen die Farben ineinander über. Das gebrochene Licht kann auch vom Mond oder von künstlichen Quellen herstammen, aber dann wird der Bogen weniger deutlich, und die Farben verschwimmen.

Unter dem Eis liegt ein Toter. Sein Gesicht ist unter der Eisdecke erhalten. Der Körper ist immer tiefer in den Spalt gerutscht. Die Sonne scheint auf das Eis, und über der Brust des Mannes bildet sich ein deutlicher und klarer kleiner Regenbogen. Wie eine Mumie ist er unter dem durchsichtigen Leichentuch konserviert.

Im Mai strömt das Eiswasser in kleinen Bächen vom Gletscher. Das Schmelzwasser verzweigt sich und bildet neue Wege, kleine schmutziggraue Streifen aus fließender Kälte, die immer weiter vorwärtsdrängen. Das Wasser nimmt kleine Steine und Schutt mit. Jetzt ist die Sonnenscheibe rund um die Uhr über dem Horizont zu sehen. Die Mitternachtssonne hat bis weit in den Juli hinein ununterbrochen Nachtwache.

Anna Borelius Hansen stand vor der Wache. In der Luft lag Unruhe, kleine Winde, die aus allen Richtungen kamen. Es hatte den ganzen Nachmittag geregnet, dann hatte der Wind die Wolken vertrieben, und das Wetter war aufgeklart. Vom Meer her waren warme Luftströmungen gekommen, und die kleinen grünen Blätter der Bäume waren innerhalb weniger Stunden gewachsen. Aber jetzt wehte der leichte Wind aus allen Richtungen und störte die Ruhe, die sie aber auch in der Arbeit nicht gefunden hatte.

In der Nacht hatte sie kaum geschlafen. Immer wieder hörte sie Holger Eliassens Stimme. *23. Dezember zwischen zwölf und eins, 23. Dezember zwischen zwölf und eins.* Gegen ein Uhr hatte sie sich angezogen und war nach draußen gegangen. Es war eine wunderschöne Mainacht, blau und lau, wie nur Frühlingsnächte sein können, mit den Geräuschen kleiner Vögel und dem Rauschen des nächtlichen Verkehrs in der Ferne. Was ihr die ganze Zeit zu schaffen gemacht hatte, waren die Informationen von Holger Eliassen. Aber gegen Ende Januar hatte der pensionierte Ermittler einen heftigen Herzinfarkt erlitten. Anna hatte sich ihrer ungeheuren Erleichterung geschämt. Vorgestern hatte sie ihre Eltern besucht. Sie hatte in der Küche gesessen und an die vielen Sommer gedacht, in denen sie auf dem Hofplatz vor dem

Küchenfenster gespielt hatte. Draußen reparierte der Vater das Spielauto eines Nachbarskinds. Anna blickte auf die vertraute Umgebung. Sie hatte so viele tausend Male genau auf diesem Platz am Fenster gesessen.

Die Mutter fragte besorgt, warum sie einen so erschöpften Eindruck mache.

»Ich hab einen verdammt harten Job, Mama«, war ihre Antwort.

Die Mutter drehte sich zu ihr um. »Das klingt so schrecklich, wie du das sagst«, meinte sie bekümmert. »Ich habe übrigens gehört, dass Holger Eliassen wieder zu Hause ist.«

»Ja«, sagte Anna leise. Sie freute sich jetzt auf den Urlaub. Die Dinge hatten sich nicht so entwickelt, wie sie sich das vorgestellt hatte. Die Ermittlungen im Mordfall Tim Karlsen hatten eine Menge Zeit und Mittel verschlungen. Freunde und Bekannte des Toten waren vernommen worden. Sie hatten Patientenlisten durchgesehen und seine Umgebung durchkämmt. Er hatte offenbar keine Feinde gehabt. Und er hatte sich nicht nur in einer Szene aufgehalten. Tim Karlsen hatte als Elektriker gearbeitet, und als sie sich einen Überblick über sein Leben verschafft hatten, fanden sie ihn eher langweilig, er schien aber auch einige seltsame und unangenehme Seiten gehabt zu haben. Seine Freundin hatte nichts Interessantes beisteuern können. Sie sagte bloß, er sei nicht sehr gesellig gewesen, sondern lieber zu Hause geblieben. Anna hatte die Frau in regelmäßigen Abständen besucht, um mit ihr zu reden und ihr vom Stand der Ermittlungen zu berichten. Ihr und dem kleinen Sohn ging es gut, Tim Karlsens alter Vater dagegen war außer sich vor Kummer. Der dicke Mann hatte viele Kilos abgenommen und war nur noch ein Schatten seiner selbst.

Und das war der Stand der Dinge. Die Kollegen von der Kripo zeigten ihre Ungeduld deutlich, und Anna empfand ein Gefühl der Niederlage beim Gedanken daran, wie wenig sie herausgefunden hatten. In zwei Tagen musste sie nach Oslo reisen, um über den Fall zu berichten.

In gewisser Weise war Eliassens Krankheit zur Rettung für ihre Psyche geworden. Sie hatte in Ruhe und ohne dauernde Einmischungen arbeiten können. Sie stutzte jedoch, als der Obduktionsbericht den Zeitpunkt des Todes für den 23. Dezember zwischen 11 und 15 Uhr ansetzte. Genau wie Holger Eliassen bei seinem Anruf am dritten Weihnachtstag behauptet hatte. Noch immer hörte sie nachts seine Stimme, in ihrem unruhigen Schlaf.

Natürlich war auch Lisbet Marner Johansen vernommen worden, wie alle anderen Krankenhausangestellten, aber die blonde Frau hatte keine Auskünfte erteilen können. Anna hatte mit ihrer älteren Kollegin gesprochen, Inga Kåresen, aber die strenge Hebamme hatte jeglichen Verdacht gegen Lisbet Marner Johansen strikt zurückgewiesen. Holger Eliassens krankhafte Andeutungen hätten Anna Borelius Hansen fast in den Zusammenbruch getrieben. Er setzte sie unter Druck und quengelte und hetzte sie. Und sie hatte sich niemandem anvertrauen können. Dass die Schwestern Marner sich zum aktuellen Zeitpunkt in Tromsø aufgehalten hatten, konnte unmöglich wichtig sein. Sie hatte den Kripo-Ermittlern nichts davon gesagt. Die Zeit war einfach vergangen. In den Tagen nach dem Mord hatte sie Fieber gehabt. Es war ihr schon schwer genug gefallen, sich auf den Beinen zu halten. Der ganze Fall wurde ihr zu kompliziert und albern. Sie wollte nicht als unseriös dastehen, mit einem alten Polizeichef als Mentor.

Aber an diesem Tag hatte Holger Eliassen angerufen und von seiner Genesung berichtet.

Die gläserne Blumenvase auf Berit Marners Nachttisch sonderte einen süßen Verwesungsgeruch ab. Wenn Blumen verwelken, werden die Blütenblätter zu dünnem Staub und die Stängel verfaulen und fangen an zu stinken. Michelle Tangen hatte ihr diese Blumen mitgebracht.

Irgendwer hatte das Fenster auf Kipp gestellt. Ein Sonnenstreifen fiel über den Boden, kletterte an der Bettdecke hoch und traf ihre Hand. Berit Marner sah, wie das Stoffstück sich unter der Decke wellte. Als sie es umdrehte, kehrte sich auch das Muster um. Sie stellte die Maschine ein und nähte an der Kante einen Zickzacksaum. Die Nähmaschine summte wie ein kleines Tier, leise und beruhigend.

Plötzlich ging ihr auf, dass ihr Sohn Olaf am Fußende ihres Bettes stand und sie anlächelte. Sie klatschte in ihre mageren Hände, und ihr traten Tränen in die Augen. »Aber mein Olaf, du Lieber, und da hatte ich dich doch glatt für tot gehalten«, sagte sie.

»Hallo«, sagte Holger Eliassen. Der Ermittler trat neben ihr Bett und legte die Hand auf ihre. »Ich war schon lange nicht mehr hier. Ich war eine Zeit lang krank«, sagte er.

»Du bist also gar nicht tot, du warst nur krank?«

»Olaf ist tot, ich nicht«, erklärte er voller Überzeugung.

Berit Marner spürte, wie die Enttäuschung aus ihrem Magen in ihre Brust hochschäumte. »Tausend Dank«, sagte sie. »Aber was ist aus Lilly geworden?«

»Lilly wird wohl irgendwo in Oslo sein«, antwortete Holger Eliassen ruhig. Er beugte sich zu ihr vor, hatte sich diesmal zu einem Überraschungsmanöver entschlossen. »Welche von den Mädchen hat Olaf umgebracht?«, fragte er langsam. Er sprach leise, damit Milla Josteinsson im Bett an der anderen Wand es nicht hörte.

»Das war sicher Lilly«, antwortete Berit Marner müde. »Ich habe immer zu Olaf gehalten, weißt du. Er war so verwöhnt. Lilly hatte allen Grund, sich gekränkt zu fühlen.«

Berit Marner wusste nicht, welche Enkelin sie am liebsten hatte. Sie schämte sich, wenn ihr solche Gedanken kamen. Und wen hatte sie mehr geliebt, Lilly oder Olaf?

Sie würde nie den Geruch von Teer und Holz und Carl Eilerts dicken Pullover vergessen, der an ihrem Hals kratzte. Das Boot wogte auf und ab, während das Knirschen des Tauwerks sich mit ihrer Seele verflocht.

Das Meer roch ein wenig sauer, nach fauligem Tang und Fischen, die sich tief unten versteckten. Die Wellen wischten die Aquarelllandschaft aus, die zersplitterte und in der grauen Fläche verschwand. Als es dunkel wurde, nahm sie aber doch eine Art Licht über dem Boot wahr. Er zog sie mit dem einen Arm an sich, und sie dachte, dass es dafür, was sie beide gemeinsam erschaffen könnten, keine Grenzen gäbe.

»Lilly war bei dem Weihnachtsfest, auf dem Olaf erstickt wurde, nicht dabei«, sagte Holger Eliassen ruhig.

»Möchtest du etwas Leckeres?«, fragte Berit Marner. »Hast du Hunger?«

»Nein«, antwortete Milla im anderen Bett.

»Es ist wunderbar, dich zu sehen«, lachte Berit Marner. »Du hast damals doch zu viel getrunken, wolltest dich nur ein wenig hinlegen, nicht wahr? Aber dann bist du nie wieder nach unten gekommen.«

Hier hatte sie so lange gelegen und die Decke angestarrt, und jetzt war Olaf plötzlich da. Seine Hand umschloss ihre voller Wärme. »Lilly hat ihre Milch nicht getrunken«, sagte sie vorwurfsvoll und schloss für einen Moment die Augen. »Lilly tut nie, was ich ihr sage«, murmelte sie und machte die Augen wieder auf. Olaf stand noch immer da. »Wer war das, Olaf? Wer hat dich mit dem Kissen erstickt? War das Judith oder Lisbet? Carol kann es nicht gewesen sein, sie war doch so jung. Carol ist verrückt geworden, genau wie Lilly. Sie hat es von Lilly, die arme Kleine. Aber von wem hat Lilly es?«

Sie sah zur Decke hoch. Ließ ihren Blick ein Stück nach links wandern, sodass ihre Augen die Deckenlampe nicht sehen mussten. Auf dem Boden lag schrecklich viel herum – Schuhe, Stiefel, ein Fußball, mehrere Jacken übereinander. Aus dem ersten Stock waren tiefe Jungenstimmen zu hören, jetzt trampelten sie die Treppe herunter. Berit Marner lächelte. Die tiefen Furchen zu beiden Seiten ihres Mundes wurden zu Grübchen. Sie war zufrieden und glücklich. Ihr Sohn war so hübsch geworden. Seit dem Frühling war er viele Zentimeter gewachsen. Seine Stimme war jetzt dunkel. Der Junge war zum Mann geworden. Aber er hatte ihr Geld aus der Brieftasche gestohlen. Das hatte sie bemerkt, doch sie hatte nichts gesagt. Jetzt hatte sie für ihren Sohn und seine Freunde heißen Kakao und Butterbrote aufgetischt. Sie bedankten sich nie für das Essen, aber das war nicht so wichtig. Sie sah, dass sie sich wohl fühlten, und das war genug. Olaf lachte immer am lautesten und redete am meisten. Gut, dass Lilly nicht da war. Sie war eifersüchtig und warf ihrer Mutter immer vor, die Jungen zu verwöhnen.

Aber dann änderte sich das Bild: Lilly kam herein. Plötzlich stand sie in der Küchentür. Der Wind hatte ihre Haare zerzaust, und ihre Wangen waren kalt. Berit wollte sie fragen, warum sie keine Mütze trug, aber schon war Olaf aufgesprungen und hatte seine Schwester in die Küche gestoßen. Zur Begeisterung der anderen Jungen ging er hinter sie und legte beide Hände auf ihre frisch entsprungenen kleinen Brüste. Dann sagte er tüt, tüt, und die Küche wurde zu einem einzigen schwarzen Kessel aus grobem, schallendem Lachen. Berit Marner mochte gerade diese Erinnerung nicht. Fast hätte sie ihrem Sohn damals eine Ohrfeige verpasst, hatte es dann aber doch nicht getan. Stattdessen war sie von einer entsetzlichen Wut auf ihre Tochter überwältigt worden. Sie hatte Lilly am Arm gepackt und sie angeschrien, sie dürfe nicht ohne Mütze aus dem Haus gehen. Und Lilly sah sie aus dunklen, feuchten Augen an, ehe sie kehrtmachte und wieder nach draußen lief, ihre Jacke nahm, in ihre Stiefel stieg, die Haustür aufriss und verschwunden war.

Berit Marner wies ihren Sohn nicht zurecht und brachte diese Episode Lilly gegenüber später nie zur Sprache. Das war ihr gerade jetzt ganz klar bewusst. Sie schämte sich. Warum war sie Olaf gegenüber so defensiv gewesen? Sie sah ihn doch. Aber sie schloss die Augen. Warum machte sie das? Ihr Sohn. Sie war so stolz auf ihn.

Aber Lilly hatte die Mondscheinsonaten bekommen. Lilly hatte auf ihrem Zimmer gewartet, sie hatte die Mutter angesehen, wenn sie ihr beim Spülen half, sie hatte den Eifer der

Mutter durchschaut, mit dem die das Porzellanbecken mit Ata gescheuert hatte.

Lilly bestrafte ihre Mutter, indem sie sie aus dem Zimmer wies, wenn sie ihr gute Nacht sagen wollte.

Berit sah Lilly unter der Decke, in kurzen Momenten. Etwas an ihrem Mund, den Ausdruck ihrer Augen. Die Art, wie ihr Kleid fiel. Die dünnen Beine in den zu hohen Schuhen. Das süße Gesicht, wenn sie schlief. Ihr Summen, wenn sie nicht wusste, dass die Mutter ihr zuhörte. Aber Berit Marner sah auch Lillys Wut, wenn sie unter der Deckenlampe im Wohnzimmer stand und ihre Augen vor Wut gelb wurden.

Holger Eliassen entdeckte plötzlich, dass Lisbet Marner Johansen in der Tür stand. Er ließ die Hand der alten Frau los. »Ich komme ein andermal wieder«, sagte er verlegen und nickte Lisbet, die ihn überrascht ansah, eilig zu. »Du schon wieder hier«, sagte sie vorwurfsvoll.

Der pensionierte Ermittler musterte ihre gepflegten Hände, die sie jetzt abweisend hob.

»Ich dachte, du bist krank«, fügte sie, noch immer vorwurfsvoll, hinzu. »Mutter Berit kann nicht mehr so viel vertragen. Ich will nicht, dass du dich dauernd hier herumtreibst.«

Berit Marner schloss die Augen und hörte, wie Olafs Schritte verschwanden. Dann fiel die Tür hinter ihm zu. Ihr traten Tränen in die Augen. Lisbet nahm leise auf dem leeren Stuhl Platz.

An der Decke sah Berit Marner das Licht, das durch das Küchenfenster strömte. Sie sah die blaugemusterte, halb durchsichtige Nylongardine, die unten quer vor dem Fenster hing, um die Blicke Neugieriger auszusperren, die draußen vorbeigingen. Jetzt war niemand im Zimmer, nur Olafs grün-weiß gestreifter Wollpullover hing über dem Stuhl. Und Lillys Locken lagen auf dem Boden, sie hatte sich die Haare selbst geschnitten, weil Berit ihr kein Geld für den Friseur geben wollte.

Berit Marner öffnete die Augen und sah Lisbet mit einem

kleinen Lächeln an. »Kannst du dich an meine Käsesoufflés erinnern?«, fragte sie. »Die waren luftig wie Wolken. Wenn man ein Käsesoufflé macht, muss man das Eiweiß ganz steif schlagen. Dann macht man eine weiße Soße und gibt Cayennepfeffer und Muskat hinein.«

Sie musste darauf achten, dass keins der Mädchen die Backofentür aufriss. Sie versuchte, Carol zu beruhigen und sie auf den Schoß zu nehmen, aber Carol wehrte sich so heftig dagegen, dass sie sie einfach loslassen musste. Am Ende wurde Carol immer im Badezimmer eingesperrt, während Mutter Berit wütend die Treppe hinuntertrampelte. Wieder hatte sie gegen ein Naturgesetz verstoßen. Eine Großmutter hat lieb zu sein. Aber Carol war steinhart. Sie hatte Ähnlichkeit mit Lilly. Wenn sie loslegte, dann schien in ihr ein Sturm zu wüten.

Berit sah sich in dem fremden weißen Raum um. Ihre Achselhöhlen schmerzten. Die Wunde an ihrer Ferse pochte. Sie fror.

»Das war wohl ein bisschen zu viel Kino heute«, sagte sie müde.

Sie hatte Angst, als Lisbet aufstand und ging. Angst davor, dass nachts jemand kommen könnte, aber am Ende schlief sie ein. Als der Morgen kam, kam eine weißgekleidete Frau mit warmem Haferbrei und rotem Saft. Die Leinwand unter der Decke war leer und flach. Sie betrachtete die schönen gestreiften Vorhänge auf beiden Seiten des Fensters.

Später an diesem Tag besuchte ein Kinderchor aus dem Ort das Pflegeheim. Die alten Leute wurden in den Aufenthaltsraum geschoben. Sie war so glücklich, als sie die hellen Kinderstimmen hörte. Sie trug eine gelbe Seidenbluse, und die Brosche, die sie so liebte, war an ihrer Brust befestigt. Und im Kinderchor sah sie alle drei. Judith, Lisbet und Carol. Sie waren so niedlich, wie sie da standen, in selbstgenähten Kleidern. Rot, blau und gelb. Olaf dirigierte, und Lilly servierte Waffeln und Kaffee.

»Ich vertraue auf Gott«, sagte die Frau, die neben ihr saß. Plötzlich erkannte Berit Marner sie. Es war Frau Mork mit dem mageren Gesicht. Die dünne Dagny Mork vom Jugendamt. »Ich vertraue auf Gott. Du nicht auch?«, fragte sie. »Vertraust du nicht auch auf Gott?«

Berit Marner drehte sich zu ihr hin und schüttelte langsam den Kopf. »Nein, leider nicht«, sagte sie.

Holger Eliassen klingelte an Carol Marners Tür. Bei seinem Anblick fuhr sie wie außer sich zusammen.

»Kann ich mal kurz mit dir reden?«, fragte er und lächelte, als ob er um Entschuldigung bitten wollte. Carol fuhr sich mit der Hand durch ihre kurzen dunklen Haare. Sie hatte sie seit vielen Wochen nicht mehr gefärbt, die Haarwurzeln waren schon matt und farblos geworden. Hatte irgendwer ihm von ihren kleinen Klauereien erzählt, von dem Sechserpack, das sie gestohlen hatte? Natürlich hatte jemand ihm davon erzählt. Bestimmt hatte Sivander es gemerkt, der alte Bock. Carol hatte ihre Tasche im Laden vergessen und sie nach Ladenschluss holen müssen. Sie hatte die Tür aufgeschlossen und die Alarmanlage ausgeschaltet. Ihre Schminktasche lag mit offenem Rachen im Pausenzimmer. Sie zog den Reißverschluss zu und stopfte sie in ihre Handtasche. Der alte Sivander hatte jetzt endlich Vertrauen zu ihr. Er hatte ihr den Ladenschlüssel gegeben. Aber sie hatte nicht gegen die Versuchung angekonnt und etwas mitgehen lassen, eine Flasche Shampoo und eine Tagescreme und ein paar Packungen Spaghetti. Und einen Sechserpack Bier.

»Darf ich kurz reinkommen«, beharrte Holger Eliassen.

Der Arzt im Krankenhaus, dachte sie rasch. Bestimmt war er das. Er hatte natürlich herausgefunden, dass sie gar keinen Sohn verloren hatte, und dann hatte er Holger Eliassen angerufen. Oder hatte Sivander doch geklatscht? Typisch Sivander, bei Holger Eliassen herumzutratschen.

Der alte Polizeichef registrierte, dass Carol Marner gestresst und nervös wirkte. Das war allerdings nichts Neues, so war sie schon immer gewesen. Aber er war ziemlich sicher, dass sie etwas wusste. Nach dem Weihnachtsessen hatten die Schwestern sicher über ihn geredet, dachte er.

Carol ging vor Holger Eliassen die Treppe hoch. Sie nahm seine Jacke und hängte sie an einen Haken neben der Badezimmertür. Sie sagte, er könne seine Schuhe anbehalten. Er sollte ja nicht das Gefühl haben, sich hier häuslich niederlassen zu dürfen.

Holger Eliassens Augen durchsuchten die Wohnung. Was will er denn bloß, fragte Carol sich besorgt und ging vor ihm her in das kleine getäfelte Wohnzimmer. Sie hatte eben die Topfblume auf dem Tisch gegossen. Als er klingelte, hatte sie ein wenig geschlabbert.

Holger Eliassen lächelte und sah sich um, dann setzte er sich neben sie auf das Sofa und drehte sich zu ihr hin. Carol nahm sich eine Zigarette und zog den großen Aschenbecher zu sich hin. Sie fragte nicht, ob er etwas trinken wolle, bot ihm weder Kaffee noch Tee an.

»Wie geht's denn Willy?«, fragte er jetzt.

Willy? Der alte Polizeichef glaubte offenbar, dass sie Kontakt zu ihrem Sohn hatte.

»Willy geht's gut«, sagte sie schnell und zog energisch an ihrer Zigarette. »Es ist nicht meine Schuld, dass er so geworden ist.«

Holger Eliassen musterte sie nachdenklich. Dann fragte er: »Ist nicht vor einigen Jahren zwischen Tim Karlsen und Willy etwas passiert?«

»Aber mein Lieber.« Carol fuhr sich müde über die Haare. »Warum willst du das wissen?«

»Ich will es wissen, kannst du also meine Frage beantworten?«

Carol runzelte die Stirn. »Mit Willy war doch immer so viel«, sagte sie.

»Und dann ist da der Mord an Ivar Josteinsson«, sagte Holger Eliassen hart. »Ich hab das alles satt und halte es für an der

Zeit, die Katze aus dem Sack zu lassen«, sagte er. »Du fragst dich sicher schon, was ich eigentlich mache.«

Carol starrte schweigend vor sich hin. »Du warst ziemlich lange krank«, sagte sie dann. »Und was machst du also?«, fragte sie gleichgültig.

»Du weißt, was ich meine. Ihr müsst begriffen haben, worauf ich Jagd mache.«

»Worauf machst du Jagd?«

»Dein Onkel, Ivar Josteinsson, Odd Olsen und Tim Karlsen. Mehr sage ich nicht.« Holger Eliassens Stimme war hart.

Carol schaute ihn düster an. Sie hörte draußen den Müllwagen vorüberfahren. »Ich verstehe nicht, was du meinst. Was geht mich das alles an? Ich war dreizehn, als Ivar Josteinsson ermordet wurde«, sagte sie.

»Vielleicht denke ich ja auch nicht an dich«, sagte er langsam. »Aber am Tag vor dem Mord warst du mit Nelly auf dem Campingplatz.«

»Das weiß die Polizei auch. Wir haben heimlich geraucht, mehr nicht. Ich habe alles gesagt, aber das ist doch hundert Jahre her. Ivar war damals nicht da.«

»Kannst du dir überhaupt vorstellen, warum ich darüber mit dir sprechen will?«, fragte er.

Carol zuckte mit den Schultern. Versuchte, die plötzliche Kälte abzuschütteln, die durch ihren Körper jagte. »Ich will nicht darüber sprechen. Ich verstehe nicht, was du meinst.« Wütend drückte sie die Zigarette im Aschenbecher aus. Es wurde totenstill. Dann sagte Holger Eliassen einschmeichelnd: »Ich meine nichts. Es war nur eine Frage. Es spielt sicher auch keine Rolle, ob du es mir sagst«, fügte er versuchsweise hinzu.

»Ob ich dir was sage?« Er versuchte doch wirklich, sie zu etwas zu verlocken. Plötzlich fühlte Carol sich stark. Es war dieselbe Stärke, die sie empfand, wenn ihr Kopf ihren Füßen und Händen befahl, etwas zu tun, zu einem Medizinschrank zu gehen, zum Beispiel, oder in einem Laden etwas unter ihren Pullover zu schieben. Sie wurde zu einer anderen, wenn sie über leere Krankenhausgänge lief oder sich nachts in den Laden schlich. Aber Holger Eliassen begriff offenbar nicht, dass sie schlau genug war, um selbst zu denken. »Glaubst du, dass Judith und Lisbet etwas mit Ivar Josteinsson zu tun hatten?«, fragte sie spöttisch und sah die glasigen Wassertropfen auf der Tischplatte an.

»Eine von ihnen«, sagte er leise. »Eine von deinen Schwestern hatte etwas mit ihm zu tun. Aber welche?«

»Dann solltest du wohl lieber mit Lilly sprechen«, sagte Carol und ließ sich auf dem Sofa zurücksinken. Sie dachte daran, wie er sie als Kinder gejagt hatte.

»Warum das? Warum soll ich mit Lilly sprechen?«, fragte er verständnislos.

»Na ja, das ist doch sicher alles ihre Schuld, finde ich«, sagte Carol hart und musterte einen abgebrochenen Fingernagel. »Du als Polizist kannst doch wohl herausfinden, wo sie steckt.«

Holger Eliassen machte ein überraschtes Gesicht. Dass Lilly Marner in Oslo war, wussten doch wohl alle. Als er zuletzt etwas über sie gehört hatte, hatte sie in einer Konditorei gearbeitet.

Carol erhob sich und ging ins Badezimmer. Im Spiegel sah sie, dass ihre kleinen Brüste durch den weißen Blusenstoff zu sehen waren. Sie öffnete den kleinen Schrank, beugte sich vor und überzeugte sich davon, dass ihre Sachen dort lagen, wo sie hingehörten, zwischen den Handtüchern.

Liebes Nachtbuch,

ich habe sicher keine Zeit, viel zu schreiben, aber es tut gut, dich im Haus zu haben, liebes Nachtbuch. Gut, auf irgendeine Weise alles loswerden zu können. Es wird dann leichter. Denn ich kann meine Persönlichkeit nicht verändern. Ein Individuum ist doch ein Individuum, nicht nur von der Geburt bis zum Tod, sondern schon lange vor der Geburt und noch lange nach dem Tod … das ist eigentlich eine unheimliche Vorstellung, aber es ist die Wahrheit.

Ich hätte ja eine normale Frau werden können. Nur hat sich das eben nicht ergeben. Holger Eliassen hat als Einziger genau verstanden, wie sehr ich etwas Besonderes bin. Ich habe seine Spuren in der Kammer gesehen, wo Mutter Berits Sachen untergestellt sind. Kartons waren geöffnet und verstellt worden. Kleider waren aus dem Schrank genommen und zurückgelegt worden. Die Kommodenschubladen waren durchsucht worden. Auf einem Stuhl lag ein Stapel Papiere. Der Kaufvertrag für das Haus, unter anderem, ein paar alte Steuererklärungen und einige Briefe, die Opa als junger Mann an Mutter Berit geschrieben hat. Holger Eliassen hatte vergessen, diese Papiere wieder zurückzulegen. Seine Pranken und seine weichen Filzpantoffeln hatten ihre Spuren hinterlassen. Es ist schrecklich, dass er Odd Olsens Abhandlung an sich gebracht hat. Es ist entsetzlich gefährlich für mich.

Ich bin seit der Sache mit Tim Karlsen nervös. Er ist mir seit Jahren auf die Nerven gegangen. Eigentlich wollte ich nur kurz mit ihm reden. Aber unten im Krankenhauskeller schien jemand anders die Regie zu übernehmen. So hat Odd das ja auch beschrieben. Ich habe durch seine Abhandlung viel über mich gelernt. Er hat mir beigebracht, wie ich mich verhalten muss, um nicht durchschaut zu werden.

Holger Eliassen glaubt sicher, dass er noch mehr Beweise gegen mich finden kann. Dass er mich mit der Skitour in Verbindung bringen kann, auf der Odd verschwunden ist. Aber wie will Holger Eliassen das anstellen?

Schade, dass er den Herzinfarkt überlebt hat. Ich hätte ihn ja im Krankenhaus aufsuchen und mit einem Kissen ersticken können. Aber ich weiß ja gar nicht, was er der Polizei schon erzählt hat.

Eins hat das andere gegeben. Nichts ist genauso, wie ich mir das vorgestellt hatte. Ab und zu stelle ich mir vor, ich lebe in einem Tierpark, wo das Gesetz des Dschungels gilt. Ich höre Geräusche im Kopf. Dinge trommeln auf mich ein. Wer hat eigentlich behauptet, dass Menschen keine Tiere sind? Warum werden wir immer bestraft und dazu gezwungen, uns gegen unsere Natur zu verhalten? Ist das normal? Bin ich normal? Die Männer, die ich getötet habe, waren nicht normal. Sie waren Jäger, hemmungslose Machtmenschen. Sie waren zu allem fähig.

In mir ist ein neues Gefühl von Unruhe. Ich habe heute einen Menschen mit einem sehr seltsamen Gesicht gesehen. Ich glaube, ich muss aufpassen und mich wappnen, für den Notfall. Ich träume davon, dass ich mich zu Hause verbarrikadiere und dass Holger Eliassen mit Soldaten kommt, um mich zu holen. Vielleicht sollte ich machen, dass ich hier wegkomme. Heute habe ich zwei junge Männer in Uniform gesehen. Ich sollte mich vorbereiten: neue Stiefel kaufen, Perücke, Brille, einen dünnen Regenmantel, ein Seil, ein Fahrtenmesser und Wegwerfhandschuhe.

Holger Eliassen stapfte eine Weile in seinen braunen Gummistiefeln am Ufer herum. Hier und dort ragten zerzauste Büsche und gelbbraune Stängel auf. Am Strand lagen noch Eisreste, ansonsten wurde die Landschaft langsam grün. Er spürte, wie die Unruhe durch seinen Körper strömte. Er hatte durch den Infarkt den Kontakt zu sich und seiner Umwelt verloren, aber jetzt war er wieder da. Ruth freute sich darüber, dass er wieder zu Hause war, das sagte sie jedenfalls. Und sie wiederholte es ständig. Am Ende hatte er sie gebeten, den Mund zu halten.

Jetzt saß er wieder an seinem Arbeitstisch. Das Fenster war gekippt, und er hörte Flügelschläge, als draußen Krähen vorüberflogen. Die letzte Zeit in der Reha war einfach entsetzlich gewesen. Anfangs hatte er die Menschen in den weißen Kitteln nicht erkannt, wenn sie sich über ihn beugten. Seine Stimme, seine Gedanken und seine Gewissheiten, das alles war im Schmerz und in dem anhaltenden Gefühl von Müdigkeit erloschen. Er war erschöpft. Dass der Infarkt im Januar sein Herz angegriffen hatte, war eine Folge der Überanstrengung gewesen, davon war er überzeugt. Er hatte angefangen, seine eigene Furcht zu durchschauen. Er sah ein, dass dieser Marathonlauf zu einem Totentanz werden könnte. Er hatte das Gefühl, überall Feinde zu haben. Anna Borelius Hansen war ein Leichtgewicht. Er merkte das daran, wie sie mit ihm sprach. Eine kalte Freude durchjagte ihn, als er sie anrufen und ihr von seiner Genesung berichten konnte. Er verließ sich auf seine Instinkte und seine Intuition. Sie sollte ja nicht glauben, ihn um den Triumph bringen zu können. Jetzt war er wieder auf den Beinen. Und am Ende würde sie als Versagerin dastehen. Vielleicht sollte er etwas Unerwartetes unternehmen? Einem Muster folgen, das kein Muster war? Zu Methoden greifen, die nur er anwenden konnte?

Ruth hatte im Kleiderschrank herumgewühlt. Das fiel ihm nach seiner Rückkehr als Erstes auf. Er hatte es satt, sie zur Ordnung rufen zu müssen. Jetzt war sie im Schlafzimmer. Er ging zur Tür und horchte. Er zwang sich dazu, ziemlich lange stehen zu bleiben. Aber nichts passierte. Er drehte den Schlüssel um und ging zu seinem Schreibtisch zurück. Jetzt musste er sich auf seine eigene Chronologie konzentrieren. Irgendwer harkte draußen den Rasen. Das kratzende Geräusch störte ihn. Es erinnerte ihn an etwas. Ein Bild bohrte sich schmerzhaft durch sein Gehirn. Das Geräusch erinnerte ihn an die Katze damals, vor langer Zeit. Michelle glaubte, ihre Katze sei von einem Raubtier getötet worden, aber in Wirklichkeit hatte er sie mit dem Spaten zerhackt. Er hatte aus einem Anfall von Wut heraus gehandelt. Das Tier war wirklich eine Plage gewesen. Aber das war viele Jahre her. Er hatte keinerlei Mitleid mit der trauernden Michelle empfunden. Wie war es möglich, ein Tier dermaßen zu betrauern! Und sie hatte sich ja einfach ein neues Tier zugelegt. Jetzt hatte sie drei. Sie hätte nur wissen sollen, wie demütigend das für ihn war.

Der Schmerz war an jenem Tag im Januar wie eine Eisenspitze durch seinen Körper eingedrungen, jemand schien ihn mit Eiszapfen erstechen zu wollen. Ihm war schwarz vor Augen geworden.

Er erinnerte sich an die milde, warme Luft im Röntgenraum. An das Geräusch, als die Bilder von seinem Herzen gemacht wurden. Die grauen Wände.

Er hatte versucht, die Tage zu zählen, aber sein Gehirn war damit beschäftigt, dass etwas fehlte, das nichts mit Zeit zu tun hatte. Er wusste, dass er in diesem Zustand nichts ausrichten konnte.

Vor wenigen Wochen hatte sein Unterbewusstsein dann plötzlich die Arbeit wieder aufgenommen. Das Muster auf dem Bettbezug war ihm aufgefallen. Und nachts träumte er von einem Stammbaum. Der Baum hatte viele Zweige, und an jedem Zweig hing das Bild eines Mannes. Und die Namen traten wie grüne Blätter in seiner Erinnerung hervor, Tim … Olsen … Onkel Marner. Er hatte einen kleinen Bach und einen grünen Weg gesehen. Als er aufwachte, schien das Licht durch das Muster der Vorhänge.

Ruth kam dreimal in der Woche. Stand über ihm, mit ihrem Doppelkinn und der Dauerwelle und dem süßen, weichen Geruch. Michelle war auch gekommen, nicht regelmäßig, aber ab und zu. Doch nicht mit derselben Glut wie früher. Sie sah ihn wohl so, wie er war, hatte er gedacht.

Eines Tages, als er im Fernsehzimmer auf dem Sofa gesessen hatte, hatte ein Gedanke den anderen gegeben. Plötzlich konnte er sich daran erinnern, was er an den letzten Tagen vor seinem Zusammenbruch gemacht hatte: Er hatte die Daten der vier Todesfälle systematisiert und in seinen Computer eingegeben. Mit dem Computer konnte er nicht gerade gut umgehen, er benutzte ihn wie eine Schreibmaschine. Aber es klappte. Carol Marner war durchaus noch nicht vom Verdacht befreit. Die Schwestern waren einander ziemlich ähnlich, auch wenn sie so verschieden wirkten. Aber im Grunde, dachte er, haben sie alle diese ausgefransten Nerven. Obwohl Carol erst dreizehn oder vierzehn gewesen war, als Ivar Josteinsson ermordet worden war, und viel jünger, als ihr Onkel erwürgt wurde, konnte hier doch ein Fall von Übertragung und Übernahme von Identität vorliegen. Er hatte erfahren, dass Carol Marner und Tim Karlsen eine Zeit lang ein Verhältnis gehabt hatten. Es wäre doch möglich, dass die Schwestern gemeinsam handelten, auch wenn er diese Vorstellung für sehr weit hergeholt hielt.

Er schaute auf die Uhr. Im Schlafzimmer war noch immer alles still. Um zwölf Uhr war er mit Odd Olsens Eltern verabredet. Sie waren einige Tage zuvor aus Spanien zurückgekehrt.

Holger Eliassen ging hinaus auf den Gang und öffnete den Sicherungskasten. Er drehte die Hauptsicherung heraus und steckte sie in die Tasche.

Er hatte beschlossen, mit dem Wagen in die Stadt zu fahren. Er fuhr nicht mehr gern Auto, nicht, weil er kein guter Fahrer gewesen wäre, sondern weil so viele Verrückte unterwegs waren. Vor seinem Herzinfarkt war er im Januar einmal beim Einparken an einem anderen Wagen vorbeigeschrammt. Die Fahrerin dieses Wagens hatte darauf bestanden, dass er sie angefahren hatte, und nicht umgekehrt. Und dabei war es doch ihre Schuld gewesen. Er hatte einige heftige Diskussionen mit seiner Versicherung durchstehen und dann in den sauren Apfel beißen und sich geschlagen geben müssen. Danach hatte er sofort die Versicherung gewechselt. Viele Zumutungen dieser Art konnte er jetzt nicht ertragen, aber Odd Olsens alte Eltern wohnten auf dem Land, in Tromsdalen. Es war schwer, mit dem Bus dorthin zu gelangen.

Nach anderthalb Stunden Fahrt hielt Holger Eliassen vor dem gepflegten kleinen Holzhaus. Auf dem Hofplatz standen ein grüner Lastwagen und ein alter Traktor. Eine neue Wohnsiedlung fraß sich von der einen Seite heran, hinter dem Haus aber reichte die offene Landschaft bis zum Fuß des Gebirges.

Holger Eliassen hielt Alfred Olsen, der ihn an der Tür empfing, die Hand zur Begrüßung hin. Der Mann war mager und ziemlich groß. Sein brauner Teint erzählte deutlich, dass er sich in wärmeren Gefilden aufgehalten hatte.

Die Wände des hellen Wohnzimmers waren in Altrosa gehalten, vor den Fenstern hingen weiße Gardinen. Die Übertöpfe auf den Fensterbänken waren leer. Mary Olsen entschuldigte sich damit, dass sie noch keine Zeit gehabt habe, um nach ihrer Rückkehr Blumen für die Fenster zu kaufen. Alfred Olsen nickte. »Sie hat wirklich grüne Finger, meine Mary. Ich glaube, wir haben die schönsten Fenster in ganz Tromsdalen.« Er lächelte seine Frau, die klein und mollig war, liebevoll an. Ihre Haare waren grau und gelockt. Die Stahlfarbe wurde von dem braunen Gesicht noch betont. Holger Eliassen konnte sehen, dass sie früher einmal eine sehr hübsche Frau gewesen sein musste.

Der Ermittler wurde gebeten, sich aufs Sofa zu setzen. Der Tisch war mit drei Kaffeetassen und drei blaugeblümten Tellern gedeckt. Auf dem Boden lagen kreuz und quer bunte Flickenteppiche, in der Ecke stand ein abgebeizter Schrank. Auf dem Klavier waren mehrere Bilder des Sohnes aufgestellt, Holger Eliassen erkannte Odd Olsen von den Schwarzweißbildern in der Zeitung her. Der gutaussehende, dunkle junge Mann hatte einen aufgeweckten und klaren Blick, fast neckend, wie er da in einem blauen Overall auf dem Traktor saß.

»Sie haben also ein Haus in Spanien?«, begann Holger Eliassen vorsichtig. Er wollte sich seinem eigentlichen Thema langsam nähern.

»Das nicht«, sagte Mary Olsen rasch. »Wir mieten. Dieses Jahr hatten wir eine schöne Wohnung. Voriges Jahr hatten wir nicht so viel Glück.«

»Es tut gut, ein wenig von der Kälte wegzukommen«, sagte Alfred Olsen langsam und legte die großen Hände auf seine Knie. »Wir haben hier nicht mehr so viel zu tun. Wir sind beide in Rente.«

Mary Olsen holte eine Schüssel mit Waffeln und schenkte Kaffee ein. Dann bat sie den ehemaligen Polizeichef zuzugreifen, und Holger Eliassen ließ sich nicht lange nötigen.

Eine ganze Weile lang saßen sie mehr oder weniger schweigend da. Odd Olsens Mutter stand auf und holte Servietten. Dann setzte sie sich wieder. Es war deutlich, dass das alte Ehepaar sich davor fürchtete, was der Besucher vielleicht erzählen würde. Plötzlich kam Holger Eliassen ein Gedanke: Vielleicht glaubten sie, er bringe Neuigkeiten. Und ihr Sohn sei gefunden worden.

»Über Ihren Sohn gibt es nichts Neues«, sagte er eilig. »Ich glaube nur, dass ich möglicherweise etwas in Erfahrung gebracht habe.«

Alfred Olsens Miene lockerte sich auf.

»Wir hatten nur ihn«, sagte Mary Olsen leise. »Wir waren so stolz auf ihn. Er war so tüchtig. Hatte so gute Noten. Er war schon in der Grundschule der Beste, konnte mit fünf Jahren lesen.«

»Den Studienplatz für Medizin hat er sofort bekommen«, fügte der Vater hinzu.

»Er wollte Psychiater werden. Stellen Sie sich das vor, und dabei hatten wir doch bisher nur Fischer und Forstarbeiter in der Familie.« Mary Olsen starrte vor sich hin. »Es tut die ganze Zeit weh, auch wenn es schon so lange her ist.«

»Er hat in Tromsø gewohnt, nicht wahr? Bei seinem Verschwinden, meine ich.« Holger Eliassen hob die Serviette an den Mund und wischte einige Krümel weg.

»Sicher, da hat er ja studiert. Er hatte bei einer alten Dame ein Zimmer gemietet.«

»Ist er viel Ski gelaufen?«

»Nein«, sagte Mary Olsen rasch. »Er lief nicht gern Ski. Am Tag vor seinem Verschwinden hat er hier seine Skier geholt. Wir wissen nicht, wohin er wollte.«

»Und er hat nicht gesagt, mit wem er zusammen loswandern wollte?«

»Nein«, sagte Alfred Olsen sofort. »Das haben wir der Polizei auch schon gesagt.«

»Aber es ist ja lange her«, sagte Mary Olsen. »Über zwanzig Jahre schon. Wenn er noch lebte, wäre er jetzt fünfundvierzig. Und wir hätten vielleicht Enkelkinder ...«

»Was glauben Sie, was passiert ist?«

»Na ja, er hat sich wohl in den Bergen verirrt«, sagte Alfred Olsen leise. »Es war doch schrecklich kalt an diesem Tag. Die Polizei war sicher, dass er sich verirrt hatte, vielleicht hatte er sich etwas gebrochen. Ich weiß nicht. Es ist doch eine entsetzliche Vorstellung, dass er allein dort gelegen hat, dass er noch immer ... sein Leiden und seine Angst ... das alles.«

»Er wurde doch zusammen mit einer Frau gesehen«, sagte Holger Eliassen.

»Ja, das haben wir auch gehört, aber die Polizei war sich nicht sicher. Jedenfalls hat er uns nichts davon erzählt.«

»Aber hatte er Freunde unter seinen Kommilitonen?«

»Er war ein bisschen scheu. Er hat auch niemanden erwähnt. Wenn er eine Freundin hatte, dann ist es doch seltsam, dass sie sich nach seinem Verschwinden nicht bei uns gemeldet hat.«

»Haben Sie seine Vermieterin gefragt, ob er eine Freundin hatte?«

Alfred Olsen zuckte mit den Schultern. »Das hat die Polizei doch sicher gemacht.«

Mary Olsen errötete ein wenig. »Aber es ist wohl einfach so, oder es war so«, korrigierte sie sich. »Kinder erzählen ihren Eltern nicht alles. Er hätte sich doch nicht zu schämen brauchen«, sagte Mary Olsen.

»Die Vermieterin lebt nicht mehr«, sagte Alfred Olsen. »Sie ist vor einigen Jahren gestorben.«

Holger Eliassen spürte seine Resignation im Bauch. Er hatte gehofft, bei den Eltern irgendeine Antwort zu finden.

»Ich habe diese Abhandlung gefunden«, sagte er und zeigte ihnen eine Kopie des Manuskripts, das er in Berit Marners Haus gefunden hatte. »Ihr Sohn hat sie geschrieben. Er bezieht sich hier auf eine Frau oder ein Mädchen. Ich glaube, sie ist ziemlich jung, und es ist wahrscheinlich, dass er sie sehr gut gekannt hat.«

»Ach«, sagte Alfred Olsen und tastete nach seinem Brillenetui, das auf dem kleinen Tisch neben dem Sofa lag.

»Und wie heißt sie?«, fragte Mary Olsen gespannt. Sie saß auf der Sesselkante. Ihre Hände huschten auf ihren Knien hin und her.

»Ich bin nicht sicher«, sagte Holger Eliassen. »Entweder heißt sie Judith Marner, oder sie heißt Lisbet Marner.«

Liebes Nachtbuch,

heute ist Christi Himmelfahrt. Ich habe mich zum Schreiben nach draußen gesetzt.

Im Fernsehen war gestern Abend die Rede von Polyeides, dem fünften Menschen. Dem mit den vielen Gestalten. Manchmal war er Mann, manchmal Frau. Manchmal noch etwas anderes. Darin konnte ich mich erkennen. Ich bin oft *etwas anderes*, ich bin die vierte Schwester.
Die vierte Schwester hat vor dreiundzwanzigeinhalb Jahren Ivar Josteinsson getötet. Weil es Winter war, war der Campingplatz geschlossen, aber Ivar hatte Schlüssel zu mehreren der hier abgestellten Wohnwagen. Er wollte, dass ich nach dem Fest mit zu ihm kam. Nicht nur ich, wir waren zu mehreren. Aber plötzlich, mitten in der Nacht, nach mehreren Gläsern Schwarzgebranntem mit Limo, war ich mit ihm allein. Die anderen waren gegangen, sie hatten vielleicht gefragt, ob ich mitkommen wollte, aber ich war in einer Ecke auf dem gestreiften Sofa eingeschlafen. Plötzlich war er über mir. Ich muss jetzt gehen, sagte ich, aber er wollte nicht hören. Ich rief die anderen, hoffte, dass sie noch immer in der Nähe wären, aber es kam keine Antwort. Ich lief hinaus, aber er kam hinter mir her. In der Ferne konnte ich die Lichter des Versammlungshauses ahnen, aber dort war jetzt niemand mehr. Ich hatte viele Abende die Decke angestarrt und gespürt, wie mein Körper sich sehnte, aber nach dem hier sehnte er sich nicht.
Ich weiß noch, dass ich eine Eisenstange fand, die unter

einem Wohnwagen lag. Ich war halb betäubt, aber ich schlug auf ihn ein. Ich schlug und schlug immer weiter. Am Ende war der Schnee um ihn herum tiefrot. Und dann ging ich zurück. Die Eisenstange warf ich ins Meer.
Das wahnsinnige Gefühl von Erleichterung, das mich überkam, als ich meine Schwester vor Viraks Café in der Schneewehe liegen sah, kann ich nicht beschreiben. Ich schüttelte sie wach und redete leise und freundlich auf sie ein. »Wir gehen jetzt«, sagte ich. »Jetzt gehen wir vom Campingplatz nach Hause.« – »Campingplatz?«, nuschelte sie. »Ja, Campingplatz«, sagte ich leise und beschwörend. »Du warst mit mir zusammen auf dem Campingplatz. Das weißt du doch noch?« Sie nickte. »Dann kamen fremde Männer und fingen mit Ivar Streit an«, sagte ich. »Das weißt du doch sicher auch noch?« Wieder nickte sie. »Ich kannte sie nicht, du vielleicht?«, fügte ich hinzu. Sie schüttelte den Kopf und lehnte sich schwer an mich. »Wir gehen zusammen«, sagte ich und wusste, dass Mutter Berit auf mich wartete.
Dann fing es an zu schneien. Dicke, große Flocken fielen vom Himmel. Spurenverdecker, dachte ich dankbar. Gott konnte wirklich, wenn er nur wollte. Herrlicher Gott, rief ich zum Himmel, und meine Schwester grinste mich an, während ihre Wimperntusche ihr bis in die Mundwinkel lief.
Mutter Berit saß im Wohnzimmer. Ich versicherte ihr, dass alles in Ordnung sei, aber sie war wütend, weil wir so spät kamen und weil wir getrunken hatten.
Ivar Josteinsson wurde erst am nächsten Nachmittag gefunden. Wir wurden alle zur Vernehmung bestellt. Mehrere von denen, die auf dem Fest im Versammlungshaus gewesen waren, waren auch dabei, unter anderem Erik Johansen und sein Kommilitone Odd Olsen, und Nellys Bruder. Meine Schwester und ich erzählten von

den beiden fremden Männern, die uns auf dem Rückweg begegnet waren. Meine Schwester hielt sich an die Version, die ich ihr eingeschärft hatte. Sie hielt sie für die Wahrheit. Sie hatte keine andere Geschichte zu erzählen. Ihre eigene war unterwegs im Schneegestöber verloren gegangen. Sie wäre erfroren, wenn ich sie nicht gefunden hätte. Gott sei Dank dafür, dass ich sie gefunden habe.

Anna Borelius Hansen und drei Kollegen saßen im Besprechungsraum. Auf dem Tisch vor ihnen lag ein Stapel von Unterlagen. Ein Kollege nahm aus einer grünen Schale einen Apfel und biss hinein. »Welchen Fall nehmen wir uns zuerst vor?«, fragte Anna und dachte daran, dass sie ihrer Mutter versprochen hatte, ihr beim Kücheputzen zu helfen. Sie wurde aus ihren Gedanken gerissen, als ihr Telefon klingelte. Zerstreut zog sie es hervor und drückte auf den grünen Knopf. Es war Holger Eliassen. Seine Stimme traf ihr Ohr wie ein Blitzschlag. Die beiden Kollegen merkten nichts, sie beugten sich über irgendwelche Unterlagen und redeten leise miteinander. Anna erhob sich, ging in ihr Büro, setzte sich hinter ihren Schreibtisch und starrte ins Leere. Sie könnte ja einfach sagen, dass sie keine Zeit habe. Sie hatte wirklich keine Zeit. Sie wollte dieses Theater nicht mehr spielen.

»Erzähl mir, was du unternommen hast«, sagte Holger Eliassen.

Ihr Atem änderte seinen Rhythmus. »Unternommen?« Anna kam sich nur noch hoffnungslos vor. Sie hatte das Gefühl, von diesem egoistischen, selbstsüchtigen alten Mann lächerlich gemacht zu werden. Sie hörte, wie er leise ins Telefon schmatzte. Sie hob die Hand zum Mund und biss sich in den Zeigefinger.

»Was habt ihr herausgefunden? Du weißt, welchen Fall ich meine.«

»Wir haben im Fall Tim Karlsen keine Festnahme vorgenommen, wenn du das meinen solltest. Aber wir haben viele

Vernehmungen durchgeführt. Wir sind die ganze Zeit an der Arbeit …«

Holger Eliassen fiel ihr ins Wort, er wollte die Namen der Zeugen, die damals Odd Olsen und die Frau zusammen auf Skitour gesehen hatten. In den alten Zeitungsartikeln stand nicht, wie sie hießen, da war nur die Rede davon, dass ein Ehepaar dem Verschwundenen und einer Frau begegnet war. »Ich will ihre Namen wissen«, wiederholte er. »Kannst du die für mich feststellen?«

Anna versuchte, sich von der leisen Angst zu befreien, die hinter ihrer Stirn pochte. »Dazu habe ich eigentlich keine Zeit«, sagte sie. »Im Moment nicht.«

»Aber die Zeit musst du dir nehmen«, verlangte er. Seine heisere Stimme hatte viele Stacheln, er fuhr die Fühlhörner aus und flüsterte. »Ich muss heute Nachmittag zu einer Untersuchung ins Krankenhaus, ich komme vorher bei dir vorbei.«

Anna entdeckte im blanken Bleistiftbehälter ihr Gesicht. Ihre Nase sah klein und spitz aus, ihre Lippen waren unverhältnismäßig groß. »Ich bin mit einem anderen wichtigen Fall beschäftigt«, sagte sie. »Ich glaube, ich kann nicht …« Aber ihr Atem erstickte ihre Stimme.

»Gegen zwei«, sagte er gebieterisch.

Vom Gang her waren wütende Stimmen zu hören. Anna drehte sich zur Tür hin. »Hier ist gerade sehr viel los«, sagte sie.

»Du kannst die Zeugen auch gern selbst anrufen«, sagte er. »Aber ich will wissen, welche Haarfarbe die Frau hatte, wie sie aussah und wie sie gekleidet war.«

»Ich muss sehen, was hier auf der Wache los ist«, sagte Anna Borelius Hansen und beendete das Gespräch.

Später, nach der Besprechung, als sie sich den Ordnern zuwenden wollte, empfand Anna tiefe Verachtung für Holger Eliassen, sie versuchte jedoch, sich zusammenzureißen. Sie stand unten im Keller und zog die grauen Schubladen aus dem

Aktenschrank. Die Presse interessierte sich jetzt nicht mehr für Tim Karlsen, nur ab und zu rief noch irgendein Journalist an. Sie war erschrocken über ihre Wut, sie hatte kein Recht, Holger Eliassen zu verurteilen, vielleicht würde er ihr irgendwann einen Gegendienst erweisen können. Als sie den braunen Umschlag hervorzog, ging ihr auf, wie verzweifelt sie im Grunde war. Sie wusste nicht, warum sie keine Grenzen ziehen konnte. Sie setzte sich auf einen Stuhl, legte den Umschlag auf ihre Knie und zog die Unterlagen heraus, es waren Zeitungsartikel und Vernehmungsprotokolle. Sie überflog alles rasch. Die Zeugenaussagen waren nicht weiter Aufsehen erregend. Die Frau, die zusammen mit Odd Olsen gesehen worden war, hatte eine blaue Hose, eine rote Jacke und eine weiße Mütze getragen. Sie wurde als »jung« beschrieben. Natürlich stand dort nichts über die Haarfarbe. Wie hätten die Zeugen die unter der Mütze erkennen sollen? Außerdem könnte es auch Zufall gewesen sein, dass die beiden hintereinander in der Loipe unterwegs gewesen waren. Vielleicht hatten sie überhaupt nichts miteinander zu tun gehabt. An dem Tag waren schließlich viele Leute auf Skiern unterwegs gewesen.

Anna sah Holger Eliassen vor sich, wie einen Raubvogel, die hochgezogenen Schultern wie geschlossene Flügel. Sie beschloss, einige Kopien zu machen und sie an der Rezeption für ihn zu hinterlegen, um dann selber das Haus zu verlassen. Sie konnte eine Begegnung mit ihm einfach nicht ertragen, heute nicht.

Sie ging in ihr Zimmer und zog die Tür hinter sich zu. Es war ganz still. Sie trat ans Fenster und wartete darauf, dass die Stille verschwand. Sie hob den Vorhang, ließ ihn aber wieder fallen. Der Vorhang hing genauso da, wie er immer gehangen hatte.

Milla Josteinsson drehte sich um und starrte Lisbet Marner an, die in die Türöffnung getreten war. Lisbet schauderte es beim Anblick der bleichen Augen und der stahlgrauen halblangen Haare. Immer, wenn sie Milla Josteinsson sah, musste sie an deren Sohn denken. Und immer, wenn sie an ihn dachte, verdrängte sie diesen Gedanken.

Sie ging zum Bett ihrer Großmutter. »Wie geht es dir, Mutter Berit?«

»Ich liege hier und starre die Decke an«, sagte die alte Frau und verspürte in diesem Moment einen Stich der Angst.

Nichts passierte. Es passierte niemals etwas. Die Zeit war wie ein einziger langer, grauer Strich, wie eine Wäscheleine von der einen Wand zur anderen. Nachts fürchtete sie sich, wie kleine Kinder sich oft fürchten.

»Ich will, dass du gehst«, sagte Berit Marner. »Holger Eliassen war hier, und das ist jetzt einfach zu viel für mich. Er muss sein Herz untersuchen lassen, der Arme, er ist nämlich doch nicht tot.«

Lisbet ließ die Hand der alten Frau los, sprang auf und lief durch das Zimmer und hinaus auf den Flur. Die weißen Wände betonten noch, wie traurig hier alles aussah. Die Gewissheit, dass Mutter Berit bald sterben würde, bohrte sich wie eine Messerspitze in ihren Bauch.

Eine Pflegerin bestätigte, dass der Expolizeichef wieder zu Besuch gewesen war. Sie sah Lisbet an, dass etwas nicht stimmte.

»Er ist doch ein alter Freund von ihr, oder nicht?«, fragte sie. Lisbet gab keine Antwort, sie dachte an den Hund, der im Auto auf sie wartete.

Es war warm auf der Wache, die Luft war stickig. Anna Borelius Hansen öffnete ihre Bürotür und stand plötzlich Holger Eliassen gegenüber. Ihr sommersprossiges Gesicht wurde rot. Es war halb zwei, und sie hatte gerade gehen wollen, aber jetzt war er ihr zuvorgekommen. Ihr lag eine Entschuldigung auf der Zunge, aber sie wusste ja, dass es keinen Zweck haben würde.

Er war blass, sah ein wenig älter und dünner aus, aber er war doch noch derselbe. Er trug einen blauen Anorak. In der einen Hand hielt er den braunen Umschlag. In der anderen seinen Diplomatenkoffer.

»Wie schön, dass du wieder gesund bist«, sagte sie freundlich. Er betrat ihr Büro und setzte sich auf einen Stuhl.

Anna Borelius Hansen stand noch immer bei der Tür.

»Ich hatte die Kopien in der Rezeption hinterlegt«, sagte sie und fuhr sich mit der Zungenspitze über die Lippen. Sie schloss leise die Tür. »Du weißt doch, dass ich über die Ermittlungen nicht reden darf«, fügte sie hinzu.

»Sicher, ich hab sie ja bekommen«, sagte er und schwenkte den Umschlag. »Du willst also deine Schweigepflicht geltend machen, mein Mädel«, sagte Holger Eliassen spöttisch. »Und ihr habt keinen Verdächtigen«, fügte er hinzu.

»Ich habe ja gesagt, dass wir viele Vernehmungen durchgeführt haben.« Sie holte Luft und setzte sich dann in ihren Sessel.

»Und?«

»Nein, wir verdächtigen niemanden. Da hast du recht.«

Holger Eliassen stellte den Diplomatenkoffer vorsichtig auf den Boden. »Wie lange willst du dich eigentlich noch so arrogant aufführen?«, fragte er in scharfem Ton. »Was glaubst du, wie lange ich mir das gefallen lasse? Und was meinst du, was deine Vorgesetzten sagen werden, wenn die Wahrheit ans Licht kommt?«

Anna Borelius Hansen spürte, wie das Blut aus ihrem Kopf strömte. Der Frühling draußen traf sie mit seinem unbarmherzigen Licht. Sie war müde.

Holger Eliassen wühlte in seinem Diplomatenkoffer. »Ich habe mit Odd Olsens Eltern gesprochen. Du erinnerst dich doch an Odd Olsen?«

»Natürlich«, sagte sie. »Das weißt du genau. Ich war doch eben erst im Keller und habe die Zeugenaussagen für dich herausgesucht.«

Holger Eliassen sah sie an. »Ehe ich im Januar den Herzinfarkt hatte, habe ich mit Willy Marner gesprochen. Er konnte bestätigen, dass seine Mutter, Carol Marner, ihn am 23. Dezember gegen halb zwölf unten am Hafen gesucht hat. Er bestätigt auch, dass er um kurz nach eins seiner Tante Judith Marner begegnet ist. Du weißt sicher noch, dass sie gleich darauf hier auf der Wache waren.«

»Ja, sicher, das kann schon sein.«

»Aber worum ging es denn eigentlich? Warum war Willy Marner am 23. Dezember hier auf der Wache?«

»Du weißt doch, dass ich darüber nicht sprechen darf. Wirklich, Holger …«

»Komm mir bloß nicht so, junge Dame!« Sein Tadel knallte über ihrem Kopf gegen die Wand.

Das Telefon auf ihrem Schreibtisch klingelte. Anna griff sofort zum Hörer. Ihre Mutter wollte wissen, ob sie ein besonderes Reinigungsmittel vorzog. Anna warf einen Blick auf Holger Eliassens schwarze Schuhe. Die sahen aus wie kleine Tiere. Sie sagte der Mutter, sie werde nachher zurückrufen.

Plötzlich lächelte Holger Eliassen. Die tiefen Falten um seine Augen wurden deutlicher.

»Du und ich, wir werden zusammen an diesem Fall arbeiten, wir beide, Anna.« Er musterte sie freundlich. »Wenn wir zusammen den Karlsen-Mord aufklären, dann kann ich dir eine Beförderung versprechen.«

Anna Borelius Hansen betrachtete ihre sommersprossigen Hände. Plötzlich sah sie sich als Kind vor sich. Sie war dünn und blass gewesen, mit roten Locken. Sie erinnerte sich an ein Bild aus dem Fotoalbum ihrer Eltern. Es war von hinten aufgenommen, und mit ihren schmalen Hüften, dem kleinen Po und den langen Beinen sah sie aus wie ein Junge. Sie hatte eine Methode gehabt, um zu verschwinden, einen Illusionspunkt, an dem die Wirklichkeit aufhörte, wenn sie etwas lange genug anstarrte, einen Stuhl, einen Tisch, ein Vorhangmuster. Irgendwo hinter dem Atem gab es eine andere Kraft, die eine Situation magisch werden ließ, die dafür sorgte, dass die Situation ihr doch gefiel. Große Tränen liefen über ihren Hals. Sie hatte das Gefühl, gerade diesen Moment schon einmal erlebt zu haben, wie ein Déjà-vu, und sie wusste, wie es weitergehen würde. »Ja«, sagte sie leise. »Es ist schön, dass du mir helfen willst. Vielen Dank, aber es ist ein schrecklich schwieriger Fall.«

Carol geht mit energischen Schritten in das Zimmer. Ohne es eigentlich zu wollen, gibt sie der alten Frau einen leichten Klaps auf die Wange, dann fährt sie herum und streift ihre dünnen Seidenhandschuhe ab.

»Hast du mich geschlagen?« Mutter Berit sieht sie verwundert an.

»Nein«, sagt Carol bestimmt. »Ich habe dich berührt.«

»Hast du mich vorsichtig berührt?«

Carol gibt keine Antwort. Die Gedanken wirbeln nur so durch ihren Kopf. Sie hat in der Zeitung über Judiths Buch gelesen. Judith wird reich werden, wenn das Buch, an dem sie jetzt arbeitet, erst erscheint, hieß es. »Judith fährt nach Island, um zu fotografieren. Aus der Luft.«

»Ach.« Mutter Berit starrt sie an. »Soll sie die Luft fotografieren? Bist du betrunken?« Mutter Berit richtet ihre wässrigen grauen Augen auf sie, und Carol spürt, wie ein winziges Schluchzen in ihrer Kehle aufsteigt, denn sie weiß, dass Mutter Berit jetzt die natürlichen Sperren fehlen, dass sie einfach sagt, was sie denkt, und dass sie recht hat mit dem, was sie sagt. Und das tut weh. Verzweifelt schlägt Carol sich die Hände vors Gesicht und lässt ihre Tränen fließen. Sie möchte in sich verschwinden. Stattdessen ist ihr eben ein Mann begegnet. Der Mann hat sich umgedreht und sie angeekelt angestarrt. Carol starrte verängstigt zurück, ehe sie zu Mutter Berits Zimmer weiterschwankte.

Eine Pflegerin kommt herein und durchschaut die Lage sofort. Sie legt den Arm um Carols Schultern. »Es ist nicht leicht«, sagt sie, »wenn man alte Eltern hat.« Carol hat das Gefühl, gestochen worden zu sein. Sie lässt die Hände sinken und will schreien, dass Mutter Berit nicht ihre Mutter ist. Aber sie sagt nichts, denn das ist nicht nötig. Alle wissen, dass Berit Marner die Großmutter der Schwestern ist. Sie erhebt sich, braucht eine Zigarette. »Ich geh mal kurz nach draußen«, sagt sie.

Carol taumelt aus dem Zimmer. Läuft mit gesenktem Kopf durch den Gang. Sie wühlt in der Tasche nach ihren Zigaretten. Dann hört sie ein scharfes Geräusch und fährt herum. Eine Pflegerin läuft vorbei. Die Tür schlägt einige Male hin und her, ehe sie zufällt. Carol sieht den offenen Medizinschrank am Rand ihres Blickfeldes flimmern. Die Pflegerin verschwindet weiter hinten im Gang.

Sofort steht Carol im Zimmer. Es ist nicht das erste Mal. Ihre Hand zittert ein wenig, aber sie nimmt sich zwei Packungen Imovane und eine ungeöffnete Sobril. Die Schachteln steckt sie in ihre Handtasche. Ihr Herz hämmert. Sie horcht zum Korridor hinüber. Dann geht sie weiter, als wäre nichts passiert. Sie geht zum Fahrstuhl. Drückt auf den Knopf und hört das Rauschen hinter der Wand. Dann steht sie in der Kabine. Der Fahrstuhl trägt sie nach unten, und sie geht mit bestimmten Schritten auf den Ausgang zu, vorbei an der leeren Rezeption mit den zugezogenen Vorhängen. Sie steht draußen in der Frühlingsluft. Der Rasen ist hauchdünn und gelbgrün. Ein Stück weiter sieht sie etwas Kleines und Weißes mit Armen und Beinen. Ein Kind in einem weißen Spielanzug. Ein Lieferwagen hält auf dem Parkplatz. Sie sieht, dass er aus der Reinigung kommt. Tim Karlsens Bruder steigt aus. Er öffnet die Klappe hinten und nimmt etwas in dünne Plastikfolie Eingewickeltes heraus. Vorhänge, denkt Carol und sieht den blaugemusterten Stoff vor sich. Sie wendet sich ab, als er vorbeigeht, aber sie spürt, dass er sie anstarrt.

Oslo ist eine kleine Hauptstadt, aber im Sommer öffnen sich die verschlossenen Winterstraßen, und die Leute strömen ins Freie. Judith war in einer Boutique, dann hat sie sich mit ihrem Partner getroffen. Edgar und Judith sitzen in einem Café im Hegdehaugsvei. Edgars zwei Hunde sind draußen angebunden. Die Schwestern glauben noch immer, dass Edgar Judiths Liebhaber ist. Es ist auch schön, ein Alibi zu haben und nicht erklären zu müssen, warum sie allein ist. Sie ist hübsch und an ihr ist nichts auszusetzen, aber mit ihrem Selbstbild hapert es. Das hängt natürlich mit ihrer Kindheit und all diesen Dingen zusammen, aber vielleicht legt sich auch die Sorge um die Familie im Norden wie eine wollene Decke über ihr Dasein. Am Vortag hat Judith mit Lisbet telefoniert. Die Schwester hat geweint und gefragt, ob Judith bald zu Besuch kommt. Sie hatte offenbar getrunken und erzählt, sie erlebe jetzt Dinge aus ihrer Kindheit noch einmal. Mache lange Spaziergänge im Wald. Und Angst und Wut drohten sie zu ersticken. Sie habe sich die Wange an einem Zweig aufgekratzt, hatte sie gejammert. Die Wunde sei rot und geschwollen. Ob Judith und sie sich nicht treffen könnten, ehe alles zu schwierig würde, fragte sie und verbreitete sich darüber, wie sie und Judith als Kinder hinter den Spitzengardinen in der Küche gestanden hatten, und wie sie das Gefühl hatte, dass alles Unverstandene und aller Schmerz wie Eiter in ihr pochte. Judith schloss die Augen, während ihre Schwester redete. Sie versuchte, das Bild aus der Küche festzuhalten, aber Lisbet redete und redete. Carol habe sie wieder im Krankenhaus aufgesucht, sagte sie, und habe auch im Pflegeheim Tabletten gestohlen, auf Mutter Berits Station. Jetzt dürfe sie die Großmutter nicht mehr besuchen. Lisbet sei völlig erschöpft davon, die alleinige Verantwortung für Mutter Berit zu tragen. Und warum interessiere Judith sich nur für Willy und nicht für Thomas und Nicolai? Warum wolle niemand auf sie hören, und könne nicht bald jemand sich auch einmal für sie interessieren?

Judith umklammerte ihr Telefon. Dann ließ sie ein wenig los, streckte die Finger aus, einen nach dem anderen. Sie dachte daran, wie alles gewesen war, früher. Sie hatte nichts zu sagen, spürte nur, dass es etwas gab, das sie nicht zu fassen bekam. Ehe Judith das Gespräch beendete, bat sie ihre Schwester, am nächsten Tag die Zeitung Aftenposten zu lesen. Dort würde sie einen Artikel finden, zu dem sie selbst das Foto geliefert hatte.

Judith sieht Edgar an, der sein Bierglas leert. Sie selbst hält sich an Kaffee. Sie feiern eine Sponsorenvereinbarung in Verbindung mit dem großen Buchprojekt, an dem sie schon so lange arbeiten, diese Abmachung kann ihnen sehr viel Geld bringen. Einige japanische Geschäftsmänner haben ihr Interesse an dem Winterbuch geäußert. Schnee und Eis und Wind sind in ihrem Teil der Welt vielleicht exotisch. Von mehreren hunderttausend Kronen ist die Rede.

Die Sonne lässt einen dicken Streifen durch das Fenster fallen und färbt die Cafégäste gelb. Edgar ist wie immer elegant. Er trägt ein schönes Jackett, eine gelbe Hose und schwarze Schuhe. Neben ihm auf dem Tisch liegt eine dunkle Sonnenbrille. Er ist ein Arbeitstier und brütet oft bis in den späten Abend über einem Projekt. Nicht selten muss Judith ihn mahnen, damit er zu seiner Frau Shiny und den beiden kleinen Töchtern nach Hause geht.

Sie haben sich einige Jahre zuvor bei einem Seminar kennengelernt. Judith arbeitete für eine Illustrierte. Sie kannte die Technik und die Tricks. Edgar war anders als andere Männer, mit denen Judith zusammengearbeitet hatte. Edgar und Judith scherzen darüber, dass sie wie John Lennon und Yoko Ono seien. Er hatte sich ihr zu Füßen geworfen und beschlossen, dort zu bleiben. Wenn Judith besonders wilde Ideen entwickelt, schaut er sie manchmal schelmisch an und nennt sie seine Yoko. Dann lachen sie, und alles wird gemacht, wie Judith das will, immer wie Judith es will. Und der Erfolg hat ja nicht auf sich warten lassen. Und bald, wenn der Schnee einsetzt und wenn mit den Japanern alles gut geht, wird Judith nach Island reisen und Winterbilder aus der Luft aufnehmen.

Aber ihr Gespräch mit Lisbet macht ihr zu schaffen. Etwas hat sich zwischen sie geschoben. Etwas, das an Füße erinnert, die durch eine dünne Eisdecke brechen. Judith hört dieses Geräusch in Gedanken die ganze Zeit. Sie hat es gehört, als sie für eine große Tageszeitung einen Professor fotografieren sollte. Und sie hat es gehört, als sie abends nach Hause kam, sie hat es gehört, als sie am nächsten Morgen aufgewacht ist. Sie hört es auch jetzt, in diesem hellen Café, zusammen mit Edgar. Sie blickt ihren Teller an, er hat ein Muster aus grünen Blättern in allerlei Schattierungen.

Als Lisbet Marner Johansen Staub von der blanken Tischplatte wischt, wirft sie einen Blick auf das große Foto ihrer Söhne, das über dem Sofa hängt. Was wollen sie eigentlich noch von ihr, denkt sie immer wieder. Sie sind jetzt so groß und selbständig. Töchter haben eine ganz andere Beziehung zu ihrer Mutter als Söhne. Es ist sozusagen eine allgemein anerkannte Wahrheit, dass Mädchen verletzlicher sind als Jungen. Sie bereut ihr Gespräch mit Judith am Vorabend, alles ist einfach aus ihr herausgeschossen, und jetzt fühlt sie sich noch einsamer.

Judith hat sie aufgefordert, Aftenposten zu kaufen und einen Artikel über einen Professor der Psychologie zu lesen.

Lisbet schenkt sich aus der Thermoskanne Kaffee ein, setzt sich an den Esstisch und schlägt die Zeitung auf. Das Bild des Professors in mittleren Jahren bedeckt fast die halbe Seite. Darunter steht Judiths Name: *Foto: Judith Marner.*

Lisbet fängt an zu lesen. Dort steht, dass Eltern Jungen weiterhin ganz anders erziehen als Mädchen. Sie sollten die Jungen aber nicht nur anhalten, stark und ausdauernd zu werden. Dann riskieren sie nämlich, dass die Jungen ihren eigenen Gefühlen entfremdet werden. Und das kann gefährlich sein, heißt es.

Sie liest, dass ein entwicklungsgestörtes Kind sehr viel Wärme, Fürsorge und Verständnis braucht. Aber in der Praxis sei es oft ganz anders, denn ein schwieriges Kind lässt die Erwachsenen eher auf Distanz gehen. Lisbet denkt an Willy. Empört liest sie weiter. Der grundlegende Unterschied der Geschlechter sei schon bei der Geburt vorhanden, steht dort. Warum hat Judith nicht lieber Carol angerufen? Carol sollte das hier lesen.

Lisbet steht auf und geht mit ihrer leeren Tasse in die Küche. Obwohl es schon Ende Mai ist, hat sie ein plötzlicher Schneefall überrascht. Die Büsche im Garten tragen jetzt tropfende weiße Spitzen. Aber der Schnee ist so schnell verschwunden, wie er gekommen ist, abgesehen von einigen schönen weißen Flecken, die auf dem grünen Rasen noch aushalten. Der Wetterumschwung erinnert sie an etwas. Holger Eliassen hat sie im Krankenhaus aufgesucht und gefragt, ob sie früher eine rote Daunenjacke und eine weiße Mütze hatte. Lisbet hält die Hände unter den Wasserhahn. Die Schwestern haben früher immer wieder Kleider getauscht. Lisbet kann sich nicht erinnern, ob die rote Jacke ihr oder Judith gehörte. Aber die Frage hat sie nervös gemacht. Eliassen hat etwas Inquisitorisches an sich. In letzter Zeit ist ihr klar geworden, dass es ihr größtes Unglück im Leben war, dass sie sich selbst verleugnet hat. Sie hat fast immer das Gegenteil davon getan, was sie eigentlich wollte. Ihr ganzes Leben hat sie ihre Kräfte für Dinge aufgewandt, die sie gar nicht wollte. Sie ist müde, weiß aber, dass sie in zehn Minuten im Auto sitzen wird, auf dem Weg zu einem ihrer endlosen Pflichtbesuche bei der Großmutter im Pflegeheim.

Holger Eliassen half Reidar Tangen, das kleine Gewächshaus im Garten zu reparieren. Die Sonne schien, aber vom Meer wehte ein kräftiger Wind. Der Staub des Kieswegs lagerte sich am Rand der Rasenfläche. Der Wind riss und zerrte an der dünnen Plastikfolie, die eine zerbrochene Glasscheibe ersetzte. Reidar Tangen sagte nicht viel, aber er zeigte genau, wo die Pflanzenbänke stehen sollten. Im Gewächshaus war Reidar Tangen der Chef.

Holger Eliassen dachte daran, wie unterschiedlich sie gelebt hatten. Reidar hatte beim Straßenbau gearbeitet und mit Schneeräumen und Schneepflügen zu tun gehabt. Nicht gerade ein wichtiger Posten, dachte Holger Eliassen. Für ihn dagegen war es wichtig gewesen, als Diener der Wahrheit aufzutreten. Viele hassten ihn, vor allem zwei Kollegen, deren zweifelhaftes Verhalten er durchschaut hatte. Aber jetzt hatte er die Verbindungen zu seiner Vergangenheit gekappt. Anna Borelius Hansen war die Einzige, zu der er noch Kontakt hatte. Als er zuletzt mit ihr gesprochen hatte, schien sie endlich zu begreifen, dass an dem, was er sagte, etwas Wahres war. Aber sie war eine schwache Person, die der Polizei nichts Gutes bringen konnte. Im Gegenteil, er hielt sie für ein Sicherheitsrisiko. Es fiel ihm schwer, sich damit abzufinden, dass nicht länger er zu bestimmen hatte und dass es jetzt bergab ging. Seine Generation starb aus. Andererseits sah er auch ein, dass das Alter ihn langsamer gemacht hatte.

Die Luft in dem kleinen Gewächshaus war mild, faulig und feucht. Der Lehmboden war uneben unter seinen Füßen. Jetzt stand er dort und dachte an seine Langsamkeit, die für ihn Versagen bedeutete. Er sah einen grünen Keim in einem großen Topf, die Blätter sahen aus wie spitze Flügel, die nach oben zeigten. Das Gewächshaus erinnerte ihn an einen Taubenschlag. Es roch, als ob hier Vögel gewesen wären, Vögel, die weggeflogen waren. Er hatte oft das Gefühl gehabt, das Leben finde anderswo statt. Er starrte einen Eimer mit einem Messer und einem Büschel frisch entsprungener Ringelblumen an und fuhr zusammen, als er draußen Michelle Tangens Schatten entdeckte. Nur die dünne Glaswand und die Störung, die Michelles Anwesenheit mit sich brachte, trennten ihn von einem entscheidenden Gedanken. Odd Olsens unbekannte Freundin. Plötzlich stand die Lösung ihm klar vor Augen: Odd Olsen konnte doch noch andere Freunde gehabt haben, als nur unter seinen Kommilitonen. Einen besten Freund vielleicht, und dieser beste Freund hatte vielleicht den Namen der Freundin gekannt? Wenn er eine Freundin gehabt hatte. Es war keine abwegige Überlegung; dass Eltern vom Sexualleben ihrer Kinder nichts wussten, war doch nichts Neues, aber die Tatsache, dass er vergessen hatte, sie nach den Freunden ihres Sohnes zu fragen, war idiotisch. Nachdem sie die erschütternde Abhandlung des Sohnes gelesen hatten, in der von einer unbekannten »Sie« die Rede war, hatte Alfred Olsen ihn mehrmals angerufen. Holger Eliassen bereute, den Eltern die Kopie überlassen zu haben.

Berit Marner schaute an die Decke und fühlte sich wehmütig. Nahmen sie denn nie ein Ende, diese Lichtnächte? Und konnte niemand das Fenster öffnen und das arme Insekt freilassen, das immer wieder gegen das Glas flog? »Kann jemand das Fenster aufmachen?«, rief sie, aber es kam keine Antwort. Sie drehte sich um und sah zu Milla Josteinssons Bett hinüber, aber das war leer.

An der Decke sah sie Judith und Lisbet, die nach der Schlacht im Wohnzimmer aufräumten. Sie hörte Carols scharfes Geheul aus dem Badezimmer im ersten Stock. Berit Marners Mund war wie ausgedörrt. Konnte ihr nicht bald jemand den Rachen auspinseln?

Lilly versuchte hartnäckig, ihre Umgebung davon zu überzeugen, dass alles gut werden würde, wenn sie nur ihre Kinder zurückbekäme. Sie beteuerte, dass sie dann nicht mehr feiern, sondern anfangen würde, zu backen und sich zu waschen. Das alles sagte sie, während sie gierig an einer Zigarette nuckelte und die dann im Waschbecken ausdrückte. Die Asche lag einen Moment lang wie ein kleiner grauer Vorwurf auf dem Porzellan, dann drehte Carol den Hahn auf und spülte sie hinunter. Am Ende hatten sie Lilly die Kinder wegnehmen müssen. Dagny Mork hatte das getan. Carol heulte und Lilly heulte.

Danach war Berit die Treppe zum Badezimmer hochgekommen und hatte die Tür aufgeschlossen. Carol saß auf dem Klodeckel. Sie schrie noch immer aus voller Kehle. Sie rief ihre Mutter, diese verdammte Lilly. Berit merkte, wie sehr sie dieses Kind verabscheute, und das tat weh. Das Kind hatte ein dünnes kleines Gesicht, der Mund war zu groß, und die kurzen dunklen Haare waren zerzaust und struppig.

»Ich tu es doch deinetwegen«, sagte sie und ging auf das Kind zu, das aufgehört hatte zu weinen, das die Arme aber wütend verschränkte und den Boden anstarrte, während aus ihrem halboffenen, feuchten Mund lautes Schluchzen drang.

Berit schloss für einen Moment die Augen. Das schmerzliche Weinen des Kindes traf sie in der Brust und füllte ihren ganzen

Körper mit einem Schmerz, gegen den es keine Hilfe gab. Dann sagte sie, Carol dürfe sie Mama nennen.

Aber nun verstummte das Kind. Berit hatte Angst. Sie hatte immer Angst, wenn kleine oder große Katastrophen das Alltagsleben trafen und wenn selbstgebackenes Brot und frischgebügelte Bettwäsche keine Hilfe mehr waren.

Plötzlich stand eine Pflegerin vor ihr. »Aber liebe Berit, warum weinst du denn?«, fragte sie. Sie öffnete das Fenster, und das Insekt war verschwunden. Die alte Frau bekam Wasser, und Milla kehrte in ihr Bett zurück. Alles wurde gut. Die Pflegerin erzählte, dass Judith aus Oslo angerufen habe, um zu hören, wie es ihr gehe. Berit Marner lächelte. Sie war noch nie in Oslo gewesen, der Tigerstadt, die Lilly verschlungen hatte. Die Bilder an der Decke waren nicht echt. Die Bilder an der Decke waren nur die Schwingungen ihrer Seele. Alles war schon längst vorbei. Die Decke war nur eine Decke.

»Kannst du Judith bitten, Lilly für mich zu suchen?«, fragte sie. »Damit ich sie um Entschuldigung bitten kann?«

Die Pflegerin sah sie an, sah die Tränen, die auf das Kissen strömten. »Soll ich Judith sofort anrufen?«, fragte sie.

»Ja«, jammerte Berit Marner dankbar.

Plötzlich füllte Lisbets Bild die Türöffnung. Sie trug ein Sommerkleid aus blankem rosa und rot gemustertem Stoff. Die Pflegerin nickte ihr kurz zu und verließ das Zimmer.

Edgar bückt sich über den Ausdruck einer Broschüre, die am nächsten Tag geliefert werden muss. In dem kleinen chaotischen Büro herrscht eine stickige Hitze. Judith lässt sich auf der anderen Seite seines Arbeitstisches auf einen Stuhl fallen und versucht, die senfgelben Vorhänge dichter zuzuziehen.

An manchen Tagen landet alles einfach im falschen Regal. Judith hatte gehofft, sich bei dieser Hitze einige Tage freinehmen zu können, denn in letzter Zeit war es einfach zu viel für sie gewesen. Ihr Telefongespräch mit Lisbet macht ihr noch immer zu schaffen. Ihre Schwester scheint sich überhaupt nicht mehr im Griff zu haben. Carol hat ihre Stelle im Laden verloren, und Willy hat sich bei der Familie schon lange nicht mehr gemeldet. Und gestern Abend, als sie gerade von einem Auftrag nach Hause gekommen war, rief eine Angestellte des Pflegeheims an und bat im Namen von Mutter Berit, ob Judith nicht versuchen könne, Lilly zu finden. *Lilly zu finden.* Warum soll sie Lilly finden? Allein schon der Name bringt sie aus dem Gleichgewicht. In der Nacht hat sie sich von einer Seite auf die andere gewälzt und alle bösen Erinnerungen gewälzt, die sie mit so viel Kraft zu unterdrücken und zu ignorieren versucht hat. Sie sind skrupellos, die drei Schwestern, jede auf ihre Weise. In vieler Hinsicht fühlt Judith sich Carol und Lisbet eng verbunden, aber manches an den beiden Schwestern ist auch verwirrend. Judith ist diejenige, die es am besten geschafft hat. Wenn ihr Buchprojekt zur Realität wird, wird sie außerdem bekannt werden. Aber im Moment, bei dieser Hitze, in diesem kleinen Büro, in dem Sauerstoff fehlt, nimmt sie die Unruhe wahr, die sich in ihrem Herzen ausbreitet und die ihr erbarmungslos zu Kopf steigt.

»Was sagst du?«, fragt Edgar und hält ihr die Titelseite hin. Judith trinkt einen Schluck Wasser aus einem Plastikbecher und mustert die grünliche Fläche mit den altmodischen ovalen Bildern.

»Mir gefällt die Farbe auf dem Bildschirm besser«, sagt sie und nickt zum Computer hinüber, wo ihnen das Bild einer Frau aus dem 19. Jahrhundert entgegenflimmert.

»Stimmt«, sagt Edgar frustriert. »Diese alten Fotos sind schwierig. Es müsste bräunlicher sein, finde ich. Ein Chamoiston.«

»Ich kann versuchen, es noch einmal zu entwickeln, wenn du willst«, sagt Judith mit einem resignierten Seufzer. »Wenn du willst«, wiederholt sie.

»Ja«, sagt er. »Ich glaube, das muss sein. Ich komme mit dir in die Dunkelkammer.«

Sie gehen auf den Flur und schließen die Bürotür hinter sich ab. Auf der Treppe sagt Edgar kein Wort. Judith schließt die Tür zur Dunkelkammer auf, in der Hand hält sie den Umschlag mit dem Film. Die Kammer ist nur drei Quadratmeter groß. Es ist heiß und stickig. Edgar geht wieder hinaus und schaltet das Rotlicht ein. Dann sieht er zu, wie Judith das chemische Bad vorbereitet.

Die Dunkelkammer wird nur noch selten benutzt. Es wird jetzt meistens digital fotografiert. Judith ist gereizt. Immer muss sie alles machen. Edgar kommt ihr plötzlich so unselbständig und ungeschickt vor. Dabei heimst er den größeren Teil der Ehre ein, wenn ein Produkt fertig ist. Aber so darf sie nicht denken. So würden Lisbet und Carol denken. Und das will sie nicht.

Edgar schweigt, während Judith weiter an der Arbeit ist. Sie holt Gegenstände aus den Regalen, lässt Wasser in das Becken laufen. Die Kammer ist so klein, dass sie seinen Atem im Nacken spürt, und jetzt merkt sie, dass er etwas sagen will, er kennt sie und hat durchschaut, dass sie gereizt ist.

Dann sagt er: »Das war wirklich nicht gut genug«, wie um zu erklären, warum sie die Arbeit noch einmal machen muss. Als hätte sie einen Fehler gemacht.

Judith antwortet nichts, aber ihre Bewegungen werden ruckhafter, wie um zu demonstrieren, wie gereizt sie ist. Männer sind durchschaubar, denkt sie, sie weiß so oft genau, was ein bestimmter Mann zu einem bestimmten Zeitpunkt sagen oder tun wird.

Das T-Shirt klebt an ihrem Körper. Sie spürt, wie der Schweiß ihren Nacken hinunterrinnt. »Immer muss ich alles machen«, sagt sie plötzlich heftig. »Du betonst dauernd, dass du nur Graphiker bist. Du erzählst mir, wie tüchtig ich bin. Zugleich machst du selbst so wenig wie möglich. Eigentlich hab ich das reichlich satt.«

Sie sieht Edgar nicht an, hört aber, dass er reagiert. Sie haben sich noch nie gestritten.

»Nimm dich doch nicht so schrecklich wichtig, Judith«, sagt er sanft hinter ihr.

Judith fährt herum und streift dabei mit der einen Hand das Wasserbad. Sie hat blaue Handschuhe an. Die Flüssigkeit wogt hin und her. Das rote Licht der Glühbirne über der Tür färbt Edgars Gesicht und lässt groteske Schatten darüberlaufen.

»Was hast du gesagt?«, fragt sie laut.

Edgar mustert sie mit ernster Miene. »Ich habe gesagt, dass du dich nicht so wichtig nehmen sollst«, wiederholt er gelassen.

Judith schluckt und dreht sich wieder zu dem Becken um. In Gedanken hört sie Stimmengewirr. Die Gedanken treiben ihr Tränen in die Augen. Sie schaut nach unten, dann hebt sie den Blick und betrachtet die raue Wand mit den kleinen Löchern und Punkten, die aussehen wie Blindenschrift. Und sie weint, zuerst leise und verzweifelt, dann lauter.

Holger Eliassen fuhr in die Stadt, um mit Odd Olsens bestem Freund zu sprechen. Odd Olsen hatte wirklich seit Grundschulzeiten einen Freund gehabt. Holger Eliassens Hände zitterten leicht auf dem Lenkrad. Die Gedanken vibrierten hinter seiner Stirn. Gesicht und Hals spannten sich vor Aufregung. Für einen Moment wurde ihm schwindlig.

Die Sonne breitete ihren warmen Mantel über die Gebirgslandschaft. Oben an den Hängen funkelte das Eis. An einem See standen zwei Jungen und angelten. Im Rückspiegel ahnte er einen Ackerstreifen dicht an der Straße.

Am Vorabend hatte er mit Odd Olsens Freund telefoniert. Der Mann war Mitte vierzig und betrieb in der Nähe von Tromsø eine kleine Glaserei. Er konnte sich an eine Frau erinnern, die Odd Olsen zur Zeit seines Verschwindens gekannt hatte, der Name fiel ihm jedoch nicht mehr ein. Es war keine lange Beziehung gewesen. Aber wenn er sich richtig erinnerte, hatte er ein Foto dieser Frau. Das Bild klebte in seinem Fotoalbum und war auf Odd Olsens Studentenbude aufgenommen worden. Es zeigte Odd Olsen, seine Freundin und ihn selbst, erzählte er. Das Bild hatte die Vermieterin mit der Kamera des Freundes gemacht, als sie ihnen selbstgebackene Rosinenbrötchen serviert hatte. Die Polizei hatte ihn nie nach der Frau gefragt, und er war nicht auf die Idee gekommen, dass es wichtig sein könnte, sagte er zu seiner Entschuldigung. Er hatte den Eindruck gehabt, dass die Polizei einen Selbstmord vermutete. Und mit Odds Eltern hatte er nach dessen Verschwinden nie mehr gesprochen. »So gute Freunde waren wir nun auch wieder nicht«, sagte er.

Der Mann sagte, er könne das Foto am nächsten Tag mit in die Glaserei bringen, wenn Holger Eliassen es sehen wollte.

Der pensionierte Polizeichef hielt auf dem Parkplatz vor dem kleinen roten Haus. Er schloss den Wagen ab und betrat den leeren, warmen Laden. Alles sah hier sauber und ordentlich aus. Die Spiegel an den Wänden warfen seltsame Lichtreflexe an die Decke. Auf dem Tresen stand eine leere Kaffeetasse. Holger Eliassen wartete ein wenig, dann räusperte er sich, und der Glasermeister kam durch den Vorhang, der den Laden von der Werkstatt trennte.

Dann sah er das Foto. Sein Blick fegte darüber hinweg. Seine Hand zitterte ein wenig. Der Anblick bestätigte ihm die Ahnung, die er schon so lange verspürt hatte. Ein lauter Pfeifton setzte in seinen Ohren ein. Der Lärm wanderte weiter und wurde zu einem großen Wort. Sieg, dachte er. SIEG! Odd Olsen hatte den Arm um eine junge Frau gelegt, die ein weißes Twinset trug. Sie lächelte in die Kamera. Odd Olsens andere Hand lag entspannt auf seinem Knie.

Liebes Nachtbuch,

gestern habe ich mich Edgar gegenüber zum ersten Mal unsicher gefühlt. Das war unangenehm, sehr unangenehm. Ganz einfach, weil ich mich mit ihm sonst immer so wohl gefühlt habe. Wir standen unten in der kleinen Dunkelkammer. Das rote Licht verzerrte unsere Gesichter auf groteske Weise. Dann sagte er: Nimm dich nicht so schrecklich wichtig, Judith. *Nimm dich nicht so schrecklich wichtig.*
Es war wie ein Schlag in den Bauch. Eins, zwei, drei, schon war das Fundament unserer Freundschaft weggerissen. Edgar, auf den ich mich zu hundert Prozent verlassen hatte, hatte mit diesen sechs Wörtern alles zum Einsturz gebracht.
Wenn es nicht so dunkel gewesen wäre und wenn dieses seltsame rote Licht nicht gebrannt hätte, dann hätte er sicher gemerkt, welche Wirkung seine Worte auf mich hatten. Ich hielt Ausschau nach einem scharfen Gegenstand, nach einer giftigen, ätzenden Flüssigkeit, nach etwas, das mich retten könnte. Es ging hier um Sekunden, *Sekunden!*
Denn plötzlich war es wieder da, das, was Odd beschrieben hatte. Meine Persönlichkeit, meine Minderwertigkeitsgefühle, meine Panik. Ich hatte nur noch einen Gedanken, nämlich, die Kontrolle wiederherzustellen. Aber ich fand nichts, was ich hätte benutzen können. Und dann waren diese Sekunden plötzlich vorüber. Ich konnte mich zusammenreißen, aber die Katastrophe war nahe gewesen. Sehr nahe.

Stattdessen fing ich an zu weinen. Das war mir noch nie passiert, nicht in solchen Situationen. Meine Reaktion machte mir eine Höllenangst. Ich hatte das Gefühl, die Kontrolle über mein Leben verloren zu haben. Edgar war schrecklich verzweifelt. Danach tat er alles, um mich wieder zu besänftigen. Am Ende gab ich nach und tat so, als wäre ihm das gelungen. Aber plötzlich hatte ich so ein »Komm raus«-Gefühl. Fast hätte ich ihm alles erzählt. Genau wie damals, nachdem ich Onkel Olaf umgebracht hatte. Damals habe ich mich Mutter Berit anvertraut. Das war schrecklich. Und gefährlich. Ich habe beschlossen, Hilfe zu suchen. Ich habe eine wichtige und nötige Entscheidung getroffen: Ehe ich nach Island fahre, will ich mit einer Therapie beginnen. Ich glaube, das ist die einzige Lösung. Ich will, dass das Projekt »Der Norden aus der Luft« für mich zu einer Wegscheide wird. Das muss so sein. Ich brauche Hilfe!

Die junge Frau auf dem Foto hatte braune Augen und Locken. Hübsch, dachte Holger Eliassen. Sie war hübsch. Er verspürte ein Kitzeln im Bauch, heftig und unerwartet. Eine junge Ausgabe von Judith Marner. Sie war es also, Judith Marner. Eins plus eins ergab eben doch zwei. Ihm sollte keine entkommen. Er legte die Hand auf die Brust und zählte seine schneller werdenden Herzschläge. Er sah Judith Marner vor sich, als sie ihm am Tag vor Heiligabend begegnet war. Sie stand vor ihm, als werde nichts passieren. Und danach, als wäre nichts passiert. Wie skrupellos und wahnwitzig konnte ein Mensch eigentlich werden?

Er spürte, wie die Wärme in seinem Körper aufstieg, als er den Laden wieder verließ. Jetzt musste er aufpassen, damit es nicht zu viel für ihn wurde. Er blieb stehen und lehnte sich eine Weile an sein Auto, ehe er die Tür aufschloss und einstieg. Das Foto legte er vorsichtig auf den Beifahrersitz. Dann schlug er mit der Faust auf das Lenkrad und rief auf der Wache an, um sein Kommen anzukündigen. Er spürte, wie ihm kalte Schauder über den Rücken liefen, trotz der Wärme.

Die Frau, die sich auf der Wache meldete, teilte nüchtern mit, Anna Borelius Hansen sei für zwei Tage verreist, und sonst habe im Moment niemand Zeit, um ihn zu empfangen. Ihm wurde bei dieser Antwort eiskalt. Die Wut durchjagte ihn. Er beendete das Gespräch und warf das Telefon auf den Beifahrersitz. Er würde Anna Borelius Hansen zu Hause aufsuchen oder zu ihren Eltern fahren, um nachzusehen, ob sie dort wäre. Und dann, wenn die Sache erst ans Licht gekommen war, würde er die Polizei verklagen. Aber zuerst wollte er die Ehre genießen, die er verdient hatte. Die Polizei wurde nicht mehr so respektiert wie früher. Holger Eliassen war froh darüber, dass er sich der neuen Zeit nicht zu stellen brauchte. »Warte nur«, sagte er laut und ließ den Motor an.

Liebes Nachtbuch,

meine Schwestern sind skrupellos. Sie könnten Holger Eliassen sagen, wer ich bin, wenn er sie nur weit genug treibt. Ich weiß ja nicht, ob meine Schwestern mich durchschaut haben. Aber etwas an ihnen macht mir Angst. Vor allem Lisbet hat sich in letzter Zeit verändert.

Jetzt ist es vier Jahre her, dass Edgar und ich unsere Firma gegründet haben, NOR-fotosession A/S. Wir verdienen gut, vielleicht werde ich mir eine größere Wohnung kaufen. Aber im Moment habe ich keine Zeit, an solche Dinge zu denken.

Ein Agent hat mich angerufen und erzählt, dass Time Magazine sich für unseren Weihnachtsmannartikel interessiert. Für die haben nordische Weihnachtsmänner etwas Exotisches. Einfach phantastisch, ausgerechnet das

TIME MAGAZINE. Tinna brüllte vor Freude, als ich sie deshalb angerufen habe. Ich habe ja noch gar nicht über unser großes Projekt geschrieben: Tinna, meine beste Freundin, und ich werden ein Winterbuch machen.
Der Arbeitstitel lautet: »Der Norden aus der Luft«. Tinna wird schreiben, ich mache die Bilder. Vor einigen Jahren ist ein Buch mit dem Titel »Die Erde aus der Luft« erschienen. Und da kam mir die Idee, aber wir wollen uns auf Kälte und Schnee und Eis hier oben konzentrieren. Das Buch soll überall auf der Welt verkauft werden. Schnee ist exotisch. Ende Juli kommen drei Japaner nach Oslo, sie wollen darüber verhandeln, das Buch im Zusammenhang mit dem Import von norwegischem Lachs und norwegischem Mineralwasser zu verwerten. Ich freue mich. Auch Edgar ist optimistisch, und ich glaube, dieses Buch kann meinen endgültigen Durchbruch als Fotografin bedeuten. Ich träume von den Bildern, nehme den Geruch der Landschaft wahr, sehe wie das Eismeer sich tief unter mir bewegt. Ich sehe die kühle Sonne, die auf dem Rücken liegt und sich in den Wellen entspannt. Irgendwann im August oder im September werde ich nach Island fahren. Und dann geht es los. Wir werden fotografieren und über die Welt hier oben im Norden schreiben. Wir werden uns Norwegen, Schweden, Finnland und Island vornehmen. Und vielleicht die Färöer und Spitzbergen. Tinna hat vorgeschlagen, dass wir mit Island anfangen. Sie hat einen Bruder, der fliegt, Lárus. Er hat angeboten, uns zu fliegen. Denn die Bilder müssen ja aus der Luft aufgenommen werden.
Ich halte mir die ganze Zeit vor Augen, dass dieses Projekt vielleicht meinem Hang zur Übertreibung entspringt. Ich weiß ja, wer ich bin. Ich weiß, dass ich in manischen Perioden übertreibe und meine Gedanken ein wenig zu gewaltig ausfallen. Dass meine Phantasie mit mir durchgeht. Darüber hat Odd ja geschrieben. Er

hat geschrieben, ich glaubte, »über Jesus« zu stehen. So hat er das ausgedrückt. Natürlich hat die Abhandlung, mit der er angefangen hatte, mir geholfen. Ich habe gelernt, meiner Umgebung nicht mehr zu zeigen, wer ich wirklich bin. So gesehen war es gut, dass er mich auf diese Weise definiert hat. Er behauptete auch, ich litte an Größenwahn. Deshalb hatte ich Angst, dieses Winterbuchprojekt, meine große Idee, sei so eine Art Größenwahn. Dass ich mir viel zu viel zutraue. Aber ich glaube, es kann klappen. Man muss sich doch auch anstrengen, um auf dieser Welt etwas zu erreichen. Ich, Tinna, Edgar und Lárus können zusammen etwas Phantastisches vollbringen. Etwas, das zu einem Welterfolg werden kann. Schon bei dem bloßen Gedanken daran kriege ich vor Freude eine Gänsehaut.

Das Licht des Taxischildes erinnerte an ein Tierauge, als das Auto am Straßenrand anhielt. Anna Borelius Hansen stieg hinten ein. Es war halb elf. Ein heftiger Regenguss war soeben zu Ende gegangen. Sie hatte den sauberen Geruch von frischgewaschenem Asphalt wahrgenommen, als sie aus dem Hotel kam, wo sie sich mit einer alten Freundin getroffen hatte. Die Freundin war mit ihrer Familie in ihrer Heimatstadt zu Besuch.

Die Freundin hatte drei kleine Kinder. Sie hatten über alte Tage gesprochen, über Dinge aus ihrer Jugend, die zu einer anderen Welt gehörten. Das alles war so lange her. Sie erinnerten sich an die Muster der Nachthemden, die sie damals getragen hatten. Annas war gelb und hatte blaue Sterne, das der Freundin war rosa und weiß.

Jetzt saß Anna im Taxi und hatte das Gefühl, dass ihre Gesichtsmuskeln sich verspannt hatten. Sie hatte zu viel getrunken, die Gerbsäure ließ ihren Magen brennen. Sie sah die Gebäude am Fenster vorbeihuschen. Die Freundin würde am nächsten Tag wieder abfahren. Vielleicht sehen wir uns nie mehr wieder, dachte Anna. Diese Vorstellung war unerträglich. Die Hände des Fahrers umklammerten das Lenkrad. Er schaute sich in den Straßen um, als ob er etwas suchte. Anna Borelius Hansen ließ sich auf dem weichen Polster zurücksinken, aber plötzlich fuhr der Fahrer, der aus einer Zuwandererfamilie stammte, in eine Nebenstraße und hielt an. Heftige Angst wogte durch ihren Körper. Allein, mit ihm. Sie zitterte, konnte nicht denken. Die Stimme blieb ihr im Hals stecken. Die Gewissheit, dass das Allerschlimmste passieren würde, lähmte sie. Sie schaute die Spitze ihres Regenschirms an.

Der Mann machte sich auf dem Vordersitz an etwas zu schaffen. Anna beugte sich vor und sah, dass er in einem Stadtplan blätterte. Er bat in gebrochenem Norwegisch um Entschuldigung und erklärte, er besitze den Taxischein erst seit einer Woche.

Anna spürte, wie die Erleichterung sich in ihrem Körper ausbreitete. Sie sagte, sie könne ihm den Weg erklären. Der Mann bedankte sich und schlug den Stadtplan wieder zu.

Er hielt vor dem Wohnblock, in dem sie wohnte. Anna bezahlte und stieg aus. Sie wackelte auf ihren hochhackigen Schuhen weiter, aber auf halbem Weg zur Haustür zuckte sie abermals zusammen. An der Wand lehnte ein Mann. Es war Holger Eliassen, der auf sie wartete. Da stand er, bleich und ein wenig verfroren, in seinem beigen Sommermantel. »Jetzt weiß ich, wer sie ist«, sagte er düster und hielt ihr ein Foto hin. »Das hier ist kein Spiel, das ist blutiger Ernst«, sagte er.

Liebes Nachtbuch,

der Vorfall mit Edgar in der Dunkelkammer hat mir schreckliche Angst gemacht. Ich habe vier Männer umgebracht. Die drei ersten vor vielen Jahren. Tim Karlsen vor Weihnachten. Es ist Zeit, damit aufzuhören. Ich hatte doch nie vor, so weiterzumachen.

Von meiner Frauenärztin habe ich eine Überweisung bekommen. Vor zwei Tagen war ich bei ihr zur Untersuchung. Während sie mit mir beschäftigt war, erzählte ich ihr kurz von meiner Kindheit: Jedenfalls von Lilly und Mutter Berit und allem, was dazugehört. Ich hab gesagt, ich fände das alles so schwer. Ich fühle mich nämlich so zerrissen. In mir stritten so viele Personen miteinander: Das Kind, das in dem Sommer, in dem ich sechs war, in den Wald ging, die Konfirmandin, die die entsetzliche Vorstellung Wirklichkeit werden ließ, und die erwachsene Frau, die versucht, ihr erwachsenes Leben zu leben. Und die vierte Schwester, die auf irgendeine Weise versuche, sie alle zu beschützen. Ich glaube, ich müsste mich von mindestens zweien befreien, es wird hier langsam ein bisschen voll.

Als die Ärztin die Gummihandschuhe ausgezogen und sich die Hände gewaschen hatte, während ich vom Untersuchungsstuhl geklettert war und mich anzog, schlug sie vor, ich solle mir einen Termin bei einem Psychotherapeuten namens Johan Isberg Geller geben lassen. Er habe nicht so lange Wartezeiten, sagte sie. Sie hält ihn aber für einen sehr tüchtigen Fachmann. Er sei sicher »my man«. Ich bezahlte und steckte die Überweisung in die Tasche. Bis zum Mord an Tim Karlsen am Tag vor Heiligabend waren mehr als zwanzig Jahre seit dem letzten Mal vergangen. Ich hatte eigentlich geglaubt, wieder zu einem normalen Menschen geworden zu sein.

Liebes Nachtbuch,

irgendetwas spitzt sich zu. Heute ist der 13. Juni. Mein Nervenkostüm ist in heller Aufregung. Ich kann erst im August einen Termin bei diesem Psychotherapeuten bekommen. Er hat eben doch verdammt lange Wartezeiten. Ich glaube, ich sollte mir doch bald die Perücke kaufen. Vielleicht werde ich sie ja brauchen. Vielleicht liegt das alles aber auch an der Hitze, vielleicht sollte ich die Pillen, die ich Carol gestohlen habe, nicht mit Alkohol zusammen nehmen.
Carol hat angerufen. Holger Eliassen glaubt, dass ich Onkel Olaf, Ivar Josteinsson, Odd Olsen und Tim Karlsen umgebracht habe. Genau so hat sie das gesagt, hat sie aufgezählt wie die Mitglieder einer Popgruppe. Carol war betrunken, natürlich war sie betrunken, und plapperte einfach so drauflos. Die dumme Nuss meinte, ich solle mich verstecken. Aber wo könnte ich mich denn verstecken? Vielleicht werde ich mir wirklich die Perücke, das Messer, den Regenmantel und die anderen Sachen kaufen. Ich habe von dem Regenmantel schon geträumt. Spuren rutschen von glatten Oberflächen ab.
Edgar ist mit seiner Familie in Sommerurlaub gefahren, aber er wird rechtzeitig vor dem Eintreffen der Japaner wieder hier sein.
Mir graust es vor der Begegnung mit den Japanern. Ich weiß nicht, warum, aber ich habe eben so ein Gefühl.

»Etwas so Seltsames wie diese Morde habe ich noch nie erlebt«, sagte Anna Borelius Hansen und sah die Kollegen an, die um den Besprechungstisch saßen.

»Der Mord an Tim Karlsen wirkt jedenfalls extrem brutal«, sagte der eine. »Aber dass du den Mord an Ivar Josteinsson in Engelsvågen vor über zwanzig Jahren damit in Verbindung bringen willst, ist doch ein bisschen weit hergeholt. Und dass der verschwundene Odd Olsen auch damit etwas zu tun gehabt haben soll …«

»Sicher.« Anna lächelte. Sie hatte den Kollegen gegenüber nun doch Holger Eliassens Behauptungen erwähnt, aber verschwiegen, dass es seine Theorien waren. Jetzt hörte sie selbst, wie albern ihre Behauptungen klangen. Es war alles ein wenig zu viel gewesen. Bald würde sie Urlaub machen. Sie würde weit weg fahren, ganz allein auf eine griechische Insel.

Ohne es wirklich zugeben zu wollen, war Anna Borelius Hansen niedergeschlagen, seit Holger Eliassen ihr das Foto gezeigt hatte. Sie verspürte keine Freude, keine Inspiration oder Erregung. Aber sie hatte versprochen, die Unterlagen noch einmal durchzugehen. Und sie hatte versprochen, ihren Vorgesetzten oder Kollegen noch nichts zu sagen. Holger Eliassen wollte sein Geheimnis nur mit ihr teilen. Bis auf weiteres, hatte er gesagt. Trotzdem hatte sie es den Kollegen gegenüber erwähnt. Außerdem hatte sie beschlossen, Berit Marner aufzusuchen und mit ihr zu reden.

Anna hatte die Abhandlung gelesen, die Odd Olsen vor seinem Verschwinden geschrieben hatte. Sie war alle Unterlagen durchgegangen, die nach Holger Eliassens Ansicht zusammengehörten. Aber ihre gefühlsmäßige Unsicherheit blieb. Sein Verdacht kam ihr immer noch übertrieben und unglaubwürdig vor. Zugleich hörte sie in Gedanken seine Stimme. *Am 23. Dezember zwischen zwölf und eins.* War Judith Marner Tim Karlsen aus der Innenstadt ins Krankenhaus gefolgt, um ihn dort umzubringen? Aber warum? Zwischen Karlsen und Willy Marner hatte es zwar vor einiger Zeit einige Unstimmigkeiten gegeben. Der junge Mann hatte Tim Karlsen wegen Körperverletzung angezeigt, hatte behauptet, in einer Kneipe von ihm zusammengeschlagen worden zu sein. Karlsen war vernommen worden, hatte aber seinerseits vorgebracht, der junge Marner habe angefangen, habe Karlsens Freundin belästigt und ihn bedroht.

Und dann war da Olaf Marner. Konnte Judith Marner im Alter von vierzehn Jahren denn ihren Onkel mit einem Kissen erstickt haben? Das kam Anna doch ein wenig zu abenteuerlich vor. Und dass sie etwas mit dem Mord an Ivar Josteinsson zu tun haben sollte, war sicher pure Spekulation.

Judith wischt sich den Sand ab und zieht das Sommerkleid über ihren Badeanzug. Die Narben an ihren Armen sind weiß und dick. Ein kleiner Junge bleibt stehen und starrt sie an, während er an seinem Eimer und seinem Spaten herumspielt. Seine kleinen Augen scheinen sie zu durchbohren. Judith bedenkt ihn mit einem tödlichen Blick, schiebt sich die Sonnenbrille auf die Stirn und fragt, wie er heißt.

»Arthur«, sagt der Junge.

»Du kannst ja wohl nicht Arthur heißen? Das ist ein blöder Name.« Judith schiebt die Sonnenbrille noch höher auf ihre Stirn und mustert ihn.

»Was hast du an den Armen?«, fragt der Junge.

Judith bedeckt ihre Oberarme mit den Händen, wie um die weißen Narben zu beschützen. Sie fährt zusammen, als plötzlich die Mutter des Jungen dasteht und ihn wegzieht. »Man muss auf seine Kinder aufpassen«, ruft Judith hinter den beiden her, schiebt die Brille wieder nach unten und starrt auf die Wellen, die in der Sonne glitzern.

Sie hat sich den ganzen Tag gesonnt, an dem abgelegenen Strand bei Vollen. Mitten am Tag ist sie in das kleine Café gegangen, das hoch oben liegt und wunderbaren Ausblick auf den Oslofjord hat. Gleich nebenan liegt eine kleine Galerie, in die sie auch einen Blick geworfen hat. Es ist ein schöner, warmer

Tag. Während sie da liegt und die Sonne auf ihrer Haut brennt wie eine Heizdecke, denkt sie, dass sie vielleicht wirklich versuchen wird, für Mutter Berit Lilly ausfindig zu machen, aber zuerst werden die Japaner kommen, und dann wird die Lage sich vielleicht verändern. Edgar hat angerufen und mitgeteilt, dass es wegen der Summe nun doch Unklarheiten gibt. Einer der Japaner wirkt nicht so begeistert von dem Projekt, hat er erzählt. Judith hat nichts dazu gesagt, sie will nicht, dass Edgar sich an seine Worte in der Dunkelkammer erinnert. Sie will sich nicht so wichtig nehmen, aber Edgar ist eben ein Schwächling, wenn die Lage ernst wird. Nicht alles kann man sich einfach gefallen lassen. Wenn sie versprochen haben, das Winterbuchprojekt zu unterstützen, dann müssen sie das auch tun.

Judith fährt gegen halb vier zurück nach Oslo. Auf dem Drammensvei sind fast keine Autos unterwegs.

In der Innenstadt herrscht eine brütende Hitze. Die Straßen sind fast menschenleer. Sie findet eine Parkuhr und stellt das Auto ab, wirft aber kein Geld ein. Bei dieser Hitze sind keine Politessen unterwegs, denkt sie.

Sie geht in den kleinen Laden mit dem rosa Neonschild. Die Frau hinter dem Tresen kommt auf sie zu, während sie Seidenschals anprobiert. »Der grüne steht ihnen am besten«, sagt die Frau und mustert den beigen, den Judith gerade locker um ihren sonnengebräunten Hals gelegt hat.

»Eigentlich suche ich Ohrringe«, sagt Judith unangefochten. »Aber ich habe keine Löcher in den Ohren.«

»Das ist schon schwieriger«, sagt die Verkäuferin lächelnd. »Aber das schaffen wir schon. Ich kann Clips daran befestigen. Wenn Sie welche finden, die Ihnen gefallen.«

Eine weitere Kundin betritt den Laden, und während die Verkäuferin sich um sie kümmert, nimmt Judith eine dunkle Perücke von einem Gestell. Es ist ja wohl nicht verboten, sich eine Perücke zu kaufen, denkt sie. Sie wird sich eine blonde und eine dunkle zulegen. Die Haare sind steif und füllig. Im

Spiegel sieht sie, wie die andere Kundin etwas aus der Tasche zieht, sie will etwas umtauschen. Die Verkäuferin wird also eine Weile beschäftigt sein. Judith stellt ihre Tasche auf den Boden, streicht sich die eigenen Haare aus der Stirn und drückt blitzschnell die Perücke darauf. Die ist eng, und ihre Kopfhaut wird heiß, aber sie sieht sofort, dass die Perücke perfekt ist, wenn sie auch nicht rot ist. Judith sieht fremd, aber trotzdem natürlich aus. Ihre Züge kommen auf eine ganz neue Weise zur Geltung. Ihr Gesicht wirkt schmal und hell, und ihre Augenbrauen sind viel markanter. Sie sieht jünger aus. Sie erinnert sich plötzlich an eine Episode aus dem Winter, in dem sie fünfzehn war. An die Kälte, die sich in ihrem Gesicht festbiss, die sich durch Stiefel und Wollsocken fraß. Sie weiß noch, dass es Februar war, Anfang Februar. Das Licht war schon auf dem Weg zurück. Der rote Schimmer der blaulila Streifen am Horizont kündigte an, dass bald die Sonnenscheibe über den Bergen wieder zu sehen sein würde.

Es gab Schnee, ungeheuer viel Schnee. Sie hatten sich dick eingemummelt und wollten draußen im Schnee herumtollen. Sie waren eigentlich zu groß dafür, solche Kindereien mit fünfzehn, meine Güte. Aber es war vielleicht das letzte Mal, die letzte Möglichkeit, Engel im Schnee zu spielen. Sich auf den Rücken zu legen und den Frost zu spüren, kalt und hart durch den Stoff.

Im Schnee zu liegen bedeutet, alles auf den Kopf zu stellen. Man kann sich einbilden, über dem Himmel zu liegen und nicht darunter.

Töten, ich töte, tötete, habe getötet. Diese Wörter hatte sie mit einem Stöckchen in den Schnee gezeichnet, während sie Engel spielten. Es war kindisch, Engel im Schnee zu spielen, und es war möglicherweise auch kindisch, solchen blöden Scheiß zu schreiben, aber es war befreiend, sich rückwärts in all das Weiße zu stürzen. Die Schwestern sahen nicht, was sie schrieb. Weiß auf Weiß, im Schnee ist es nicht leicht, Wörter zu schreiben. Und nachts wurden die Buchstaben dann eingeschneit.

Liebes Nachtbuch,

Edgar und ich waren heute Vormittag mit den Japanern verabredet, am 30. Juli, sie sind aber schon gestern gekommen. Ich wusste natürlich, dass sie im SAS-Hotel wohnen würden, gleich beim Schloss. Ich wusste auch, dass sie gegen sieben oder acht Uhr abends landen würden, und ich nahm deshalb an, dass sie den Abend im Hotel verbringen würden. Edgar hatte erzählt, dass der, der den Preis drücken wollte, Kazunori Katayama hieß, während die beiden anderen die ursprünglich versprochenen 300 000 Kronen akzeptiert hätten. Edgar hatte den Eindruck, dass sie jetzt einen Kompromiss anstrebten, sagte er.
Ich weiß nicht, wie ich auf diese kranke Idee gekommen bin. Ich mache mir wirklich Sorgen um mich. Aber ich konnte nur daran denken, dass unser Projekt in Gefahr war. Was, wenn ich gar nicht nach Island fahren könnte! Ich hielt es für klug, mich mit der Perücke zu tarnen und die Japaner zu beobachten, ehe wir sie am nächsten Tag dann trafen. Ich wollte sie genau studieren. Die Japaner hatten am Montag, dem 2. August, einen Termin beim Wirtschaftsminister, bei dem es um den Lachsimport gehen sollte. Aber Donnerstag, der 29. Juli, gestern also, war auch der Olavstag. Das ist kein besonders wichtiger Feiertag. Es ist bloß der Todestag von Norwegens Nationalheiligem, dem Heiligen Olav. Einige Kirchen halten Nachtgottesdienste ab zum Gedenken an diesen Tod im Jahre 1030. Aber für die meisten Leute ist der Olavstag ein normaler Werktag.

Ich wusste nicht, was passieren würde, aber wenn ich mich verkleide, werde ich zu einer anderen. Zu einer stärkeren, klareren, mutigeren Judith.
Die Japaner trafen um 21.15 Uhr mit dem Taxi ein.
Ich saß unten in der Rezeption, als sie eincheckten. Ich trug ein schlichtes schwarzes Kleid, mit halblangen Ärmeln, dazu schwarze hochhackige Schuhe. Meine rabenschwarzen Haare und meine goldbraune Haut machten mich zur sommerlichen Königin der Nacht.
Ich fuhr mit dem Fahrstuhl in die Bar hoch und setzte mich ganz hinten in eine Ecke. Meine Intuition sagte mir, dass die Japaner später dort auftauchen würden. Ich wartete auf sie. Als sie dann endlich kamen, waren nur noch ich und vier andere im Lokal. Sie bestellten belegte Brote und Bier. Ich trank Gin Tonic, der sich rasch in meinem Blut verteilte und der mir eine entspannte, würdevolle Haltung gab, als ich da saß und in einer Zeitung blätterte.
Die Japaner redeten und gestikulierten. Sie tranken Bier und baten um Erdnüsse. Sie sahen alle drei aus wie kleine Affen. Als die Erdnüsse geliefert wurden, war dieses Bild perfekt.
Als zwei von ihnen sich eine halbe Stunde darauf zurückzogen, blieb der Letzte allein sitzen. Am Ende waren nur noch er und ich und zwei junge Mädchen in der Bar.
Der Japaner, der sich zu meinem Glück als der Zweifler erwies, hatte natürlich keine Ahnung davon, dass er für den nächsten Tag einen Termin mit mir hatte. Dass ich »the photographer« war, die Frau, die Berge und Eis und Schnee und Meer auf die Buchseiten holen sollte.
Ich trank zu viel. Das hätte ich natürlich nicht tun dürfen. Ich hatte wirklich nicht vor, ihn umzubringen. Aber dann hörte ich in Gedanken Edgars Stimme: *Nimm dich doch nicht so wichtig, Judith.* Und ich hörte mich selbst

sagen: *Ich wünsche mir eine Pistole, Großmutter, eine Pistole.*

Wir sind alle voreingenommen, nicht wahr, wenn es um bestimmte Völker und deren Verhalten geht. Über die Japaner habe ich gehört, dass sie nicken und lächeln, egal, was man sagt, und egal, ob sie zustimmen oder nicht. Japanische Männer sind ungeheuer karrierefixiert und machen Harakiri, sie begehen also Selbstmord, wenn ihnen ein Geschäft misslingt. Japanische Frauen stehen unter dem Mann. Die Männer amüsieren sich mit Geishas und Huren. Sie haben kleine Geschlechtsorgane und kleine Hände.

Das mit den Händen stimmt jedenfalls, dachte ich, als der Japaner zu mir kam und sich in den Sessel neben meinem setzte. Das war dumm von ihm. Seine Haltung sagte mir in aller Deutlichkeit, dass er glaubte, ich sei im »Einsatz«. Hier das Gespräch, das er und ich dann geführt haben:

»Hey, baby, how are you? Can I buy you a drink?«

Ich gab keine Antwort, ich starrte ihn nur düster an.

»You look pretty, may I sit down?«

»What is your name, Sir?«, fragte ich.

»Mr Katayama, my lady«, antwortete er. »And what is your name?«

»Janken Pumpernickel, du Pappchinese«, sagte ich.

Das hatte er natürlich nicht verstanden. Ich hatte keine andere Verteidigungsmöglichkeit als die norwegische Sprache. Außerdem hatte ich zu viel getrunken. Ich wollte am nächsten Tag nicht von ihm erkannt werden, denn zu diesem Zeitpunkt plante ich seinen Tod ja noch nicht.

Aber er ließ nicht locker. Vermutlich hatte ich etwas an mir, das ihn dazu aufreizte. Ich hätte ihn hochheben und zur Treppe tragen können. Er hätte nicht überlebt. Ich gab ihm eine Chance nach der anderen, sich zu retten, aber er wollte die Signale einfach nicht auffangen. Oder genauer gesagt, er wollte weiter seine Künste für die Dompteuse vorführen, die am Ende ihre Taktik änderte und ihn nachsichtig und freundlich anlächelte. Und dann schlug ich ein Bein über das andere.

»Why are you smiling, my friend, are you drunk?«, fragte er.

»Ja, ich bin dronk«, sagte ich. »Und du bist geizig, mein Herzchen. Blöd von dir, so geizig zu sein.«

»May I buy you another drink?«

»Nein, aber du kannst den Mond für mich kaufen. Ha, ha, ha, ha, ha.«

Der Japaner sah erleichtert aus. Vermutlich hielt er mich für betrunken und dumm zugleich. Für ein leichtes kleines Beutetier mit weichen Brüsten und dickem Hintern.

»So you don't understand English«, sagte er jetzt.

»Nein.« Ich schüttelte den Kopf und setzte mich gerade. Er war ein Bild für die Götter, als er sich zu mir vorbeugte, mit seinen schmalen Augenschlitzen und den schwarzen, schön geformten Augenbrauen. Seine Finger waren kurz und stumpf. Mit denen kannst du nicht mal eine Maultrommel befriedigen, dachte ich und merkte, wie das Lachen in mir aufstieg. Er war ein kleiner Puppenmann, der Puppentheater spielen wollte.

»You can call me Chicko«, sagte er, und ich musste mich gewaltig zusammenreißen, um nicht loszuprusten. Er war wirklich ein kleiner Affe.

Chicko lief zwischen unseren Sesseln und der Bar hin und her und holte Gläser und Erdnüsse. Als ich fragte, was er in Norwegen mache, lächelte er. »So you speak English.« Er drohte mir scherzhaft mit dem Finger.

Karate, dachte ich, bestimmt kannst du Karate. Das alles dachte ich, aber ich konnte mich doch nicht beherrschen, denn als er mir erzählte, dass er hier war, um in ein Projekt zu investieren, dass er am nächsten Tag seinen Teilhabern einen bescheideneren Vorschlag machen würde, ehe sie sich mit irgendwelchen Buchenthusiasten trafen, war sein Schicksal besiegelt. Sonst hätte er doch alles ruiniert.

Heute kam ich dann wie verabredet um zehn. Ich trug eine weiße Hose und eine buntgeblümte Bluse. Meine Haare waren lockig und glänzten. Ich hatte mich nur wenig geschminkt, ich wollte norwegisch und sympathisch und natürlich wirken. Wir trafen uns unten in der Rezeption und setzten uns in eine der Sitzgruppen, die möglichst weit von der Rezeption entfernt waren. Die beiden Japaner waren überaus höflich und bedauerten, dass ihr Kollege leider verhindert sei. Edgar beteuerte unser Verständnis. Ich setzte mich in den Sessel, den Mr Hitomoto für mich zurechtrückte. Der andere Mann, Mr Masahiko, sah müde und schlechtgelaunt aus. Edgar ging zur Rezeption und holte den Schlüssel für den Sitzungsraum, den wir bestellt hatten. Weil ich wusste, was passiert war, registrierte ich natürlich, wie die Männer unter dieser Lage litten. Aber sie waren Profis bis in die Fingerspitzen, und unsere Unterredung verlief sehr angenehm. Edgar war fröhlich und guter Dinge. Dann wurde der Vertrag unterschrieben. Ich erzählte, dass ich aus dem Norden kam, verbreitete mich über Berge, Schnee und Mitternachtssonne. Die Japaner wollten im Buch das Schwergewicht auf Berge, Schnee und sauberes Wasser legen. Schnee, Berge und Wasser, das ist doch das, wovon es in diesen Ländern am meisten gibt, sagte ich.

Es fiel mir leicht, mich enthusiastisch zu zeigen. Ich hatte Beispiele anderer Projekte bei mir, an denen ich mitgewirkt hatte, und die Männer waren beeindruckt. Sie betrachteten auch die Weihnachtsmannbilder voller Interesse, und als wir erzählten, dass Time Magazine

dic kaufen wollte, waren sie begeistert. Die ein wenig gedrückte Stimmung, die anfangs geherrscht hatte, war verflogen. Die Männer erwähnten ihren toten Kollegen nicht mehr. Sie konzentrierten sich voll und ganz auf die Geschäfte und unsere gemeinsame Arbeit. Sie unterschrieben einen Vertrag, der uns das Geld sicherte. Edgar sah erleichtert aus. Wenn der wüsste!
In den Nachrichten wurde der tote Japaner nicht erwähnt. Ein Japaner, der in den Tod stürzt, gilt vermutlich als persönliche Tragödie und wird von den Medien ignoriert.

Heute standen die Schlagzeilen dann leider doch in der Zeitung. Ich klebe sie hier ein.

VG, Montag, 2. August 2004: JAPANISCHER GESCHÄFTSMANN ERMORDET. Man könnte ja meinen, der Wirtschaftsminister sei am Olavstag aus dem 10. Stock gefallen.
DAGBLADET: WAR ES MORD? Der japanische Geschäftsmann Kazunori Katayama stürzte am Donnerstag in einer der oberen Etagen des SAS-Hotels aus dem Fenster. Die Polizei vermutet, dass er gestoßen wurde. Der Mann ist zuletzt gegen elf Uhr abends am 29. Juli mit einer dunkelhaarigen Frau in der Hotelbar gesehen worden. Seine beiden Kollegen berichten, dass Katayama noch ein wenig bleiben wollte, als sie selbst schlafen gingen. Der Barmann konnte der Polizei eine gute Beschreibung der Frau liefern, zu der der Japaner gegen halb zwölf in der Bar Kontakt aufnahm. Die Frau gehörte dort nicht zu den Stammgästen. Die Polizei bittet die Frau, sich umgehend zu melden. Kazunori Katayama war ein prominenter Geschäftsmann, dem in Tokio eine große Importfirma gehört. Heute wollten er und seine Kollegen mit dem Wirtschaftsminister Gespräche führen über den Import von Lachs. Die Polizei

hält den Fall für überaus ernst, betont aber, dass es sich auch um eine persönliche Tragödie handeln könne.
Es ist eine bekannte Tatsache, dass in der japanischen Kultur sich Männer nach einem Misserfolg nach alter Tradition manchmal das Leben nehmen.
Der Tote hinterlässt eine Frau und zwei Söhne.

Und eben, vor zehn Minuten, rief eine Frau von VG an und wollte mit mir sprechen. Sie hatte schon versucht, Edgar zu erreichen. Hitomoto und Masahiko hatten von dem Vertrag mit NOR-fotosession A/S und unserem gemeinsamen Projekt erzählt, sagte sie. Ich hab ihr erklärt, Edgar sei in Urlaub, und ich wolle mich zu diesem tragischen Unglücksfall nicht äußern, bestätigte aber, dass der Vertrag unterzeichnet sei.

PS. Gerade hat Willy angerufen und gefragt, ob er mich in Oslo besuchen darf. Ich merke, dass mir im Moment alles zu viel ist, aber natürlich habe ich ja gesagt. Außerdem muss ich Lilly suchen. Die Frau aus dem Pflegeheim hat wieder angerufen, denn Mutter Berit lässt ihr damit keine Ruhe mehr.

Lisbet brachte die Luft des frühen Herbstes mit ins Zimmer. Der Duft ihres Parfüms reizte die Nase der alten Frau.

»Meine Liebe«, sagte sie mit schwacher Stimme und streckte ihr die magere Hand entgegen. »Wie geht es Willy, weißt du das?« Sie stellte diese Frage in einem Anfall plötzlicher Klarheit.

Nach Lisbets Söhnen fragte Mutter Berit nie. Aber Lisbet verdrängte die Verletzung.

»Willy will Judith in Oslo besuchen«, sagte sie.

Berit Marner hörte das Geräusch der großen Schneiderschere. Lisbet galt als die Tüchtigste. Sie schnitt rasch und sauber aus den Katalogen aus. Judith entschied, wer welche Damen bekam. Carol bekam immer die, die keiner wollte, begriff das selbst aber nicht. Wenn ihr jedoch der Verdacht kam, dass sie übervorteilt wurde, dann war der Teufel los. Dann schrie sie, bis ihre Tränen strömten, und fegte Papierstücke und Puppen und Büroklammern und Scheren auf den Boden und trampelte wütend darauf herum.

»Bist du sicher, dass das mit Olaf ein Unglück war, Lisbet?«

Lisbet fuhr zusammen. Nichts heilte die Zeit. Und doch hatte sie immer den anderen gegenüber ein Gefühl von Distanz gehabt. Sie wollte, was passiert war, einfach nicht wissen. Alles war jetzt so lange her, und sie wollte nicht darüber nachdenken.

»Warum willst du das wissen, Mutter Berit?«

»Ich bekomme keine Antwort, verstehst du. Vor kurzem war eine Dame hier. Sie hatte schreckliche rote Haare, die Arme. Und dann kam Holger Eliassen noch einmal. Ich habe gesagt, dass Judith Lilly noch nicht gefunden hat, dass sie noch keine Zeit zum Suchen hatte, und da hat er angeboten, Lilly für mich ausfindig zu machen.«

Lisbet merkte, wie ihre Herzschläge härter wurden.

»Skelette«, murmelte Mutter Berit. »Ich weiß Bescheid über Skelette. Möchtest du Blaubeerstrudel zum Nachtisch, oder soll ich lieber Erdbeeren hineintun?«

Ruth Eliassen machte ein Tablett für den Garten bereit. Da sie im Erdgeschoss wohnten, durften sie den Garten benutzen. Vor der Querwand des Hauses stand ein Steintisch mit zwei Bänken. Von dort hatten sie einen schönen Blick auf den Fjord. Der alte Wohnblock mit den acht Wohnungen sah aus wie ein ziemlich erfolgreiches Projekt für gesunde Senioren. Früher einmal hatten hier Fischer- und Fabrikarbeiterfamilien mit vielen Kindern gehaust. Auf der anderen Seite des Ganges wohnte Sivander Kåresen. Er hatte diese Wohnung schon seit über vierzig Jahren. Mit seinen 72 Jahren war Sivander Kåresen der älteste Hausbewohner. Vierzig Jahre zuvor war er ein guter Sportler gewesen. Jetzt war er langsam und wortkarg.

Ruth ging hinüber, klopfte an seine Tür und lud ihn zum Abendkaffee ein. »Draußen am Steintisch im Garten«, sagte sie. Sivander murmelte eine Antwort, die Ruth für ein Ja hielt.

Der Spätsommerabend tauchte die Landschaft in goldenes Sonnenlicht. Die spitzen Berge mit ihrem ewigen Eis waren blaugrau. Alles spiegelte sich im Wasser wie auf einer doppelten Fotografie.

Ruth spürte einen Luftzug an ihren Wangen, eine Kälte, die aus dem kühlen Gras kam und sich in den Steinplatten unter dem Tisch festsetzte.

Holger Eliassen saß da in seinen Khakishorts und fühlte die Hitze, die seinen Rücken in Schweiß tauchte. Es war ein ganz besonderer Tag. Er hatte das Foto von Odd Olsen und Judith Marner in der Tasche. Er trug es immer bei sich, in der Befürchtung, den wichtigsten Beweis zu verlieren.

In einigen Wochen würde er siebzig werden. Das sollte mit einem großen Fest im Versammlungshaus gefeiert werden. Michelle und Ruth hatten alles bin ins kleinste Detail geplant. Jetzt faltete er auf dem Steintisch die Zeitung auseinander. Auf der ersten Seite ging es nur um den Japaner, der in einem Osloer Hotel in den Tod gestürzt war. Der japanische Geschäftsmann sei in Verbindung mit mehreren Projekten nach Norwegen gekommen, hieß es. Die Polizei suchte eine dunkelhaarige Frau. An diesem Tag brachte die Zeitung einen weiteren Artikel, in dem die beiden anderen Japaner von ihren norwegischen Projekten berichteten. Neben Abmachungen über Lachs- und Wasserimport, erzählten sie, hatten sie auch einen Vertrag mit einer kleinen Fotoagentur namens NOR-fotosession A/S unterzeichnet. Sie hatten sich mit den beiden Firmeninhabern getroffen und wollten ein Buch mit Luftaufnahmen der nordischen Länder sponsern. Dieses Buch sollte in ihre Marketingstrategie für Wasser und Fisch einbezogen werden, die sie in Japan als saubere nordische Produkte verkaufen wollten. Die Japaner glaubten wirklich an Norwegen als sauberes Naturland, und sauberes Essen und sauberes Wasser seien ein überaus solider zukünftiger Importartikel, betonten sie. *Neben dem Treffen mit dem Wirtschaftsminister, das aufgrund des tragischen Todes ihres Kollegen um zwei Tage verschoben wurde, werden die beiden Japaner auch mit der norwegischen Exportkommission Gespräche führen.*

Vor sich sah er ein Bild von Judith Marner, und ihm wurde eiskalt. Aus einem winzigen Viereck unten auf der Seite leuchtete ihm ihr hübsches Gesicht in Schwarzweiß entgegen, unter der Überschrift: *Das ist einfach traurig.* Holger Eliassen spürte, wie sein Puls schneller wurde und wie sein Herz loshämmerte. Judith Marner lächelte ihn vom Foto her an. Sie wirkte verlegen und hatte den Kopf in die eine Hand gestützt. Die Unterschrift lautete: *Judith Marner (42), von NOR-fotosession A/S hat keinen Kommentar zum Tod des japanischen Geschäftsmannes, bestätigt aber, dass mit den Japanern ein Vertrag unterzeichnet wurde.*

Als Ruth, gefolgt von dem humpelnden Sivander, mit dem Tablett um die Ecke kam, knüllte Holger Eliassen die Zeitung zusammen. Die Gedanken wirbelten nur so in seinem Kopf herum. Ruth stellte das kleingemusterte Tablett auf dem Steintisch ab und nahm die Schüssel mit den frischgebackenen Waffeln herunter. Holger Eliassens Blick haftete an einem Punkt auf der Tischplatte. Ruth sagte etwas zu ihm, aber er gab keine Antwort.

Er brütete düster vor sich hin. In der Mundhöhle nahm er einen metallischen Geschmack wahr.

Ruth verteilte die Tassen auf dem Tisch. Er sah auf ihre Finger. Die Nägel waren sauber und kurz. »Jetzt wird ein Kaffee uns sicher schmecken«, sagte sie und plauderte über Wind und Wetter. Sivander trug trotz der Hitze einen Wollpullover. Holger Eliassen starrte die scharfe Tischkante an. Er versuchte, den Punkt in sich zu finden, wo er eben noch gewesen war. Sie führte sie alle immer wieder an der Nase herum, diese Judith

Marner. Ruth musterte ihn verwundert und bot ihm ein Glas Wasser an.

»Fühlst du dich nicht wohl?«, fragte sie.

Holger Eliassen explodierte. In wahnwitziger Wut sprang er auf, schnappte sich eine Tasse und schleuderte sie an die Hauswand. Ruth schlug die Hand vor den Mund und fing leise an zu weinen, und Sivander stand auf und verschwand.

Der pensionierte Ermittler ging ins Haus und breitete die Zeitung auf dem Küchentisch aus. Dann las er alles noch einmal in Ruhe. *Die Fotografin und Mitinhaberin von NOR-fotosession A/S, Judith Marner, hat keinen Kommentar zum Tod des Japaners, bestätigt jedoch, dass ihre Firme ein überaus lukratives Abkommen mit den japanischen Wirtschaftsbossen getroffen hat. Es geht dabei um Sponsorengelder für einen Fotoband mit Texten und Bildern aus den nordischen Ländern. Die Fotos sollen aus der Luft aufgenommen werden und an den Welterfolg »Die Erde von oben« anknüpfen. Das Buch und die Ausstellung der Fotos von Yann Arthus-Bertrand gingen vor einigen Jahren im Triumph um die ganze Welt. Die Ausstellung wurde auch auf dem Rathausplatz in Oslo gezeigt, wie in fast allen übrigen Hauptstädten auf der Welt. Judith Marner und ihr Partner Edgar Mortensen setzen große Erwartungen in ihr Projekt »Der Norden aus der Luft«.*

Die Spätsommerluft war kühl und das Nachmittagslicht hell und klar. Die Schatten lagen schwer über dem Gras. Holger Eliassen ging die Straße entlang. Ruth hatte sich im Schlafzimmer verkrochen. Er hatte ihr Gequengel satt. Diesmal hatte sie sich eingeschlossen, und er hatte gedroht, die Tür aus den Angeln zu heben.

Jedes Mal, wenn ein Auto vorüberfuhr, wurden Staubfragmente hochgewirbelt. Plötzlich konnte er nichts mehr sehen. Für eine Sekunde oder zwei war er wie blind. Alles wurde zu einer weiten dunklen Fläche mit einem roten Muster aus Punkten. Es gab nichts, an dem er sich hätte orientieren können, keine Berge oder Bäume. Alles war einfach dunkel. Holger Eliassen blieb stehen und bückte sich, legte die Hände auf die Knie. Er verharrte eine Weile in dieser Haltung, um sich zu sammeln. Sein Herz hämmerte wie wild. Jetzt muss ich ganz ruhig bleiben und darf mich nicht überanstrengen, dachte er. Das hier war alles ein wenig zu viel für ihn.

Er hatte telefonisch seinen Flug gebucht. Er wollte die Suche nach Lilly Marner als Grund vorschützen. Während er offiziell im Auftrag von Berit Marner nach Lilly suchte, wollte er nach Oslo reisen und Judith aufsuchen. Er wollte auch zur Osloer Polizei gehen. Das, was er über den Mord an dem Japaner erzählen konnte, würde sie sicher interessieren. Vor allem jetzt, wo auch Anna Borelius Hansen eingesehen hatte, dass seine Behauptungen nicht aus der Luft gegriffen waren. Er war allerdings weiterhin von ihr enttäuscht. Der Fall entwickelte sich viel zu langsam. Anna war zwar bei Berit Marner gewesen, aber na und? Berit Marner wollte nichts sagen. Anna hatte auch mit Tim Karlsens Freundin gesprochen, aber die hatte nur bestätigen können, dass Willy Marner damals versucht hatte, sie auf der Kneipentoilette zu vergewaltigen, worauf Tim in letzter Sekunde aufgetaucht war und ihn zusammengeschlagen hatte. Es ging zu langsam voran. Und jetzt machte Anna Urlaub auf einer griechischen Insel. Holger Eliassen sah sie in einem kleinen Bikini vor sich. Was wollte sie, mit ihrer weißen, rotfleckigen Haut, überhaupt da unten, sie konnte Sonne doch kaum vertragen. Als Kind hatte sie im Sommer ununterbrochen Sonnenbrand gehabt.

Holger Eliassen hatte eingesehen, dass es schwerfallen würde, diese Morde ohne professionelle Hilfe aufzuklären. Anna klagte, sie habe zu viel zu tun, und diese »Nebensache«, wie sie das nannte, lenke ihre Aufmerksamkeit von den anderen Dingen ab. Nebensache, meine Güte. Er schnaubte. Er würde nach Oslo fahren und der Kripo alles Material vorlegen, das er zusammengetragen hatte. Die Unterlagen waren nummeriert und ordentlich in einem blauen Ordner abgeheftet. Außerdem würde er Judith Marner aufsuchen und sie mit dem Foto konfrontieren, das sie und Odd Olsen zeigte. Der Jäger fürchtet sich nicht, dachte er. Der Jäger wollte die Beute aufsuchen, war aber müde. Er war erfüllt von widersprüchlichen Gefühlen, die seinen Puls hochjagten und ihn noch reizbarer machten als sonst.

Er ging an der Schule vorbei. Hinter den Fenstern hingen bunte Seidenpapierfiguren. Beim Versammlungshaus setzte er sich auf die Treppe. Das Holzhaus war in einem hässlichen Grünton angestrichen. Der geschnitzte Laubengang hatte ein weißes Geländer, von dem die Farbe abblätterte. Er musste die Stunden bis zur Abfahrt mit irgendetwas füllen. Sogar Mahlzeiten und Schlaf erschienen ihm als störende Ablenkungen von seiner Aufgabe.

Ein Stück weiter sah er das Dach von Berit Marners Haus, und hinter dem Fenster der Wohnung über dem Laden bewegten sich die Vorhänge. Carol Marner hat mich entdeckt, dachte er, und sein Magen krampfte sich zusammen. Einige Jugendliche radelten vorbei. Virak Karlsen hatte das Café an einen jungen Pakistani vermietet. Jetzt putzte dessen schwarzhaarige Frau die Fenster, bis sie funkelten. Holger Eliassen starrte sie an. In seiner Tasche steckte das Foto, das der Glasermeister ihm gegeben hatte.

Liebes Nachtbuch,

es wird Zeit, diese Namen zu notieren:
Olaf Marner
Ivar Josteinsson
Odd Olsen
Tim Karlsen
Kazunori Katayama (Chicko)

Heute ist der 5. August. Bald werde ich nach Island fliegen!!!
Ich habe irgendwo gelesen, dass der italienische Physiker Galileo Galilei gegen Ende des 16. Jahrhunderts eine Reihe von Experimenten mit fallenden Körpern durchgeführt hat. Angeblich warf er Gegenstände vom Turm von Pisa, um deren Geschwindigkeitskurve zu messen. Er stellte fest, dass die Geschwindigkeit eines Körpers sich beim Sturz steigert. Je tiefer ein Körper fällt, umso schneller geht es.
Jetzt gibt es für Chicko nur blanke Leere. Blanke Leere ist eigentlich ein verlockender Begriff. Die Bilder von seinem Sturz … es ist schwer, sie in Zeitlupe vor sich zu sehen. Alles lässt sich machen, wenn man nur dazu entschlossen ist. Dies ist mein Credo: Ich will, ich werde, ich schaffe es.
Als ich danach nach Hause ging, kam ich mir vor wie eine geborene Killerin. Es bewölkte sich. In der Ferne hörte ich einen Donnerschlag. Chicko war mein kleines Baby Face gewesen. Er wog vermutlich einiges unter sechzig Kilo. Mit Gewalt zu spielen ist gefährlich, sehr

gefährlich. Aber effektiv, wenn man sich erst dazu entschlossen hat. Eigentlich bin ich ziemlich romantisch. Kommt nicht bald ein Mann, der mir Rosen und Parfüm schenkt? Warum schenkt keiner mir Rosen und Parfüm? Ich sehne mich nach echten Gefühlen. Ich werde bei diesem Psychotherapeuten anfangen.
PS. Eben hat Lisbet angerufen und erzählt, dass Holger Eliassen nach Oslo fahren will, um Lilly zu suchen.

Judith Marner geht auf ihren kleinen Balkon hinaus. In einem Ohr setzt plötzlich ein Pfeifton ein. Es ist die Stille, die sie hört. Die Stille trägt in sich Fragmente aus allen Geräuschen. Wenn die Stille zu groß wird, macht sie einen lauten Pfeifton. Ihre Kopfhaut juckt. Holger Eliassen kommt nach Oslo. Gibt ihr Körper ihr ein Zeichen?

Natürlich gibt ihr Körper ein Zeichen. Sie würde eigentlich gern weinen, aber die Tränen wollen sich nicht einstellen. Die Sonne hängt groß und heiß am Himmel. Die eisengrauen Wolken haben sich verzogen. In der offenen Tür flattert der dünne weiße Vorhang hin und her. Der Stoff hat am Rand ein kleines Lochmuster. Judith sieht dieses Lochmuster und spürt, dass es ihren Fluchtimpuls bannt. Sie erinnert sich an die Dunkelheit in den Löchern im Vorhang, vor langer Zeit. Vertraute Dinge verscheuchen Fluchtgedanken, denkt sie.

Ihr ist heiß am ganzen Körper. Natürlich hat Holger die Zeitungen gelesen. Er hat das Interview mit ihr und das Foto gesehen. Holger Eliassen ist ja nicht dumm. Die Kleider kleben ihr am Leib. Sie fühlt sich unendlich leer. Nach Lilly zu suchen ist ein Verstoß gegen die Regeln. Eigentlich gibt es Lilly nicht. Niemand soll Lilly suchen.

Judith kann das Geschehene nicht ungeschehen machen. Sie kann den Japaner nicht zurück ins SAS-Hotel bringen. Sie kann nicht so tun, als habe sie dieses Hotel nie betreten. Sie war ja dort. Das hat in den Zeitungen gestanden, und Holger Eliassen hat es gelesen. Jetzt kommt er nach Oslo mit gefährlichen Beweisen in seinem Koffer.

Draußen auf dem Rasen steht ein Baum. Die unregelmäßige Krone hat kleine grüne Blätter, Ohren, die in die Landschaft horchen. Auf dem Rasen johlen einige kleine Mädchen. Ihre Stimmen sind spitz wie Sägeblätter. Die Kinder haben eine Decke ausgebreitet und spielen darauf. Ihre Barbiepuppen liegen mit vielen kleinen Kleidern überall herum.

Judith erhebt sich und geht zurück ins warme Wohnzimmer. Geht dann weiter auf den Flur und schaut in den Spiegel.

»Ich werde langsam hager«, sagt sie zu sich und mustert ihr Gesicht. »Ein Mann ist aus einem Fenster gestürzt, damit habe ich nichts zu tun.« Sie geht wieder ins Wohnzimmer und hebt das rosa Nachtbuch hoch. Sie wiegt es in der Hand, kostet sein Gewicht aus. Zwei lose Blätter, die zwischen den Seiten gelegen haben, fallen heraus und flattern zu Boden. Das eine ist ein Brief, der ihren Termin bei dem Psychotherapeuten bestätigt. Das andere ist ein altes Rezept von Mutter Berit. Mit blauer Tinte geschrieben, in ihrer zierlichen Handschrift.

Am nächsten Tag begegnet Judith in der Waschküche einem Mann. Sie fühlt sich da unten im Keller unwohl, aber die Waschmaschine ist groß wie ein Raubtier, und wenn Judith Flickenteppiche waschen will, dann geht das nur hier. Die Waschküche liegt gleich neben der Tiefgarage und wird von drei Wohnblocks genutzt. Die Mauern sind dick und lassen kein Geräusch durch. Oben an der Decke, in der einen Ecke, hängt eine Spinnenkolonie in einem grauen Netz. Judith will sie gerade mit dem Besen herunterholen, als der fremde Mann hereinkommt.

Er trägt eine Plastikwanne unter dem Arm. Er lächelt sie unsicher an. Judith nickt kurz und stellt den Besen wieder zurück, dann versucht sie, die beiden Flickenteppiche aus der Schleuder zu ziehen.

»Ich spiele heute Vater, Mutter, Kind«, sagt der Mann und verzieht den Mund zu einer albernen Grimasse.

»Ach«, sagt Judith und schüttelt einen Flickenteppich aus.

»Man muss ganz schön viel waschen, wenn man kleine Kinder hat«, sagt der Mann.

»Sicher«, sagt Judith.

»Du hast keine Kinder?«

Judith schüttelt den Kopf.

»Ich habe zwei. Drei und vier Jahre alt, und ein drittes im Backofen.«

»Ach, im Backofen.« Judith denkt an Hänsel und Gretel, die gebacken werden sollen, kann aber kein Lächeln zustande bringen.

»Sie zu machen ist ja noch lustig«, sagt der Mann, geht in die Hocke und stopft Kleidungsstücke in die eine große Maschine.

»Sicher«, sagt Judith zerstreut und entdeckt hinter einem der kleinen Kellerfenster ein winziges Stück Himmel. Eine Spinne überquert die Decke.

Der fremde Mann richtet sich auf und schaut Judith forschend an. Erst jetzt dreht sie sich um und mustert ihn. Sie sieht den Mann und weiß sofort, wer er ist. Sie kennt diese Sorte. Sie hebt die Hand an den Mund und legt den Zeigefinger auf ihre Lippen. »Bitte«, sagt sie warnend. »Nicht näher kommen.«

Der Mann macht ein verdutztes Gesicht. »Wie meinst du das?«, fragt er beleidigt.

»Nicht näher kommen«, sagt Judith mit harter Stimme.

»Ich brauch das Waschpulver, das da hinter dir steht«, sagt er und nickt zu dem Tisch hinter ihr hinüber. Judith fährt herum. Dort steht einsam und verlassen auf der blanken Resopalfläche eine Packung Waschpulver.

»Ist das deins?«, fragt sie.

»Nein«, sagt der Mann überrascht. »Aber ich hab meins vergessen, und da steht zufällig welches.«

Judith schüttelt den Kopf. Er ist vielleicht nicht daran gewöhnt, dass Frauen so zu ihm sprechen, denkt sie, merkt aber auch, dass er so tut, als gefalle es ihm. Denn er lächelt. »An so standhafte und entschiedene Damen bin ich wirklich nicht gewöhnt«, sagt er.

Judith dreht sich um, reißt die Waschpulverpackung an sich und drückt sie an die Brust.

»Deine Art gefällt mir nicht, aber sie ist auch irgendwie komisch«, sagt jetzt der Mann.

Judith kehrt ihm den Rücken zu. »Da du mich nicht leiden kannst und ich dich auch nicht, kannst du mich ja vielleicht in Ruhe lassen«, sagt sie und stellt das Waschpulver auf den Tisch. Sie staunt über sich selbst. Sie merkt, wie ihre Nerven unter der Haut prickeln. Das Weinen ist nicht weit entfernt. PMS, denkt sie und wirft noch einmal einen Blick auf das Kellerfenster und den blauen Himmel. Wie hässlich, denkt sie. Alles hört auf, wenn der Himmel so blau ist.

Als sie den Mann dann wieder ansieht, sagt er: »Du hast bestimmt lange keinen mehr abgekriegt.« Seine Stimme zittert. »Du bist einsam, erfolglos und voller unterdrückter Geilheit«, fügt er selbstsicher hinzu und streckt die Hand nach dem Waschpulver aus, das niemandem gehört. Er geht zurück zur Waschmaschine und lässt Waschpulver hineinrieseln. Dann drückt er auf den Knopf. Die Trommel setzt sich in Bewegung. Er schlägt die Arme übereinander und schaut Judith an.

Judith zieht einen Teppich aus der Trockentrommel und fährt mit der Hand darüber. Die Angst lässt sie jetzt los. Etwas tritt an ihre Stelle. Sie dreht sich zu dem Mann um und mustert ihn. »Heute hast du ja wirklich Pech«, sagt sie mit fester Stimme.

Der Mann ändert sein Verhalten. Jetzt kommt er wieder auf sie zu. Judith nimmt plötzlich den Knoten aus Angst in ihrer Brust wahr. Solchen wie ihm ist sie schon oft begegnet. Und Gutes kommt nie dabei heraus. Sie muss sich in Sicherheit bringen. Sie sind im Keller. Niemand wird sie hören, wenn sie schreit. Sie will weg, fort von hier.

Der Mann bleibt dicht vor ihr stehen. Die weißen Mauern sind dick und werden alle Geräusche verschlucken.

Draußen gibt es einen langen Gang. Man muss eine Eisentür

und eine Treppe hinter sich bringen, um das Erdgeschoss zu erreichen. Ehe man überhaupt in den Fahrstuhl laufen oder die Treppen hoch fliehen kann.

»Ich wünsche mir eine Pistole, Großmutter. Eine Pistole, Großmutter, eine Pistole.«

Der Mann sieht nicht aus wie ein Vergewaltiger. Er ist größer als sie, aber nicht besonders kräftig. *Was habe ich an mir, das Männer zu Tieren werden lässt? Was mache ich, das sie so aufreizt?*

»Keine Panik«, sagt er plötzlich und hebt abwehrend die Hände. »Du darfst nächstes Mal einfach nicht so verdammt frech sein. Ich nehme an, dass du Männer hasst.«

»Ich nehme an, dass du Frauen hasst«, sagt sie.

Die Stadt lärmt mit all ihren Instrumenten. Das düstere Summen ist typisch dafür. Autos, Straßenbahnen, Busse, Menschen und Tiere an der Leine. Eine Mischung von Gerüchen: Abgase, Bratenfett und frische Luft. Die hohen Bäume auf dem Platz vor dem Museum für Zeitgenössische Kunst. Die Fassade ist in Schatten getunkt.

Judith Marner läuft durch die Kongens gate. Sie ist auf dem Weg zum Psychotherapeuten. Ihr Spiegelbild läuft neben ihr her über die großen Glasfassaden und die Schaufenster. Sie muss aufpassen, damit nichts schiefgeht. Es ist ein Balanceakt zwischen der Suche nach Hilfe und dem Wunsch nach Veränderung.

Sie weiß jetzt, dass der Mann aus der Waschküche Jarle Furseter heißt. Er wohnt im Block ihr gegenüber. Sein Küchenfenster schaut auf ihr Wohnzimmerfenster.

Es ist zu viel auf einmal passiert. Der Stress sammelt sich an einem Punkt hinter ihrer Stirn. Tinna hat angerufen und erzählt, dass Lárus sich darauf freut, sie kennenzulernen, und dass eine kleine Cessna und ein Hubschrauber für die Probeaufnahmen zur Verfügung stehen. Aber ehe sie nach Island fliegt, wird Willy zu Besuch kommen. Und ehe er kommt, muss sie versuchen, Lilly zu finden. Aber vor allem geht sie jetzt zu diesem Psychotherapeuten. Die Zeit ist eine Schlinge, die sich um sie zusammenzieht. An diesem Morgen hat sie gesehen, dass die Blätter der Topfblume auf der Fensterbank schlaff und an den Rändern verdorrt sind. Sie hat Wasser darauf gegossen. Der Gestank, der aus der Erde aufstieg, erinnerte an Tod.

Wenn sie ihren Blick auf die kleine Unregelmäßigkeit an der Wand richtet und ihn dort haften lässt, kann sie sich einbilden, dass der Mann im Sessel hinter dem Schreibtisch sie aufgesucht hat, nicht umgekehrt.

Johan Isberg Geller mustert die Frau, die ihm gegenübersitzt. Sie verschmilzt gewissermaßen mit ihrem Sessel. Eben noch schien sie ihm eine temperamentvolle, muntere Frau zu sein, aber gleich darauf war sie wie verwandelt. Er kennt diesen Zug um ihren Mund. Seine Intuition sagt ihm, dass es schwer sein kann, sie zu erreichen.

»Was machen Sie beruflich?«, fragt er.

»Ich bin Fotografin«, sagt Judith Marner.

»Und warum sind Sie zu mir gekommen?«, fragt er freundlich.

Judith entfernt ihren Blick von dem Punkt an der Wand und mustert den Psychologen. Johan Isberg Geller ist groß und hat braune Haare und eine Brille. Sein Bauernkittel wirkt total fehl am Platze. Sein Name ist witzig, als wäre er eine Art Magier, ein Verwandter von Uri Geller oder so. Einer, der Löffel verbiegen und anderen den Rücken streicheln und sie vor den schwarzen Löchern retten kann.

Aber seine Augen sind die eines Sehers.

Judith denkt an die Menschen hinter dem Fenster, die auf den Straßen hin und her laufen, als könne nichts passieren. Wenn Willy kommt, kann sie sich wie eine Mutter fühlen, aber zuerst muss sie Lilly finden.

Der Psychologe wartet auf ihre Antwort.

»Sie stehen unter Schweigepflicht, nicht wahr?«

Der Psychologe nickt.

»Egal, was ich Ihnen auch erzähle, sonst wird niemand davon erfahren?«

»Nein«, sagt er ruhig.

»Egal, was?«

»Egal, was«, wiederholt er.

Judith starrt für einen Moment zu Boden. »Ich habe ein Problem, wissen Sie. Ich habe irgendwo gelesen, dass unsere Persönlichkeit wie Gips erstarrt, wenn wir etwa dreißig sind, und dass sie niemals wieder weich werden kann. Ich weiß, wie albern das klingt, aber ich habe mir schon mit acht Jahren eine Pistole gewünscht.«

Johan Isberg Geller sieht sie an. »Warum das?«, fragt er.

»Es ist nur so, dass ich viele Dinge mit mir herumschleppe«, sagt sie.

Der Psychologe nickt. »Können Sie das ein wenig genauer erklären?«, fragt er.

»Ich bin zu oft – anders«, sagt sie.

Er sieht sie an, wirkt jedoch nicht überrascht, also redet Judith weiter. »Ich glaube, ich habe Probleme im normalen Umgang mit anderen Menschen. Ich bin am liebsten allein. Zugleich wünsche ich, ich wäre nicht allein, wenn Sie verstehen.«

Der Psychologe lächelt vorsichtig, erhebt sich und stellt das Fenster auf Kipp. »Das kommt aber häufiger vor«, sagt er.

»Manchmal bilde ich mir ein, dass mein Nervensystem vergiftet ist. Die Wirklichkeit ist so unwirklich. Irgendwie hat die Unwirklichkeit überhand genommen.«

Johan Isberg Gellers Brille ist rahmenlos und farblos vor seinem runden Gesicht.

»Ich habe keinen Humor«, sagt sie. »Das ist mein Problem. Wenn ich über etwas lache, weine ich im nächsten Moment. Wenn ich mich über jemanden ärgere, möchte ich ihn am liebsten umbringen. Das ist ein großes Problem für mich.«

»Aber gibt es auch Menschen, denen Sie gute Gefühle entgegenbringen?«

»Sicher«, sagt Judith. »Einigen bringe ich warme Gefühle entgegen.«

»Können Sie Beispiele nennen?«

»Meine Großmutter, meine Schwestern, mein Neffe. Mein Geschäftspartner«, sagt sie unsicher.

»Aber das sind doch gar nicht wenige«, sagt er.

»Nein«, sagt Judith. »Das sind vielleicht gar nicht so wenige. Aber es sind auch nicht so viele. Wissen Sie, ich glaube, es war falsch von mir, herzukommen.« Judith breitet beide Arme aus. »Um es mal so zu sagen, manchmal verspüre ich einen heftigen Drang, ganz schreckliche Dinge zu erzählen, aber der legt sich dann wieder. Und jetzt, ja, jetzt hat er sich gelegt.«

Sie zuckt mit den Schultern. »Ich glaube, weitere Termine brauche ich nicht«, sagt sie.

»Sie haben es ein wenig eilig«, erwidert der Psychologe ruhig. »Was ist eigentlich Ihr wirkliches Problem?«

Heute Abend wird sie warme Wollsocken anziehen und sich auf dem Sofa verkriechen, so, wie sie sich nach dem Mord an Onkel Olaf in Mutter Berits Schaukelstuhl verkrochen hat. Auf dem Heimweg wird sie eine neue Topfblume kaufen. Und dann kann Willy kommen. Johan Isberg Geller sitzt abwartend da. Judith sucht in seinem Gesicht nach Zeichen. Sie muss ihm etwas geben, wo sie nun schon hier ist. Einfach aufzustehen und zu gehen wäre feige. Sie muss ungeheuer vorsichtig sein, ihm aber dennoch etwas anbieten. Plötzlich springt sie auf und zieht sich den Pullover über den Kopf.

Isberg Geller bleibt regungslos sitzen.

»Sehen Sie«, sagt sie und zeigt ihm die weißen Narben an ihren Oberarmen. »Spuren.«

Judith fängt den Blick des Psychologen ein. »Spuren«, wiederholt sie. »Das ist meine Persönlichkeit, verstehen Sie. Ich habe viel über Persönlichkeit und solche Dinge gelesen. Darüber, wie das Individuum stabil bleibt, darüber, wie man empfindet, fühlt und handelt. Ich lese seit vielen Jahren über mich, und manchmal scheinen die Stunden einfach zu kollidieren. Die Zeit, die war, und die, die ist.«

Sie zieht den Pullover wieder nach unten und fährt sich durch die Haare.

»Wie denken Sie jetzt über mich? Dass ich manisch bin, nicht wahr? Ich rede und rede und rede.«

Sie setzt sich wieder und legt die Hände in den Schoß.

»Ich bin einmal analysiert worden. Und dieser Mann benutzte Begriffe wie Omnipotenz und … er schrieb, ich hätte meine eigene Welt konstruiert und wollte herrschen und Macht und Einfluss besitzen, aber ich sei auch einsam und neige zu Panik. Und dann hat er etwas über Familiengeheimnisse gesagt.«

Der Psychologe mustert sie ruhig. »Sind Sie je missbraucht worden?«, fragt er.

»Nein«, sagt sie rasch und merkt, wie es in ihr zu kochen beginnt. *Sieh mich nur an, ich habe es bis jetzt geschafft.* Verdammter Idiot, denkt sie. Hier stimmt irgendwie überhaupt nichts. Sie hätte nicht so schnell vorgehen dürfen. Sie richtet ihren Zorn auf den Mann, der dort sitzt und sie ansieht und dafür sorgt, dass sie sich dumm und klein vorkommt. Dafür hat er seine Techniken. Er bringt sie dazu, sich schon in den ersten zehn Minuten lächerlich zu machen. Sie begegnet solchen wie ihm nicht zum ersten Mal.

Johan Isberg Geller sieht sie an, wie sie unruhig im Sessel hin- und herrutscht. Wie sie aufspringt und sich wieder setzt. Er sieht ihrem Gesicht an, dass sie gleich weinen wird, aber er sagt nichts. Am Ende kann sie nicht mehr. »Warum sagen Sie nichts? Gehört das vielleicht zu Ihrer Strategie?«

Der Psychologe schüttelt den Kopf. »Sie müssen hier sprechen«, sagt er. »Sie müssen erzählen, was ich für Sie tun kann.«

Sie bleibt bei dem Baum stehen und schiebt die Zweige auseinander. Hinter dem vielen Grün liegt ein totes Eichhörnchen. Während das tote kleine Tier in ihren gekrümmten Händen ruht, fängt es an, sich zu bewegen. Sie geht in die Hocke und setzt es auf den Boden. Das Tier sieht sie aus seinen plinkernden kleinen Augen an, dann macht es einige vorsichtige Sprünge. Und verschwindet zwischen den Bäumen. Das Geräusch der großen Eulenflügel ist wie Eisen. Der Vogel nimmt das Eichhörnchen in den Schnabel und fliegt davon. Dann ist alles vorbei. Kleine Mädchen dürfen nicht allein in den dunklen Wald. Es ist gefährlich, ein Eichhörnchen zu sein, und das ist schade, denn im Sommer ist es so schön, im Wald zu spielen. Ich wünsche mir eine Pistole, Großmutter, eine Pistole!

Am Ende sagt sie mit dünner Stimme: »Glauben Sie, Sie können mir helfen, mit meinem Schmerz?«

Johan Isberg Geller sieht sie an. »Vielleicht«, sagt er. »Aber ich meine, dass alles seine Zeit braucht. Haben Sie keine Angst davor, dass alles seine Zeit braucht. Sie sind so hektisch. In zehn Minuten können wir gar nichts klären.«

Als er das gesagt hat, starrt Judith auf den Boden und verschränkt die Finger ineinander. »Na gut«, sagt sie und holt tief Luft. »Ich nehme mich sonst immer zusammen, versuche zu sein wie alle anderen. Ich versuche, ordentlich zu sitzen, ordentlich zu gehen, das Richtige zu tun. Nicht das Falsche. Aber innerlich bin ich sozusagen wie ein Dampfkochtopf. Ich weiß nicht, ob ich ganz normal bin, verstehen Sie. Das ist alles. Ich mache mir wirklich große Sorgen, weil ich glaube, dass ich nicht ganz normal bin.«

»Wir fangen mit dem Anfang an«, sagt Johan Isberg Geller und setzt sich gerade. »Warum sind Sie hergekommen?«

»Warum ich hergekommen bin?« Judith wiederholt seine Frage, kostet sie ein wenig aus. Wägt sie ab. Sie ist unsicher, wie sie sich erklären soll. Aber da er unter Schweigepflicht steht, kann sie ihm vielleicht die Wahrheit sagen. Ihm sagen, dass sie gemordet hat und wieder morden wird, wenn niemand ihr hilft. Vielleicht kann sie von der vierten Schwester erzählen. Sie kann es nachher ja immer noch als Scherz abtun. Und sehen, wie er reagiert. Kann daraus eine Geschichte machen.

Ein Märchen von Rotkäppchen und dem Wolf vielleicht. Vereinfachen, erklären. Alles ungefährlich und zu einem schönen Paket in rotem Seidenpapier werden lassen. Mit einer Schleife. Was will sie hier eigentlich erreichen? Dass er bewundernd applaudiert, weil er endlich eine so spannende Klientin hat? Dass er sie vorwurfsvoll ansieht oder einen Krankenwagen holt und sie sofort einweisen lässt? Oder schlimmer noch, dass er die Polizei alarmiert?

»Warum sind Sie zu mir gekommen?«, fragt er noch einmal.

»Weil ich Angst habe«, sagt Judith. »Ich komme mir vor wie Rotkäppchen im Märchen.«

Als sie das gesagt hat, nickt Isberg Geller. Endlich findet seine Schulweisheit Auslauf. »Erbe und Milieu, neurobiologische, psychologische und soziale Verhältnisse spielen immer eine Rolle«, sagt er.

»Das weiß ich doch«, erwidert sie.

»Sie haben gesagt, dass Sie sich für eine Person mit psychopathischen Zügen halten?«

Judith sieht ihn an. »Das habe ich nicht gesagt.«

»Das klang aber so«, sagt er. »Waren Sie ein schwieriges Kind?«

War sie ein schwieriges Kind? Himmelherrgott. »Nein«, sagt sie hart. »Im Gegenteil. Ich war ein Kind, das versuchte, sich um seine Schwestern zu kümmern, das seiner Großmutter bei allem helfen wollte. Immer ging es um die anderen, nie um mich. Ich war ein braves Kind. Ein Kind, das die ganze Zeit Angst hatte.«

»Wovor hatten Sie Angst?«

»Vor allem. Mit sechs Jahren hatte ich Angst davor, in den Wald zu gehen. Um dort zu spielen. Ich hatte Angst davor, nicht brav zu sein. Ich hatte Angst vor bösen Männern. Ich hatte Angst vor meinem Onkel. Angst davor, keine Freundinnen zu haben. Ich hatte keinen Vater.«

»Und Ihre Mutter?«

»Meine Mutter ist verschwunden.«

»Ihre Mutter hat Sie also verlassen?«

»Ja.«

»Sicher hat alles damit angefangen«, sagt er gelassen. »Leider sind die Dinge oft sehr einfach.«

»Leider, ja«, wiederholt sie.

»Ich glaube, Sie müssen versuchen, alles so positiv wie möglich zu deuten«, sagt Johan Isberg Geller. »Ich glaube, wir werden es zu fassen bekommen, wir werden versuchen, Ihre negative Fokussierung ins Positive zu wenden. Aber dann müssen Sie ehrlich sein.«

Sie mustert ihn spöttisch. Er hat bestimmt ein tolles Examen gemacht, denkt sie. Sie will ihm sagen, dass sie gemordet hat, einfach, um ihm das Maul zu stopfen. Einfach, damit er die Dinge nicht mehr vereinfacht. Um ihm zu sagen, wie die Wirklichkeit eigentlich ist. Aber die Wörter bleiben ihr auf der Zunge hängen, unmittelbar ehe ihre Lippen sich öffnen. So, wie es bisher immer passiert ist, mit der einen Ausnahme, als sie sich dem schönen, erotischen Odd Olsen anvertraut hat.

»Der Schlüssel liegt meistens in der Kindheit«, sagt er.

Nein, denkt Judith. Lilly wird nicht die Schuld daran tragen müssen. Es ist nicht Lillys Schuld. Der böse Mann im Wald ist schuld. Da hat alles angefangen.

Sie sieht ihn müde an. »Wenn alles in der Kindheit anfängt, wann hört es dann auf? Können Sie mir das sagen? Wann hören die Dinge auf?«

Das Nachtbuch, 10. August

To the point:
Wenn jemand dieses Buch findet, komme ich ins Gefängnis. Aber wie will die Polizei mich finden? Es hilft doch nichts, Spuren zu haben, wenn man keine Ahnung hat, zu wem diese Spuren führen. Aber einer ist gefährlich, Holger Eliassen. Ich glaube, ihn draußen in der Dunkelheit zu sehen, hinter der Hecke neben dem Baum.
Die Dinge in positiver Richtung zu deuten ist keine gute Überlebensstrategie. Ich weiß nicht, wie ich die Dinge in positiver Richtung deuten soll, wenn meine Unruhe nicht durch etwas anderes ersetzt wird. Es sollten auch andere Leute aufhören, die Dinge in positiver Richtung zu deuten. Meine Begegnung mit Isberg Geller macht mir Angst. Er geht bei seiner Behandlung davon aus, dass ich mich umstülpen muss, ich muss alles positiv deuten. Aber wie soll ich zum Beispiel einen Jarle Furseter positiv sehen?
Es gibt viele solche Männer. Und das ist ein Hindernis, denn eine Frau kann sich niemals ganz sicher fühlen. Immer muss sie sich ein wenig fürchten, ein wenig auf der Hut sein, ein wenig böse. Edgar hat gesagt, dass er nicht wagt, seine kleinen Töchter allein auf eine Restauranttoilette gehen zu lassen. Jemand kann ihnen dort auflauern. Eine Frau wurde von einem Mann vergewaltigt, der sich auf der Damentoilette versteckt hatte. Die Toilette lag tief unten in einem Keller, in einem langen Gang, wo es unmöglich war, Hilfe herbeizurufen. Der Mann konnte sie in aller Ruhe vergewaltigen. Er ließ sich

Zeit und ging dann wieder ins Restaurant, bezahlte seine Rechnung und spazierte hinaus in die dunkle Augustnacht, als ob nichts passiert wäre. Er konnte so tun, als sei alles wie immer, weil er der Stärkere war, weil er so souverän war, dass ihm nichts passieren konnte.

Ich habe viel über Männer und Frauen gelesen. Vor allem über Frauen. Über die Hexe als Rollenmodell, als Ikone und Idee. Als Mutter Theresa starb, habe ich eine gewisse Erleichterung verspürt. Sie war auf ihre Weise wunderbar, diese Frau, zu wunderbar. Es war zu viel des Guten. Ein großartiges Vorbild, aber wie soll man so leben können? Das ist nicht gut. Es ist ein bisschen wie mit Mutter Berit. Mutter Berit und Mutter Theresa, die sich beide opferten und gute Taten begingen. Mutter Berit hat ihr Leben für uns verbraucht, und jetzt starrt sie die weiße Zimmerdecke an. Sylvia Plath hat über Frau Milde geschrieben, die durch das Haus gleitet und wirklicher ist als der Schrei eines Kindes. *Ein Kaninchenschrei könnte wilder sein. Aber es hat keine Seele. Zucker kann alles heilen*, sagt die Milde. Das ist nicht gut.

Gestern, als ich mit einigen Kollegen unterwegs war, haben wir über Literatur gesprochen. Ich habe ziemlich viel gelesen und viele Filme gesehen. Die Autorin Elizabeth Wurtzel aus den USA schreibt, dass die meisten von uns mit dem Wort »bitch« ganz klare Vorstellungen verbinden: hohe Absätze und dunkle Straßenmädchenaugen wie bei der letzten Modenschau, den gorgonenhaften Schrecken, der in Filmen wie »Eine verhängnisvolle Affäre« und »Die Hand an der Wiege« hervorgerufen wird, zum Beispiel. Frauen, die sich wehren, vor allem weil sie Angst haben. Die kühle Verführerin in Filmen wie »Heißer Puls« und »Basic Instinct«, die kalte Bosheit und Manipulation von Sharon Stones Rollen. Und Naomi Campbell, die von ihrer Modelagentur gefeuert wurde, weil sie ihre Meinung sagte und Forderungen erhob. (Vermutlich ziemlich heftige Forderungen, aber trotzdem.) Die Agentur ihrerseits erklärte, sie könnten ihre Vorwürfe nicht ertragen. Und Campbell antwortete: »Ich bin eine hart arbeitende Hexe. Ich mache, was ich will. Ich nehme, was ich kriege.«

Vor einiger Zeit hatte ich einen Auftrag, ich sollte einen Einäscherungsofen fotografieren. Durch das dicke Glas war das gedämpfte Dröhnen der Heizung zu hören, das nach und nach zu einem wilden Gebrüll wurde. Und alles wurde so wirklich, alles rückte so nah. Ich machte meine Bilder und lief ganz schnell zurück an die kühle Luft, aber die ganze Zeit hörte ich den Lärm der Wärme. Ich hörte noch tagelang dieses Geräusch der toten Menschen. Es war grauenhaft.

Am Freitag auf einem Fest habe ich zu viel getrunken und bin albern geworden. Um ein Haar hätte ich den anderen alles erzählt. Kichernd sozusagen. Ich bin eine Gefahr für mich selber. Doch dann habe ich lieber einen Witz erzählt. Alles um mich herum lachte hysterisch. Ich kann komisch sein, wenn ich will. Aber dann fiel mir der Wald ein, und da fing ich an zu weinen.

Ich schloss mich auf dem Klo ein und zwei oder drei andere Frauen standen draußen und versuchten durch die Tür, mich zu trösten. Ich sagte, sie sollten mich in Ruhe lassen. Eine murmelte durch den Türspalt, ich sei doch eine tolle Frau und brauchte nicht allein zu sein. Sicher gebe es haufenweise Männer, die mich wollten, sagte sie. Ich saß mit dem Rücken zur Wand da. Als ich aufstand, begegnete mir auf halbem Weg mein Spiegelbild. Ich sah es an und dachte, ein Spiegelbild könne sich unmöglich für ein Spiegelbild interessieren. Ich drehte die Wasserhähne auf und bückte mich, ließ das kalte Wasser über meine Handgelenke laufen.

Naomi Campbell will nicht in den Himmel. Das will ich auch nicht. Ich habe eigentlich nicht das Bedürfnis,

mich zu behaupten. Ich hasse Männer nicht. Ich liebe Männer. Und ich habe es wirklich satt, mich verteidigen zu müssen.

An ihrem freien Tag zieht Lisbet eine karierte Hose und eine grüne Jacke an. Sie schickt die Jungen in die Schule, steigt in ihre Bergstiefel und packt den Hühnerhund ins Auto. Dann fährt sie in den Wald.

Eine Frau von der Tromsøer Polizei hat angerufen und gesagt, dass sie mit ihr sprechen will. Die freundliche Stimme der Frau zitterte am Telefon ein wenig. Das letzte Gefühl von Sicherheit schien Lisbet davonzurinnen. Was soll das alles bedeuten? Wenn es etwas mit Willy ist, kann sie ihnen nicht helfen. Dann müssen sie mit Judith reden. Wenn es darum geht, was Willy Tim Karlsens Freundin damals auf der Kneipentoilette angetan hat, dann will sie nicht darüber sprechen. Denn sie weiß nicht, ob es so war, will es nicht wissen. Und jetzt ist Holger Eliassen unterwegs nach Oslo. Niemand kann Holger Eliassen verbieten, Lilly aufzusuchen. Aber warum will er mit ihr sprechen? Was braut sich da nur zusammen? Die arme Judith, denkt sie. Die liebe Judith.

Lisbet geht in den Wald. Am Vortag hat eine Frau ein kleines Mädchen geboren. Alles ging gut, aber die Frau war so enttäuscht über ihre Tochter. Sie fing an zu weinen und sagte immer wieder, arme Kleine. Lisbet staunt und wird traurig, das ist immer so, wenn eine Frau mit einem gesunden Kind solche Andeutungen macht. »Ich will nicht nach Hause«, rief die Frau plötzlich. »Helft mir, damit ich nicht zu ihm nach Hause muss.« Lisbet verspürte einen kalten Schauder. Diese Situation erinnerte sie an etwas.

Der Wald ist dunkel und hat keinen Namen. Alle Wälder sind so: voller Pflanzen und Düfte und Tiere. Kleine Tiere und große Tiere. Judith hatte ihnen mit dem Wald Angst gemacht, als sie klein waren. Sie hatte gesagt, die Blätter an den Bäumen könnten ihnen geheime Signale geben, die kleinen Tiere auf dem Waldboden fräßen Menschenherzen, und im Wald gebe es unsichtbare Türen, die in allerlei Räume führten. Und in diesen Räumen säßen Männer. Irgendetwas stimmte nicht mit Judith. Aber als sie klein waren, sorgte immer Judith für Ordnung, wenn alles schwierig war, dann machte sie eine ungeheuer kluge oder wahnsinnig witzige Bemerkung. Als sie klein waren, wachte Lisbet manchmal nachts auf und konnte sich nicht an ihren Namen erinnern. Aber dann sah sie Carol und Judith, und dann tauchte ihr eigener Name in ihrem Gehirn wieder auf, sie hatte Angst vor diesen schwarzen Löchern aus Bewusstlosigkeit. Vielleicht waren die etwas, das der Körper produzierte, um sie zu beschützen?

Sie geht zu dem Baum. In Gedanken hört sie Carols Stimme: *Wollen wir im Dunkeln über den Waldweg gehen?* Sie war klein und dumm. Carol würde nie anderes sein als klein und dumm.

Lisbet zieht die Öljacke fester um sich zusammen. Sie geht gern durch den Wald, nimmt dazu aber immer den Hund mit. Sie hat niemals Angst, wenn der Hund bei ihr ist. Und sie achtet sehr auf ihre Ausrüstung: Zünftige Bergstiefel an den Füßen, Fellhandschuhe an den Händen, dazu ein Stirnband mit Burberrymuster.

Der Hund läuft hin und her und schnuppert überall herum. Sein Schwanz peitscht auf und ab. Wenn zwei Hunde sich begegnen, wird der, der den anderen davon überzeugen kann, dass er der Stärkere ist, als sozial überlegen anerkannt. Der Kampf um den Sozialstatus muss nicht immer ein wirklicher Kampf sein. Manchmal kann auch eine Begegnung ausreichen. Menschen mit Hunden, hat sie irgendwo gelesen, sind Menschen, die sich nicht trauen, selber zu beißen.

Judith ruft in allen Konditoreien in der Stadt an und hat am Ende Erfolg. Doch, eine Ellen Lillian Marner arbeitet bei Bäcker Hansen im Bogstadvei. So leicht war es also, Lilly zu finden. So weit draußen im Universum war sie gewesen.

Als Judith am Morgen erwachte, hingen schwarze Schatten über dem Asphalt. Sie fand auf dem Parkplatz einen toten Schmetterling und nahm ihn mit in ihre Wohnung. Dort legte sie ihn in eine schöne Glasschale mit Stiel, auf einige weiße Federn, und legte einige blaue Muscheln dazu, die sie zu Weihnachten am Strand gefunden hatte.

Jetzt geht die Sonne unter, der Himmel verdunkelt sich ein wenig. Judith sieht sich die Hausnummern an und findet schließlich Nr. 54. Sie hat die Konditorei erreicht und bleibt draußen stehen, sieht die fünf kleinen Tische hinter den beiden großen Fenstern. Sie hängt die Fototasche über die andere Schulter und öffnet die Tür. Eine kleine Glocke ertönt. Eine junge Frau mit Hippiebrille und langem Rock ist mit einer Brottüte unter dem Arm auf dem Weg nach draußen. Judith weicht ihr aus. Dann läuft sie weiter ins Lokal. Die zwei Angestellten sind nicht mehr ganz jung, und beide tragen identische Schürzen, blau mit dem Aufdruck »Bäcker Hansen« auf der linken Seite der Brust. Blau ist eine unpraktische Farbe, denkt Judith, es ist zu dunkel. Jeder Fingerabdruck mit Mehl ist darauf sichtbar.

Es ist kurz vor Feierabend, und Lilly wischt gerade den Tresen ab. Ihre Bewegungen sind flink und effektiv.

Judith bleibt stehen und sieht sie an. Sie hat ihre Mutter seit zwölf Jahren nicht mehr gesehen. Damals war Lilly im Sommer auf Stippvisite in Tromsø. Lilly schaut auf und entdeckt ihre Tochter. Sie wirkt nicht überrascht, sie wischt sich nur gelassen die Hände an der Schürze ab und kommt langsam hinter dem Tresen hervor. An dessen Ende bleibt sie aber stehen und sieht Judith wortlos an. Und jetzt begreift Judith, dass ihr Gefühl von Distanz kein Schutz ist. Der Schmerz überwältigt sie. Er trifft sie wie ein scharfes Sägeblatt, kommt, um sie zu bestrafen, weil sie die Dinge nicht so sehen will, wie sie sind. Wie seltsam und unerwartet alles ist, was mit Lilly zu tun hat.

Judith sagt: »Können wir uns nicht an einen Tisch setzen?«

Lilly antwortet: »Wir schließen gerade.«

Das ist also das Einzige, was sie nach all diesen Jahren sagen kann, dass sie gerade schließen. Nichts wird sich jemals ändern, denkt Judith.

»Das sehe ich.« Judith nickt kurz zur Kollegin der Mutter hinüber, die mit einer braunen Sommerjacke über dem Arm auf dem Weg zur Tür ist.

Sie hatte geglaubt, etwas von dem Lilly-Schmerz auf Distanz halten zu können, aber hier, in diesem Raum voller Kuchen, ist alles wieder da. Ihr Traum, als kleines Kind, war es, Fotografin zu werden. Sie wollte Dinge wiedergeben, wollte mit einem Raumschiff ins All hinausfahren. Sie wollte den Mond fotografieren, die Mondmeere. *Das Meer der Kälte und den Ozean der Stürme. Weit fort von den Menschen.*

»Wie geht's Mama?«, fragt Lilly.

»Ganz gut«, sagt Judith.

»Sie ist wieder zum Kind geworden, habe ich gehört.«

Judith nickt. »Sie hat mich gebeten, herzukommen und dich um Entschuldigung zu bitten.«

Lilly zieht ein Taschentuch aus der Schürze. Judith sieht Lillys Taschentuch an. Das kleine weiße Stoffstück ist ein Gespenst. Sie weiß, dass es nach Puder riecht. Das ist ihre deutlichste Erinnerung an die Mutter, der Pudergeruch.

»Um Entschuldigung, wofür denn?«

»Für alles«, sagt Judith müde. »Das hat sie gesagt, für alles.«

Lilly senkt den Kopf. Sie weint nicht, hält nur das Taschentuch in der Hand bereit. »Holger Eliassen war hier«, sagt sie leise.

Judith verlagert ihr Gewicht auf das andere Bein. Dann stellt sie die Fototasche auf den Boden. Holger Eliassen hat Lilly also zuerst gefunden. Judith kommt sich vor wie eine ältere Dame, als sie da auf dem karierten Boden steht. Vor sich sieht sie Lilly, ein blondgelocktes Kind, das sich das Mündchen mit dem Taschentuch abwischt.

»Ich esse ziemlich viel Kuchen«, sagt Lilly traurig. »Kurz vor Feierabend dürfen wir so viel essen, wie wir wollen. Der Rest wird Schweinefutter. Das ist billig, billiger, als im Laden Essen zu kaufen.«

Judith lächelt kurz, plötzlich erinnert sie sich an Lillys Vorliebe für Süßigkeiten. Erinnert sich an den vielen Schleckerkram, den sie als Kinder bekommen haben. Da gab es einfach keine Grenze. Sie sieht die Mutter an. Will die nicht bald fragen, wie es Judith geht, wie es Lisbet und Carol geht?

»Übrigens war Walter neulich hier«, sagt Lilly jetzt und schaut auf die Uhr.

»Ach, Walter«, sagt Judith.

Lilly nickt.

»Das ist aber nett«, sagt Judith. Eigentlich betrachtet sie Walter noch immer als ihren Vater, auch wenn sie inzwischen den Namen und die Geschichte ihres wirklichen Vaters kennt. Der wirkliche Vater hatte Lilly vor langer Zeit ein Paar türkise Seidenschuhe geschenkt.

»Wie geht's euch denn?«, fragt Lilly schließlich und reißt Judiths Gedanken von den türkisen Seidenschuhen fort.

»Wir? Ach, gut«, sagt Judith rasch. »Willy kommt zu Besuch.«

Die Mutter nickt. »Ja, ich glaube, das hat er erwähnt, Holger Eliassen.«

Judith spürt, wie die Wut in ihrem Hals auflodert. Dieser verdammte Kerl. Er war schon hier. Er ist ihr zuvorgekommen. Wird er sie für den Rest ihres Lebens wie ein Fuchs verfolgen?

Am Ende bietet Lilly Judith einen Stuhl an. Sie selbst geht zurück hinter den Tresen. Sie holt eine Papiertüte und fängt an, sie mit Kuchen zu füllen. Judith sieht sie durch das Glas im Tresen, als sie sich nach einem Heißwecken bückt.

Lillys Gesicht hinter dem Glas ist verschwommen. Die Mutter steckt in einem Kolben aus warmem Glas, zusammen mit der rosa Zuckerglasur.

Judith hebt die Hand und wischt die Nässe unter ihrer Nase weg. Dann denkt sie: *Ich könnte die alte Kuh umbringen.* Sie will mit der heiligen Süßigkeitenhexe sprechen. Sie will sich ihr anvertrauen. Erzählen, wie sie durch den Wald laufen musste. Ihr ganzes Leben hat sie gedacht, dass sie sich irgendwann Lilly anvertrauen würde. … *durch den Wald, durch Gestrüpp und Farn und Brennnesseln. Zerfetzt sich den Unterarm an Dornen. Kneift die kleine Hand aber fest um die Grashalme zusammen. Alles jagt vorüber. Der Ameisenhaufen und der große graue Felsen, die kleine Wiese mit den Blumen, die Risse im Boden. Sie stolpert fast über eine Wurzel, kann aber das Gleichgewicht halten. Aber gleich darauf stürzt sie dann doch. Sie verliert die Grashalme, fängt sich mit den Händen auf. Ihre Handgelenke tun weh. Die Handflächen sind von dunkelbrauner Erde bedeckt. Der Schmerz der Handgelenke mischt sich mit der Angst, die sich wiederum mit dem Schmerz mischt, der sie ganz und gar erfüllt. Der irgendwo in ihrem Mund explodiert, hinter ihren Zähnen. Ihr Herz brummt in ihrem Leib wie eine dicke Ratte. Wird der böse Mann in Großmutters Haus eindringen und in den ersten Stock kommen und sie holen? Können erwachsene Männer so etwas tun?*

Sie wird von Lillys müder Stimme aus ihren Gedanken gerissen. »Möchtest du eine Tasse Kaffee?«

Judith nickt. Sie glaubt nicht, dass Lilly ihre Tränen gesehen hat. Ihre Tränen sind kaum der Rede wert. Nur ein bisschen Wasser unter Augen und Nase. Wasser ist durchsichtig. Es verschwindet sofort wieder. Sie darf Lilly nicht zeigen, dass sie geweint hat, es würde doch nur einen wehen Dämpfer über diesen Moment legen.

»Möchtest du ein bisschen Kaffee?«, fragt Lilly noch einmal. Sie hat keine Antwort gehört. Judith nickt noch einmal.

Lilly steht mit dem warmen Glaskolben in der Hand und einer Tüte mit Kuchen in der anderen vor dem Tisch. Judith sieht, dass der Kaffee alt ist, es ist nur noch ein Rest übrig. Ihr fällt auf, dass irgendwer zwei Fingerabdrücke auf der gläsernen Tischplatte hinterlassen hat. Sie bedeckt den einen mit ihrem Zeigefinger. Dann beugt sie sich vor und legt das Gesicht auf den Tisch.

Lilly setzt sich ihr gegenüber und reicht Judith einen Teller. Sie hat den warmen Glaskolben einfach auf den Tisch gestellt.

»Das war einfach alles zu viel für mich«, sagt sie, während sie die Tüte öffnet und Judith hinhält. Judith nimmt sich einen Heißwecken.

»Hast du eigentlich gewusst, welche Sehnsucht wir nach dir hatten?« Das hatte sie nicht sagen wollen, aber jetzt hat sie es doch getan.

Lilly lächelt kurz, dann nickt sie. »Doch«, sagt sie. »Das habe ich die ganze Zeit gewusst. Aber am Ende waren überall Kinder. Immer kochte etwas auf dem Herd, das Küchenfenster war schmutzig, ihr hattet die ganze Zeit Hunger. Verstehst du? Was ich getan habe, war nie gut genug.« Lilly schaut sie traurig an, erhebt sich und geht wieder zum Tresen.

Judith denkt an die langen, leeren, stillen Stunden, wenn die Mutter schlief. Lilly war es egal, was ihre kleinen Töchter trieben. *Judith konnte sich schon so gut allein anziehen. Sie zog auch Lisbet an. Sie zog einen Stuhl vors Fenster und kniete darauf und starrte aus dem Fenster, um zu sehen, ob vielleicht jemand kam. Aber niemand kam. Und dann saß sie da, in dem grell erleuchteten Zimmer, und sah nichts, außer ihrem eigenen kleinen weißen Gesicht in der Fensterscheibe.*

»Aber warum hast du es dann nicht gemacht, warum hast du dich nicht um uns gekümmert?«

Lilly schüttelt den Kopf. »Mutter hat das entschieden. Ich konnte einfach nicht. Die Tage vergingen. Sie liefen aneinander vorbei, einer wie der andere. Mutter und Dagny Mork hatten sich geirrt. Ich hätte mich um euch kümmern können. Wenn Mutter mir nur ein wenig geholfen hätte. Ich sehne mich am meisten nach Carol, meiner Kleinen. Wie geht es ihr?« Judith presst die Finger an die Schläfen. Auf Lillys einer Schulter liegt eine dünne Schicht Puderzucker. Wie alt mag die Mutter jetzt sein? Judith rechnet sich aus, dass sie neunundfünfzig ist, fast sechzig.

Lilly sehnt sich am meisten nach Carol. Judith hebt die weiße

Tasse an den Mund. *Nimm dich doch nicht so wichtig, Judith.* Lilly sehnt sich am meisten nach Carol. Nach der kleinen, dummen, blöden Carol. Judith denkt an Willy. »Willy geht es gut«, sagt sie leise und schaut aus dem Fenster.

»Da bin ich mir sicher«, sagt Lilly. »Willy hat Ähnlichkeit mit mir. Der kommt zurecht. Die um uns herum, die kommen nicht zurecht«, fügt sie hinzu und betrachtet ihre Hände. »Man kriegt bei dieser Arbeit trockene Hände«, sagt sie.

Die Wände der Konditorei sind rosa angestrichen. Hier sitzen sie nun, Mutter und Tochter. Nichts scheint jemals passiert zu sein. Die Zeit bewegt sich die ganze Zeit in die falsche Richtung, vorwärts.

Judith merkt, wie hungrig sie ist, sie hat seit vielen Stunden nicht mehr richtig gegessen. In ihren Heißwecken hat sie nur einmal gebissen.

»Wo ich schon einmal hier bin, kann ich ja mal ein Bild von dir machen«, sagt sie. »Das kann ich dann den anderen zeigen.«

Ein kleines Lächeln zeigt sich in Lillys Mundwinkel. »Ja, ja, das kann ja wohl nichts schaden.« Als sie aufstehen, sieht Judith, dass die Mutter kleiner ist als sie. Sie trägt weiße Gesundheitsschuhe, wie das Krankenhauspersonal. Wie Lisbet. Lilly hat sich in ihren engen, hochhackigen Schuhen die Zehen ruiniert. Elegante Schuhe verlangen elegante Kleider. Und elegante Kleider verlangen elegante Menschen. Lilly hat jetzt aufgegeben.

Sie tritt mitten in den Raum. Judith hebt den Fotoapparat und legt das Auge an das kleine Loch.

Sie sieht die Mutter durch die Linse, sieht sie in dem kleinen Viereck stehen.

Judith drückt auf den Knopf, und das Bild ist für die Ewigkeit festgehalten. Danach fängt Lilly an, den Tisch abzuräumen.

Judith bückt sich und legt den Fotoapparat wieder in die Tasche.

»Wolltest du uns nie beschützen?«, fragt sie plötzlich.

»Ich konnte mich ja nicht einmal selbst beschutzen«, sagt Lilly leise.

»Was wollte Holger Eliassen eigentlich?«

»Er glaubt, dass Olaf ermordet worden ist. Und dann hat er mir ein Foto gezeigt.«

»Ein Foto?«

Lilly nickt. »Ja«, sagt sie. »Von einem Mann, der vor über zwanzig Jahren verschwunden ist.«

Judith sieht die Mutter an.

»Warum hat er dir das gezeigt?«

Lilly wendet sich ab. »Ich bin froh darüber, dass Olaf tot ist«, sagt sie leise.

»Hast du das zu Holger Eliassen gesagt?« Auch Judith erhebt sich. »Hast du gesagt, dass du froh darüber bist, dass Onkel Olaf tot ist?«

»Nein, ich habe nichts gesagt«, sagt Lilly und mustert ihre Tochter. »Nichts.«

Judith schließt die Augen. Hinter den Augenlidern sieht sie ein schwarzes Punktemuster.

Anna Borelius Hansen hielt auf der Straße und ging über den ordentlichen Kiesweg zwischen den Ziersträuchern. Das weiße Einfamilienhaus war in gutem Zustand, es hatte gelbweiß gestreifte Markisen und eine dunkelblaue Tür. Ein Schild zeigte um die Ecke. »Dr. med. Erik Johansen« stand in kräftigen schwarzen Buchstaben darauf.

Die Ermittlerin ging die Treppe hoch und klingelte. Im Haus bellte ein Hund.

»Hier wohnen Erik, Lisbet, Thomas und Nicolai«, stand auf einem bemalten Holzschild mit Blumenrand.

Niemand machte auf. Anna Borelius Hansen stieg rückwärts die Treppe hinunter. Sie hatte sich für drei Uhr angekündigt, und jetzt war es fünf vor. Plötzlich hörte sie ein Geräusch, Schritte, die im Kies knirschten. Eine ältere Frau bog um die Ecke. Sie zuckte zusammen, als sie die Frau mitten in der Einfahrt sah. Anna begriff, dass es sich um eine Patientin von Erik Johansen handelte.

Lisbet drehte den Mixer aus. Sie hatte Sahne für die Biskuittorte geschlagen, die sie der Polizistin servieren wollte. Als ob das helfen könnte, dachte sie ironisch, ihr etwas Leckeres aufzutischen. Sie hörte in Gedanken Mutter Berits Stimme. *Benehmt euch anständig. Vergesst nicht, dass ihr allen Grund habt, dankbar zu sein.*

Die Türklingel ging. Lisbet empfand das Geräusch wie einen körperlichen Schmerz. Sie wischte sich rasch die Hände an einem Küchenhandtuch ab und ging zur Tür.

Die Polizistin war schön. Sie hatte Sommersprossen, und ihre Haare umgaben ihren Kopf wie eine rote Wolke. Sie sah sanft und sympathisch aus, und wenn sie lächelte, leuchteten ihre blaugrünen Augen freundlich.

Lisbet bat sie ins Haus, zog den Hund mit sich in die Küche und schloss die Tür. Sie brauche ihre Schuhe nicht auszuziehen, sagte sie. »Ich hol lieber nachher den Staubsauger. Das muss ich wegen des Hundes ohnehin.«

Anna Borelius Hansen kannte Lisbet Marner Johansen von den Vernehmungen nach Weihnachten, aber sie glaubte nicht, dass die Hebamme sie wiedererkannte. Ein Kollege hatte mit der Wochenstation gesprochen, Anna hatte Lisbet nur von fern gesehen. Aber weil Holger Eliassen sie dermaßen mit seinem Verdacht genervt hatte, hatte Anna sich ihr Gesicht eingeprägt.

Lisbet Marner Johansen war eine gutaussehende, zierliche Frau in einem hellblauen Angorapullover und karierter Hose. Sie wirkte nervös und hektisch, als sie Anna bat, auf dem tiefroten Sofa Platz zu nehmen. Dann holte sie den selbstgebackenen Kuchen und den frisch aufgegossenen Kaffee und füllte die dünnwandigen weißen Tassen. Der Hund heulte derweil in der Küche.

Anna trank einen Schluck Kaffee und kostete den frischen

Kuchen, dann plauderten sie einige Minuten, ehe Anna vorsichtig ihr Thema zur Sprache brachte.

»Ich weiß, dass Sie mit Holger Eliassen gesprochen haben«, begann sie vorsichtig.

»Sicher.« Lisbet nickte kurz. »Oder eigentlich nicht. Er hat mir nie offen gesagt, was er eigentlich macht. Aber er darf meine Großmutter nicht so belästigen. Sie kann das einfach nicht mehr ertragen.« Anna Borelius Hansen nickte verständnisvoll. »Ich möchte nur etwas über das Verhältnis zwischen Ihrem Neffen und Ihrer Schwester Judith wissen.« Lisbet nickte. »Judith vergöttert Willy«, sagte sie kurz. »Und Sie?«

»Nein, auf mich wirkt Willy wie ein hoffnungsloser Fall. Leider«, fügte sie bedauernd hinzu. »In dieser Familie gibt es Dinge, die schwierig sind. Meine Schwester, Carol, ich weiß nicht, ob Sie …«

»Doch, das weiß ich schon«, sagte Anna Borelius Hansen und holte Luft. »Da war doch etwas im Frühling vorigen Jahres, etwas mit Tim Karlsens Freundin, ich weiß nicht, ob Sie …«

»Nein«, sagte Lisbet hart. »Darüber weiß ich nichts.«

»Willy Marner hat ein Alibi für den 23. Dezember, den Tag, an dem Tim Karlsen ermordet worden ist. Wir hatten ihn für kurze Zeit im Blick, aber wir mussten ihn von der Liste der Verdächtigen streichen.«

»Das Einzige, was ich weiß«, sagte Lisbet, »ist, dass Tim Karlsen gewalttätig war, er hatte unmittelbar vor der Geburt seine Freundin grün und blau geschlagen. Das Kind kam dann zwei Wochen zu früh, und wir dachten doch …«

»Das haben Sie uns bisher aber nicht gesagt«, sagte Anna Borelius Hansen und stellte ihre Tasse klirrend auf die Untertasse.

»Nein«, sagte Lisbet müde. »Ihre Kollegen, die bei uns auf der Station waren, waren sehr oberflächlich. Ich bin nie so weit … und es hatte ja wohl auch nichts mit dem Fall zu tun …«

»Aber das wirft doch ein ganz anderes Licht auf den Fall. So etwas ist sehr wichtig für uns.«

»Ja, ja, dann tut es mir leid«, sagte Lisbet.

»Ihre beiden Schwestern hielten sich beide in der Innenstadt auf, als der Mord begangen wurde«, sagte Anna Borelius Hansen und beugte sich vor. Nichts an diesem Fall ergab einen Sinn. Im Augenblick hielt Holger Eliassen sich zu privaten Ermittlungen in Oslo auf. Sie schaute auf die Uhr. Sie hatte eine halbe Stunde gebraucht, um zu diesem Punkt zu gelangen.

Ein bitteres kleines Lächeln spielte auf Lisbet Marner Johansens rosa Lippen. »Lassen Sie sich wirklich von so einem wie Holger Eliassen beeinflussen?«, fragte sie.

»Was meinen Sie mit ›so einem‹?«

»Er hat uns schon als kleine Kinder schikaniert. Ich glaube wirklich, dass der Mann nicht ganz gesund ist.«

Anna Borelius Hansen spürte, wie das Blut härter in ihrer Halsschlagader pochte. Sie nahm sich eine Serviette vom Tisch und knüllte sie zusammen.

»Ich habe mich immer vor ihm gefürchtet«, sagte Lisbet Marner Johansen jetzt. »Was er jetzt macht, ist doch der pure Wahnsinn. Die arme Judith, er ist nach Oslo gefahren, nicht wahr?«

Anna Borelius Hansen nickte. »Ja, er wollte einige Untersuchungen anstellen.«

»Er war bei unserer Mutter. Und das geht ihn wirklich nichts an. Wenn er sich dermaßen in unser Familienleben einmischt, ist das wirklich zum Verzweifeln. Es ist ohnehin alles nicht so einfach.«

»Ja.« Anna Borelius Hansen senkte den Kopf. »Das verstehe ich. Aber Sie haben immerhin einander. Ich bin Einzelkind.«

Lisbet musterte sie überrascht. Der Gedanke an ihre Schwestern brachte ihr kein inneres Gleichgewicht. Das rosa Universum, das sie geteilt hatten, wenn sie als Kinder Papierpuppen ausgeschnitten hatten, war verschwunden. Die ganze Welt, die im Bett im Pflegeheim durch Mutter Berits Kopf wirbelte, war längst verschwunden. Jetzt vibrierte zwischen den Schwestern etwas ganz anderes. Augenblicke der Vertrautheit hatten zu einer seltsamen Feindseligkeit geführt, die mit Gebrechlichkeit zu tun hatte. Die Gefahr lag darin, dass alle drei eine Verwandlung durchgemacht hatten, wie Schmetterlinge, die als glatte, hässliche Wesen beginnen, ehe ihre Flügel wachsen. Carol hatte ihre Flügel nach innen wachsen lassen. Carol beschützte ihre Verletzlichkeit, indem sie sich in Tarnfarben kleidete. Indem sie sich mit Tabletten aus dem Alltag entfernte. Und Judith verfügte über eine fast telepathische Fähigkeit, wenn sie auf Lisbets Nervenpunkte drückte. Judith war ihr so nah wie vor Jahren, als sie nebeneinander am Küchenfenster gestanden hatten. Judith hatte sie alle drei beobachtet, auch sich selber. Ihre Klarheit war so beängstigend wie ihre Bilder, fand Lisbet. Die Bilder, die aus Licht und Zeit konstruiert waren, nur daraus.

»Ich hoffe, Ihnen ist klar, dass ich meine Arbeit tun muss?« Anna Borelius Hansen riss sie aus ihren Gedanken. Lisbet schaute sie aufmerksam an. »Glauben Sie das denn selber?«, fragte sie ironisch. Ihre Zunge kam ihr vor wie Sandpapier.

Anna Borelius Hansen holte tief Atem. »Wir sind mitten in einer Untersuchung«, sagte sie professionell.

»Wir? Wer ist wir?«, fragte Lisbet.

Anna Borelius Hansen erwiderte ihren Blick, sagte aber nichts.

Judith sitzt mit einem großen Glas Rotwein in ihrem Zimmer. Sie denkt an Mutter Berits süßes kleines Lillykind, das jetzt eine alte Frau ist. Einmal, als Judith klein war, ehe sie und Lisbet zu Mutter Berit gebracht wurden, hatte Lilly mit ihnen einen Spaziergang gemacht. Sie sprachen über kleine Tiere und schöne Puppen und Dinge, die sie glücklich machten. Damals hatte Judith geglaubt, dass es immer so bleiben würde.

Sie schließt die Augen. Sie hat Carol angerufen und erzählt, dass Lilly gesagt hat, dass sie Carol am meisten liebt. Carol konnte nicht antworten, die Stille wurde total. Am Ende musste Judith einfach auflegen.

Sie hat außerdem Willy ein Flugticket geschickt. In einigen

Tagen wird er hier sein. Der Neffe wird eine willkommene Ablenkung sein, denkt sie. Ein Kätzchen, das sie verwöhnen kann. Ein hässliches und pickliges Kätzchen zwar, aber immerhin ein Schmusetier. Eins, dem sie warme Milch geben und dessen glanzloses Fell sie streicheln kann. Obwohl sie statt warmer Milch wohl lieber ein kaltes Bier nehmen sollte, denkt sie ironisch.

Ihr Telefon klingelt. Sie hat es in den Blumenkasten gelegt. Es ist Holger Eliassen. Er sei zufällig in Oslo, behauptet er und fragt, ob er kurz vorbeischauen könne. Judith sieht ihr Spiegelbild in dem schwarzen Fenster. Eisengraue Wolken kommen von Westen herein und haben schon fast den ganzen Himmel bedeckt. Es ist ein feuchtwarmer Augustabend.

»Nein«, sagt sie rasch. »Nicht heute Abend. Ich habe einen Termin.«

»Ja, ich verstehe ja, dass du viel zu tun hast«, sagt der Expolizeichef. »Aber Ruth meinte, ich sollte doch mal bei dir vorbeischauen. Wie sieht es denn morgen aus?«

Wie kann sie das nur vermeiden? Judith überlegt eilig; nein zu sagen, würde bedeuten, ihm ihre Angst zu zeigen. Und das darf sie nicht.

Sie räuspert sich. »Morgen? Ja, morgen wäre besser, aber wir könnten uns doch in einem Lokal treffen.«

»In einem Lokal, du meine Güte«, sagt Holger Eliassen. »Ich dachte, es wäre schön, mal zu sehen, wie du so wohnst. Ruth verlangt einen Bericht darüber, wenn ich nach Hause komme. Du weißt doch, wie die Damen sind.«

O ja, Judith weiß, wie die Damen sind. Aber noch besser weiß sie, wie die Männer sind. »Na gut«, sagt sie und gibt sich alle Mühe, damit ihre Stimme nicht ihre Angst verrät. »Hast du meine Adresse?«

»Deine Adresse habe ich«, sagt er eifrig.

»Dann komm um sieben.«

»Ja, bis dann«, sagt er und beendet das Gespräch.

Holger Eliassen wohnte im Hotel Astoria. Sein Zimmer hatte tiefgrüne Wände, und vor den Fenstern waren goldfarbene Vorhänge drapiert. Er breitete seine Unterlagen auf der gelben Bettdecke aus.

Wichtig waren die Details. Er versuchte sich einen Überblick darüber zu verschaffen, was die Leute gesagt hatten und was er selbst beobachtet hatte. Kleine, unbedeutende Dinge übersah man so leicht. Ereignisse, die wie die Stücke in einem Puzzlespiel zueinanderpassten.

Anna Borelius Hansen hatte in Nordlys eine Notiz entdeckt, aus der hervorging, dass die norwegische Fotografin Judith Marner, die ursprünglich aus einem Ort in der Nähe von Tromsø kam, mit ihrer Fotoserie über die nordischen Weihnachtsmänner große Aufmerksamkeit erregt hatte. Ihre Bilder waren ein Jahr zuvor im SAS-Magazin veröffentlicht worden, und der Artikel sollte zu Weihnachen 2004 im Time Magazine stehen. Außerdem würde sie im August nach Island reisen und an einem großen Projekt arbeiten, das von einer japanischen Firma mit mehreren hunderttausend Kronen unterstützt wurde.

Er schob einen Papierstapel vom Bett auf den Nachttisch. Dann öffnete er seinen Diplomatenkoffer und nahm einen Ordner heraus, um die Unterlagen darin abzuheften. Er hatte alle interessanten Zeitungsartikel kopiert. Holger Eliassen musterte die Bilder der Weihnachtsmänner. Nach vielem Hin und Her hatte er sich im Büro der Fluggesellschaft ein Exemplar der Zeitschrift besorgen können.

Anna Borelius Hansen hatte klargestellt, dass die Polizei seine Reisekosten nicht übernehmen würde. Er hatte sie angerufen, aber sie hatte ihm nicht sagen wollen, wo sie sich aufhielt. Er hatte es so verstanden, dass sie gerade mit einer Vernehmung beschäftigt war. Aber das spielte keine Rolle, immerhin war sie ja von ihrer griechischen Insel zurück.

Holger Eliassen war wie besessen, vor allem, seit der Glaser ihm das Foto gegeben hatte und seit der Sache mit dem Japaner.

Nicht mehr lange, dann würde er am Ziel sein. Er war bereit, sehr weit zu gehen, um die Wahrheit zu finden. Er befand sich auf einem genau geplanten und vorbereiteten Feldzug, und den Sieg wollte er mit niemandem teilen. Anna wusste nicht, dass sie nur eine Figur in seinem Spiel war, dachte Holger Eliassen und betrachtete den blankgebohnerten Boden. Ein Schmerz packte seinen Hals. Er stand vom Bett auf, ging in die Hocke und sah unters Bett. Wie er gedacht hatte, das Reinigungspersonal hatte keine gute Arbeit geleistet. Unter dem Bett lagen Wollmäuse und ein zusammengefaltetes Schokoladenpapier. Er würde sich beschweren und für diese Zumutung einen Preisnachlass fordern.

Nach seinem Besuch bei Judith Marner wollte er auf die Wache unten in Grønland gehen. Er hatte das Hauptquartier der Polizei in Norwegen noch nie besucht, es würde interessant sein zu sehen, wie die Kollegen in der Hauptstadt untergebracht waren. Aber er würde sich in Acht nehmen müssen. Es durfte nicht geschehen, dass Borelius Hansen oder andere Ermittler ins Rampenlicht kämen, wenn Zeitungen und Fernsehen erst über den Fall berichteten. Es war trotz allem sein Fall. Der größte seines ganzen Lebens.

Er hatte sein Wissen systematisiert und eine Liste der Toten aufgestellt, die er in diesem Zusammenhang interessant fand. Bisher standen fünf Namen auf seiner Liste.

Olaf Marner
Ivar Josteinsson
Odd Olsen (vermisst)
Tim Karlsen
Kazunori Katayama

Wie war es möglich, dass eine Frau einen Mann nach dem anderen umbrachte, ohne dass irgendein Verdacht auf sie fiel? Lag es an ihrer Vorgehensweise? Stimmte es denn, dass sie nur frech und mutig genug zu sein brauchte, und niemand konnte ihr auf die Schliche kommen? Vielleicht waren die Männer auf seiner Liste nur die Spitze des Eisbergs.

Er wühlte in seinem Diplomatenkoffer und zog Odd Olsens Abhandlung heraus. In zwei Tagen würde er sie der Polizei in Oslo vorlegen. Er hatte einen Artikel über den Japaner aus einer Zeitung gerissen und die Stellen, die er für wichtig hielt, markiert, Beschreibungen des Tathergangs und Judith Marners Äußerungen.

Bei seinem Besuch würde er Judith Marner mit dem Foto von Odd Olsen und seiner Mörderin konfrontieren. Er freute sich darauf, ihr das Foto zu zeigen und ihre Reaktion zu beobachten. Sie würde nichts zu ihrer Verteidigung vorbringen können. Das Originalfoto lag bei ihm zu Hause in einer verschlossenen Schublade.

Er blätterte in Odd Olsens Untersuchung. Er konnte die Sätze auswendig. Trotzdem jagte das, was dort stand, kalte Schauer durch sein Inneres. So ein »braves Mädchen«. Odd Olsen war zweifellos ein ganz besonders begabter Student gewesen. Seine Formulierungsfähigkeit war trotz seiner jungen Jahre vollkommen. Welch ein tüchtiger Psychiater hätte er werden können.

Jedes Mal wenn er in der Untersuchung gelesen hatte, ertappte er sich dabei, wie er danach laut sprach, wie mit einer imaginären Person. Das war vielleicht eine Art von Arbeitstherapie, ein Gespräch mit einem Mann, der seit Jahren tot war.

Der Unterschied zwischen normalen und psychotischen Reaktionen kann als gradueller Unterschied verstanden werden. Situationen, die psychotische Reaktionen auslösen, enthalten starke existenzielle Elemente. Der Affekt ist intensiv, das Selbstvertrauen gering, Gefühle von Niederlage und Katastrophe sind überwältigend.

Sie beschreibt die Morde als notwendig und erklärt, dass die beiden Männer den Tod verdient hätten. Sie bereut nichts, behauptet aber, trotzdem unter der Erinnerung zu leiden. Aber dann lacht sie laut und macht auf mich einen ziemlich beängstigenden Eindruck. Anfangs habe ich ihr nicht geglaubt, aber jetzt weiß ich, dass sie die Wahrheit sagt.

Sie kann sich ihrer eigenen Angst nicht stellen. Sie sagt, es sei gefährlich für kleine Mädchen, in den Wald zu gehen. (Sie ist betrunken, als sie das sagt.) Was sie nicht ertragen kann, sind die Assoziationen. Genauer gesagt, das sagt sie nicht, aber ich verstehe es so.

Sie hat sich ihre eigene Welt konstruiert. Ich glaube, dass sie ein Omnipotenzproblem hat. Sie will herrschen, will Macht und Einfluss haben. Sie hat paranoide Vorstellungen davon, was in ihrer Jugend passiert ist, und berichtet von tiefen Gefühlen der Einsamkeit und von Panik. Wenn sie in einen psychodynamischen Bezugsrahmen gesetzt wird, kehrt sie zum Grundlegenden zurück.

Heute haben wir über Spaltung gesprochen. Sie hat vom Guten und vom Bösen erzählt. Von ihrer Mutter, die gut und böse war und sie liebte, sie aber auch wegschob.

Sie befindet sich im Zustand einer multiplen Persönlichkeitsspaltung. Oder hat sich darin befunden. Im Moment geht alles gut bei ihr, sagt sie. Ich glaube, das hängt mit mir zusammen. Der multiple Zustand tendiert dazu, gute innere Objekte zu entwickeln.

Eins der Themen, über die ich privat viel gelesen habe, sind Familiengeheimnisse. Aus Erfahrungen von Psychotherapie mit Schizophrenen weiß man, dass ein Kind, das sich mit keinem Elternteil identifizieren kann, zu Konflikten und Zwangsvorstellungen neigt.

Sie hat sich zum Rückzug von anderen Menschen entschieden, behauptet aber, mein Auftauchen in ihrem Leben bedeute alles für sie. Sie behauptet, niemals eine beste Freundin gehabt zu haben.

Ich unternehme alles Mögliche mit ihr, um sie zum Sprechen zu bringen. An dem Tag, an dem ich meine Absichten kenntlich mache, werde ich Probleme bekommen. Aber solange ich mich freundlich verhalte, ist sie durchaus nicht gefährlich. Außenstehenden erscheint sie als lieb, umgänglich und munter. Aber wozu sie sich entwickeln kann, weiß ich nicht.

Judith Marner drückte Holger Eliassens kühle, feuchte Hand. Wie konnte er bei dieser Hitze so kalte Hände haben? Für einen Moment verschlug es ihr den Atem, denn dem Jäger die Hand zu reichen war, wie den Tod selbst zu berühren. Vielleicht hatte er eine versteckte Kamera bei sich oder hatte unter seiner Kleidung ein Mikrophon angebracht. Was, wenn das »Komm raus-Gefühl« sie wieder überwältigte? Sie musste ihren Termin bei Isberg Geller beim nächsten Mal besser nutzen. Niemand sonst, dachte sie, nur Isberg Geller mit seiner Schweigepflicht.

Wenn Holger Eliassen gegangen war, wollte sie das Bett frisch beziehen und die Tasse wegwerfen, aus der er getrunken hatte. Sie wollte seine Fingerabdrücke von der Türklinke wischen und das Treppenhaus putzen, um seine Fußspuren zu entfernen.

Das Nachtbuch würde er niemals finden, das hatte sie unter der Badewanne versteckt. Bad und Toilette waren getrennt, Holger Eliassen würde also keinen Grund haben, das Badezimmer zu betreten.

Sie schenkte Kaffee ein und bot gekauften Kuchen an. Sie sprachen über alle möglichen Themen von zu Hause, dann steuerte Holger sein eigentliches Thema an. Anna Borelius Hansen weiß, dass Holger Eliassen bei mir ist, dachte Judith und spürte den Schweiß auf ihrer Kopfhaut. Und Ruth und Michelle Tangen. Und Lisbet und Lilly. Alle wussten, dass Holger Eliassen bei ihr war.

Er trank einen großen Schluck Kaffee. Saß da und trank ihren Kaffee und gab vor, dass sie ein ganz normales Gespräch führten. Wieso ließ sie sich das bieten?

»Was hast du eigentlich gegen mich?«, fragte sie plötzlich. Ihre Zunge lag in ihrer Mundhöhle wie eine Schnecke. Noch hatte er ihr kein Verbrechen vorgeworfen. Oder vielleicht doch?

Der Polizeichef musterte sie interessiert. »Ich habe mit Odd Olsens bestem Freund gesprochen«, sagte er ruhig. »An den kannst du dich sicher erinnern. Der Medizinstudent, der spurlos verschwunden ist.« Er suchte in seiner Jackentasche, zog ein Foto aus seiner Brieftasche und legte es vor ihr auf den Tisch.

Judith spürte, wie die Übelkeit in ihr aufwogte. Sie hörte noch das Geräusch des Lichtmessers, eine Sekunde Belichtungszeit. Dann war das Bild für alle Ewigkeit auf die Filmrolle gebannt. Das Foto setzte sich mit großer Klarheit in ihrem Bewusstsein fest. Das Twinset leuchtete ihr entgegen wie Schnee, sie war sich so schön darin vorgekommen. Niemand war ihr aus dem Wald gefolgt.

»An dieses Bild kann ich mich nicht erinnern«, sagte sie und ließ sich im Sessel zurücksinken. Sie hätte ihn gern angeschrien, dass er ihr nicht solche Angst machen dürfe. Aber sie reichte ihm das Bild mit kalter Miene und zuckte mit den Schultern.

»Vielleicht willst du dich nicht daran erinnern«, sagte Holger Eliassen.

Judith musterte den alten Mann. Er sah gar nicht so alt aus. Sein Gesicht war braun, sein Körper wirkte jugendlich. »Ich begreife einfach nicht, worauf du hinauswillst«, sagte sie gelassen. »Was ist denn so besonders an dem Bild?«

»Du hast Odd Olsen gekannt.«

»Ja«, sagte sie leichthin. »Natürlich habe ich Odd Olsen gekannt. Er war ein Kommilitone von Erik.«

Holger Eliassens Miene drückte Erstaunen aus. Er wirkte nicht mehr offensiv, sondern verletzlich. »Von welchem Erik?«

»Erik Johansen, meinem Schwager natürlich. Lisbets Mann.

Er arbeitet zu Hause als praktischer Arzt. Sie haben zusammen studiert, Odd und er.«

Holger Eliassen starrte sie an. Etwas schien ihm zu entgleiten. »Du hast nie gesagt, dass du Odd Olsen gekannt hast«, sagte er beleidigt.

Judith beugte sich zu ihm vor. Nur der Tisch trennte sie noch.

»Warum um alles in der Welt hätte ich das tun sollen? Mich hat doch niemand danach gefragt.«

»Als Odd Olsen verschwunden war, hat die Polizei seine Freundin aufgefordert, sich zu melden«, sagte Holger Eliassen schroff.

»Welche Freundin?« Judith hob die Kaffeetasse an den Mund und trank einen Schluck. »Ich habe ihn nur kurze Zeit gekannt. Ich weiß noch, dass es hieß, er und irgendeine Frau seien auf einer Skitour gesehen worden, und die Polizei hat diese Frau dann gesucht, aber das hatte doch nichts mit mir zu tun. Ich war nie mit Odd Olsen auf Skitour«, sagte sie und gab sich alle Mühe, dabei keine Miene zu verziehen.

Holger Eliassen musterte sie, als sie aufstand und ihm erneut Kaffee einschenkte. Ihre Hand war ganz ruhig, nicht das kleinste Zittern war zu sehen.

Er ist lebensgefährlich, dieser Holger Eliassen, dachte sie, aber sie war nicht so dumm, in seine kleine Mausefalle zu tappen.

Holger Eliassen schwieg einen Moment lang, dann ließ er sich auf dem Sofa zurücksinken und redete mit seiner gleichmäßigen, dunklen Stimme weiter.

Er hat alles durchschaut, dachte sie mit hämmerndem Herzen. In der Tasche hatte sie einen Wattebausch. Den rollte sie in ihrer Hand hin und her, dann öffnete sie die Faust und fuhr mit den Fingern über die scharfe Tischkante. Laut sagte sie: »Es ist unglaublich, dass du dir so eine Geschichte aus den Fingern saugst. Es ist absurd, dass du hier sitzt und so mit mir redest. Das muss ich mir nicht mehr gefallen lassen. Niemand wird dich ernst nehmen«, sagte sie. »Du kannst viele witzige und spannende Geschichten erzählen, aber jetzt bist du ins Alzheimerregiment eingetreten. Du begreifst das nur selbst nicht. Du lebst in deiner eigenen Welt, und die anderen lächeln über dich. Die Leute reden, weißt du. Ruth hat es dir vielleicht nicht erzählt, aber sie und ich haben uns neulich lange miteinander unterhalten, und sie macht sich wirklich Sorgen um dich«, log sie. »Das gilt auch für die Polizei in Tromsø. Die lassen dich gewähren, weil du ihnen leidtust.«

Holger Eliassen kam sich vor wie mit kaltem Wasser übergossen. Er musterte ihre braune Haut, ihren Hals und ihre Perlen, die wie kleine Schneebälle auf ihrem Schlüsselbein lagen. Ihre Stimme wurde gröber, je mehr sie sagte, tiefer und gefährlicher. Er lächelte herzlich, um seine Nervosität zu verdecken. Er brauchte alle Kraft, um sich zu sammeln. Er erhob sich, spürte, dass er weg wollte. Er musste weg hier.

»Judith«, sagte er ruhig. »Du bist eine hervorragende Schauspielerin, aber deine Zeit ist bald zu Ende. Ich sollte mich vielleicht vor dir fürchten, aber das tue ich nicht. Du bist hochintelligent, zu intelligent, als dass ich mich vor dir fürchten müsste.« Dann bedankte er sich für den Kaffee und sah sie lange an. Judith starrte zurück, Holger Eliassen ging hocherhobenen Hauptes aus dem Zimmer und öffnete die Wohnungstür.

Judith ging hinterher und schloss die Tür hinter ihm. Dann drehte sie den Schlüssel um. »Expedition für diesmal beendet«, fauchte sie und blieb dann lange stehen, die Stirn gegen das Holz gepresst.

Sie konnte sich nicht erinnern, wie sie ihn auf das Sofa geschafft hatte. Wie sie in die Küche gegangen war und die Kaffeemaschine mit Wasser gefüllt hatte. Holger Eliassen wollte sie fangen. Warum konnte er nicht einfach offen sagen, dass er glaubte, dass er wusste, dass sie es gewesen war. Inzwischen gab es doch Möglichkeiten. DNA und Fingerabdrücke und andere menschliche Spuren. Haare und Speichel und winzige Partikel, natürlich hatte sie Spuren hinterlassen. Wenn Holger Eliassen

Beweise hatte, würde sie nicht nach Island fahren können. Sie würde nicht zu Tinna fahren und sich an dieses phantastische gemeinsame Projekt machen können. Niemals würde sie Lárus kennenlernen. Sein Name lag so weich auf ihrer Zunge. »Lárus ist so groß wie ein Bär«, hatte Tinna gesagt.

Der Schmerz war wieder da. Das Wäldchen war wieder da. Mit den Zweigen hoch oben, die ein Flechtwerk aus Licht zum Waldboden durchließen. Sie dachte an Lisbet und Carol. Die hatten doch keine Ahnung, wer sie wirklich war, oder? Sie konnte nicht hoffen, dass die Schwestern von dem beeindruckt sein würden, was sie getan hatte. Aber nach und nach, wenn sich der erste Schock gelegt hätte, würden sie vielleicht doch darüber staunen, was Judith wirklich geleistet hatte.

Ein scharfes Pfeifgeräusch war in ihrem Kopf zu hören. Danach wurde alles still. Die Stille breitete sich aus und wurde unerträglich. Judith stand wieder auf. Ging barfuß durch die Zimmer in ihrer kleinen Wohnung. Sie ging hinaus ins Badezimmer, stellte sich dort auf alle viere und zog das Nachtbuch hervor. Dann ging sie in die kleine dunkle Küche, blieb mitten im Raum stehen und schaute aus dem Fenster. In einigen wenigen Fenstern im Block gegenüber brannte Licht. Der Himmel war mondlos, ohne Sterne, einfach schwarz.

Liebes Nachtbuch,

22.45 Uhr. Ich habe Angst! Holger Eliassen war hier. Er hatte ein Foto von mir und Odd Olsen. Er hat Zeugen, die in mir die Frau erkennen werden, die vor Odds Verschwinden mit ihm auf der Skitour war. Wenn die Zeugen noch leben. Uns ist in Signaldalen ein Ehepaar begegnet. Aber Holger Eliassen weiß nicht, dass meine Skistöcke, mit denen ich Odd erstochen habe, in Mutter Berits Abstellkammer stehen. Ganz hinten an der Wand, zusammen mit der Skiausrüstung von Michelle und Reidar Tangen.
Er hat geredet und geredet, ruhig und mit tiefer Automatenstimme. Wie ein Prediger, der einer verworfenen Seele eine Botschaft eintrichtern will. Einmal habe ich gesehen, dass ich ihm Angst gemacht habe. Plötzlich waren die Rollen vertauscht. Ich war die Jägerin und er die Beute. Denn in diesem verminten Gelände ist der Spielraum klein.
Er hat mir geglaubt, als ich behauptet habe, ich hätte mit Ruth geredet. Die arme Ruth, egal, wie sehr sie das auch abstreiten wird, immerhin habe ich ihm ein wenig Unsicherheit eingepflanzt. Sein Kontakt bei der Polizei in Tromsø ist die Frau, die damals Willy verhört hat. Sie heißt Anna Borelius Hansen. Ich kann mich an ihre roten Haare erinnern. Wenn die Polizei wirklich beschließt, sich anzuhören, was Holger Eliassen zu sagen hat, ist meine Zeit zu Ende.
Aber es wird gut gehen. Es gibt viele Möglichkeiten, um zu überleben!

Liebes Nachtbuch,

die Gefahr war sehr nah, die Finsternis in mir drinnen, meine ich. Heute habe ich im Bett gelegen, ohne aufstehen zu können. Ich musste einen Auftrag absagen. Habe behauptet, ich sei erkältet. Bestimmt hat Edgar mir nicht geglaubt, aber er hat sich nichts anmerken lassen. Ich denke in letzter Zeit so viel an Lisbet und Carol. Die Armen.
Die arme kleine, hässliche Carol. Wenn ich zurückdenke, glaube ich, dass ich schon damals Mutter Berit durchschaut habe. Sie konnte Carol nicht leiden. Deshalb ist es mit ihr so gekommen, wie es eben gekommen ist. Auch Lisbet tut mir leid. Ich habe es am besten geschafft. Ich bin die Einzige von uns dreien, die es geschafft hat.
Ich bin froh, dass ich selbst nicht Mutter bin. Lilly hat Carol am meisten geliebt. Doch was, wenn man ein Kind bekommt, das man nicht lieben kann? Manchmal kann es doch zu viel sein. Aber ich will jetzt nicht weiter grübeln. Depression ist ein Zustand der Gefühlsstarre. Sie hat viele Gesichter und kann zu Antriebslosigkeit, Wutanfällen, Hysterie, Übertreibungen und Manien führen. Ich muss versuchen, mich zu entspannen. Ich weiß nicht so recht, was ich von Isberg Geller halten soll. Er hat die Ausbildung, aber vielleicht fehlt ihm die Empathie. Was für eine Gesellschaft ist das nur. Ich werde mich auf einige kleine Freuden konzentrieren. Und auf große!
Das Winterbuch wird phantastisch werden. Ich stelle mir die Bilder so vor: Die Lyngenalpen. Meine Heimat. Das graue, zähnebleckende Meer. Und die Eismeerkathedrale und die Brücke übers Meer und die vielen Berge, die die Stadt umzingeln. Finnland: irgendeine Gegend mit vielen gefrorenen Seen. Island: die Mondlandschaft

und die heißen Quellen, die unendlichen verschneiten Ebenen. Und was ist mit Stockholms Schärengürtel im Winter?

Ich darf mich nicht von Traurigkeit auffressen lassen. Nicht jetzt. Deprimierte Frauen sind abwesend, durchsichtig, exaltiert und nervig. Das wusste die Autorin Sylvia Plath. Sie tötete sich am 11. Februar 1963. Sie hat es ungefähr so gesagt: Vielleicht ist es so, wenn wir merken, dass wir uns alles wünschen, dann sind wir gefährlich nahe daran, uns nichts zu wünschen. Ich denke an Willy, den armen Willy. Er ist mir so unendlich wichtig, aber ich habe doch Angst, dass er mir eigentlich gar nicht wichtig ist. Ich finde es schwer, den Unterschied zu beschreiben.

PS. Ich brauche eine Brille. Menschen mit Brille sehen anders aus.

Die Polizeiwache badete in der Augustsonne. Das Sonnenlicht traf auf die großen Glasflächen und schien im Gebäude ein Feuer zu entzünden. Vor dem Haupteingang bildeten riesige Laternen eine Allee.

Holger Eliassen zog den Sommermantel um sich zusammen und hielt seinen Diplomatenkoffer fester. Dann ging er andächtig auf den Haupteingang zu, während die Herbstsonne seinen Rücken wärmte.

Ehe er nach Oslo geflogen war, hatte er sich lange mit Virak Karlsen unterhalten und versucht, ihm klarzumachen, wer seinen Sohn umgebracht hatte. Aber Virak war zu dumm. Er wollte sich lieber zusammen mit Sivander Kåresen sonnen, der nun endlich nicht mehr so viel im Laden schuftete. Carol Marner war gefeuert worden, Nelly, ihre ehemalige beste Freundin, hatte die Stelle bekommen. Virak wollte nichts mehr vom Tod seines Sohnes hören. Aber Holger Eliassen war entschlossen, der Osloer Polizei trotzdem mitzuteilen, wer ihn umgebracht hatte. Sein Diplomatenkoffer war voll von Beweisen.

Er ging zur Rezeption und sprach mit einem jungen Beamten. Leute eilten hin und her. Der Raum war sehr hoch. Die Glasflächen ließen das Licht herein.

Holger Eliassen nannte seinen Namen und sagte, er habe wichtige Informationen. Der Beamte sah ein wenig skeptisch aus, rief aber trotzdem in der zuständigen Abteilung an. Holger Eliassen beugte sich zu ihm vor. Er wolle mit einem Mann sprechen, sagte er.

»Mit welchem Mann?«, fragte der Beamte verwirrt.

»Mit keinem besonderen«, sagte Holger Eliassen. »Mit einem von der Kripo, aber nicht mit einer Frau. Mit einem von der Kripo, einem von denen, die nach dem Mord an Tim Karlsen zu Weihnachten in Tromsø waren.«

»Die haben zu tun«, sagte der Beamte. »Und wenn Sie keinen Termin haben … außerdem sitzt die Kripo in Alnabru. Sie können dort von hier aus anrufen, wenn Sie wollen.«

Holger Eliassen schaute auf die Uhr. Er hatte für später an diesem Tag seinen Rückflug gebucht. »Dazu habe ich keine Zeit«, sagte er. »Dann holen Sie einen aus einer anderen Abteilung«, verlangte er. »Einen, der für Mord zuständig ist.« Der junge Mann sah aus, als ob er das lieber vermieden hätte. Eine Frau kam herüber und fragte ihn etwas, zwei ausländisch aussehende Männer schwenkten irgendwelche Unterlagen. Holger Eliassen mochte solche Störungen nicht. Er merkte, dass er Hunger hatte. Für einen Moment wurde ihm schwarz vor Augen, und er kniff die Augen zu. Als er sie wieder öffnete, sah er, dass das Muster von Licht und Schatten an der Wand sich verändert hatte, weil die Blätter am Baum draußen sich im Wind bewegten. Der Beamte telefonierte kurz, dann legte er den Hörer auf die Gabel und erklärte, im Moment sei niemand zu sprechen, aber Holger Eliassen könne anrufen und einen Termin vereinbaren.

»Nein«, sagte Holger Eliassen energisch. Er spürte einen einsetzenden Schmerz im linken Arm. »Ich muss jetzt mit einem Mordermittler sprechen. Tim Karlsen wurde am 23. Dezember 2003 in Tromsø ermordet. Ich habe wichtige Informationen.«

Der Beamte drehte sich resigniert zu seiner Kollegin um, die den Besucher bat, sich zu setzen und zu warten. Sie nickte hektisch zu einer kleinen Sitzgruppe hinüber.

Am Ende kam ein Mann in die Rezeption. Er stellte sich als Kommissar Asle Tengs vor und bat Holger Eliassen, ihn in den ersten Stock zu begleiten. Er schwieg, während sie mit dem Fahrstuhl nach oben fuhren und dann ein überaus ordentliches Büro betraten.

Holger Eliassen legte seine Unterlagen vor sich hin und fing an zu erklären. Der Himmel hinter den Fenstern war dunkelblau und klar. Am Fenster waren Schmutzspuren von eingetrockneten Regentropfen zu sehen. Der Polizist sah kurz das Material durch und musterte das Foto von Odd Olsen und Judith Marner. Er fragte, ob er Kopien machen dürfte, aber Holger Eliassen war das nicht recht. Er hatte so lange damit gewartet, seine Informationen mit jemandem zu teilen, dass seine Aufmerksamkeit der Ehrlichkeit wich. Nicht die hier unten in Oslo sollten den entscheidenden Zug machen, das wollte er selbst übernehmen, sagte er. Er sagte, er werde gerne zur Verfügung stehen, seine Informationen aber nicht einfach so hergeben. Er wolle jedoch bei ihrem nächsten Aufenthalt in Tromsø mit den Ermittlern von der Kripo reden. Er komme jederzeit gern zu Anna Borelius Hansen ins Büro.

Asle Tengs' Telefon klingelte ununterbrochen. Er sah gestresst und resigniert aus, wollte aber gern ein Treffen vermitteln, sagte er, und nannte einen Namen, den er dann noch auf einen Zettel kritzelte. Stein Tønne. »Ich werde ihn bitten, sich bei Ihnen zu melden«, sagte er und fügte hinzu, er müsse jetzt leider weg. »Auch in Oslo passieren Morde«, sagte er lächelnd.

Holger Eliassen nickte und nannte ihm seine Adresse und Telefonnummer. Er gab Anna Borelius Hansen als Kontaktperson an und dachte dabei: »Das geschieht ihr recht.«

Als Holger Eliassen dem Polizisten die Hand reichte und sich bedankte, schien der Ermittler ihn doch noch nicht gehen lassen zu wollen, er schien zu ahnen, dass Eliassens Wissen Bedeutung haben könnte. »Sie haben heute Abend nicht zufällig Zeit?«, fragte er, während sein Telefon schon wieder losklingelte.

»Tut mir leid«, sagte Holger Eliassen und hatte das Gefühl, dass nichts sich noch bewegte. »Mein Flugzeug geht um achtzehn Uhr«, erklärte er feierlich.

Liebes Nachtbuch,

Lisbet hat angerufen und erzählt, dass eine Polizistin bei ihr war. Und Carol kann sie nicht erreichen, sagt sie. Wo kann Carol stecken?
Ich habe gefragt, was diese Polizistin wollte. Ich will nichts über Polizistinnen wissen. Will keine Feindinnen haben. Ich mag Frauen. Alle tragen Geschichten und Hunderte von kleinen Details aus ihrem Leben mit sich herum. Und ich dachte an Mutter Berit, an ihre Hände. Diese Hände haben so viel Liebe berührt, so viel Angst. Kinder, Windeln, Wischlappen, Scheuern, Backen, Braten und Kochen.
Es ist eigentlich seltsam, dass Frauen nicht viel häufiger morden. Mord hat etwas mit der alten Hausfrauenrolle zu tun. Statt Teller aufeinanderzustellen, Staub zu wischen, zu scheuern und zu putzen und alles schön wieder ins Regal zu stellen, räume ich Männer weg. Eine Frau braucht dazu nur sehr bewusst zu sein, etwas Mut zu haben, etwas Sinn für Details, muss Psychologiekenntnisse haben und ein wenig selbstsicher sein. Ich habe einige Mistkerle weggeräumt. Danach war alles wieder sauber und ordentlich, für eine kleine Weile. Aber Staub und Dreck stellen sich ja immer wieder ein.

Judith hält in der Garage. Plötzlich entdeckt sie den Mann aus der Waschküche, der ihr gegenüber hält. Dem gehört also der graue Audi, denkt sie. Sie bleibt im Auto sitzen, aber er hat sie erkannt. Sie mustert ihn im Rückspiegel. Etwas stimmt nicht mit der Art, wie er ihr Auto ansieht. Sie erkennt die beiden kleinen Kinder, die er vom Rücksitz hebt. Die Kinder prügeln sich sonst immer und bewerfen sich gegenseitig mit Sand.

Judith macht sich auf ihrem Sitz ganz klein und fährt zusammen, als der Mann plötzlich an ihr Fenster klopft.

Sie öffnet die Tür. Der Mann beugt sich zu ihr herunter. »Du hast mich nicht zufällig angefahren?«, fragt er mit harter Stimme.

»Ich habe was?« Judith sieht ihn aus großen Augen an. Sie war nicht einmal in der Nähe seines Autos.

»Irgendwer hat mich angerufen, und da du hier stehst …«

Judith steigt aus dem Auto aus. »Wenn du meinst, dass ich dich angefahren habe, müsste auch an meinem Auto etwas zu sehen sein«, sagt sie ironisch und drängt sich an ihm vorbei. Sie bleibt stehen und starrt ihren hinteren Kotflügel an. Der ist eingedrückt und weist mehrere hässliche Beulen und Kratzer auf. Sie glotzt, öffnet den Mund halb, während der Anblick sich ihrem Gehirn einprägt. Dann schaut sie zu Jarle Furseters Wagen hinüber. Sein Kotflügel sieht noch schlimmer aus. »Das ist doch der pure Wahnsinn«, sagt sie und schlägt die Hände vors Gesicht. Ein Geräusch wird hinter ihrer Stirn lauter, wie ein Hammer, der immer wieder gegen etwas schlägt. Sie starrt die Stoßstange des grauen Audi an und sieht, dass dessen Heckfenster vor Dreck ebenfalls grau ist. Sie braucht nicht lange, um die Lage zu analysieren. Er hat sie angefahren.

Die beiden Kinder kommen auf sie zu. Sie tragen blaue Hosen und Pullover, auf die ihre Namen gedruckt sind. Max und Malin heißen sie. Das kleine Mädchen schiebt die Hand in die Pranke des Vaters. »Willst du nicht der Wolf sein, Papa?«, fragt sie. Judith sieht, dass die kleine Malin sich den roten Mund mit Sand verschmiert hat.

»Nachher«, sagt der Vater kurz. Er lässt Judith nicht aus den Augen.

Das ist mehr, als sie ertragen kann. Gorilla, denkt sie, verdammter Gorilla.

»Wann kommt Mama zurück?«, fragt der kleine Junge.

»In ein paar Tagen«, sagt der Mann zerstreut.

»Du hast gesagt, dass wir spielen.« Die kleine Malin zieht den Vater an der Hacke und hämmert ungeduldig mit ihren kleinen Fäusten gegen seinen Oberschenkel.

Judith starrt das Kind an, das seinem Vater plötzlich die Zunge herausstreckt.

Sie merkt, wie sich alles in ihr verkrampft, wie die grauen Garagenwände grün werden, wie vor langer Zeit der kleine Wald.

Sie hört nur die Kinderstimme des kleinen Mädchens. »Das hast du gesagt … gesagt, Papa. Das hast du gesagt!«

Plötzlich schnellt Jarle Furseters Hand in die Luft, wie Prahs Zeichen, wie ein Hammer der Bosheit. Er trifft das Kind auf der Wange. Das Geräusch, mit dem er die Kleine schlägt, lässt Judith die Hände vor die Ohren schlagen, als könne das helfen. Das Weinen des Kindes zerfetzt sie innerlich. Stülpt ihre Eingeweide über den Garagenboden.

Sie zoomt Jarle Furseter mit den Augen ein, drückt auf den Knopf Abzughahn, und sein Bild prägt sich ihrem Gehirn ein. Er ist ein frecher Affe, wie der Japaner, mit niedrigen Instinkten. Wie Odd Olsen, wie ihr Onkel und Ivar Josteinsson. Das Tal der Toten wird offenbar nie ganz voll.

Sie verrät keins ihrer Gefühle, aber in ihrem Inneren nimmt der sorgfältig vorbereitete Feldzug Gestalt an, er beginnt hier, auf dem grauen Betonboden, wird aber an einem anderen Ort enden, am Ziel.

Später, als Jarle Furseter, das kleine Mädchen und der kleine Junge durch die Stahltür verschwunden sind, bleibt Judith lange an derselben Stelle stehen. Es ist ganz still in der Garage. Sie läuft ein wenig hin und her, spürt, wie die Unruhe sich in ihr aufbaut. Sie horcht zur Tür hin, horcht auf etwas, mit dem sie sich beschützen kann. In der Garage riecht es nach Öl, Benzin und Gummi. Sie sieht die Deckenlampen, die den Autolack glitzern lassen, die sich zusammen mit ihr bewegen, wenn sie weitergeht, wie der Mond, der über den Himmel segelt. Ganz hinten stehen zwei alte Mopeds.

Wischlappen, Werkzeug und zwei Spraydosen voll Lack liegen auf alten Zeitungen. Sie mustert einen schwarzen Ölfleck und bückt sich nach der einen Spraydose. Sie wiegt sie für einen Moment in der Hand, dann geht sie zum Auto des Mannes hinüber. Sie denkt für einen Moment über ihr Vorhaben nach, dann nimmt sie die ruhelose Spannung in ihrem Brustkasten wahr. Sie geht zwischen den Autos weiter, zur Mauer hinter dem Wagen des Mannes. Sie hebt die Hand mit der Spraydose und schreibt: Sieh dich vor, Wolf! Bald holt dich Rotkäppchen!

Die Farbe zerläuft unter den Buchstaben in dünnen Strichen, und ihr Herz hämmert los. Sie schluckt und betrachtet ihr Werk einige Sekunden lang, dann geht sie zurück und legt die Spraydose genau an die Stelle, wo sie sie gefunden hat. Danach zieht sie den Schlüsselbund aus der Tasche, geht zum Audi hinüber und zerkratzt den Lack. Sie zieht einen dicken Strich um die ganze Karosserie. Es ist ein widerliches Geräusch, das ihr eine Gänsehaut macht.

Danach bleibt sie stehen und betrachtet den breiten Kratzer im Lack. »Zerstörung ist eine maskuline Art der Rache«, murmelt sie. »Und bald kommt Willy«, damit tröstet sie sich.

Plötzlich öffnet sich die Tür der Tiefgarage, und das helle, feine Zwitschern der Vögel in den Nadelsträuchern draußen dringt durch die Öffnung und lenkt für einen Moment ihre Aufmerksamkeit ab. Sie läuft zu ihrem eigenen Auto hinüber, schließt die Tür auf und lässt sich auf den Fahrersitz fallen. Ein blauer Wagen hält auf einem der Einfahrt nächstgelegenen Plätze. Judith bleibt sitzen und sieht zu. Sie sitzt ganz still da, bis die Fahrerin das Auto abgeschlossen hat und durch die Stahltür verschwunden ist.

Einen Moment lang weiß sie nicht, was sie machen soll. Aber dann fällt ihr Blick im Rückspiegel auf die roten Buchstaben an der Mauer, sie dreht den Zündschlüssel um, setzt zurück, öffnet die Garagentür per Fernbedienung und fährt hinaus ins Sonnenlicht.

Als Judith Marner zurückkommt, wartet der Mann im Parkhaus auf sie. Es ist zwölf Minuten nach Mitternacht.

Es ist unmöglich zurückzusetzen, denn er versperrt ihr den Weg. Im Auto kann sie auch nicht sitzen bleiben, sie muss einfach aussteigen und die Sache hinter sich bringen. Sie sieht ihn durch das Heckfenster, sieht seinen Oberkörper und seine Arme. Der maskuline Bildausschnitt jagt ihr kalte Schauer durch den Leib. Sie öffnet die Tür und steigt aus. »Da hat ja wohl jemand dein Auto zerkratzt«, sagt sie und stößt die Tür mit dem Fuß zu. Der Knall pflanzt sich durch die Mauern fort. Sie fügt rasch hinzu, dass sie gesehen hat, wer es war. »Ich war hier, als es passiert ist«, sagt sie fröhlich.

»Das kann ich mir vorstellen«, meint Jarle Furseter ironisch.

Judith registriert seine Art. Wenn er mich nur ein wenig genauer angesehen hätte, denkt sie, statt sich nur für sein Auto zu interessieren, dann würde er vielleicht nicht so übertreiben. Aber er weiß ja nicht, wer ich bin.

»Das waren ein paar Jugendliche«, sagt Judith leise. »Und wo wir schon miteinander reden, möchte ich gern sagen, dass es mir nicht gefallen hat, wie du in der Waschküche mit mir gesprochen hast. Mir gefällt auch nicht, wie du deine Tochter behandelst. Eigentlich kann ich dein ganzes Verhalten nicht ausstehen. Du provozierst mich, irritierst mich und widerst mich an, verstehst du das?«

Jarle Furseter sieht aus, als ob sie ihn geschlagen hätte. Er verdaut ihre Worte, wägt sie ab. Er ist nicht daran gewöhnt, dass jemand so zu ihm spricht. Er stemmt die Arme in die Hüften und beugt sich zu ihr vor. »Was hast du gesagt?«, faucht er leise. »Was redest du hier für einen Scheiß?«

Die Schrift an der Wand leuchtet sie mit roten Buchstaben an.

»Ich rede überhaupt keinen Scheiß. Ich habe mir jedes Wort

gut überlegt. Und wenn du nicht begriffen hast, was ich da gesagt habe, dann kann ich das gerne noch einmal wiederholen. Es gefällt mir nicht, wie du mit mir redest. Ich lasse es mir nicht gefallen, so behandelt zu werden wie in der Waschküche. Und du misshandelst deine Tochter, du hast sie geschlagen. Damit hast du dich strafbar gemacht.«

Der Mann starrt sie sprachlos an, dann jagt er sie auf sein Auto zu. Er misst sie mit einem wahnsinnigen Blick, dann geht er zur Wand und betastet die blanken Buchstaben. Die Farbe ist noch nicht ganz getrocknet. Sein Zeigefinger wird rot, wie von Blut.

Er schüttelt den Kopf. »Ich glaube, du bist verrückt«, sagt er verbissen.

Judith schließt die Augen, sie hat Angst, er könnte zuschlagen, dann aber reißt sie sie wieder auf. Sie versucht, sich das Bild der Szene einzuprägen. Sie steht dicht vor dem Auto des Mannes. Spürt die Kälte des Lacks durch ihre Hose.

Er starrt sie gefährlich aus seinen schwarzen Augen an. Jetzt nimmt Judith den Moschusgeruch seines Rasierwassers wahr.

Er spricht ruhig und leise zu ihr, wie zu einem kleinen Kind. »Wie kannst du so einfach mein Auto zerkratzen?«, fragt er.

»Wie kannst du so einfach mein Auto anfahren und mir danach die Schuld zuschieben?«, gibt Judith zurück.

Sein Gedankengang ist jetzt abgeschlossen. Er hat seine Pointe angebracht. Er hält ihren Blick fest.

Judith schaut an ihm vorbei, zur Garageneinfahrt. Wie viele Schritte sind es bis dorthin? Sie lässt die Augen zu der grünen Fahrstuhltür weiterwandern. Neben der Garage liegt die Waschküche.

»Verdammte Scheißkuh«, ruft er plötzlich und schlägt mit der Faust auf die Motorhaube. Dann tritt er ganz dicht vor sie. Judith nimmt seinen Atem an ihrer Wange wahr wie einen leichten warmen Wind.

Es ist wichtig, dass ihre Stimme stark klingt. »Es gefällt mir nicht, wie du bist«, wiederholt sie. Wenn ihre Stimme versagt, ist nichts mehr übrig von der Judith, die sie sein will. Sie hat Angst, dass er durchschaut, wie sehr sie sich fürchtet. Denn sie erkennt die Zeichen, die die Gefahr auslösen. Sie weiß, was der Mann denkt: Dass sie eine Frau ist, die eine ordentliche Tracht Prügel verdient hat. Und sie weiß, dass es in dieser einsamen grauen Garage keinen Schutz gibt.

Sie weicht einige Schritte zurück, bis sie an der feuchten Mauer steht.

»Immerhin habe ich dich auf diese Weise dazu gebracht, endlich zu verstehen«, sagt sie energisch. »Ich glaube, das ist vielleicht die einzige Weise, wie du überhaupt etwas kapieren kannst. Du bist doch der Typ, nicht wahr, dem sein Auto über alles geht. Deine Frau und deine Kinder kommen sicher erst an zweiter Stelle, aber dein Auto …« Sie holt rasch Atem. »Ich glaube, dir fehlt irgendetwas. Du hast alles total missverstanden. Du greifst einfach zu. Für dich ist alles Rock and Roll. Einfach so.«

»Das glaubst du also, du miese Kuh«, faucht er. »Du bist verdammt nochmal das unverschämteste Wesen, das mir jemals über den Weg gelaufen ist.«

»Es ist sehr dumm von dir, so weiterzumachen«, sagt sie hart. »Wirklich überaus dumm.«

»Ach, so siehst du das also?« Er steht jetzt vor ihr und presst sie gegen die Mauer. Sie versucht, ihn wegzuschieben.

»Ich werde zu deiner Frau gehen und sie fragen, ob sie weiß, wie ihr Mann fremde Frauen behandelt«, sagt Judith und dreht ihr Gesicht weg, als wollte sie zu seiner Schulter sprechen.

»Wenn du jemals zu meiner Frau gehst oder noch einmal in die Nähe meines Autos kommst, dann zeige ich dich an.« Er presst diese Wörter durch zusammengepresste Lippen aus sich heraus.

Judith legt den Kopf ein wenig schräg. »Hast du dir überlegt, was das bedeuten würde? Trotz allem hast du mich ja angefahren.«

»Du musst doch krank sein«, sagt er leise. »Sehr krank.«

»Ja«, sagt sie höhnisch. »Da hast du wirklich mal recht. Ich bin krank, kränker als du glaubst.«

Jarle Furseter hat die Nase voll. Er macht kehrt und geht mit energischen Schritten auf die grüne Tür zu.

»Ich werde so bald wie möglich mit deiner Frau sprechen«, ruft sie hinter ihm her. Ihre Worte hallen zwischen den Mauern wider. Sie sieht seinen Oberkörper und seinen Kopf zwischen den parkenden Autos verschwinden.

Plötzlich bleibt er stehen, dreht sich zu ihr um und hebt den Zeigefinger. »Ich warne dich! Bleib meiner Familie vom Leib!«

»Das werden wir sehen«, ruft sie mit fester Stimme zurück.

Der Mann kommt zurück.

»Ich habe doch gesagt, dass das ein paar Bengel waren«, sagt Judith. »Wenn du willst, kann ich mit dir zur Polizei kommen und sie beschreiben. Der eine hatte blonde Haare und blaue Augen, der andere dunkle Haare und braune Augen.«

Er steht jetzt wieder dicht vor ihr und schlägt sie plötzlich mitten ins Gesicht. Sie wird zurückgeschleudert. »Du bleibst meiner Familie vom Leib, hast du kapiert? Wenn du dich meiner Frau auch nur näherst, dann bring ich dich um.«

Der Mann starrt sie an, dann macht er kehrt und läuft auf die Tür zu. Das Dröhnen, mit dem sie zuschlägt, wirft im Parkhaus ein düsteres Echo.

Judith schlägt die Hände vors Gesicht. Ihre Augen tun weh, ihre Wange brennt. Sie lehnt sich zitternd an die Wand. Sie ist wie ein Tier, das zu früh aus dem Winterschlaf geweckt worden ist. »Zu Isberg Geller zu gehen hilft nichts«, murmelt sie. Hier, wo sie steht, ist noch immer Winter.

Liebes Nachtbuch,

ich habe in der Garage etwas Schreckliches erlebt. Ein Nachbar hat mir vorgeworfen, ihn angefahren zu haben, dabei war es umgekehrt. Wir haben uns gestritten, ich habe etwas an die Wand geschrieben, dann bin ich weggefahren und stundenlang durch die Stadt geirrt. Ich war im Büro, aber da gab es nichts zu tun. Also habe ich mich in ein Café gesetzt und Zeitung gelesen. Dann war ich in der Bücherei. Ab und zu ergibt sich alles so, als sei es vorausbestimmt.
Ganz zufällig zog ich ein Buch aus dem Regal. Der Klappentext traf mich wie ein Faustschlag im Magen: »Das hier ist die Geschichte von Bella. Sie ist niemand Besonderes. Sie müssen sie gesehen haben. Sie sind mit Sicherheit auf sie draufgetreten. Aber eines Morgens erwacht Bella und erkennt, dass sie es satt hat. Sie schafft sich einen Hammer an. Und stellt fest, dass Männerschädel überraschend dünn sind.«
Es war fast wie ein Schock, dieses Buch zu entdecken. Sozusagen eine Bestätigung. Eine Weissagung. Denn als ich nach Hause kam, wartete Jarle Furseter in der Garage auf mich. Er schlug mich, wie er einige Stunden zuvor seine Tochter geschlagen hatte. Ich habe beschlossen, diesen Mann wegzuräumen. Er macht mir eine Wahnsinnsangst. Ich kann nicht leben, solange er auf der Erde ist.

Ruth Eliassen stand in der Küche und bügelte, als die Türglocke ging. Ein Topf mit Marmelade stand schon ein wenig zu lange auf dem Herd. Der süßliche, überreife Geruch hing schwer in allen Zimmern. Sie stellte das Bügeleisen hochkant und zog das weiße Hemd ein Stück weg, dann ging sie öffnen. Als sie am Spiegel vorbeikam, warf sie einen Blick auf sich selbst. Nachts hatte sie schlecht geschlafen. Holger hatte ihr vorgeworfen, mit Judith Marner telefoniert zu haben. Er behauptete, sie habe ihn verleumdet und sich mit der kleinen Marner darauf geeinigt, dass er jetzt senil würde. Er hatte bis spät in die Nacht hinein gewütet, obwohl sie alles abgestritten hatte. Sie hatte wirklich nicht mit Judith gesprochen. Aber sie musste sich eingestehen, dass die privaten Ermittlungen ihres Mannes sie quälten. Er wurde davon übellaunig und jähzornig. Seine Gereiztheit wurde mit jedem Tag größer, und er war doch schon fast siebzig. Irgendwann musste er erkennen, dass er alt war.

Draußen stand Michelle Tangen.

»Komm rein«, sagte Ruth. »Der Kaffee ist das Herz des Hauses, sage ich immer. Möchtest du Kaffee?«

Michelle nickte. »Ich wollte einen kleinen Spaziergang machen. Holger wühlt schon wieder in Berit Marners Sachen herum. Seine Reise nach Oslo scheint ja ein Erfolg gewesen zu sein.«

»Ach, war sie das?« Ruth seufzte tief, bückte sich und zog den Stecker aus der Dose. Sie nahm zwei Tassen aus dem Schrank und stellte sie auf den Küchentisch. »Ich will später Blumen in die Kirche bringen, morgen heiratet ja die Tochter des Pastors.«

Michelle nickte. Durch die hohen Absätze hatte sie schon nach dem kurzen Gang wehe Füße. »Alle wollen wissen, wo Carol geblieben ist«, sagte sie, nahm sich zwei Stück Zucker und tunkte sie in den heißen Kaffee.

Ruth musterte sie mit ernster Miene. »Ich finde, das alles ist ein Albtraum«, sagte sie.

Holger Eliassen bemerkte eine Veränderung, sowie er den Raum betrat. Worin die bestand, konnte er nicht so genau sagen, aber etwas lag jetzt woanders. Darüber staunte er, denn er glaubte nicht, dass Judith am dritten Weihnachtstag das Gesuchte gefunden hatte. Aber vielleicht war es ihr ja doch gelungen, dachte er. Seine Reise nach Oslo war ein großer Erfolg gewesen. Er würde bald von der Kripo hören. Es war die richtige Entscheidung gewesen, mit ihnen zu sprechen.

Judith hatte die Fassung bewahrt, aber er hatte doch gemerkt, dass sie nicht ungerührt geblieben war. Sie wusste ja sehr gut, auf welcher Spur er war.

Bald würde Judith nach Island reisen, um an ihrem Fotoprojekt zu arbeiten. Die Journalistin, mit der sie die Weihnachtsmännerreportage gemacht hatte, würde auch diesmal dabei sein.

Er hatte Anna Borelius Hansen angerufen, ihr von seinem Besuch in Oslo berichtet und ihr gesagt, dass die Kripo sich bei ihr melden würde. Sie hatte stolz erzählt, dass sie Lisbet Marner Johansen aufgesucht hatte und dass die jüngste Schwester vermisst gemeldet worden war. Carol Marner war verschwunden.

»Das ist sicher nicht weiter gefährlich«, murmelte Holger Eliassen vor sich hin. »Solchen wie der passiert doch nie was.«

Auf dem Boden stand eine Kiste, unter dem alten runden Esstisch. Holger Eliassen ging in die Hocke, zog die Kiste heraus und öffnete den Deckel. Die Kiste war mit Kleidern vollgestopft. Er nahm ein Kleidungsstück nach dem anderen heraus. Ganz oben lag ein rotes Kinderkleid. Der Stoff faltete sich in seinen Händen auseinander. Er fuhr zusammen. Er glaubte, sich an dieses Kleid zu erinnern. Er legte es auf den Boden und nahm die übrigen Sachen heraus. Es waren noch andere Kinderkleider und Berit Marners Sachen. Vage erinnerte er sich, manches davon an ihr gesehen zu haben. Am Ende war die Kiste leer, aber der Boden war lose. Er musste sich ein wenig Mühe geben, um ihn herauszunehmen, und zu seiner Überraschung sah er dann, dass unter dem doppelten Boden einige Papiere lagen. Eifrig nahm er zwei Zeugnishefte heraus, ein hellblaues von der Grundschule und ein hellgrünes von der Mittelschule. »Zeugnis für Judith Marner«, stand auf beiden.

Er öffnete das aus der Grundschule und las einige überaus positive Bewertungen der kleinen Judith. *Still und konzentriert, brav und wohlerzogen. Tüchtig und lernwillig.* Und schlau wie ein Fuchs, murmelte er vor sich hin, dann schlug er das Heft mit einem kleinen Knall zu.

Judith sitzt mit verschränkten Armen in dem grünen Sessel vor Johan Isberg Geller. Sie sagt: »Einige wenige Male im Leben bleiben wir stehen und nehmen eine neue Freude wahr, eine neue Kraft. Das ist wie ein Traum, den du im Körper hast. Es ist, wie die Hände zu öffnen und die Finger zu spreizen. Alles scheint verschwunden zu sein, alles, was vorher war. Der Augenblick davor kehrt nie mehr zurück. Du kannst wieder zu leben anfangen. Und das ist der Punkt, den ich finden will. So will ich fühlen, wenn ich nach Island fahre.«

Der Psychologe sieht sie an.

Ihre geschwollene Wange pocht schmerzhaft. Wie gut, dass Jarle Furseter zugeschlagen hat, denkt sie. Jetzt wird sie sich rächen. Judith hat das Bild entwickelt, das sie in der Konditorei von ihrer Mutter gemacht hat. Ehe sie heute die Wohnung verlassen hat, ist sie zum Esstisch gegangen, hat es hochgehoben und betrachtet. Das Licht von draußen spiegelte sich in der Oberfläche des Fotos. Auf dem Bild steht Lilly mitten im Raum, mit einem matten Glanz in den Augen. Auf ihrer einen Schulter sieht Judith etwas, das mit Schuppen Ähnlichkeit hat. Aber sie weiß, dass es Puderzucker ist. Lilly hat Zucker in ihren weißen Gesundheitsschuhen. Ihre eine Hand liegt leicht auf einem Stuhlrücken. Die Eisenstühle auf dem Steinboden sehen kalt aus. Auf dem Tresen im Hintergrund liegt ein Stück Kuchen auf einem weißen Teller. Lilly steht dort, als werde niemals etwas passieren. Oder als sei niemals etwas passiert. Sie steht da mit einer so totalen Selbstbeherrschung, dass alle Gefühle und jegliche Persönlichkeit aus ihrem Gesicht getilgt worden sind. Lilly ist eine Frau, die eine Maske aus Gleichgültigkeit trägt. Man kann ihr ansehen, dass sie noch immer trinkt. Aber sie hat das

Trinken unter Kontrolle, das ist ganz klar. Sie beherrscht ihren Alltag. Lilly muss wissen, dass sie eine Versagerin ist. Trotzdem hat sie eine gewisse Würde. Etwas, das »tritt mir nicht zu nah« sagt und das Judith wütend und verzweifelt zugleich macht. So leicht dürfte es nicht sein. Trotzdem wird sie das Foto der Mutter in ihr Nachtbuch kleben.

»Jetzt waren Sie einen Moment lang weit weg«, sagt Isberg Geller gelassen.

Judith sieht ihn an. »Ich will, dass alles so wird«, sagt sie und zögert einen Moment. »Aber vorher muss ich mein altes Leben abschließen. Und dazu brauche ich Ihre Hilfe. Wenn ich sage, dass ich vorhabe, einen Mann umzubringen, was sagen Sie dann?«

Isberg Geller lächelt kurz. Sie sieht ihn an, dann lächelt sie zurück und faltet die Hände auf ihrem Schoß. »Das ist wirklich mein Ernst.«

Johan Isberg Geller starrt einen Punkt über ihrem Kopf an. »Das kann eine gute Methode sein«, sagt er langsam. »Eine Technik, die Ihre Persönlichkeit deutlich macht und die Ihnen einen tieferen Einblick in Ihren eigenen Zorn geben kann.«

Judith zuckt mit den Schultern. Ihr geht auf, dass vor ihr ein Neandertaler sitzt. Wenn sie etwas sagt, dann interpretiert er es und liefert einen Kommentar. Er glaubt, sie rede in Bildern.

»Hallo«, sagt sie. »Das war kein Bild. Sondern mein Ernst.« Isberg Geller ist so politisch korrekt, dass sie kotzen könnte. Der Bauernkittel ist seine Uniform. »Ich werde einen Mann umbringen«, sagt sie mit harter Stimme und sieht ihre Mutter vor sich. Warum erinnert die Konditorei sie an ein Krematorium? Vielleicht, weil beide sich so ähnlich sehen?

Johan Isberg Geller verspürt ein prickelndes Unbehagen, wenn er die Frau ansieht, die da vor ihm im Sessel sitzt. Sie erzählt ihm ihre vielen kranken Ideen auf eine zu überzeugende Weise. Sie ist eine große Herausforderung. Eine zu große, vielleicht.

»Ich bin ihm vor einigen Tagen in der Waschküche begegnet«, sagt sie jetzt. »Er darf einfach nicht am Leben bleiben. Er hat seine Tochter geschlagen, und es gibt so viel an ihm, was nicht richtig ist.«

Unten auf der Straße scheppert eine Straßenbahn vorüber. Jetzt hat sie es gesagt, aber er glaubt ihr nicht. Natürlich glaubt er ihr nicht. Sie registriert, dass er sich nicht wohl in seiner Haut fühlt. Sie ist zu der Erkenntnis gekommen, dass er keine Ahnung vom wirklichen Leben hat.

»Ich habe immer solche Angst gehabt«, erklärt sie leise. »Ich kenne keinen einzigen Menschen, den ich als Freund bezeichnen könnte.«

Johan Isberg Geller stützt interessiert das Kinn in eine Hand. Jetzt spricht die Klientin auf andere Weise. Jetzt zeigt sie ihre Einsamkeit und ihre Verletzlichkeit. Jetzt ist die Klientin großartig, findet er. »Es ist nicht so gefährlich, Angst zu haben«, sagt er langsam. »Sie sollten sich immer wieder von dem Zweifel befreien, ob Sie magische Beziehungen zu anderen Menschen aufrechterhalten können. Wenn Sie sich bei einem Widerspruch ertappen, sollten Sie Ihre normale Reaktionsweise sofort unterbrechen.«

»Ich will keine Angst haben«, sagt Judith und merkt, dass ihre Stimme heller klingt als sonst.

»Sie deuten alles auf Ihre eigene Weise«, sagt er rasch und setzt sich gerade. »Vielleicht gibt es gar keinen Grund, Angst zu haben. Vielleicht haben Sie Freunde, von denen Sie nichts wissen.«

Judith sieht ihn an. »Ja«, sagt sie. »Ich habe ja Tinna. Und bald werde ich auch ihren Bruder kennenlernen.«

»Sie sehen nur das Negative«, sagt er. »Sie analysieren die Menschen in Ihrer Umgebung in der Hoffnung, etwas zu finden, das nicht stimmt, statt das Positive zu sehen.«

»Nur das Positive zu sehen ist eine schlechte Überlebensstrategie«, erklärt sie heftig.

Der Psychologe starrt sie an. Sie starrt zurück. Dann sagt er, die Stunde sei zu Ende.

Judith hält in einer Parklücke. Im selben Moment ruft Lisbet an und berichtet, dass Mutter Berit eine Augenkrankheit hat. Die grassiert offenbar gerade im Heim, sagt sie und plappert weiter, dass Augentropfen die Entzündung beheben sollen. Das Problem ist nur, dass die Großmutter nicht mit geschlossenen Augen daliegen will.

Judith steigt aus dem Auto und schließt die Tür ab. Sie steht vor dem Gebäude, in dem Jarle Furseter arbeitet, und sie schaut an der hohen Fassade einer IT-Firma hoch.

Am Vortag hat sie entdeckt, dass Jarle Furseter ihr Auto zerkratzt hat, als Strafe für die Schrammen, die sie an seinem hinterlassen hat. Judith war wütend, denn ihr Auto ist ihr sehr wichtig. Aber ab und zu empfiehlt es sich, kindisch zu sein. Sie sind wie zwei Kinder, die spielen und sich raufen, wie zwei Kinder, von denen keins nachgeben will. Sie lächelt. Am Ende wird sie gewinnen.

Lisbets Stimme im Telefon ist hell und besorgt. Sie berichtet, dass sie Carol nicht erreichen kann.

Judith schaut zur Seite und geht über die Straße. Sie hört mit halbem Ohr zu. Um die Sache mit Carol wird sie sich später kümmern. Lisbet fragt, ob Willy schon da ist. Judith sagt, dass sie ihn in einer Stunde von der Flughafenbahn abholen wird. Lisbet scheint noch etwas anderes sagen zu wollen, aber Judith fällt ihr ins Wort, sie sei auf dem Weg zu einer Besprechung. Dann beendet sie das Gespräch.

Die Firma, für die Jarle Furseter arbeitet, ist im ersten Stock eines eher kleinen Hauses hinter dem Einkaufszentrum Oslo City untergebracht. Sie gelangt ins Haus, indem sie einem Mann folgt, der offenbar eine andere Firma im selben Aufgang besuchen will. Sie bleibt stehen und sieht sich eine Weile die Briefkästen an, ehe sie die Treppen hochgeht. DINFO A/S steht auf einem weißen Schild mit schwarzer und roter Schrift. Eigentlich muss man die Gegensprechanlage betätigen, um Zutritt zu haben, aber die Tür ist zufällig angelehnt, und Judith betritt eine kleine Rezeption mit grauen Wänden. Sie schaut nach rechts in einen kurzen Gang mit blankem Boden. Sie geht los, bleibt aber stehen, als sie hinter einer Glastür Stimmen hört. Vielleicht sitzt dort Jarle Furseter mit seinen Kollegen. Judith bleibt eine Weile stehen, dann macht sie kehrt und verlässt das Haus wieder.

Willy kommt mit einer großen Tasche über der Schulter auf sie zugeschlendert. Er trägt seine abgenutzte alte Lederjacke mit dem Teddykragen. Judith hebt die Hand, legt sie auf seine Schulter und streichelt ihn ein wenig. Und dabei entdeckt sie eine lange Schramme auf seiner Wange. »Was ist passiert?«, fragt sie.

»Nichts«, sagt Willy gelassen.

»Du hast schon wieder eine neue Telefonnummer«, sagt Judith.

Er zuckt mit den Schultern. »Das ist so viel Nervkram.«

Als sie seine Tasche in den Kofferraum gelegt haben, fällt Willys Blick auf die Kratzer. Judith zuckt nur gleichgültig mit den Schultern. »So ist das hier in Oslo«, sagt sie. »Du kannst nirgendwo unbesorgt deinen Wagen abstellen.« Willy ist empört. Sie lächelt ihn an und verspricht, ihm was zum Anziehen zu kaufen.

Sie hat weitere Abzüge von Lillys Bild aus der Konditorei gemacht. Eins für Carol, eins für Lisbet und eines für Mutter Berit. Ehe sie den Motor anlässt, zeigt sie Willy das Bild, fragt, ob er sie kennenlernen möchte. »Meine Großmutter«, sagt Willy. »Nein, was hat sie denn überhaupt für Carol getan?«

Judith weiß nicht, was sie antworten soll. Dass Lisbet gesagt hat, Carol sei nicht zu erreichen, ist sicher nicht so ernst zu nehmen. »Sie hat vielleicht nicht sehr viel für Carol getan«, sagt sie. »Aber vielleicht alles, was sie tun konnte.«

»Nein«, sagt Willy. »Ich will sie nicht treffen.«

Judith nickt, leicht überrascht, weil Willy eine so entschiedene Ansicht vertritt.

Sie nimmt das Bild und steckt es wieder in den Umschlag.

»Du kannst doch bei Mutter Berit vorbeischauen, wenn du wieder in Tromsø bist«, sagt sie. »Wir wissen ja nicht, wie lange wir sie noch haben.«

»Sicher«, sagt Willy. »Das kann ich natürlich, wenn das eine Rolle spielt.«

Anna Borelius Hansen musterte die alte Frau im Bett. Es war deutlich, dass ihre kranken Augen sie zur Verzweiflung trieben. Sie fuhr sich mit ihren gekrümmten Fingern über die Augen. Gelbe, getrocknete Eiterflocken rieselten auf ihre Wangen.

Sie dachte an das Abendgebet, das die Mädchen immer geflüstert hatten und das sie schwarz vor Kummer hatte werden lassen.

»Lieber Gott«, sagte sie laut.

Milla Josteinsson sagte, sie solle still sein. Anna Borelius Hansen drehte sich um und sah zu ihr hinüber. »Wann war Carol zuletzt hier?«, fragte sie.

»Carol darf ja nicht herkommen«, jammerte Berit Marner und flüsterte dann das Gebet. *»Lieber Gott, der du oben im Himmel bist. Unser tägliches Brot gib uns heute und gib uns unsere Mutter zurück.«* Sie spürte, wie die Tränen gegen ihre geschlossenen Augen pressten, und deshalb hob sie zitternd ihre runzlige Hand und wischte die gelbe Flüssigkeit weg. *»Denn dein ist die Macht in alle Ewigkeit. Amen.«*

Sie erinnerte sich an die Lust, an die Erwartung bei der Vorstellung, was Carl Eilert in ihrer Gebärmutter anlegen würde. Sie erinnerte sich daran, wie sie bei den Geburten die ärgsten Schreie unterdrückt hatte. Es war eine Frage der Würde. Sie hatte darüber mit Lisbet diskutiert, die ganz anderer Ansicht war. Lisbet meinte, Frauen müssten wagen, ihren Schmerz aus sich hinauszuschreien, sich zusammenzureißen sei fast schon feige. Der Motor war so verdammt langsam, dass sie mehrere Stunden brauchten, um wieder an Land zu kommen. Sie war im fünften Monat mit Lilly schwanger. Durch Lilly kamen Judith und Lisbet und Carol. Und durch Carol kam Willy. Und Willy war zu Judith nach Oslo gefahren. Aber was, wenn er nicht zurückkam?

Sie stand in der Küche. An ihren Wangen klebte Mehl. Was sollte sie heute servieren? Muttermilch oder Wasser. Kuchen, Eisen oder Vitamine. Butter oder Eier oder gekochten Fisch, oder warme Waffeln mit Marmelade?

Für einen kurzen Moment ging die Wirklichkeit für sie auf. Nie wieder würde sie Zuckercreme und Vanilleplätzchen auftischen. Sie lag hier allein, ganz allein. Der Hahn über dem Waschbecken tropfte. Schwere kleine Tropfen, die redeten. Plopp, plüpp, plopp, plüpp. Sie hob den Kopf und sah das Fußende ihres Bettes an. Sah das graue Bettgestell, das oben wie zwei blanke Rohre aussah. Und sie sah ihr Gesicht, das sich im unteren Rohr spiegelte. Sah die Haut verschwimmen und ihre Augen, die zwei grauen langen Strichen ähnelten.

Judith nimmt einen Apfelkuchen aus der Tiefkühltruhe und schiebt ihn unter die Mikrowelle. »Bald gibt's Kakao und Kuchen, Willy«, ruft sie ihm zu. Sie würde Willy gern erzählen, wie sehr sie sich fürchtet. Dass sie seltsame physische Symptome verspürt, Schmerzen in den Armen und Atembeschwerden. Sie würde ihm gern sagen, dass sie weiß, wie alles angefangen hat, dass sie aber nicht weiß, wie alles enden wird. Aber sie hat Angst, dass sie ihm mit ihrem Gerede schaden würde. Trotzdem würde sie ihm gern alles erzählen. Denn der Therapeut versteht ja nicht, was sie sagt. Er versteht nicht, dass er ihr helfen muss, ihr Verhalten zu ändern. Wenn sie sich sagt, dass sie verrückt ist, weiß sie, dass das nicht stimmt. Sie ist diejenige, die es am besten geschafft hat. Im tiefsten Herzen hat sie zu Willy größeres Vertrauen als zu irgendeinem anderen Menschen.

Willy isst und schläft und sieht fern.

Früher an diesem Tag hat Judith ihren Neffen mit ins Büro genommen und ihm Edgar und dessen zwei Hunde vorgestellt. Sie musste einige Lebensmittel für eine Reklamekampagne fotografieren. Solche kleinen Drecksjobs werden ihr erspart bleiben, wenn das Winterbuch fertig ist. Sie hat Willy um acht aus dem Bett geholt und ihn gezwungen, sich zu duschen und anzuziehen. »Du bist doch nicht nur zum Schlafen hergekommen«, hat sie gesagt. Und er grinste sie auf seine besondere Weise an.

Am nächsten Tag will Willy nur zu Hause herumhängen, sagt er. Die Reise nach Island rückt näher, aber zuerst muss Judith sich von Jarle Furseter befreien. Sie beschließt, einige Vorbereitungen zu treffen, und packt die dunkle Perücke zu einem rosa Anorak in eine Tasche.

In der Garage spielen einige Jugendliche mit einem Ball. Sie hört, wie sie hin- und herdribbeln. Eine freie Parklücke fungiert als Tor, und immer wenn der Ball gegen die Wand knallt, jagt er ein hartes kleines Dröhnen durch ihren Leib.

Judith setzt sich in ihr zerkratztes Auto und fährt ins Zentrum, wo sie in einem Warenhaus einen billigen Regenmantel ersteht. Einen dünnen, durchsichtigen, der sich zu einer kleinen Wurst aufrollen lässt. Sie kauft auch ein Paar grüne Unisexstiefel Größe 42. Sie trägt eigentlich 39, aber es schadet ja nichts, wenn die Polizei größere Fußabdrücke findet, denkt sie.

Sie will alles neu kaufen und danach wegwerfen. Aber nicht irgendwo. Vielleicht kann sie Stiefel und Regenmantel in einer Schule in die Kiste mit vergessenen Kleidungsstücken legen. Welcher Polizist würde schon in einer Schule zwischen vergessenen Kleidungsstücken nach den Sachen des Mörders suchen? Den schwarzen Plastiksack, den sie vor einem halben Jahr nach dem Krankenhausmord bei sich hatte, hat sie hinter einem Lebensmittelladen in einen Container gesteckt.

Sie will die dunkle Perücke aufsetzen. Aber sie muss auf schlechtes Wetter warten, überlegt sie. Im Supermarkt kauft sie Wegwerfhandschuhe und legt sie zusammen mit einer Packung Hamburger, einigen Tomaten, Petersilie, Zwiebeln und Weißbrot in ihren Korb.

Danach fährt sie nach Lørenskog, in das große Einkaufszentrum, und kauft in einem Sportgeschäft ein Messer. Sie trägt die dunkle Perücke und den rosa Anorak. So sollen die Leute sich an sie erinnern, an eine dunkle Frau, die Rosa trägt. Sie trägt niemals Rosa. Sie hasst Rosa. Carol ist diejenige, die Rosa liebt.

»Konfirmationsgeschenk«, sagt sie zum Verkäufer. »Ich bin die Patin, also muss es ein gutes Messer sein.«

Der Verkäufer zeigt ihr eins. Es kostet fast 800 Kronen. Er wickelt es in Silberpapier und macht sich lange an einem grünen Band zu schaffen, aus dem er verrückte Korkenzieherlocken drehen will. Judith bedankt sich und fragt, ob das Messer umgetauscht werden kann. Natürlich geht das, wie sie jetzt hört. Ihr kommt die wahnwitzige Idee, die Mordwaffe nach Gebrauch zu säubern und wieder in den Laden zu bringen. Das muss doch die perfekte Weise sein, Spuren zu vertuschen. Welcher Polizist wird die Tatwaffe schon in einem Sportgeschäft suchen?

Sie muss die Kratzer an ihrem Auto ausbessern lassen und fährt ihn in eine Werkstatt in Opsal. Sie sagt, dass sie es in zehn Tagen abholen wird, wenn sie aus Island zurück ist. Dann fährt sie mit einem Taxi zu einer Mietwagenfirma und mietet ein Auto, das genauso aussieht wie ihr eigenes. Sie kratzt das kleine AVIS-Schild vom Heckfenster und fährt nach Haus. Dort hält sie auf ihrem festen Platz. Sie will nicht, dass der zerkratzte Wagen hier steht, als Beweis dafür, dass sie mit Jarle Furseter aneinandergeraten ist, sodass die Polizei das, was passieren wird, mit ihr in Verbindung bringen kann. Judith Marner überlegt, dass sie irgendwann ihren IQ testen lassen will. Es würde sie nicht wundern, wenn der ziemlich hoch wäre. Es würde sie überhaupt nicht wundern.

Als sie nach Hause kommt, erzählt Willy, dass er in der Stadt war. Am Vorabend hatte er eine Runde gedreht. So nannte er das, eine Runde drehen. Was machte Willy, wenn er eine Runde drehte?

Judith schaut aus dem Küchenfenster. Aus purem Zufall sieht sie Jarle Furseter über den Platz gehen. Er trägt seinen blauen

Trainingsanzug. Er läuft an dem halbfertigen Schulhaus vorbei, über den Gehweg, zwischen den kahlen Zweigen in dem kleinen Park und dann in den asphaltierten Tunnel. Judith sieht ihn dort verschwinden. Plötzlich steht Willy hinter ihr. »Was machst du denn hier?«, fragt er.

»Nichts«, sagt sie kurz und nimmt ein Küchenhandtuch vom Tisch. »Wie viele Hamburger willst du haben?«

»Vier«, sagt er, dreht sich um und geht wieder ins Wohnzimmer.

Sie legt die Hamburger auf einen Teller, nimmt die Ketchupflasche und geht zu ihm. Er hat die langen Beine auf das Sofa gezogen.

Im Fernsehen kichern und albern drei Teeniemädels herum. Eine beugt den Kopf nach vorn, bis die Haare ihr Gesicht verdecken. »Mit solchen könnte ich allerlei machen«, sagt Willy, als Judith das Essen bringt.

»Du könntest was?«

Willy grinst. »Scheiß drauf«, sagt er und nimmt einen großen Bissen.

Judith ist sprachlos. Willy rutscht auf dem Sofa hin und her.

Sie sagt: »Wie hast du das gemeint?«

Er sagt: »Scheiß drauf.«

Sie sagt: »Nein.«

Er sagt: »Himmel, Judith.«

Sie fühlt sich unwohl. Plötzlich fühlt sie sich unwohl. Es liegt irgendwie daran, nicht zu wissen, mit wem man es zu tun hat. Willy starrt den Bildschirm an und isst.

Willy ist vielleicht doch kein armer Junge, sondern ein Mann. Wie gehen Mütter damit um, Söhne zu haben? Judith merkt, wie ihr Herz einige doppelte Schläge macht. Wie soll sie ihn aus dem Haus schaffen? Liebe ist eine ernsthafte Gemütskrankheit, hat einmal jemand gesagt. Ob du stirbst oder alt wirst, am Ende verlierst du immer dein Gesicht. Halleluja, was macht sie sich da nur für Gedanken. Kann ihr idiotisches Gehirn sich nicht einfach ausschalten und sie für einen Moment in Ruhe lassen?

Sie schließt für einen Moment die Augen. Plötzlich kann sie es nicht ertragen, Willy da sitzen zu sehen, wie er sich Hamburger und Kartoffelchips ins Maul stopft. Sie bringt es nicht mehr über sich, sein Maul anzusehen. Sie muss einfach weg hier. Judith zieht sich an und ruft Willy zu, dass sie frische Luft schnappen muss. Er murmelt irgendeine Antwort. Sie läuft die Treppen hinunter und dann hinaus in die Dunkelheit. Die ganze Zeit denkt sie daran, dass Willy am nächsten Tag wieder fährt.

Sie bleibt eine Weile vor der Haustür stehen. Beim Gedanken an Jarle Furseter bricht sie in Zittern aus. Vielleicht sollte sie wieder ins Haus gehen? Aber unter die Angst mischt sich noch etwas anderes. Jarle Furseter soll nicht entscheiden, was sie tut. *Die Stille im Wald war aus vielen gelben und grünen Geräuschen zusammengesetzt. Dünnen Geräuschen, von Blättern und kleinen Schnäbeln. Das kleine Mädchen, das auf sie zugelaufen kam, war sie selbst.*

Judith geht mit festen Schritten über den Gehweg auf den Tunnel zu und stellt sich dort hinter einen Container. Sie denkt an Willy. Denkt an sein Herz, das in dem großen Knabenkörper schlägt. Denkt an das Kind, das er einmal war. Er versucht doch nur zu leben. Der große dumme Willy. Er hat Ähnlichkeit mit mir, denkt sie plötzlich. Sie muss nach Hause gehen und ihn zum Packen auffordern. Sein Flugzeug geht am nächsten Tag schon um elf, und das Beste von allem ist, dass Regen angesagt worden ist.

Vorhin, als Judith eine blonde Perücke und den Regenmantel in den Sack packte, bekam sie eine SMS von Willy, der wohlbehalten wieder in Tromsø gelandet ist. Das ist jetzt alles ein wenig zu viel für sie, merkt sie und schaltet ihr Telefon aus.

Sie lädt sich den Rucksack auf und geht hinaus in den Regen. Als sie sich hinter dem großen Container umzieht, spürt sie die dünnen Regenfäden im Gesicht. Die blonde Perücke ist eng und juckt auf der Kopfhaut. Sie schaut auf die Uhr. Das ist nicht leicht im Licht der geizigen Straßenlaterne, aber sie kneift die Augen ganz fest zusammen und stellt fest, dass Jarle Furseter in dreizehn Minuten von seiner Runde zurückkehren wird. Sie hat einige Male seine Zeit gestoppt.

Sie horcht eine Weile, dann verlässt sie ihr Versteck und geht durch den kurzen Tunnel. Auf der anderen Seite krümmt sie sich hinter einem Streusandkasten, beugt sich ganz weit vor, damit ihr Kopf nicht zu sehen ist. Plötzlich hört sie Stimmen. Ein helles, schallendes Lachen einer Frau, die offenbar mit einem Mann redet. Sie gehen langsam vorbei und dann weiter in den Tunnel. Das Geräusch ihrer Schritte wird leiser.

Dann kommt ein Golden Retriever angerannt und schnauft. Sein Schwanz peitscht hin und her, als er sie entdeckt. Er kommt dicht an sie heran und bellt verspielt. Judith nimmt den schweren Geruch des feuchten Fells wahr. Sie krümmt sich noch mehr zusammen und bleibt ganz still hocken. Der Hund hat lange Zottelhaare an den Hinterbeinen. Er ist total verdreckt. Für einen Moment glaubt Judith, entdeckt zu sein, aber der Hund läuft weiter, als sein Besitzer nach ihm pfeift.

Bald wird Jarle Furseter vorbeikommen. Wenn er sich an seine Routine hält, in vier Minuten. Bald wird Jarle Furseter eine große Veränderung durchleben.

Sie zwingt sich einen ungewöhnlich hohen Grad an Selbstkontrolle auf. Jetzt muss sie sich auf ihr Vorhaben konzentrieren. Und danach wird das Leben wieder so sein wie vorher.

Sie lehnt sich an den Container und versucht, ruhig zu atmen. Die braunen Blätter auf dem Boden riechen faulig. Der Herbst saust hoch oben in den Baumkronen.

Ihre Gelenke tun weh, der Messergriff fühlt sich in ihrer feuchten Hand glatt an. Die dünnen Gummihandschuhe sind im Regen glitschig geworden. Die Stiefel, die sie sich gekauft hat, sind schwer. Sie bereut, nicht lieber Turnschuhe genommen zu haben.

Dann hört sie rhythmische Schritte auf dem nassen Asphalt.

Judith Marner richtet sich auf und geht mit sicheren Schritten auf den Gehweg hinaus. Ihre Instinkte sind voll angespannt. Ihre Augen jagen über ihre Umgebung. Ist sonst jemand in der Nähe? Nein, es gibt nur sie und den Läufer. Der Läufer ist nur einige Meter von ihr entfernt. *Der Läufer steigerte sein Tempo, als er den Wald erreichte. Wenn seine Turnschuhe auf den Boden auftrafen, war ein kleiner hohler Knall zu hören, als gäbe es unter dem hartgetretenen Boden heimliche Räume. Der Läufer war groß und kräftig.*

Es gibt viele Dinge, die kleine Mädchen nicht tun dürfen. Kleine Mädchen dürfen nicht allein in den Wald.

Jarle Furseter schaut den Boden an. Plötzlich entdeckt er die Blondine, die vor ihm auf dem Weg steht. Er versucht, ihr auszuweichen.

Als er fast an ihr vorbei ist, fährt Judith herum und bohrt ihm das Messer ins Kreuz. Sie trifft. Reißt das Messer wieder heraus. Für einen Moment hat sie das Gefühl, dass ihr Körper steinschwer ist.

Jarle Furseter hebt die Arme vor sich hoch, wie zum Schutz. Aber das Messer ist wieder unterwegs, und jetzt trifft es ihn am Hals. Sie sticht und sticht und sticht. Als sei ihre Hand mit einer Stechmaschine verbunden. Sie verhält sich absolut mechanisch. Sie sieht seinen Mund, der schreit, aber es kommt kein Geräusch heraus. Er starrt sie aus weit aufgerissenen Augen an. Sie weiß nicht, ob er sie erkennt. Plötzlich hat er ihren Arm gepackt und hält ihn fest. Judith zögert einen Moment, dann reißt sie sich los und läuft zwischen den Bäumen davon. Er kommt hinterher. Sie stürzt auf eine Baumgruppe zu. Rutscht im feuchten Gras aus, kommt wieder auf die Beine. Umklammert das Messer. Ein Zweig kratzt ihren Hals auf. Sie rettet sich ins Gebüsch. Dreht sich um und sieht Lichter hinter den Fenstern, wie Sterne, in den entfernteren Blocks. Sie geht in die Hocke und lässt langsam die Wahrheit an sich heran. Diesmal hat sie versagt.

Jarle Furseter steht gleich neben ihr. Er kehrt ihr den Rücken zu, steht ganz still und ringt um Atem. Er lebt noch. Er ist groß und stark, und er lebt. Er sieht nicht, wie sie dort hockt. Sie kriecht hervor und läuft die wenigen Schritte bis zu ihm mit erhobener Hand. Wieder sticht sie zu. Diesmal ganz oben in den Rücken. Jarle Furseter versucht, sich umzudrehen, versucht, die Arme zu heben, lässt sie aber wieder sinken. Er scheint vor dem Tod noch einen Moment innezuhalten, gerade für diesen kurzen Zwischenstopp, den Anflug von Panik, der im Zwischenraum zwischen zwei Herzschlägen liegt. Er greift lautlos nach einem Zweig und betastet den Schnitt in seinem Hals. Sie geht um ihn herum und stellt sich vor ihm auf. Gleich darauf scheint er zu begreifen, was hier passiert. Sein Gesicht klärt sich gewissermaßen auf. Er erkennt sie, und sein Gesichtsausdruck überwältigt sie. Jetzt muss sie sich in Sicherheit bringen. Sie muss sich abwenden und weglaufen, zu dem Tunnel, durch ihn hindurch. Auf die andere Seite und nach Hause. Aber zuerst muss Jarle Furseter das Sterben hinter sich bringen.

Er steht noch immer aufrecht da und hat mit der einen Hand den Zweig gepackt. Und sie ist wieder da. Blitzschnell bohrt sie ihm das Messer in den Bauch, in den Oberschenkel, in den Hals. Sein Kopf kippt nach vorn, und er röchelt. Sie beugt sich ein wenig vor und starrt ihm ins Gesicht. Nun sieht sie die matten Augen, die sie anstarren. Sie weiß, dass Augen noch immer registrieren können, wenn der Körper schon gelähmt ist. Dann lässt er den Zweig los und sinkt auf dem Boden in sich zusammen. Sie steckt das Messer in die Tasche, bückt sich und packt seinen Arm, wendet ihre letzten Kräfte auf, um ihn um die Baumgruppe herumzuziehen in ein immergrünes Nadelgestrüpp. Sie nimmt Fragmente des harschen maskulinen Kiefergeruchs wahr. Die Tropfen hängen an den Nadeln und sehen aus wie funkelnde Perlen. Sie schaut sich eilig um. Niemand zu sehen, und der Regen ist noch stärker geworden. Sie hört den Verkehr von der Schnellstraße in der Ferne. Er rauscht wie Wind. Sie geht über den glatten Rasen zurück zum Gehweg. Das Geräusch ihrer Stiefel durchschlägt ihren Körper. Das Blut auf dem Gehweg läuft schon in kleinen Bächen mit dem Regenwasser zur Kante.

Gehen! Langsam gehen, als ob nichts passiert wäre. Nicht dem Schmerz nachfühlen. Der Schmerz ist nur eine Illusion, die schützen soll.

Hinter dem Abfallcontainer hat sie einen kleinen Rucksack und einen leeren Müllsack versteckt.

Sie streift den Regenmantel und die Stiefel ab. Zieht alte Schuhe und eine grüne Windjacke an, die sie im Rucksack hatte. Sie stopft Regenmantel und Stiefel in den schwarzen Müllsack, rollt ihn zusammen und steckt ihn wieder in den Rucksack. Dann reißt sie die blonde Perücke vom Kopf und wirft sie hinterher. Sie fährt sich durch die Haare, bis die wieder lockig sind, zieht die Jacke an und lädt sich den Rucksack auf.

Alles ist still. Die Jugendlichen, die vorhin in der Garage Ball gespielt haben, drängen sich jetzt bei den Mülltonnen aneinander und rauchen.

Judith geht an ihnen vorbei, über den Spielplatz, zu ihrem Aufgang. Der Anblick des Läufers im Regen lässt ihr keine Ruhe. Der Mann im blauen Trainingsanzug, der Mann mit den verwischten Gesichtszügen. Sie sieht die Regentropfen, die wie Perlen auf dem wasserabstoßenden Stoff liegen. Sie hat es wieder geschafft. Jetzt ist er tot. Alles ist nur eine Frage der Biologie. Wie war eigentlich seine Stimme? Und welche Farbe hatten seine Augen?

Im Treppenhaus ist es warm und angenehm. Die grünen Briefkästen hängen nebeneinander. Sie horcht auf die Geräusche hinter den Türen, als sie in den ersten Stock hinaufgeht. Fernsehgeräusche, gedämpfte Stimmen, weinende Kinder. Jetzt merkt sie, dass ihr vor Anstrengung Rücken und Arme wehtun. Sie hat keine Angst vor solchen Schmerzen. Die kennt sie. Die Treppe kommt ihr plötzlich entgegen. Sie muss sich am Geländer festhalten. Sich vorbeugen und das Gleichgewicht wiederfinden. Die Geräusche ihres Körpers pflanzen sich durch das Metallgeländer immer weiter nach oben fort. Alles geht in beide Richtungen. Sie bleibt eine Weile so stehen, ehe sie den Schlüssel aus der Tasche ziehen kann. Bringt die Treppe hinter sich und kann ihre Wohnungstür aufschließen. Sie hört, dass unten die Haustür aufgeht und dass jemand langsam die Treppe hochkommt. Sie geht hinein. Das Geräusch der ins Schloss fallenden Tür jagt noch lange wie ein Echo draußen im Treppenhaus auf und ab.

Sie mustert im Badezimmerspiegel ihr Gesicht. Unter einem Auge sitzt ein Kratzer. Sie starrt den roten Strich ängstlich an, dann geht sie unter die Dusche und dreht den Hahn auf.

Das Wasser lässt ihre Wunde brennen. Die blanken Wände der Dusche umarmen sie. Bald wird sich die gute Leere einstellen. Sie ist keine Versagerin.

Sie denkt an den Mann mit der Narbe am Knie. *Wer hat Angst vorm bösen Wolf, vorm bösen Wolf, vorm bösen Wolf? Ich hab Angst vorm bösen Wolf, vorm bösen Wolf, vorm bösen Wolf.*

Sie verlässt die Dusche und wickelt sich in ein großes blaues Handtuch. Zieht sich an, streift den Morgenrock über und räumt im Flur auf. Dann holt sie sich ein Glas Wein und nimmt ihr Nachtbuch hervor, trägt Datum, Uhrzeit und Namen des Opfers ein.

So schafft man es. Man schafft es, indem man die Wahrheit auf Daten reduziert.

Das Telefon klingelt. Das Geräusch lässt ihre Ohren vibrieren. Sie nimmt den Hörer ab und schließt die Augen. Es ist Carol, sie erzählt, dass sie in Oslo ist und bei Lilly wohnt. Judith geht zum Fenster und schaut hinaus auf den Baum. Carol ist zu Lilly gefahren, weil die gesagt hat, dass sie Carol am meisten liebt, denkt Judith. Die jüngste Schwester ist auf einem kurzen hungrigen Hamsterausflug in der Tigerstadt. So einfach ist das Leben, denkt Judith müde und lehnt die Stirn ans Glas. Die Lampe draußen lässt den Stamm glitzern. Die Blätter am Baum sind schon fast verwelkt.

Anna Borelius Hansen öffnet den Brief der Osloer Kollegen.

POLIZEI
z. Hd. Frau Borelius Hansen
Grønnegaten 122
9088 Tromsø

(Troms Polizeibezirk)

Ihr Kennzeichen	Unser Kennzeichen	Datum
362/2003		10. 08. 2004

Bez. unseres Termins in Tromsø, 8. September

Liebe Anna.
Hoffentlich habt Ihr im Norden einen schönen Herbst. Wir haben, wie Du weißt, hektische Tage. War gerade in Bergen. Die Nachrichten hast Du natürlich gesehen.
Ich schicke statt einer E-Mail einen Brief, das hier braucht nämlich nicht der ganze Zirkus zu wissen. Was ich sagen will, ist, dass ein Kollege unten im Zentrum vor ein paar Tagen Besuch von einem Exkollegen aus Deiner Gegend hatte, der glaubte, im Fall Tim Karlsen wichtige Informationen zu besitzen. Er heißt Holger Eliassen und behauptet, Dich gut zu kennen. Ich weiß natürlich nicht, ob das, was er sagt, Hand und Fuß hat, eigentlich glaube ich es nicht. Aber wenn ich das richtig verstanden habe, dann stehst Du in Kontakt zu ihm, und er hatte einen Ordner voller Informationen, die uns seiner Meinung nach helfen könnten. Ich finde einfach, dass wir das nicht ignorieren dürfen. Deshalb bitte ich Dich, ihn zu unserem Termin im September dazuzubestellen. Wir können ihm ja zu Anfang eine halbe Stunde reservieren. Und dann sehen wir weiter.
Bis dann also, mach's gut.
Stein
Zentrale der Kriminalpolizei
Brynalleen 6
0667 Oslo

ICH BIN NICHT ZAHM

(Meer)

Ich bin ein sehr reifer Mensch,
Aber niemand kennt mich.
Meine Freunde haben ein falsches Bild von mir,
Ich bin nicht zahm.

Edith Södergran

(Meer)

Das Meer ist gewaltig und ewig. Vor vier Milliarden Jahren lag der Wasserstand in den Weltmeeren siebzig bis neunzig Meter höher als heute – und die Temperatur war zehn Grad höher.
In der Tiefe ist von den roten und gelben Lichtstrahlen nichts mehr übrig. Auf der nördlichen Halbkugel weicht die Richtung des reinen Windstroms an der Oberfläche nach rechts ab. Das liegt an der Erdrotation. Die Lichtgeschwindigkeit im Wasser hängt ab von Salzmenge, Temperatur und Druck. Die großen Temperaturunterschiede gibt es nur an der Oberfläche und bis hinab zu einigen hundert Metern Tiefe. Weiter unten ist das Wasser homogen, was Salzgehalt und Temperatur angeht, das Wasser ist kalt.

Island ist, im August aus der Luft gesehen, eine braune Insel, aber bald kommt der Schnee. Die Insel ist so groß wie Südnorwegen und wird eingerahmt von Nordsee einerseits und Atlantik andererseits.
An der Küste peitscht der Wind das Meer zum Land hin. Das Wasser bricht sich mit lautem Gebrüll, wenn es auf die Felsen auftrifft. Es gibt Organismen, die von Sauerstoff vergiftet werden. Sie leben tief im Erdinneren oder auf dem Meeresboden. Am Anfang der Welt ist alles Leben aus einer dünnen Meeressuppe mit organischen Molekülen entstanden. Die Landschaft hier erinnert an die Mondoberfläche.
Beim Anflug über das Meer sieht man auf der Insel so

ungefähr als Erstes den Vatnajökull. Dieser Gletscher liegt wie ein weißer Mantel mit vielen Ärmeln über der flachen Landschaft. Nur das Eis in der Antarktis und auf Grönland hat größeren Umfang als der Vatnajökull. Man kann deutlich Moränenbildung und Fronten sehen, die im Laufe der Jahrhunderte entstanden sind. Der alte Schnee besteht aus Packeis und Schneekristallen. Jeden Winter wird neue Glasur über die Landschaft gelegt. Im Frühling jedoch gibt die Sonne sich alle Mühe, so viel wie möglich zum Schmelzen zu bringen. Dieser Kampf nimmt nie ein Ende. Jetzt steht der Winter vor der Tür, bereit, neuen Schnee über die Landschaft wachsen zu lassen.

Geysire lassen heißes Wasser und Dampf aus den Löchern in der Erdoberfläche hochschießen. Einige Wasserfälle liegen tief unten, fast versteckt in der Landschaft.

Der Vulkan Hekla erhebt sich auf der linken Seite. Die Hekla liegt wie eine Hexe auf der Lauer. Man weiß nie, wann sie zum Angriff übergehen wird. Jetzt schläft sie, aber irgendwann wird sie glühende Flüssigkeit über die Landschaft speien.

Als Judith Marner auf dem Flughafen Keflavik landet, weiß sie, dass Tinna sie in der Ankunftshalle erwartet. Die kleine blonde Tinna, die genauso ist, wie Judith sich das gewünscht hat. Tinna mit der schönen islandschwedischen Aussprache und den Sonnenhaaren.

Judith ist guter Stimmung. An den Wänden sieht sie Bilder von Pferden und Elfen. Während sie mit ihrem schweren Handgepäck, das aus zwei Fotoapparaten, einem Powerbook, einer Tasche mit Linsen und einer zusätzlichen Jacke besteht, durch die langen Korridore geht, fällt ihr auf, wie sehr dieser Flughafen dem in Oslo ähnelt. Er ist ebenso modern, mit Glas, Holz und Stahl. Sie lächelt verstohlen, als sie an einem

Toilettenschild vorbeigeht, das die Profile eines Mannes und einer Frau zeigt, und die isländische Unterschrift »Snyrtingar« sieht.

Ein Kind mit einer singenden Puppe geht vor ihr her. Der kleine Junge braucht nur an einem Faden an ihrem Rücken zu ziehen, und schon ertönt aus dem Mund der Puppe die geheimnisvolle Stimme.

Judith blickt auf die rote Sonne, die hinter den hohen Glasfenstern zwischen graublauen Wolkenstreifen liegt. Das kühle Licht erfüllt sie mit Ruhe. Sie wird jetzt Tinna zu ihrer Mutter begleiten, die draußen in Grindavik wohnt. Das ist vielleicht ein Ort, an den sie zurückkehren kann, wenn sie sich verstecken muss, denkt sie. Judith sieht wieder das Wäldchen von damals vor sich. Vielleicht wird sich jetzt alles finden. Eine plötzliche Bewegung in der Menschenmenge lässt ihren Blick weiterwandern. Ein uniformierter Mann kommt mit einem Rollwagen vor sich auf sie zu. Judith, die eine Sekunde lang stehen bleibt, wird von einem Ehepaar hinter ihr weitergeschoben. Weiter vorn glaubt sie, einen Mann zu erkennen. Sein grauer Kopf bewegt sich in der Menschenmenge auf und ab. Ein Mann in einem Mantel mit hohem Kragen, ein Mann, der plötzlich wieder verschwunden ist. Jetzt muss sie sich zusammenreißen und darf nicht nach Gespenstern suchen. Aber es gibt nur einen einzigen Menschen auf der ganzen Welt, der weiß, wie sie wirklich ist. Alle anderen haben ein falsches Bild von ihr, glaubt sie. Alles ist wie Theater, ein Schauspiel, bei dem die Darsteller zu große Kleider tragen und unbegreifliche Dinge sagen. Denn sie ist nicht zahm. Sie betrachtet ihr Ticket und den roten Pass und hat das Gefühl, endlich die Einreiseerlaubnis zum gelobten Land erhalten zu haben. Hier geht sie, zwischen den Normalen und Zurechnungsfähigen, die ihre Taschen an sich pressen. Eine alte Dame drückt eine rosa Kretonnetasche an ihren Bauch. Seltsam, eine so beängstigende Fürsorge für unsere jämmerlichen Habseligkeiten zu zeigen, denkt Judith.

Tinna erwartet sie in der Ankunftshalle. Während Judith auf sie zugeht, hört sie in Gedanken die Worte des Psychologen: *»Sie sollten sich immer wieder von dem Zweifel befreien, ob Sie magische Beziehungen zu anderen Menschen aufrechterhalten können. Wenn Sie sich bei einem Widerspruch ertappen, sollten Sie Ihre normale Reaktionsweise sofort unterbrechen.«*

Judith geht neben Tinna her. In Tinnas Aussprache klingt der Name Judith honiggelb und süß. Sie folgen der Menschenmenge zum Ausgang. Tinna trägt Judiths Koffer. Darin liegen warme Kleidung, ein Buch, Unterwäsche und Socken und andere Dinge, die sie vielleicht brauchen wird. Plötzlich hat sie das Gefühl, dass eine dunkle Decke sich über sie senkt. Sie denkt an die widerlichen Schnecken, die im Herbst weiße, schleimige Streifen auf den Blättern hinterlassen. Ein Mann bückt sich und verschwindet in einem Taxi. Der Wagen fährt nur ein kleines Stück, dann hält er am Straßenrand und scheint auf jemanden zu warten.

Tinnas Gesicht wird von den Lichtstrahlen getroffen, und Judith mustert sie und ihre Umgebung. Judith sieht Reihen von Taxis und Bussen, sie sieht Gras und Asphalt, einen niedrigen Zaun und die unbewohnbare Erdoberfläche, die sich braun und einsam dahinstreckt, so weit das Auge reicht.

Das Hotel ist ein weißes Steingebäude mitten in der Stadt, es hat Ähnlichkeit mit einem Schloss. Tinna und Judith sitzen in der Bar im Erdgeschoss des Hotels Borg. Das Hotel wurde 1930 eröffnet und hatte seither so prominente Gäste wie Charles Lindbergh, König Christian X. von Dänemark, Marlene Dietrich und Paul McCartney, das verkündet ein gerahmtes goldenes Blatt an der Wand über den tiefen Ledersesseln.

Tinna wird mit ihr im Hotel wohnen. Sie haben eingecheckt und sich umgezogen. Jetzt sprechen sie über ihr Buchprojekt. Tinna sagt, dass sie sich wegen der Kosten Sorgen macht. Es wird teuer sein, Hubschrauber und Flugzeug zu mieten. »Wir müssen auch auf die Färöer«, meint sie. »Mit seinen einsamen

Hochebenen und den ganz besonderen Felsformationen ist Island als Winterlandschaft einzigartig«, sagt Tinna mit deutlichem Stolz. Und im März nächsten Jahres, fügt sie hinzu, können sie möglicherweise nach Spitzbergen fliegen, zum Nordpol, und dort weiter an ihrem Projekt arbeiten. Am Nordpol, wo die Sonne den Himmel nie verlässt, soll es ein ganz phantastisches weißes Licht geben.

»Wie seltsam, dass dieser Japaner in Oslo ums Leben gekommen ist.« Tinna lässt sich im Sessel zurücksinken und schneidet eine Kindergrimasse. »Wie ist das nur möglich, er kommt nach Norwegen, um uns zu sponsern, und dann fällt er im Hotel aus dem Fenster!«

»Ja, es gibt keine Grenzen, wenn man sich mit Wundern befasst«, antwortet Judith. »Aber er war ein überaus geiziger Mann, dieser Japaner.«

Tinna schaut sie aus ihren unschuldigen blauen Augen an.

»Es war schon seltsam«, fügt Judith rasch hinzu. »Und ihm zu Ehren werden wir heute Abend Sushi essen«, sagt sie fröhlich. Tinna muss lachen. Sie lacht dermaßen, dass sie ihr Glas auf den Tisch stellen muss. Judith geht plötzlich auf, dass Tinna ihre Jeans durch ein beiges Kleid ersetzt hat. »Sollen wir uns schön machen, wenn wir morgen deine Mutter besuchen?«, fragt sie. Tinna schüttelt den Kopf. »Das nun wirklich nicht«, sagt sie. »Da draußen am Meer ist es kalt und windig. Die Fahrt von Reykjavik nach Grindavik dauert eine knappe Stunde. Lárus hat übrigens Mira mitgebracht.«

»Mira?«

»Seine Tochter. Sie ist sechs.«

Judith nickt.

»Er macht alle möglichen Jobs. Meistens für den Nato-Stützpunkt. Da draußen wimmelt es übrigens von Amerikanern. Von einsamen Amerikanern«, fügt sie hinzu und sieht Judith vielsagend an.

Judith lächelt pflichtschuldig. Einsame Amerikaner sind vielleicht das, was sie im Moment am wenigsten brauchen kann. Sie wünscht sich vor allem ein Flugzeug, am liebsten mit Autopilot.

Tinnas Landrover frisst einen Meter Asphaltstraße nach dem anderen, die Straße sieht in der braunen Landschaft aus wie ein graues Band. Judith betrachtet die grelle Mondlandschaft, die sich dahinstreckt, so weit das Auge reicht. Sie besteht aus sandfarbener Lava mit breiten Spalten, aus grauen runden Klumpen, die sich am Boden festklammern und die an gesprungenen Beton erinnern. Hier und dort ragen einige dunklere, scharfe Felsrücken auf. Und am Horizont sieht sie höhere Bergformationen. Die Straße ist schmal. Immer wieder kommen ihnen Autos entgegen.

Island ist ein Mond, irgendwo. *Neil Armstrong verlässt das Mondlandefahrzeug. Er trägt einen weißen Anzug. Auf dem Kopf hat er einen Helm aus Glas, auf dem Rücken eine Sauerstoffflasche. Der Astronaut steigt mühsam eine kleine Leiter hinunter und setzt den linken Fuß auf die Mondoberfläche. Dort schiebt er sich langsam vorwärts, wie in Zeitlupe. Als geschehe das hier nicht in Wirklichkeit.*

Aber es geschieht in Wirklichkeit. Und alles Alte scheint verschwunden zu sein. Der Augenblick davor ist ebenfalls verschwunden.

»Heute waren viele in der blauen Lagune«, erzählt Tinna.

»Bist du in Grindavik geboren?«, fragt Judith.

Tinna nickt. »Ich bin mit fünfzehn weggegangen. Das wirst du verstehen, wenn wir erst da sind.«

Die Häuser in Grindavik sind klein und ärmlich. Einige sind aus Stein, einige aus Holz, andere aus Wellblech.

»Die Kirche ist aus Wellblech«, sagt Tinna und zeigt darauf.

Die Landschaft ist flach und öde, mit dem grauen Meer als Hintergrund. Zwischen den Häusern stehen hier und da Laternen, der Boden ist fast überall von Sand bedeckt. Einige haben ihre Grundstücke eingezäunt, um zu zeigen, was ihnen gehört.

Andere haben versucht, eine kleine Rasenfläche anzulegen. Aber Frost und Reif haben das Gras schon absterben lassen.

Hinter den Häusern liegt das Meer wie ein grauer Vorhang aus Eisen. Am Horizont gibt es nichts zu sehen. Am Himmel hängen graue, schwere Wolken.

»Das erinnert mich an Grönland«, sagt Judith, als Tinna bremst und vor einem Steinhaus mit abblätterndem Verputz hält. Tinna sieht sie an und lächelt, dann springt sie hinaus und schließt den Landrover ab. »Nach Grönland können wir ja auch noch fahren«, sagt sie.

Judith bleibt stehen und schaut einigen schwarzen Vögeln zu, die am Himmel gegen den Wind kämpfen. In einer Blechbude steht ein großes Motorrad. »Das gehört Agnes«, sagt Tinna lächelnd und schließt für einen Moment die Augen. Judith geht hinter ihr her ins Haus. Der Wind weht ihr kühl ins Gesicht.

Judith hat sich Tinnas Mutter als Geborgenheit schenkende, ältere, starke und kräftige Frau vorgestellt. Ein bisschen wie Mutter Berit vielleicht. Aber Agnes Guðmundsdóttir ist nicht so. Agnes trägt Handschuhe mit halben Fingern an den dünnen Händen, ihre Nägel sind knallrosa lackiert. Sie trägt eine karierte Hemdbluse und einen schwarzen ledernen Minirock. An den Füßen hat sie dicke Pantoffeln und hellblaue Socken, und sie raucht die ganze Zeit. Sie ist dünn, ihr Gesicht ist runzlig. Judith stellt fest, dass Agnes mit Lilly größere Ähnlichkeit hat als mit Mutter Berit.

Tinna stellt sie einander vor, und die Mutter lächelt und nimmt Judiths Hand, wirkt aber nicht sonderlich interessiert. Sie will lieber hören, was Tinna über Lárus erzählen kann, der bald nach Hause kommen wird. Sie plappert auf Isländisch drauflos, Judith versteht nicht, was sie sagt. Aber das ist nicht peinlich, sondern eher entspannend, Judith kommt sich vor wie zu Hause. Es ist so weit weg von allem, denkt sie. Sie fühlt sich sicher und anständig.

Sie sieht sich in dem kleinen Wohnzimmer um, erkennt ein

geblümtes Sofa von Ikea. An einer Wand steht das gleiche Billy-Regal, das sie auch zu Hause hat. Aber damit nehmen die Ähnlichkeiten ein Ende. Auf dem Tisch und den Fensterbänken hat Agnes Vasen mit rosa und weißen Seidenblumen aufgestellt. An den tapezierten Wänden hängen schwarzweiße Familienbilder und ein knallbuntes Bild eines Sonnenuntergangs, ohne Elch.

»Mutter fragt, was du trinken möchtest«, sagt Tinna. »Kaffee oder Tee oder Schnaps.«

Judith lächelt rasch. »Kaffee vielleicht«, sagt sie und merkt, dass sie Hunger hat.

»Lárus soll euch also fliegen«, sagt Agnes in gebrochenem Isländisch-Norwegisch.

Judith sieht sie an. Tinna hat ihr erzählt, dass die Mutter ein wenig Norwegisch spricht. Tinnas Vater hat in Akureyri auf einem Trawler gearbeitet und wird seit fünfzehn Jahren vermisst.

Sie haben gehört, dass er ertrunken sei, aber die Mutter glaubt, dass er noch lebt. Dass er mit einer anderen durchgebrannt ist.

Judith mustert Agnes, als sie Tassen und Teller ins Zimmer bringt. Plötzlich hat sie ein seltsames Gefühl. Plötzlich hängt sie unter der Decke, ganz in der Ecke. Sie sieht alles von oben scharf und deutlich: ihren Körper, der da unten auf dem Sofa sitzt. Die anderen, die hin und her laufen und mit ihr reden. »Lárus lebt allein mit seiner Tochter Mira«, erzählt Tinna. »Miras Mutter ist erfroren, als sie eines Nachts nach einem Fest zu Fuß durch einen Schneesturm nach Hause gehen wollte. Am nächsten Tag wurde sie fünfzig Meter von ihrem Haus entfernt gefunden.«

Tinna senkt den Kopf. Judith sieht ihre Schädelspitze, sieht die blonden Locken.

»Wie lange ist das her?«, fragt sie entsetzt oben an der Decke. Sie steckt mitten in einer Vorstellung, ihr Text muss stimmen. Ihr Verhalten muss mit den Regieanweisungen übereinstimmen. Denn sie weiß, was passieren wird. Vielleicht kann sie auf diese Weise ihr Leben retten, aber sie will zurück zu ihrem Körper auf dem Sofa.

»Mira war vier«, sagt Agnes, die gerade mit den Kaffeetassen aus der Küche kommt.

»Das geht jetzt gut«, sagt Tinna. »Lárus ist ein phantastischer Vater.« Als das gesagt ist, weiß Judith, worum es geht. Sie sieht alles vor sich. Lárus ist schuld. Er ist daran schuld, dass sie an der Decke hängt, über dem Fenster. Verwirrt blinzelt sie ins Licht.

Agnes bringt den Kaffee und serviert dicke Weißbrotscheiben mit Butter und Marmelade. Dann reicht sie Judith einen hellblauen, gehäkelten Pullover. Judith mustert den überrascht und empfindet einen plötzlichen Zorn. Wie soll sie den von hier oben an sich nehmen? »Aber warum gibst du mir den?«, fragt sie und merkt gleichzeitig, dass Agnes' Socken aus der gleichen Wolle gestrickt sind.

»Also«, sagt Agnes. »Tinna hat gesagt, dass du kommst. Sie hat von dir erzählt, aber ich wusste nicht, dass du gerade heute kommst.«

Plötzlich füllt Lárus Gunnarsson die Türöffnung. Er trägt einen senfgelben Wollpullover. Unter dem Arm hält er ein dickes Buch und einige zusammengefaltete Landkarten. Lárus ist wirklich ein großer Bär, genau wie Tinna erzählt hat. Judith erkennt ihn. Er hat braune Locken und einen Bart. Als sie von der Decke fällt, sieht sie bei der Wellblechkirche ein Kind. Das Kind steht allein neben einem alten Mann. Und der Mann ist Holger Eliassen.

Lárus setzt sich neben Judith auf das Sofa und schiebt Tassen und Teller beiseite. Er bemerkt nicht, wie sehr sie sich fürchtet. Fröhlich schlägt er ein großes Buch auf. Das Buch heißt »Die Erde von oben«. Tinna schmiegt sich an ihn, und Judith merkt, dass etwas sich verändert. Immer wieder dreht sie den Kopf, um das Kind bei der Kirche im Auge zu behalten, aber das Kind ist nun verschwunden. Ebenso der alte Mann. Judith fühlt sich durchsichtig wie Glas. Sie nimmt die Farbe von allem anderen im Raum an. Ihre Stimme wird mädchenhaft, die Schatten auf der Seele werden optische Täuschungen. Alle Schatten sind optische Täuschungen, Transparente, die die Wirklichkeit verdecken. Etwas muss sich verändern. Aber jede Veränderung ist vielleicht nur eine Variation, ein Übergang zur nächsten Runde.

Die Bilder sind schön und farbenfroh. »Das Winterbuch soll blau und weiß werden, kalte Farben«, sagt Lárus. So weit haben sie sich geeinigt. »Frostartig«, sagt Tinna. Der Text soll frostartig sein. »Das Winterbuch soll ganz anders werden als das hier«, sagt Lárus.

»Und die Bilder sollen die Wirklichkeit widerspiegeln«, sagt Judith.

Lárus breitet eine große Karte vor ihnen aus, erklärt und deutet. Er hat Listen von Orten ausgedruckt, Landschaften, die sich zum Fotografieren eignen. Er hat meteorologische Listen, die von Schnee und Kälte berichten. Davon, wie kalt es werden wird, und wann.

Nach einer Weile fragt Agnes, wo Mira ist, und Lárus sagt, dass sie nicht mit ins Haus kommen wollte. Sie ist bei der Kirche. »Mira ist schwierig«, sagt er und sieht Judith an. Sie erwidert seinen Blick, und langsam macht sich Gewissheit breit.

»Mira mag keine Fremden«, sagt Agnes.

»Mira ist phantastisch«, sagt Tinna. »Ein kleines wildes Kind.«

Judith sitzt auf dem geblümten Sofa in dem kleinen Haus in Grindavik und verspürt die plötzliche scharfe Freude, die das Bild hinter dem Fenster wegschneidet. Es ist wie ein Déjà-vu. Wie ein Traum, der Wahrheit werden kann. Vielleicht hört es endlich auf, das Gefühl, nie genug von dem zu bekommen, was sie sich wirklich wünscht. Sie atmet tief ein. Niemand hat etwas begriffen, sie ist dem Verdacht ausgewichen. Sie beschließt, sich jetzt als Fotografin zu verhalten.

»Die 300 000, die die Japaner für das Projekt zuschießen, werden nicht sehr weit reichen«, sagt Lárus. Judith ruft Edgar an, der berichten kann, dass er mit Leuten vom Ministerium gesprochen hat. Die werden 25 000 Kronen dazugeben.

Judith reicht ihr Telefon an Lárus weiter. Der spricht lange mit Edgar, während Tinna und sie selbst Agnes beim Abräumen helfen. Danach erzählt er vom Meer.

»Lárus weiß alles über das Meer«, sagt Tinna mit stolzem Lachen.

»In der Tiefe ist von den roten und gelben Lichtstrahlen nichts mehr übrig«, sagt Lárus. »Ganz einfach, weil die Kraft der Strömung im Rhythmus der Geschwindigkeit wächst und an den Polen am größten ist. Die Lichtgeschwindigkeit ist abhängig von Salzgehalt, Temperatur und Druck. Kannst du das fotografieren?«, fügt er lächelnd hinzu.

Judith nickt. »Ich bin doch Fotografin«, sagt sie.

»Die großen Temperaturunterschiede gibt es nur an der Oberfläche und bis zu einer Tiefe von einigen hundert Metern. Weiter unten ist das Wasser homogen und kalt«, sagt Lárus.

Judith lächelt. Sie hört, was er sagt. »Ich weiß, dass das Wasser kalt ist«, sagt sie.

Judith sieht Mira in der Ferne wie einen Punkt. Tinna wird langsamer, kurbelt das Wagenfenster herunter und winkt der Nichte zu, als sie an der baufälligen Kirche vorbeifahren. Aber Mira winkt nicht zurück. Das mutterlose Kind steht bei der Wellblechkirche und trägt einen roten Pullover. Sie ist nicht gerade schön. Die hellen kurzen Haare sind zu weiß, und ihre Augen sind ganz hell. Sie ist wie ein Stück fast durchsichtigen Papiers. Aber Judith merkt, dass etwas vom Willygefühl sie überkommt. Sie will sich diesem Gefühl aber nicht stellen. Es kann zu viel werden, und was geht sie eigentlich dieses helle kleine wilde Kind aus Island an?

Tinna schlägt vor, das Sushi zu vergessen und lieber im Perlan zu essen, dem Restaurant, das in einem Observatorium liegt und sich langsam um die eigene Achse dreht. Judith stimmt zu, fühlt sich aber nicht ganz wohl und ein wenig schwindlig. Die Bewegung ist minimal, aber sie ruft doch ein Gefühl von Unübersichtlichkeit hervor.

Sie bleiben nicht länger dort als unbedingt notwendig und fahren mit einem Taxi zurück ins Hotel. In der Bar herrscht Hochbetrieb. Laute Stimmen, verqualmte Luft. Am Ende finden sie dann doch einen kleinen Tisch. »Es ist eine Erleichterung, dass sich der Boden hier nicht unter unseren Fußsohlen bewegt«, sagt Judith scherzhaft. Ganz hinten in einer dunklen Ecke in der Bar sitzt ein grauhaariger Mann.

Der Mann kann Judiths und Tinnas Stimmen bei dem Lärmpegel in der Bar nicht hören, er beobachtet jedoch ihre Gesten. Er weiß genau, worum es ihm geht. Wenn sie die Insel verlässt, wird Holger Eliassen sich bei der Polizei erkundigen, ob zufällig jemand zu Tode gekommen ist, während Judith Marner im Land war. Er wird feststellen, ob es sich dabei um Männer handelt und ob sie sich in Reykjavik oder dessen Umgebung aufgehalten haben. Und dann wird er nach Hause fahren und seinen 70. Geburtstag feiern.

Nach je zwei Gin Tonic und zwei Glas Wein sind Judith und Tinna strahlender Laune.

»Wir brauchen Geld«, sagt Judith laut. »Und wo ich schon sechs Männer umgebracht habe, können wir doch auch noch eine Bank überfallen.«

Tinna lächelt.

»Um den Japaner war es nicht schade«, sagt Judith leise und beugt sich zu ihrer Freundin vor. Sie flüstert: »Er war ein Geizkragen.«

»Ich weiß nicht, was du meinst …?« Tinna macht ein ängstliches Gesicht.

Judith lässt sich im Sessel zurücksinken. Jemand legt ihr eine Hand auf die Schulter, und sie erstarrt. Sie ist beobachtet und beschattet worden, aber jetzt hört sie die tiefe, unbekannte

Stimme und dreht sich zu einem hellroten fetten Mann in dunkelblauer Jacke um.

Tinna kichert los.

Der Mann fragt etwas auf Englisch, aber Judith winkt ab.

»Können wir uns setzen?«, fragt eine andere Stimme, eine Frau in einem großgeblümten Kleid.

Judith leert ihr Glas und erhebt sich. »Wir wollten gerade gehen«, sagt sie. Auch Tinna steht auf. Morgen um neun treffen wir Lárus am Nato-Stützpunkt, denkt Judith.

Oben auf dem Zimmer sieht Tinna Judith aus ihren hellen Augen an. »Das mit dem Japaner und dem Überfall«, sagt sie zaghaft.

»Das wäre lustig.« Judith bückt sich und zieht einen Pullover aus ihrem Koffer. »Aber brave Mädchen überfallen keine Banken, oder?« Judith dreht sich zu Tinna um. Mustert sie mit ernster Miene, dann lächelt sie und bückt sich und überzeugt sich davon, dass die Hasskappe unter Strumpfhosen und Unterwäsche versteckt ist. Dann nimmt sie das Buch von Zahavi heraus und hält es hoch. »Vergiss das alles«, sagt sie. »Ich lese nur gerade dieses Buch. Und jetzt werde ich dir etwas vorlesen.«

Judith setzt sich aufs Bett und lehnt den Rücken an die Wand.

»Es geht um eine Frau, die die Nase von hoffnungslosen Männern voll hat«, sagt sie »Sie bringt sie ganz einfach um.«

»Ach?« Tinna setzt sich in den Sessel vor dem Fenster.

»Jetzt lese ich etwas ganz vom Schluss.«

Einer der Männer, die im Buch vorkommen, ist wie sie. Er bringt Frauen um, sie bringt Männer um. Sie ist ihresgleichen begegnet, oder besser gesagt, seinesgleichen. Judith liest: »*Er beobachtete den wehenden Rock. Er wünschte, sich in den Rock vergraben zu können. Er wünschte, sich in seine Falten einzuhüllen. Er wünschte, sich durch ihn hindurch einen Schacht zu dem Schatz zu graben, den er verbarg. Er wünschte, in sie einzudringen. Mit Gewalt in sie hineinzustoßen. Sie blutig zu verletzen.*

Ihr wehzutun. Ihr richtig wehzutun. Wahnsinnig wehzutun. Er wollte ihr zeigen, dass sie nicht allein am Strand herumlaufen durfte.

… Über die Verletzungen schrieben sie nie. Bezüglich der Verletzung waren sie immer sehr vage. Gut so, fand er. Er wollte gar nicht lesen, wie sie gestorben waren. Manche Dinge, sagte er immer, blieben besser unausgesprochen.

Sie versuchten immer, mit ihm zu reden, die Damen. (Er bezeichnete sie für sich immer als Damen.) Sie versuchten ihm zu sagen, dass sie einen Namen hatten. Er lächelte bei der Erinnerung. Die Tricks, mit denen die Damen versuchten, ihn zum Aufhören zu bewegen.«

Judith spürt, wie der Schweiß unter ihren Armen ausbricht. Tinna sitzt schweigend im Sessel am Fenster.

Judith liest weiter: »*Die Kreischerinnen waren die Schlimmsten. Keine Selbstbeherrschung. Kein Stil. Der rote Mund wie ein aufgerissener Müllschlucker. Das schrille Geschrei. Das schrille Heulen. Es machte ihn verrückt, das Geschrei, das sie machten. Er musste sie zum Schweigen bringen. Die Plappermäulchen mochte er nicht. Die glaubten, wenn sie auf ihn einredeten, könnten sie ihn zähmen. Sie mussten ihn für dumm halten, nach dem Zeug zu urteilen, das sie daherredeten. Sie versprachen ihm, sich im Laufe der Woche mit ihm zu treffen. Sie sagten, sie würden ihn in seiner Wohnung besuchen. Er hörte sich ihr verlogenes Gewäsch an, das Gewäsch, mit dem sie sich herauswinden wollten. Er hörte sich ihr Gebabbel unbeeindruckt an, ohne etwas zu sagen.*«

Tinna erhebt sich. »Was für ein schreckliches Buch«, sagt sie ernst. »Wo hast du das denn her?«

»Aus der Bücherei, ich hab es ganz zufällig entdeckt«, sagt Judith.

»Das macht mich total fertig. Warum liest du solche Bücher?« Tinna öffnet die Minibar und holt zwei Fläschchen Cognac heraus.

»Mich macht das wütend«, sagt Judith und nimmt das eine Fläschchen.

»Das schon, aber … ich habe mich auch manchmal gefürchtet«, sagt Tinna. »Es hat natürlich Situationen gegeben …«

»Sicher. Aber was hast du daraus gemacht?«

»Gemacht? Ich bin auf irgendeine Weise rausgekommen.«

»Aber das war das pure Glück, oder?«

Tinna nickt nachdenklich und setzt sich wieder.

Judith hält die Flasche in der einen und das Buch in der anderen Hand. Von der Tür her ist plötzlich ein Kratzen zu hören.

»Was war das?« Judith legt das Buch weg.

»Keine Ahnung«, sagt Tinna und steht auf. Sie läuft zur Tür, öffnet sie und geht hinaus auf den Gang. Sie sieht den Rücken eines älteren Mannes, der die Treppe hinuntergeht. »Hallo«, ruft sie, »hallo«.

Tinna zuckt mit den Schultern und kehrt zurück ins Zimmer.

»Da war niemand«, sagt sie und setzt sich. Judith greift zum Buch und liest weiter: *»Er sah, wie ihr Rock sich bei ihren Schritten bauschte. Er konnte ihre Schnürstiefel sehen, die leicht über die Steine setzen. An ihrem Rock und den Stiefeln und dem Schwung ihrer Hüften konnte er sehen, dass sie ihn locken wollte.«*

»Aber dann begegnet ihm Bella«, sagt Judith. »Zum Glück«, fügt sie hinzu.

»Wenn du auf der Straße eine Frau siehst, wenn sie in aller Ruhe nach Hause geht, wenn du sie auf dem Bürgersteig vorbeiwogen siehst. Wenn du Lust hast, ihre weichen Beine zu brechen, wenn du Lust hast, ihr hoffnungsloses Betteln zu hören, wenn du spüren willst, wie ihr hellroter Körper zerschunden wird, wenn du Lust hast, die feste Haut zu kosten, die blutet.

Kurz gesagt, wenn du sie siehst und Lust auf sie bekommst. Überleg dir die Sache noch einmal. Rühr die Frau nicht an. Lass sie einfach vorbeigehen. Halte ihr nicht den Mund zu, zwing sie nicht zu Boden.

Denn ohne es zu wissen, ohne darüber nachzudenken, ohne dir darüber im Klaren zu sein, hast du deine schwere Hand vielleicht auf Bella gelegt. Und als sie heute Morgen aufwachte, wusste sie, dass sie endlich genug hatte.«

Tinna sieht sie an. »Das ist doch eine phantastische Vorstellung, wirklich«, sagt sie.

Judith streicht sich müde über die Augen. Es ist kühl im Zimmer. Trotzdem ist sie glühend heiß.

Judith und Tinna müssen die Sicherheitskontrolle passieren, als sie beim Nato-Stützpunkt ankommen. Sie werden durch ein Tor im Maschendrahtzaun eingelassen und in ein Büro in der nächstliegenden Kaserne geführt. Ein Farbiger in grüner Militärjacke verlangt ihre Ausweise. Er nimmt Judiths Pass und gibt die Nummer in einen Computer ein. Dann mustert er das Foto und vergleicht es mit dem Aussehen der Frau, die vor ihm steht. Danach kommt Tinna an die Reihe.

Schließlich öffnet er Fototaschen und Powerbook und sieht die Ausrüstung systematisch durch.

»Keine Bombe«, sagt Judith lächelnd.

»I'm sure it isn't«, sagt der Mann und sieht sie an. Dann nickt er und führt sie auf den Flugplatz hinaus. Tinna hat einen Fotoapparat über der Schulter hängen und hält die Tasche mit Diktaphon und Notizblocks in der anderen Hand. Dann gehen sie hinaus.

Lárus Gunnarsson erwartet sie neben der kleinen Cessna. Er lächelt, bückt sich und küsst seine Schwester auf die Wange. Das macht er dann auch bei Judith.

Der Wind kommt von der Seite, wirbelt Judiths Haare hoch und macht ihr das Atmen schwer. Lárus sieht sie an und lächelt. »Weißt du, wie Wind entsteht?«, fragt er. Judith zuckt mit den Schultern.

Lárus breitet die Arme aus und bittet die Damen an Bord. Seine Stimme ist auf dem ganzen Flugplatz zu hören, bei den grauen Gebäuden, durch den hohen Drahtzaun und draußen in der öden Landschaft.

Judith verspürt ein unbekanntes Gefühl von Freude, gemischt mit kalter Angst. Nicht die Wolken oder der kalte blaue Himmel sind schuld daran. Nicht die transparenten Schatten der Kasernen und nicht die Kinder, die hinter dem Zaun über die Straße laufen. Es ist Lárus, der ihre Fototasche von ihrer Schulter nimmt, der ihrem Körper das Gewicht genommen hat.

Sie bleibt auf der untersten Stufe für einen Moment stehen. Dann steigt sie ein.

Die Cessna hat nur vier Sitze. Lárus findet das perfekt, da die Tragflächen so hoch am Flugzeugrumpf sitzen, dass sie den Blick nicht versperren. Aber er weiß auch, dass sie für die wirklichen Bilder einen Hubschrauber brauchen werden. Um weiter nach unten zu kommen, sagt er. »Um bessere Bilder zu machen. Die Bilder könnt ihr nicht durch das Flugzeugfenster aufnehmen. Dann werden sie unklar.«

Judith lächelt ihn an. Lárus sieht sie an. Seine Augen haben seltsame Flecken. Dann steigt er ins Cockpit.

Ein älterer Mann in grauem Mantel steht hinter dem Drahtzaun, er richtet sich auf und reibt sich die behandschuhten Hände. Das kleine Flugzeug setzt sich langsam in Bewegung, hält inne und verharrt eine Weile an derselben Stelle. Dann wird der Motor lauter. Das Geräusch trifft die niedrigen Kasernen, die Räder drehen sich, das Flugzeug jagt über die Rollbahn und hebt ab. Er schaut hinterher. Der Flugzeugrumpf sieht aus wie ein bleicher Vogel, als er immer kleiner wird und bald nur noch ein Punkt am Himmel ist, der sich schließlich auflöst.

Judith legt ihre kalten Hände auf ihre Knie. Sie schaut aus dem Fenster. Es ist August, und die Landschaft ist schon nicht mehr grün. Bald wird der Schnee kommen.

Tinna macht sich an ihrem kleinen Diktaphon zu schaffen. Der Motor brüllt. Tinna sagt etwas, aber Judith kann es nicht verstehen.

Es ist eiskalt im Flugzeug. Judith zieht ihre Jacke fester um sich zusammen und schaut zur Kamera hinüber, die neben ihr liegt. Sie will die Umgebung durch die Linse wahrnehmen, sie filtern und sortieren und auf genau den richtigen Augenblick warten. So schärft man die Sinne, denkt sie. Konstant auf Distanz zu sich und allen zu sein, ist eine Belastung, denkt sie. Sie schließt die Augen und denkt an die Bilder, die sie machen wird. Ein Bild ist nur ein Bild.

Aber vielleicht nimmt etwas damit ein Ende, und etwas anderes beginnt. Zu fliegen ist ein Gefühl ohne Verbindung zur Wirklichkeit.

Das Fotoauge fängt die Landschaft ein. Die gelbbraunen Vulkane. Den Horizont, der ein hellblauer Strich ist, eine Begegnung zwischen Zeit und Nichts.

Fliegen ist die Bewegung, die dem Stillstehen am meisten ähnelt. Die Angst vor dem Fliegen ist eine Angst, die dem Gefühl der Ohnmacht ähnelt. In welche Richtung bewegt man sich eigentlich?

Die Linse spiegelt die Wirklichkeit wider. Sie wird alles den Buchseiten einprägen. Eis. Berge. Nordlicht. Sonne und Mond. Und die Kälte. Man darf nie Angst vor dem Glauben haben, die Phantasie könne Wirklichkeit werden, denkt sie und macht die Augen wieder auf. Möge es genauso werden, wie sie es sich vorgestellt hat.

Tinna schaut auf ihrer Seite aus dem Fenster. Judith sieht Lárus' Rücken an. Sie hat keine Angst. Etwas beleuchtet ihr Versteck. Sie hat ein seltsames Gefühl, jung zu sein. Sie ist nicht jung, sie wird bald 43. Sie hat sehr lange gebraucht, um jung zu werden.

Liebes Nachtbuch,

17.15 Uhr. Reykjavik ist eine wilde Mischung, sehr amerikanisiert. Es kann an eine Stadt im Süden erinnern, Schuppen und Villen durcheinander, nichts scheint zu stimmen, die Straßen ziehen sich in alle Richtungen. Die moderne Designstadt, die ich mir vorgestellt hatte, gibt es nicht. Aber die Stadt hat etwas Kühles, Kathedralenhaftes.

Heute, als wir mit dem Flugzeug unterwegs waren, habe ich gedacht, dass die Wirklichkeit vielleicht das Unwirklichste überhaupt ist. Jetzt ist Tinna unter der Dusche. Nachdem wir einmal quer durchs Land geflogen waren, aber nicht ganz bis Akureyri, sind wir wieder auf dem Nato-Flugplatz gelandet, und Tinna ist mit ihrem Landrover zurück in die Stadt gefahren. Lárus und ich fuhren mit seinem alten rostigen Toyota Landcruiser hinterher. Lárus und Tinna haben Probleme mit Akureyri, sagte er. Ihr Vater ist dort doch ertrunken.

Ich konnte heute viele phantastische Bilder machen. Sind wir Zwillingsseelen, Lárus und ich? Wir können miteinander reden. Richtig miteinander reden, wie zwei normale Menschen. Er hat mir von Mira erzählt. Nach dem Tod ihrer Mutter hat sie sich verändert. Sie spielt immerzu, draußen und drinnen. Sie macht sich Puppen aus Stoffresten und Steinen. Ich dachte an mich, daran, wie Lisbet, Carol und ich früher aus den bunten Katalogen Papierdamen ausgeschnitten haben.

Lárus hat viele Jobs. Er repariert Häuser, füttert Pferde auf dem Nachbarhof und fliegt. Und Mira geht jetzt in die Schule. Vor einigen Monaten ist eine Veränderung passiert, sagt er. Damals sind Mira und er aus dem kleinen Bretterhaus am Gullfoss nach Reykjavik gezogen, damit sie in die Schule gehen könnte. Aber für Mira schien alles noch so unendlich weit weg zu sein. Genauso hat er das gesagt. Mira wollte nichts an sich heranlassen. Sie war ganz sicher, dass ihre Mutter eines Tages zurückkommen würde.

00.20 Uhr. Tinna ist eben eingeschlafen. Wir hatten einen phantastischen Abend. Wir waren bei Lárus und Mira in ihrem kleinen Haus bei Fossvogsdalur. Lárus hatte uns zum Essen eingeladen. Ich fand das Häuschen eigentlich armselig. Aber die Häuser in Island sind kleiner, als wir das aus Norwegen gewöhnt sind.
Neben dem Haus gibt es eine Bretterbude, die als eine Art Windfang fungiert. Daneben wiederum gibt es eine noch elendere Bretterbude, in der ihr Hund haust. Er war nicht unfreundlich, hatte nur gar kein Interesse an mir. Ich habe keine Angst vor Hunden. Mira redet mit dem Hund wie mit einem Menschen.
Lárus hat ein wirklich phantastisches Essen serviert. Lammbraten mit Kräutern, roh gebratenen Kartoffeln, ein Gemüse aus Möhren, Kohlrabi und Rüben. Und dicke Soße mit Knoblauch. Ich dachte an Mutter Berits leckere Soßen. Diese war noch besser.
Sonst nehme ich immer wahr, dass etwas fehlt. Jetzt ist das nicht so. Jetzt, in diesem Moment.
Mira hatte gute Tischmanieren. Tinna nahm sie immer wieder in den Arm. Und Mira lächelte ihre Tante geheimnisvoll an.
Dann sagte sie etwas auf Isländisch, und Tinna lachte laut. Aber Lárus lachte nicht, und Mira auch nicht. Ich fragte, was sie gesagt habe, aber Lárus winkte ab. Erst auf der Rückfahrt ins Hotel sagte Tinna: Mira wollte wissen,

ob ich ihre neue Mama sei. Die neue Mama, die wieder da sei.

An dem Tag, an dem Judith nach Norwegen zurückfliegt, will Lárus ihr die Hallgrimskirche zeigen. Aber zuerst fahren sie auf den menschenleeren Straßen hin und her. Tinna muss an diesem Tag arbeiten und überlässt sie ihrem eigenen Schicksal. Unter dem hellen Himmel breitet die Landschaft sich aus. An einigen Stellen weiden Tiere, Pferde und Schafe. Durch diese karge Landschaft zu fahren ist wie eine Rückkehr in die Vergangenheit. Hier und dort ragen braune Felskuppen mit schmalen Spalten auf. Lárus hält an, und sie gehen ein Stück auf das Moor hinaus. Judith spürt die harten Windstöße. Sie steht mitten in der Windflut und spürt, dass sie keine Frau ist, die es verdient, auf sich selbst reduziert zu werden. Sie legt die Hände aneinander und ruft Lárus etwas zu, er kann das durch den Wind nicht hören, lächelt ihr aber zu. Wenn sie für etwas verurteilt werden kann, denkt Judith, dann, weil sie alles Alte ausgemerzt hat. Sie glaubt, dass es so kommen wird. Sie glaubt, dass alles gut werden wird. Sie muss nur kurz nach Hause, dann wird sie nach Island zurückkehren, ehe der Schnee einsetzt. Wenn der Schnee einsetzt, kann die eigentliche Arbeit beginnen. Die Vorarbeiten waren lehrreich und nötig. Aber die wirklichen Bilder sollen ganz weiß und echt werden. Sie wird Bilder vom Himmel machen, wenn die Wolken seitwärts in den Sonnenuntergang treiben. Nachtwolken, mit roten und grünen Ringen, hervorgerufen durch das Mondlicht und den weißen Boden. Mandelwolken tagsüber, Zeppeline nachts. Und das Meer mit seinem riesigen gierigen Schlund. Das Meer, das auf seinem eigenen Rücken hin und her wogt.

Die Hallgrimskirche ist die höchste und weißeste Kirche, die Judith jemals gesehen hat. Sie ragt wie eine weiße Statue gen Himmel und liegt ganz oben in der Hauptstraße.

Judith und Lárus fahren mit dem Fahrstuhl in den Turm. Der Ausblick über die Stadt mit den vielen kleinen orangefarbenen, schwarzen und grauen Dächern da unten ist phantastisch. Reykjavik ist etwas Besonderes, aber nicht schön. Es ist ein wildes Gemisch aus Alt und Neu. Die Stadt sieht überall falsch aus. Judith weiß nicht, ob sie sie mag, aber sie mag Lárus.

Die Sonne scheint weißbleich durch die Wolken und macht den Raum oben im Turm hell und groß. Judith fotografiert Lárus mit ihrer kleinen Digitalkamera. »Glaubst du an Gott?«, fragt sie.

Lárus schüttelt den Kopf. »Nicht an Gott«, sagt er.

»Woran glaubst du dann?«

»Tja, woran glaube ich? Woran glaubst du?«

»Ich weiß nicht«, sagt Judith und lächelt. »Aber alles wird gut.« Diese Worte gleiten zu ihrer Überraschung über ihre Lippen.

In diesem Moment geht ihr auf, dass es stimmt.

»›Zwei Güter hat die Natur: Liebkosungen und Musik‹«, zitiert Lárus. »›Aber da alles zum Einen strebt, werden diese Dinge sich eines Tages zu einer Neuen Schöpfung zusammenschließen. Gott *gibt* es nicht. Ich glaube an ihn. Wenn es sich herausstellt, dass es ihn *gibt*, werde ich anfangen zu glauben.‹ Was sagst du dazu?«

»Das klingt vernünftig«, sagt Judith lachend.

»Göran Tunström«, sagt Lárus lächelnd. »Solveigs Vermächtnis.«

»Weiß ich«, sagt Judith und denkt daran, dass es unbedingt Augenblicke gibt, an die man sich immer erinnern wird. Es gibt zu viele böse Augenblicke, aber zu wenige, die das Herz wärmen.

Danach gehen sie nebeneinander durch die Straßen. Einmal sehen sie ein Schild mit einer blauen Aufschrift: »Whale and Dolphin Watching«.

»Wenn du zurückkommst, fahren wir aufs Meer hinaus«, sagt Lárus.

Judith registriert, wie er das sagt. Sie wird nie vergessen, wie er es gesagt hat. »Wenn du zurückkommst«, hat er gesagt.

Sie gehen an der Bank vorbei, die in einem schönen alten Steinhaus liegt. Judith denkt an das viele Geld, das hinter den dicken Mauern aufbewahrt wird.

Sie drehen eine Runde durch die Stadt, dann setzen sie sich in eine kleine Konditorei in der Bergstaðarstræti. Mira wird nach der Schule auch hierherkommen, sagt Lárus.

Sie setzen sich an einen der kleinen Tische vor dem großen verschmutzten Fenster. Lárus holt Kaffee und Kuchen. Sie können auf ein graues Steinhaus mit abblätterndem Verputz schauen. Judith betrachtet das dreistöckige Gebäude. Eine rotweiße Katze streicht um die Ecke. Hier sitzt sie, zwischen Kuchen, in einem anderen Land, und spricht mit Lárus Gunnarsson.

Der süße Duft vom Tresen her erinnert sie an Lilly. Lárus schildert ihr seine Theorien über das Fotografieren. Er spricht davon, sich die Kälte in den Bildern vorzustellen. Er sagt, dass Tinnas Text mit den optischen Eindrücken übereinstimmen muss. Plötzlich kann Judith sich nicht mehr an Lillys Gesicht erinnern. Ob Carol noch immer bei ihr ist? Worüber reden sie? Wie ist das alles? Vielleicht will Judith, dass Lillys Züge verschwinden. Sie weichen sozusagen auf und werden zuerst durchsichtig. Nase, Mund, Augen, alles verschwindet. Sicherheitshalber schaut Judith zum Fenster hinaus, auf die Fassaden auf der anderen Straßenseite. Sie ist nicht blind geworden.

Dann steht Mira in der Tür. Sie lächelt mit ihrem bleichen Mund, sagt aber nichts. Sie trägt einen großen roten Ranzen auf dem Rücken. Sie will nichts essen, sagt sie. Dann stehen sie auf und gehen.

Sie gehen durch die Straße, Lárus und Judith. Mira in der Mitte. Judith fragt, ob sie ein Bild von Mira machen kann. Mira sagt ja, weiß aber nicht, wo sie stehen soll. Judith sieht sich um. Auf der anderen Straßenseite liegt ein Blumenladen. Auf dem Fenster steht mit silbernen Buchstaben TRAUERGESTECKE. Ein Blumenladen für Begräbnisse. Judith stutzt. Gibt es auf Island solche Läden? Lárus geht mit Mira über die Straße. Judith macht zuerst ein Bild von beiden. Dann fotografiert sie Mira allein. Sie hebt die Kamera und fängt Kind, Schrift und Blumen ein. Dann drückt sie auf den Auslöser.

VENUSWAGEN

(Sonne)

(Sonne)

Die Sonne ist eine glühende Kugel, ohne scharf abgegrenzte Oberfläche. Sie ist der zentrale Körper unseres Sonnensystems und die Voraussetzung allen Lebens auf der Erde. Das extrem ultraviolette Licht der Sonne und die Röntgenstrahlung, die für das menschliche Auge unsichtbar sind, lassen sich mit Instrumenten messen, die mit Hilfe von Raketen oder Satelliten über die Erdatmosphäre gebracht werden.

In den nördlichsten Ländern gibt es im Sommer Mitternachtssonne. Das bedeutet, dass die Sonnenscheibe rund um die Uhr über dem Horizont sichtbar ist und dass das Licht in diesen Gegenden fast konstant bleibt. Im Herbst dagegen nehmen die hellen Nächte ein Ende, und im Winter verschwindet die Sonne ganz und gar.

Judith liegt im Bett und denkt daran, dass sie heute Nachmittag um drei Uhr einen Termin bei Isberg Geller hat. Der August ist in den September übergegangen. Neben ihr liegt eine Zeitschrift. Sie hat über Sterne und schwarze Löcher gelesen. Tinna wird in ihrem Buch über den Wintersternenhimmel schreiben. *Niemand hatte jemals ein schwarzes Loch gesehen. Schwarze Löcher waren Himmelskörper mit so großer Konzentration von Materie, dass sie alles aufsaugten – sogar Licht.*

Die Insekten schwirren lautlos um die gelbe Lampenkugel unter der Decke. Judith liegt auf dem Rücken und denkt wieder an das Gefühl im Flugzeug. In welche Richtung bewegt man sich eigentlich? Fliegen ist eine Bewegung, die vor allem ans Stillstehen erinnert. Eine Art Wassergefühl, überlegt sie.

Wenn der Schnee auf Island nur ein wenig früher käme, denkt sie und hebt die Hände. Sie war sehr lange wütend auf ihre Hände. Ihre starken Hände sitzen wie Auswüchse an ihrem Körper und leben ihr eigenes Leben. Vielleicht sollte sie anfangen zu boxen, um sie zu zähmen, damit sie blau und wund werden. Sie ist wirklich wütend auf diese Hände. Vielleicht kann sie sich die Nägel wachsen lassen und feuerrot lackieren. In ein Nagelstudio gehen und lange Krallen aufpfropfen lassen, die abbrechen, wenn sie die Hände auf unanständige Weise benutzt.

Sie denkt daran, was Lárus über das Meer erzählt hat. Sie kann sich seine Stimme in Erinnerung rufen. *In der Tiefe ist von den roten und gelben Lichtstrahlen nichts mehr übrig. Auf der nördlichen Halbkugel weicht die Richtung des reinen Windstroms an der Oberfläche nach rechts ab. Das liegt an der Erdrotation. Die Lichtgeschwindigkeit im Wasser hängt ab von Salzmenge, Temperatur und Druck. Die großen Temperaturunterschiede gibt es nur an der Oberfläche und bis hinab zu einigen hundert Metern Tiefe. Weiter unten ist das Wasser homogen, was Salzgehalt und Temperatur angeht, das Wasser ist kalt.*

Judith legt die Hände auf die Oberschenkel. Die Finger mit den kurzen Nägeln sind gespreizt und sehen aus wie zwei weiße Fächer.

»Können Sie damit umgehen, wenn ich Ihnen sage, was ich denke?«, fragt der Psychologe.

Was soll sie darauf antworten, nein danke ginge ja wohl nicht.

»Sie können natürlich sagen, was Sie denken, wenn Sie glauben, etwas über mich zu wissen, das ich selbst nicht verstehe«, sagt Judith und mustert ihre Hände. Sie fühlt sich müde. Jetzt, wo sie Lárus und Mira kennengelernt hat, muss doch alles anders werden. *Bald kommt der Schnee.* Sie spürt die Kälte schon im Leib. Sie ist jetzt bereit, sich zu entspannen. Sie ist vom Haken gerutscht. Das hier wird ihre letzte Stunde bei diesem Mann sein.

Johan Isberg Geller setzt sich bequemer hin. »Sie sind sehr selbstbewusst«, sagt er. »Ich muss sagen, dass ich mich schon frage, was Sie von dieser Behandlung eigentlich erwarten. Ich frage mich auch, ob Sie bewusst versuchen, mich zu verwirren.«

Judith starrt die Wand über seinem Kopf an. Sie starrt einen schwarzen Fleck an, die Überreste einer toten Fliege. »Ich verstehe nicht, was Sie meinen«, sagt sie.

»Es ist ein ziemlich bekanntes Phänomen, dass manche Klienten zu ihrem eigenen Vorteil lügen«, sagt Johan Isberg Geller. »Es ist ihnen dermaßen in Fleisch und Blut übergegangen, dass sie es selbst gar nicht merken. Manche Lügen können von völlig phantastischer Art sein.«

»Zum Beispiel?«

»Sie sagen zum Beispiel, dass Sie jemanden umbringen wollen.«

Judith lächelt kurz. »Ach ja, das. Das lassen wir jetzt weg«, sagt sie energisch.

Johan Isberg Geller mustert sie abwartend. »Warum?«, fragt er.

»Das war nur Unsinn.«

»Das ist ein wenig zu einfach. Ich würde gern über Ihren Wunsch zu töten reden.«

Judith sieht ihn an. »Sie sagen doch, dass ich versuche, Sie zu verwirren.« Sie betrachtet den Psychologen, sieht plötzlich sein Kindergesicht vor sich. Sie will die Sitzung jetzt beenden, will den Terminplan in Fetzen reißen.

»Was können Sie eigentlich für mich tun?«, fragt sie.

Johan Isberg Geller sieht sie an. »Sie haben ziemlich viele antisoziale Einstellungen«, sagt er.

»Antisoziale Einstellungen? Und woran kann das liegen, was glauben Sie?«

»Das kann viele Gründe haben.«

»Dann nennen Sie doch mal einige.«

»Mangel an erwachsener Kompetenz der Eltern kann ein großes Problem bei der Erzieherrolle sein, zum Beispiel. Sie haben von Ihrer Mutter erzählt, die nie da war, und von der Großmutter, die versuchte, das Fehlen der Eltern auszugleichen. Ich glaube, Sie leiden an einer emotional instabilen Persönlichkeitsstörung.«

Judith sieht ihn interessiert an. »Und?«

»Dieses Leiden zeigt sich unter anderem in starken Stimmungsschwankungen und in der Betrachtung anderer Menschen. Ich glaube, Sie erkennen sich darin wieder. Sie verachten andere, nicht wahr? Die meisten. Vermutlich hat Ihnen in Ihrer Jugend so viel gefehlt, dass Sie davon geprägt sind. Sie haben unter Mangel an Zuwendung gelitten, an wechselnder Disziplin und unklaren Erwartungen. Vielleicht haben Sie auch unter dem Mangel an positiven Rückmeldungen gelitten.«

»Sie meinen also, dass meine Großmutter schuld ist, dass sie ihre Rolle nicht gut genug gespielt hat?«

»Sie hat sich sicher alle Mühe gegeben«, sagt Isberg Geller. »Es wäre vielleicht übertrieben zu sagen, dass es ihre Schuld war. Aber die Umstände waren eben so, dass es nicht gut genug war. Es gab keinen Spielraum für Sie. Das ist eine Tatsache. Sie waren vielleicht ein sehr verletzliches Kind. Sie waren vielleicht auch wütend, trotzig, aber im tiefsten Herzen hatten Sie Angst.«

»Da liegen Sie vielleicht nicht ganz falsch. Aber ich war nicht wütend, damals nicht. Wütend war meine kleine Schwester, Carol, sie hat ihren Aggressionen freien Lauf gelassen. Lisbet und ich, wir waren brav.«

»Vielleicht haben Sie im Laufe der Zeit Ihre Rolle geändert. Wissen jetzt besser, wer Sie sein möchten.«

»Das kann schon sein.«

»Ihre Rolle führt vielleicht auch zu Schwierigkeiten damit, Ihre Wut zu kontrollieren. Denn Sie sind eine temperamentvolle Frau, nicht wahr?«

»Sowohl als auch. Ich kann sehr geduldig sein.« Judith merkt, dass er ihr jetzt ein wenig zu nahe kommt. Und sie hat diesen ganzen Unfug satt.

»Aber Sie können explodieren?«, fragt er jetzt.

»Ich kann explodieren«, sagt sie geduldig. »Ist das eigentlich etwas so Besonderes? Wenn ich Italienerin wäre, würde das zu meinem Charme gehören, oder nicht?«

Der Psychologe lässt sich im Sessel zurücksinken. Er lächelt nicht.

»Ich habe ein Problem«, sagt er dann.

»Ach.« Judith mustert ihn gespannt.

»Ich will zurück zu dem, was Sie gesagt haben, dass Sie einen Mann töten würden. Dass Sie einen Mann töten wollten.«

Judith lächelt ein kleines Schattenlächeln. »Das war ein Gedanke, ja«, sagt sie.

»Ein Gedanke«, wiederholt er. »Ich möchte, dass Ihnen klar ist, wie ernst solche Aussagen sind. Sogar hier bei mir«, fügt er hinzu. »Das hat mir wirklich zu schaffen gemacht.«

»Ach.«

»Sie wohnen im Sørvei, nicht wahr?«

»Ja.« Judith spürt, wie ihr Herzrhythmus sich verändert. Etwas geht in Eiseskälte über. Sie weiß, was jetzt kommt.

»Dort ist vor einer Woche ein Mord geschehen«, sagt Johan Isberg Geller. »Kurz nach Ihrem letzten Besuch hier.« Er zieht unter einigen Papieren eine Zeitung hervor und wirft sie vor Judith auf den Schreibtisch. »Dieser Mann hat auch im Sørvei gewohnt, er hieß Jarle Furseter.«

Judith streckt die Hand aus und greift nach der Zeitung. Ihre Hand ist ganz ruhig, als sie die Zeitung auf ihren Knien ausbreitet. Die Buchstaben an der Mauer leuchten ihr entgegen. Sieh dich vor, Wolf. Bald holt dich Rotkäppchen!! »Was in aller Welt ist das?«, fragt sie und sieht Johan Isberg Geller mit unschuldigen braunen Augen an.

»Das Bild wurde beim Auto des Opfers gemacht«, sagt Isberg Geller. »Haben Sie ihn gekannt?«

Judith schüttelt langsam den Kopf.

»Seine Frau, die zur Mordzeit verreist war, sagt, er habe von einem Streit mit einer Nachbarin erzählt. Das steht in der Zeitung.«

»Ach.« Judith sieht aus wie aus allen Wolken gefallen.

»Sie haben letztes Mal erwähnt, dass Sie sich mit Rotkäppchen identifizieren.«

Judith starrt die Buchstaben an, ohne sie zu sehen.

»Sie haben mir einen Mord angekündigt«, sagt er leise. »Sie haben ihn vorhergesagt … und mich gefragt, ob ich unter Schweigepflicht stehe.«

Judith muss sich konzentrieren. Ihre Stärke liegt darin, dass ihr Selbstbetrug echt ist. In ihrem Kopf sitzt ein kleiner Gedanke und sagt nein. Er ist weiß und durchsichtig und hat eine lange Pinocchio-Nase. Isberg Geller wird sie nicht daran hindern, zurück nach Island zu fahren. Ihr neues Leben hat schon angefangen, jetzt wird es weitergehen.

»Haben Sie jetzt nicht eine etwas zu blühende Phantasie?«, fragt sie langsam. »Sie wollen doch wohl nicht allen Ernstes behaupten, ich hätte diesen Mann umgebracht?« Sie richtet ihre dunklen Augen auf ihn und wirft die Zeitung auf den Tisch.

Johan Isberg Geller sieht sie an. Judith verflucht sich selbst. Sie hatte geglaubt, wenn sie von diesem Wahnsinn erzählte, würde etwas von ihrem Schmerz verschwinden. Sie hatte von den Kraftlinien fortgewollt, die aussehen wie düstere Adern voll altem Blut. Sie ist nicht mehr dort. Alles kann jetzt neu beginnen.

»Sie halten mich für eine Mörderin?«, fragt sie empört. »Jetzt merke ich, dass ich mich fürchte«, sagt sie verletzt. »Gibt es denn auch hier keine Sicherheit? Und dabei hatte ich gedacht, wir könnten meine Probleme vielleicht zusammen lösen, Sie und ich«, jammert sie.

Johan Isberg Geller atmet tief durch, steht auf und geht zum Fenster. »Ich versuche wohl, mich nicht manipulieren zu lassen«, sagt er ruhig. Noch nie ist er bei ihren Terminen aufgestanden, durch das Zimmer gewandert. »Ich will nicht, dass Sie meine Therapeutenrolle ausnutzen«, sagt er ans Fenster gerichtet.

»Mord ist etwas, worüber man in Kriminalromanen schreibt«, sagt sie.

Der Psychologe wendet sich um und schaut sie aus seinen kleinen grauen Augen an, dann geht er zurück zu seinem Sessel.

Ein bitteres Lächeln breitet sich auf Judiths Lippen aus. Ihre Augen sind tränennass. »Sie glauben also wirklich, das sei mein Ernst gewesen. Dass ich wirklich zu einem Mord in der Lage wäre. Mit diesen kleinen Händen«, fügt sie hinzu und hebt sie. »Sehen Sie, wie weiß die sind.«

Johan Isberg Geller mustert ihre Hände.

»Ich war in der Woche, in der der Mord geschehen ist, gar nicht zu Hause«, sagt sie ruhig. »Ich war verreist.«

»Wo waren Sie?«

»In Island. Ich kann nächstes Mal meine Tickets als Beweis mitbringen, wenn Sie wollen.«

Johan Isberg Geller sieht erleichtert aus. »Waren Sie in Reykjavik?«, fragt er.

Judith nickt. »Zusammen mit einer Journalistin«, sagt sie. »Wir arbeiten an einem Buch. Wir werden Schnee und Eis und Berge fotografieren. Und das Meer, von oben.«

»Das klingt ja toll«, sagt er versöhnlich. »Ich beschuldige Sie ja gar nicht, eine Verbrecherin zu sein.«

»Ich bin kein besonders guter Mensch«, sagt sie. »Aber stehen Sie nicht ohnehin unter Schweigepflicht?«

Er sieht sie lange an. Dann sagt er: »Ich muss die Schweigepflicht brechen, wenn es um Menschenleben geht.«

Judith nickt, aber in ihr wütet ein Sturm. »Aber wenn ich bei Ihnen nicht frei sprechen kann, wie soll ich dann weiterkommen, können Sie mir das sagen?«

Er wird sicher überprüfen, ob sie wirklich auf Island war, als Jarle Furseter ermordet wurde, überlegt sie. Und das war sie ja nicht. Sie ist erst einige Tage später geflogen.

Kalte Schauer jagen durch ihren Körper. Sie sieht sich und ihre Schwestern. Alle drei nebeneinander. Sie sind jetzt erwachsen, aber dennoch klein.

Was wird Isberg Geller jetzt tun? Wird er warten, bis sie die Tickets vorlegt, die sie ihm ja nicht vorlegen kann, da sie das falsche Datum zeigen? Oder wird er sofort zur Polizei gehen, sowie sie seine Praxis verlassen hat? Wenn er nicht schon dort war. Die Kälte breitet sich in ihrem Blut aus.

»Ich finde Sie ganz reizend«, sagt sie lächelnd, und ihr ist klar, welche Manipulation darin liegt, einen Mann, der Psychologe ist und von dem sie sich behandeln lässt, als reizend zu bezeichnen. »Natürlich habe ich Probleme, wo ich doch hier sitze«, sagt sie kokett. »Sie haben recht, ich bin labil und leide unter Stimmungsschwankungen. Oft bin ich deprimiert. Und ich habe viel Wut in mir eingesperrt. Deshalb bin ich hier, nicht wahr? Ich hatte eine hoffnungslose Kindheit.« Sie macht eine heftige Handbewegung, legt die Hände dann aber brav wieder auf ihre Knie. »Aber das ist etwas ganz anderes, als einen Mord zu begehen«, fügt sie hinzu. »Ich begreife nicht, dass Sie, als Profi … Sie hören doch sicher auch sonst so allerlei.« Ihre Stimme klingt jetzt wieder zaghaft und verletzt. »Wenn Sie mich für eine Psychopathin halten, dann ist es doch sicher paradox, dass ich hier sitze, oder? Eine Psychopathin ist doch sicher blind für ihre eigenen Fehler. Und sucht nicht freiwillig Hilfe, oder was?«

Johan Isberg Geller starrt die Tischplatte an. »Ich behandele viele verschiedene Menschen«, sagt er. »Manche erwecken auch in mir starke Gefühle, wegen ihrer Eigenschaften. Das ist nicht immer so leicht. Es gibt etwas, das Gegenübertragung genannt wird.«

Judith nickt. »Ja«, sagt sie. »Ich weiß, was das ist. Das passiert, wenn jemand den Therapeuten unsicher werden lässt, ihn zum Verurteilen reizt oder ihm sogar Angst einjagt.«

»Sie sind anders«, sagt er. »Sie sind durch Ihre Intelligenz so gefährlich. Und weil Ihre Intelligenz so schön verpackt ist.«

»Hier habe ich mich sicher gefühlt, habe gedacht, hier könnte ich mich aussprechen. Ich habe alles aus mir herausströmen lassen, unzensiert. Das hat gut getan. Aber jetzt legen Sie mir einen Mord zur Last. Das ist unerträglich.«

»Nein.« Johan Isberg Geller schüttelt langsam den Kopf. Seine Unsicherheit flutet über den Schreibtisch, fließt über seine Papiere, die zusammengefaltete Zeitung, die Ordner und seine Kugelschreiber.

Jetzt tief durchatmen, Nase putzen, nicht traurig sein. Judith hört in Gedanken Mutter Berits Stimme. Alles wird sich finden. Sie starrt ein gerahmtes Plakat an, zwei Menschen, die sich umarmen.

»Lassen Sie uns das einfach vergessen«, sagt er beschämt.

Judith schaut auf die Uhr und steht auf. Der Weg unter ihren Füßen ist düster. Die Wände in dieser Praxis sind hohe Bäume. Ihr Puls beschleunigt sich. Ein neuer Gedanke schwirrt durch ihren Kopf. Eine neue Gewissheit setzt sich dort fest. Sie kann ihn nicht am Leben lassen. Jetzt nicht mehr. Johan Isberg Geller ist zu gefährlich geworden.

Drei neue Klienten sitzen im Wartezimmer, als Judith aus dem Sprechzimmer kommt. Einer von ihnen, ein junger Mann, wird sofort hereingebeten. Isberg Geller teilt die Praxis mit einem Kollegen.

Was war sie dumm, sich einzubilden, dass sie sich durch Geständnisse von irgendetwas befreien könnte. Judith Marner ist wütend. Wie lange wird es dauern, bis Holger Eliassen herausfindet, dass Jarle Furseter bei ihr in der Nachbarschaft gewohnt hat? Er hat sich jetzt eine Weile still verhalten, aber sie weiß ja, dass der Maulwurf das Wühlen nicht lässt. Und die Zeitungen berichten ausführlich über den Mord.

»Ist Ihnen der nächste Donnerstag recht?«, fragt die Sprechstundenhilfe freundlich.

Judith nickt zerstreut, nimmt den Zettel entgegen, bedankt sich und bezahlt. »Ich habe vergessen, Herrn Isberg Geller etwas zu geben«, sagt sie. »Und jetzt ist der junge Mann ja schon bei ihm …«

»Ich kann es ihm geben«, bietet die Frau an.

Judith macht ein verlegenes Gesicht. »Es ist ziemlich persönlich«, weicht sie aus. »Ein kleines Bild, das ich gemacht habe.« Sie klopft auf ihre Schultertasche.

»Ich darf Ihnen seine Privatadresse leider nicht geben.«

»Das ist mir klar«, sagt Judith. »Aber die steht ja sicher im Telefonbuch.«

»Da werden Sie ihn leider nicht finden. Er hat eine Geheimnummer.«

»Natürlich.« Judith lächelt verlegen.

»Sie würden ihn zu Hause ohnehin nicht antreffen«, sagt die Sprechstundenhilfe vertraulich. »Er verbringt die Wochenenden immer auf dem Land.« Sie schaut auf die Uhr. »Heute ist Freitag, ich bin sicher, dass er nachher gleich losfahren wird.«

»Sicher braucht er nach einer langen Woche seine Ruhe«, sagt Judith lächelnd. »Das ist doch nicht schwer zu verstehen. Und was hat er für ein Glück. Ich hätte auch gern ein Wochenendhaus«, sagt sie und lügt: »Meine Eltern haben eins unten bei Tønsberg. Das ist wunderbar da am Meer.«

»Ja, das glaube ich.« Die Frau beugt sich zu ihr vor. »Herrn Gellers Haus liegt oben am Tyrifjord.« Sie sagt es leise, damit die anderen im Wartezimmer es nicht hören. »Ich habe Fotos gesehen. Es sieht einfach phantastisch aus. Aber natürlich nicht so schön wie am Meer.«

Judith nickte. »Binnenseen sind auch nicht zu verachten«, sagt sie fröhlich und packt den Schulterriemen ihrer Tasche. »Wir sehen uns nächste Woche.« Sie steckt den Zettel mit dem Termin in die Jackentasche. Dann geht sie rasch aus der Praxis, die Treppe hinunter und aus der Tür. Sie sieht sich nach beiden Seiten um und überquert die Straße, zieht ihr Telefon hervor und bestellt ein Taxi.

Der Mann hinter dem AVIS-Schalter reicht ihr die Schlüssel für den kleinen Peugeot. »Für vierundzwanzig Stunden«, sagt er und erklärt ihr, wo der Wagen steht. Judith bezahlt bar, nimmt die Schlüssel und läuft zu dem blauen Auto. Einige Tage zuvor hat sie den anderen Mietwagen bei einer anderen Vermietung abgeliefert und ihren eigenen aus der Werkstatt geholt. Der Volvo war jetzt so gut wie neu.

Sie lässt den Motor an und fährt so schnell wie möglich nach Hause in die Wohnung im Sørvei, um ihre Hilfsgeräte zu holen. Sie stellt den kleinen blauen Peugeot bei der Baustelle ab. Niemand soll sie in diesem Auto sehen. Niemand soll sie überhaupt mit Mietwagen in Verbindung bringen.

Sie geht ins Schlafzimmer, ohne die Stiefel auszuziehen. Sie öffnet die mittlere Kommodenschublade und reißt die blonde Perücke an sich. Dann öffnet sie den Schrank und nimmt ein blaues Kostüm, hochhackige Schuhe und die Brille heraus, die sie einige Wochen zuvor vom Optiker abgeholt hat. Wie dumm, dass sie das Messer umgetauscht hat. Jetzt könnte sie es doch brauchen. Aber sie hat noch andere. Sie geht in die Küche und wiegt zwei Brotmesser in der Hand, dann entscheidet sie sich für das kleinere, eins mit einem schwarzen Schaft. Sie nimmt ein Seil, die Hasskappe, Streichhölzer und Gummihandschuhe mit, dazu die neuen Turnschuhe, gegen die sie das Messer eingetauscht hat, und einen Freizeitanzug in Tarnfarben.

Eine halbe Stunde darauf ist sie wieder in der Innenstadt, mit dem blauen Kostüm, blonden Haaren und einer auffälligen schmalen Designerbrille. Sie hält in einer freien Nische gegenüber der Haustür von Nr. 19, wo Isberg Geller seine Praxis hat. Sie geht in ein kleines Café und findet einen kleinen Fenstertisch. Es ist halbdunkel im Lokal und nicht sehr voll. Das passt ihr sehr gut. Sie bestellt eine Baguette und ein Glas Bier und bezahlt sofort. Sie braucht ein Bier. Mit Bier im Körper fährt sie sehr gut. Es wäre idiotisch und überaus unwahrscheinlich, gerade jetzt in eine Kontrolle zu geraten. Dann müssten alle bösen Kräfte, alle kleinen, gemeinen Zufälle sich gegen sie verschwören. Aber so ist die Wirklichkeit eben nicht.

Sie hat ein Buch in der Tasche, es heißt »Einen Mann zu lieben«, geschrieben von einer Autorin aus den USA. Sie hat es ausgeliehen, als sie das von Zahavi zurückgebracht hat. Judith lässt ihre Blicke scheinbar interessiert über die Seiten des neuen Buches gleiten, während sie die ganze Zeit die Haustür auf der anderen Straßenseite im Auge behält. Das junge Paar am Nachbartisch hat ein Kind von zwei oder drei Jahren, das plappert und matscht. Die kleine Stimme klingt hell und tut weh.

Jetzt ist es fast halb vier. Wie lange Johan Isberg Geller freitags wohl arbeitet? Die Baguette ist frisch und knusprig. Das Hähnchenfleisch mit roten Zwiebeln und Salat schmeckt ganz hervorragend, und das Bier beruhigt ihre Nerven ein wenig. Sie kaut langsam, schluckt, spürt, wie ihr Magen sich füllt. Dann reißt sie sich zusammen und starrt über die Straße. Später wird sie ein Valium nehmen, natürlich nicht beim Fahren, aber wenn sie das Wochenendhaus des Psychotherapeuten gefunden hat.

Das Valium hat sie bei Carol geklaut, die zwischen den Waschlappen in ihrem kleinen Badezimmerschrank mehrere Packungen versteckt.

Die Autos fahren draußen eilig vorbei. Der Freitagabendverkehr wird jetzt schon lebhafter. Die Autos bewegen sich immer langsamer. Judith rückt ihre Brille zurecht und wirft einen Blick auf eine Buchseite. *Die Frau oben. Das Geheimnis, einen Mann richtig zu lieben.* Ihr Telefon klingelt. Es ist Edgar, der Feuer und Flamme ist: Er glaubt, dass sie von Fuji-Film Sponsorengelder bekommen können. Er hat mit ihnen telefoniert, und sie schlagen für die nächste Woche ein Treffen vor. Judith versucht, Enthusiasmus zu zeigen. »Ach, Edgar«, sagt sie. »Das ist aber klasse.«

Eine plötzliche Bewegung auf der anderen Straßenseite fängt ihre Aufmerksamkeit ein. Ein eleganter Mann in einem feschen Anzug verlässt Nr. 19. Über dem Anzug trägt er einen braunen Wollmantel. Hinter ihm erkennt Judith einen anderen Mann,

Isberg Geller, das ist Johan Isberg Geller. Sie beendet in aller Eile ihr Gespräch mit Edgar, packt Buch und Tasche, läuft zur Tür und öffnet sie langsam. Sie bleibt einen Moment in der Türöffnung stehen. Die Sekunden verfliegen. Die Männer überqueren zwischen den Autos die Straße. Jetzt kommen sie direkt auf sie zu. Sie sind in ein eifriges Gespräch vertieft. Isberg Geller wird sie niemals erkennen. Dieses Gefühl wird zur Gewissheit, als er eine Sekunde lang zu ihr hinschaut und seine Blicke auf ihr blaues Kostüm richtet, ehe er sich wieder dem Mann zuwendet und das Gespräch fortsetzt.

Isberg Geller trägt eine trutschige rote Sportjacke. Er steht in grellem Kontrast zu dem gut angezogenen Mann, der ihn begleitet.

Judith geht die drei Treppenstufen hinunter, läuft die Straße entlang und biegt hinter den Männern um die Ecke. Sie versteckt sich hinter einer Frau mit einem Kinderwagen. Sie sieht die Männer nebeneinander hergehen. Plötzlich kommt ihr ein Gedanke. Es ist etwas an der Art, wie sie gehen, eine Geste des gut angezogenen Mannes. Die vertrauliche Art, in der sie einander ansehen. Sie spürt, dass ihr Atem einen anderen Rhythmus annimmt. Plötzlich sieht sie etwas lange Vergangenes: *Die Augen des Mannes, schwarz vor Angst, der Mund ein schreiendes Loch. Lautlos. So verteidigen Tiere sich. Und danach, nichts. Die Toten sehnen sich nicht zurück.* Johan Isberg Geller ist homosexuell. Da ist sie sich sicher. Und wenn das so ist, dann hat sie ein Problem, denn plötzlich jagt sie nicht nur einen Mann, sondern zwei. Das ist ein ziemlich alberner Gedanke, denn ein zusätzlicher Mann ist trotzdem praktischer als eine ganze Familie.

Wenn ich die toten Männer ansehe, nachdem ich ihnen das Leben genommen habe, fühle ich mich wie eine Herrscherin. Das Gefühl, Macht zu haben, ist überwältigend. Und ich empfinde Glück. Stell dir vor, Glück. Ich fühle mich sicher und ruhig. Alles stimmt. Alles ist plötzlich wiederhergestellt. Für eine Weile jedenfalls.

Die Männer verschwinden in einem Parkhaus. Parkhäuser haben oft mehrere Ausgänge. Vermutlich gibt es hier nur den, den sie sehen kann. Die Männer verschwinden in dem grellen Licht. Judith läuft zu ihrem kleinen Mietwagen, schließt die Tür auf und steigt ganz schnell ein. Sie wirft die Tasche auf den Beifahrersitz und schiebt den Schlüssel ins Zündschloss. Schaut rasch in den Rückspiegel und blinkt, aber auf der Straße wimmelt es nur so von Autos, die sie nicht durchlassen werden. Sie wartet einen Moment, dann entscheidet sie sich für die harte Tour und fährt einfach los. Ein Auto hupt zweimal wütend, und sie stößt fast mit einem roten Golf zusammen, als sie sich in den Verkehr drängt. Sie muss jetzt eine Position finden, aus der sie Isberg Geller folgen kann, wenn er das Parkhaus verlässt. Sie starrt eine Stelle auf der anderen Straßenseite an, wo sie wenden kann. Die Ampel weiter vorn schaltet von Rot auf Grün. Die Wagenschlange setzt sich ruckhaft in Bewegung. Judith legt den ersten Gang ein und zieht langsam die Kupplung hoch. Die tiefstehende Septembersonne lässt ihre Augen brennen. Sie bückt sich und wühlt in der Tasche, die jetzt auf dem Boden vor dem Beifahrersitz steht. Dann findet sie die Sonnenbrille. Schaut sich einige Male um und wirft einen raschen Blick in den Rückspiegel, dann nimmt sie die Hände für einen Moment vom Lenkrad und vertauscht ihre Brille mit der Sonnenbrille. Plötzlich sieht sie ein Auto, das in der Ausfahrt des Parkhauses wartet. Sie schaut genauer hin und sieht zu ihrer Erleichterung, dass der grüne Wagen von einer Frau gefahren wird, die in der entgegengesetzten Richtung verschwindet. Judith reißt das Lenkrad nach links herum und fährt auf die Gegenfahrbahn. Ein weißer Lieferwagen muss hart bremsen. Der Fahrer schlägt wütend auf die Hupe ein und zeigt ihr den Finger. Judith lächelt resigniert und macht eine Handbewegung, die sagen soll, dass sie doch nur eine hilflose Frau sei. Dann reißt sie den kleinen Peugeot herum und bugsiert ihn mit der Nase in die richtige Richtung neben die Ausfahrt. Jetzt ist sie bereit. Sie steht erst eine halbe Minute dort, als ein schwarzer BMW herausfährt. Isberg Geller sitzt hinter dem Steuer. Sie wäre nicht auf die Idee gekommen, dass er ein so tolles Auto fahren könnte. Sein Bauernkittel war offenbar nur Tarnung, denkt sie überrascht.

Judith kann sich an die beiden heften, bis sie bei Sandvika abbiegen. Dann gibt Isberg Geller Gas. Der schwarze Wagen absolviert einige tollkühne Überholmanöver, dann verschwindet er hinter einer Kurve. Judiths Zwerchfell zieht sich gereizt zusammen. Sie muss diese Autos jetzt ebenfalls überholen, der BMW darf sie jetzt nicht abhängen.

Aber zehn Minuten darauf stehen die Wagen kurz unterhalb von Sollihøgda einfach still. Sie entdeckt den schwarzen BMW hinter einem großen Lastwagen. Die Schlange gleitet langsam nach Sollihøgda weiter, dann löst der Stau sich nach und nach auf, und der Verkehr fließt zähflüssig weiter. Tief unten liegt der Tyrifjord wie ein blanker Spiegel. Die Sonne färbt blutrote Streifen ins Wasser. Judith umklammert mit ihren bösen, unverbesserlichen Händen das Lenkrad. *So wehren Tiere sich. Tief durchatmen, die Nase putzen, nicht traurig sein.* Nur diese beiden Männer noch, dann fährt sie zurück zu Lárus und Mira. Und zu Tinna.

Bei Sundvollen biegt der schwarze Wagen an der Tankstelle von der Hauptstraße ab und fährt weiter in Richtung Åsa. Judith in ihrem kleinen Peugeot bleibt auf passender Distanz. Nach fünf Minuten auf der schmalen Straße verschwinden vor ihr die roten Rücklichter plötzlich nach links. Judith wartet fünf Minuten, dann biegt sie ebenfalls in den schmalen, staubigen Weg ein. Auf beiden Seiten ragen hohe dunkle Tannen auf. Das Zwielicht senkt sich jetzt über die Landschaft. Die Dunkelheit gleitet abwärts an den Bäumen, die wie spitze Karikaturen in den graublauen Himmel ragen.

Schließlich erreicht sie eine Lichtung, an der der Weg zu Ende ist. Unten am Ufer liegt ein großes graublaues Sommerhaus mit einer gelb-weiß gestreiften Markise. In der Auffahrt steht der schwarze BMW.

Judith wendet und fährt den Weg zurück, den sie gekommen ist. Sie hält vor dem ehrwürdigen Sundvolden Hotel. Auf dem Parkplatz stehen viele Autos. Links liegt das alte Hauptgebäude mit den vielen Verzierungen und der Veranda. Dahinter stehen hohe alte Eichen.

Sie stellt den Mietwagen so weit vom Eingang entfernt ab, wie das überhaupt nur möglich ist. Der Frost hat sich über den grünen Rasen gelegt. Die gelben Hotelfenster sehen in der Dämmerung aus wie Augen.

Sie betritt den neuen Steinbau, in dem die Rezeption untergebracht ist. Judith Marner, mit blonden Haaren und Sonnenbrille. Sie bittet um ein Zimmer im Erdgeschoss, macht sich ein wenig zurecht und geht dann über den Hofplatz ins Restaurant im alten Gebäude. Sie gönnt sich eine gute Mahlzeit und trinkt dazu eine halbe Flasche Wein. Dann geht sie zurück auf ihr Zimmer und zieht sich um. Nimmt die Perücke ab, befördert mit einem Tritt die hochhackigen Schuhe unter das Bett und zieht das blaue Kostüm aus. Sie legt sich in die Badewanne und bleibt lange dort liegen. Ihre Hilfsmittel liegen in der Tasche. Es tut gut, eine dicke Strumpfhose, einen Wollpullover und ein festes Hemd anzuziehen. Sie stellt den Wecker auf eins und schläft ein paar Stündchen. Als der Wecker klingelt, hallt in ihrem Kopf ein Satz wider. *Mit den Mitteln, die ich zur Hand hatte.* Verwundert schaut sie sich um. Sie hat von Treppen geträumt. Treppen, die in alle Richtungen führen. Treppen, die sich bewegen, Treppenstufen, die abbrechen und von Berggipfeln fallen.

Sie steht auf und zieht Tarnanzug und Turnschuhe an. Die Hasskappe verstaut sie unter ihrem Pullover. Messer, Seil, Handschuhe und Streichhölzer steckt sie in eine Tüte, die sie um die Hand wickelt. Dann klettert sie aus dem Fenster und schleicht sich an der Hauswand vorbei. Sie lässt das Fenster auf Kipp stehen, um später leichter wieder ins Haus zu gelangen. Sie versteckt sich hinter einem Baum, bückt sich und schleicht sich dann an den geparkten Autos vorbei. Sie schließt den Mietwagen auf und setzt sich hinter das Lenkrad. Bleibt eine Weile sitzen, um sich zu beruhigen, ehe sie den Schlüssel umdreht, rückwärts vom Parkplatz fährt und aus dem Hotelbereich gleitet. Dann biegt sie nach rechts ab, nach Åsa.

Der Mond hängt hoch am Himmel. Der Binnensee liegt fünfzig Meter unterhalb des Hauses, und der Tannenwald schließt sich hinter dem Grundstück wie eine Wand. Kiefern und einige Laubbäume mischen sich ein Stück weiter weg unter die Tannen. Hier und dort sind die Eingänge zu anderen Grundstücken am Ufer zu erkennen. Die beiden anderen Häuser sehen verschlossen und leer aus.

Zum Sommerhaus gehört auch ein Steg. Er sieht sehr solide aus. Auf dem kleinen Sandstreifen liegen drei Holzboote.

Es ist kühl. Wird sie es schaffen? In der Hand hält sie die Plastiktüte mit dem Messer und den Streichhölzern. Sie steckt beides in ihre Brusttasche. Wickelt die Tüte zusammen und steckt sie sich in den Strumpfhosenbund, auf den Bauch. Ein Satz hämmert in ihrem Gehirn: *Stelle fest, was möglich ist, und ändere danach deine Überzeugung.*

Sie zittert und bebt. Hat diesmal ein schlechtes Gefühl. *Hör auf, dich voll und ganz auf die Vernunft zu verlassen. Die Vernunft trügt. Du kannst dein Gemüt nicht logisch erklären – wo es sich befindet, wo es war, ehe du zu einer physischen Gestalt wurdest, oder was daraus wird, wenn du deinen Körper verlässt.*

Sie schiebt die Hand in die Tasche, nimmt ein Valium heraus, steckt es in den Mund und schluckt es trocken hinunter. Ihre Nerven müssen ins Gleichgewicht gebracht werden, auch wenn der Rausch sie träge und unscharf machen wird. Sie weiß nicht so recht, was passieren wird. Bald kann sie ein guter Mensch werden. Bald, wenn sie nach Island zurückkehrt.

Sie geht hinter einigen dichtstehenden Tannensträuchern in die Hocke und wartet. Ihr Herzrhythmus erinnert mehr und mehr an Mutter Berits alte Standuhr, ehe er nach einiger Zeit wieder normal wird. Das Mondlicht quält sie. Durch das Rauschen der Baumwipfel gleitet ein anderes, schwächeres Geräusch in ihr Bewusstsein. Das Geräusch wird immer lauter. *Wenn ich doch bloß ein Eichhörnchen hätte.* Der Geruch von feuchter Tanne und schimmeligem Pilz schlägt ihr entgegen. Die Kälte dampft aus ihrem Mund, wenn sie atmet. Die Waldblumen auf dem Boden sind verwelkt, und gelbe Blätter decken sie mehr und mehr zu.

Am Ende kriecht sie aus ihrem Versteck hervor, richtet sich auf und spürt, wie ihre Wadenmuskeln sich anspannen. In ihrer Brusttasche liegen Messer, Seil und Streichhölzer. Und die Handschuhe. Sie streift die Hasskappe über.

An den Fenstern gibt es keine Alarmschilder. Ein Türschild mit Bauernmalerei und der Aufschrift »Johan I. Geller und Nathan Monrad« leuchtet ihr entgegen. Sie umrundet das Sommerhaus und findet einen kleinen Anbau, eine Art Holzschuppen. Hoch oben in der Wand entdeckt sie ein kleines Fenster. Sie streift die Handschuhe über und zieht die Hasskappe weiter nach unten. Dann schlägt sie mit einem Stein ein Loch ins Fenster und hakt die Angeln aus. Sie öffnet das Fenster, klettert auf eine kleine Holzbank, die vor einem Baum steht, an der Wand, klettert höher und zieht sich durch die enge Öffnung. Fast hätte sie etwas umgestoßen, als ihre Füße drinnen einen kleinen Schemel treffen. Die Außenlampe scheint wie ein Trichter auf den abgenutzten Holzboden. An den Wänden sind Regale befestigt, voller Flaschen und Dosen, Eimern und Plastikkannen, Schachteln mit Mäusegift, alten Kanistern, Tüten mit Rinde, Grillkohle, einem Werkzeugkasten und einer Flasche Zündflüssigkeit.

Sie bleibt für einen Moment stehen und starrt die Flasche mit der Zündflüssigkeit an, dann steigt sie vom Schemel, schleicht über den Boden und öffnet die Tür zum Haus.

Die Tür führt direkt in eine große, blau angestrichene Küche mit einem riesigen Geschirrregal und einem abgebeizten Esstisch. Eine kleine Lampe leuchtet über der Anrichte. Die Stille fließt ihr entgegen.

Sie geht in das schöne Wohnzimmer. Es ist weiß angestrichen, und an der Wand hängen zwei große moderne Gemälde. Vor den beiden großen Fenstern stehen ein beiges Sofa und ein Glastisch. Auf dem Boden liegen drei Perserteppiche. Ein riesiger Kamin füllt die eine Ecke. Sie schleicht zur Schlafzimmertür. Bleibt vor der halboffenen Tür stehen und lauscht. Sie kann die beiden atmen hören. Zwei erwachsene Männer, die lautlos schlafen.

Im Haus gibt es drei Rauchmelder. Sie holt einen Stuhl, steigt darauf und nimmt die Batterien aus dem Rauchmelder im Wohnzimmer. Plötzlich hört sie ein Geräusch. Das Geräusch kommt aus ihrer Nähe, aber es ist langsam. Etwas bewegt sich. Für einen Moment wird ihr schwindlig, und sie hat nichts, woran sie sich festhalten könnte. Das Geräusch kommt aus dem Schlafzimmer, einer der Männer dreht sich im Bett um. Die Bettdecke raschelt.

Sie reißt sich zusammen und lauscht zu der halboffenen Tür hinüber. Sie schwitzt unter ihrer Hasskappe. Dann schiebt sie den Deckel zurück. Dieses Manöver wiederholt sie in der Küche und auf dem Gang, wo sie die Tür aufschließt, für den Fall, dass sie überstürzt die Flucht ergreifen muss. Danach steckt sie die Batterien in die Tasche.

Dann schleicht sie in den Anbau und holt zwei Plastikkannen, einen Plastikeimer und die Flasche mit der Zündflüssigkeit. Sie verteilt die Zündflüssigkeit auf den Teppichen. Hält ab und zu inne und horcht, dann arrangiert sie ihr kleines Feuer. Die Sofakissen nach unten, darauf Kanne und Eimer. Sie zieht die Plastiktüte aus der Strumpfhose und legt sie zwischen alles andere. Wieder hört sie aus dem Schlafzimmer ein Geräusch. Sie konzentriert sich vor allem auf die Umgebung der Schlafzimmertür. Plastik sondert Blausäuregas ab. Es ist wichtig, dass die Männer rasch ersticken, ehe sie das Feuer entdecken. Sie nimmt einen großen Holzklotz aus dem Kamin und legt ihn auf den Boden. Dann holt sie noch zwei Seidenkissen vom Sofa und legt sie mit der Aftenpostennummer des Tages auf den Boden. Sie befeuchtet das Holz und gießt den letzten Rest Zündflüssigkeit auf den Boden, neben einen farbenfrohen Flickenteppich vor der Schlafzimmertür.

Dann zündet sie ein Streichholz an. Die Flamme leckt an der Plastiktüte, bei der sofort der Schmelzprozess einsetzt. Innerhalb einiger blendend kurzer Sekunden gibt es nur noch eine Mischung aus schwarzem Rauch und orangefarbenen Flammen. Die Flammen spiegeln sich in ihren Augen wider. Sie wird das Licht und das Knistern der Flammen und den scharfen Geruch nie vergessen. Für eine kurze Sekunde sieht sie ihr eigenes Profil wie einen Schatten vor der weißen Wand.

Schon brennen ihre Augen. Sie läuft hinaus auf den Gang, öffnet die Tür und stürzt aus dem Haus. Sie schiebt das Fenster auf der Rückseite wieder zu und läuft über den glatten Rasen. Der Mond leuchtet noch immer über den Baumwipfeln.

Sie erreicht ihr Auto und setzt sich hinein. Streift die Plastikhandschuhe von den Händen und zieht die Kappe über den Kopf. Trotz der kühlen Luft ist ihr Körper schweißnass. Sie dreht den Motor an, fährt durch den Wald und biegt auf die Hauptstraße ab. Der Wagen rollt brav durch die Dunkelheit. Fünfzig Meter weiter hält sie an und fährt an den Straßenrand. Sie schaut auf die Uhr im Armaturenbrett. Die zeigt 02.16. Sie wartet bis 02.36. Dann sieht sie das orangefarbene Licht, das sich im Wasser spiegelt und verdoppelt. Es ist eine ganz normale Nacht. Plötzlich sieht sie etwas Dunkles, das sich am Straßenrand bewegt. Der Atem stockt in ihrem Hals wie ein harter Klumpen. Sie konzentriert sich, um die Bewegung zu identifizieren. Dann atmet sie auf. Es ist nur ein Nachttier, ein ganz normales Nachttier. Das Tier bleibt eine Weile stehen, dann verschwindet es zwischen den Baumstämmen.

Es ist erst kurz nach zwölf am Vormittag des 3. September, als Judith in Engelsvågen aus dem Bus steigt. Die Bushaltestelle liegt gleich beim Versammlungshaus, wo Türen und Fenster sperrangelweit offen stehen. Einige gelbe und rote Herbstblätter fegen am Straßenrand entlang und rascheln dabei. Sie stellt Koffer, Fototasche und Laptop an der Haltestelle ab, schüttelt die Schultern ein wenig und schaut zum Versammlungshaus hinüber. Der Ort, an dem du Abschied nimmst, denkt sie. So kommt es ihr vor, als sei sie gekommen, um Abschied zu nehmen. Sie ist auf dem Weg nach Island, aber zuerst will sie Mutter Berit besuchen und ihr das Bild von Lilly geben.

Zwei Tage zuvor hat Tinna angerufen, weil die Meteorologen den ersten Schnee angekündigt haben. Sie wollen solche Bilder machen, mit dem ersten transparenten Schnee wie einem Stück durchsichtigem Stoff über der Landschaft. Tinna hat ihr eine E-Mail angekündigt mit einem neuen Text über Schnee und Wind und Meer.

Judith sieht zum Versammlungshaus hoch. Die breite Treppe und das geschnitzte Geländer sind frisch geputzt. Die Leere im Haus mit den blinden Fenstern erinnert sie an die Zeit, als sie hier zu Hause war.

Es ist ein strahlender, warmer Spätsommertag. Aber die Lichtnächte sind zu Ende. Ein Krankenwagen fährt durch den kleinen Ort. Einige junge Mädchen drücken im Vorübergehen wie wild auf ihren Handys herum.

Lisbet erscheint oben auf der Treppe. Sie hält sich als Schutz vor der Sonne die Hand vor die Stirn. Judith lächelt und hebt die Hand zu einem kurzen Winken. Lisbet bleibt einen Moment bewegungslos stehen, dann geht sie einige Stufen nach unten und hält inne. Sie sieht auf ihre ältere Schwester hinab und reibt die Hände aneinander. Dann bringt sie die letzten Stufen hinter sich. Die Schwestern umarmen einander. Lisbet hat eine Schere in der Hand. Sie riecht nach Essen, denkt Judith, sie riecht wie Mutter Berit früher.

»Wir decken gerade die Tische für Holger Eliassens siebzigsten Geburtstag«, sagt Lisbet, wie um sich zu entschuldigen. »Du weißt doch, dass der morgen gefeiert wird?«

Judith zuckt gleichgültig mit den Schultern. »Nein«, sagt sie. »Das weiß ich nicht.«

Carol tritt in die Tür. Als sie die Treppe herunterkommt, wäre sie beinahe gefallen. »Scheißtreppe«, ruft sie und packt das Geländer, dann prustet sie los. Judith lächelt. »Kleine dumme Carol«, sagt sie und legt die Arme um den dünnen Leib der Schwester.

Carol ist anders. Judith bemerkt das sofort. Sie ist gepflegt, ihre Haare glänzen. Ihre Gesichtshaut ist glatter als sonst, als sei etwas weggewischt worden.

»Du bist also aus Oslo heimgekehrt«, sagt Judith ein wenig sarkastisch.

»Ja, aber ich fahre wieder hin«, sagt Carol mit stolzem Lächeln. »Ich soll Lilly und den anderen in der Konditorei helfen, wenn Weihnachten näher rückt.«

Judith lächelt noch immer, aber jetzt ist sie ein wenig erstarrt.

Carol hat das Gefühl, immer falsch verstanden zu werden. »Stimmt was nicht?«, fragt sie.

»Was willst du damit erreichen?« Judith scharrt mit dem Fuß im Kies hin und her. Sie will es wissen, aber das ist gefährlich, es bedeutet, dass es sie interessiert.

Die drei Schwestern stehen draußen in der Sonne. Carol steckt sich eine Zigarette an und bläst den Rauch zum Himmel hoch. Sie gibt keine Antwort. Jetzt ist sie diejenige, die sich vorgedrängt hat.

Lisbet spielt an der Schere herum, schließt und öffnet sie, wie einen Rachen.

Judith fragt nach Willy, aber Carol kann ihr da nichts sagen. Sie schiebt die Hand in die Tasche und zieht die Wohnungsschlüssel heraus. »Hier«, sagt sie. »Bring doch deinen Kram hin.« Lisbet starrt den Boden an, fast alles ist wie immer, denkt sie.

Die Frau, die jetzt zusammen mit ihrem Mann Viraks Café übernommen hat, fegt den Asphalt vor dem Laden. Eine solche Wärme mitten im September ist so hoch im Norden sehr ungewöhnlich. Vielleicht hat gerade dieser warme Tag einen tieferen Sinn. So wird jedenfalls Judith später daran denken, denn alles hängt vielleicht miteinander zusammen, unsichtbare Dimensionen verknüpfen Ereignisse zu einem langen Band, das immer nur länger und länger wird. Bis es dann eines Tages plötzlich zerreißt.

Nachdem Judith Mutter Berit im Pflegeheim besucht hat, wird sie zu Reidar und Michelle eingeladen, zusammen mit allen, die bei den Vorbereitungen für das Geburtstagsfest geholfen haben. Carol trägt jetzt eine knallgrüne Hemdbluse. Die Farbe ist zu schrill für ihre schwarzen Haare.

»Seid ihr da hinten jetzt fertig?«, fragt Judith ohne Interesse.

»Fast«, sagt Carol. »Blumenschmuck und Essen müssen bis morgen warten.«

Judith nickt. »Ich hab sogar ein Kleid mitgebracht«, sagt sie. »Bestimmt werden sie mich einladen.« Sie kann natürlich nicht nein sagen, auch wenn der bloße Gedanke an Holger Eliassen schon widerlich ist. Aber nein zu sagen wäre eine Art Geständnis. Sie weiß, dass er es so verstehen würde. Sie muss sich anständig benehmen, wie Mutter Berit immer gesagt hat, als die Mädchen Teenager waren. Nichts Unanständiges tun, bettelte sie jammernd. Dieses Wort provoziert Judith. Soll eben alles seinen Gang gehen, denkt sie und atmet tief durch. Aber sie weiß, dass es eine Belastung sein wird, in Mutter Berits Garten zu sitzen.

Mutter Berit hatte das Bild von Lilly genommen, als sie es ihr hinhielt, und es lange angestarrt. Dann hatte sie es zusammengefaltet und in ihrer Hand versteckt. Sie hatte gelächelt und versucht, für Judith ein Lied zu singen. Es war schwer zu sagen, welches Lied das war. Vielleicht war es überhaupt keins. Sondern nur ein Ton, ein friedvoller Ton ohne Schmerz.

Der sonnige Spätsommertag war eine Ausnahme. Wie eine Parenthese in der Wirklichkeit. Die Schatten von den Torpfosten fielen trotzdem lang und düster auf den Kiesweg. Im Hintergrund zeichneten die Berge sich wie graue Bilder vom Himmel ab. Der Rasen hatte sein tiefes Grün eingebüßt.

Auf jedem Torpfosten saß eine von Michelles Katzen. Sie sahen in der Septembersonne aus wie zwei kleine Götterbilder. Sie putzten sich den Hals und starrten die Bewegungen der fremden Menschen an.

Michelle Tangen hatte im Garten zwei Tische gedeckt. Judith blieb einen Moment lang zwischen den Torpfosten stehen. Das Bild von Menschen in Mutter Berits Garten kam ihr vor wie eine Filmszene.

Ruth Eliassen trug über ihrem Sommerkleid eine dünne weiße Jacke. Sie unterhielt sich mit Lisbet und gestikulierte dabei eifrig mit ihren fleischigen Händen. Der alte Sivander saß mit einem Glas in der Hand auf einem Plastikstuhl. Durch die Treibhaustür sah Judith Carol, die drinnen Reidar Tangen anstrahlte, während er ihr seine Pflanzen zeigte. Er brillierte mit seiner Kenntnis der lateinischen Namen.

Plötzlich hörte sie ein hartes, polterndes Lachen. Sie fuhr herum. Holger Eliassen stand bei der Tür und redete mit Virak Karlsen, der ein Weißweinglas in seiner zitternden Hand hielt. Judith trat näher. Virak protzte mit seinem Enkelkind. Der kleine Junge, der jetzt neun Monate alt war, übertraf offenbar so ungefähr alles. Virak wurde dick, wie sie jetzt sah. Neues Fett legte sich um seinen Bauch. Judith ging über das Gras. Das Grasgeräusch pflanzte sich von ihren Füßen durch ihren Körper fort.

Holger Eliassen trug beigefarbene Shorts und ein kariertes Hemd. Seine frischgeschnittenen grauen Haare waren ordentlich zur Seite gekämmt.

Michelle Tangen gab ihr ein Glas Weißwein und lud sie für das Fest am nächsten Tag ein, falls sie Lust hätte.

Judith lächelte und nickte kurz. Plötzlich kam sie sich vor wie eine Versagerin. Ihre Proportionen stimmten nicht, sie war zu groß im Verhältnis zu ihrer Schulterbreite, ihre Haare waren zu kurz, die Arme zu lang, die Füße zu groß. Sie nahm einen großen Schluck und drehte sich zu Leuten um, die sie nicht kannte. Eine heftige Unruhe durchfuhr sie. Sie horchte auf die Geräusche im Garten.

Michelle Tangen bat die Gäste, an den beiden gedeckten Gartentischen Platz zu nehmen. Holger Eliassen starrte Judith an, und sie wandte sich ab. Dann suchte er sich einen Platz. Lisbet gab Judith ein Zeichen: Ob sie ihr helfen würde, das Essen hereinzutragen? Erleichtert folgte Judith ihrer Schwester in die Küche.

Es beunruhigte sie jedoch, Mutter Berits Haus zu betreten. Als wäre das Haus ihr über den Kopf gewachsen. Als trüge sie das Haus auf dem Rücken, wie eine schleimige Schnecke. Judith ging in Mutter Berits alte Küche. Draußen im Wohnzimmer tickte unbarmherzig Mutter Berits Uhr. Die Zeit stand niemals still. Die Küche kam ihr fremd vor. Es fiel ihr schwer, sich vorzustellen, dass sie und Lisbet dort am Fenster darauf gewartet hatten, dass Onkel Olaf auftauchte, sowie Mutter Berit zum Nähkränzchen gegangen war. Sie hatte das traurige Gefühl, nicht zu Hause zu sein, sondern fort.

Plötzlich stand Holger Eliassen mit einem leeren Glas in der Hand in der Türöffnung. Offenbar war er ihr gefolgt. Judith drehte sich zu ihm um und begegnete seinem kühlen, forschenden Blick.

Sie wusste, warum Holger Eliassen sie so ansah. Er hatte sie vermutlich mit dem Mord an Jarle Furseter in Verbindung gebracht. Er hatte die Zeitungen sicher mit Habichtsblick gelesen und den Tatort in Judiths Nachbarschaft verortet. Es war tollkühn von ihr gewesen, den Mann so dicht bei ihrer eigenen Wohnung umzubringen. Den Brand am Tyrifjord dagegen konnte Holger Eliassen ihr nicht in die Schuhe schieben. *Homopaar in Sommerhaus verbrannt*, hatte eine Schlagzeile gelautet. Holger Eliassen konnte nicht wissen, dass Johan Isberg Geller ihr Therapeut gewesen war.

Holger Eliassen blieb stumm. In seiner Anwesenheit fühlte Judith sich unwohl. Sie ging zum Küchentisch und riss die Plastikfolie von einer Schüssel. Versuchte, die Kristallschüssel mit dem Kartoffelsalat hochzuheben. Aber die Schüssel war schwer. Sie konnte sie in letzter Minute retten, indem sie sie wieder auf den Küchentisch stellte. »Willst du mir beim Tragen helfen?«, fragte sie und drehte sich zu ihm um. »Stehst du deshalb hier?«

Holger Eliassen sah sie an. Die Mienen der beiden Menschen spiegelten sich ineinander, und beide hatten klar definierte Rollen. Judith erinnerte sich daran, wie sie auf dem Küchenstuhl gesessen und sich mit einer Gabel in den Arm gestochen hatte, ehe Mutter Berit zum Kränzchen gegangen war. Es war ein angenehmer Schmerz gewesen.

Holger Eliassen musterte Judith Marner, die noch einmal versuchte, die schwere Kristallschüssel aufzuheben. Dann trat er einen Schritt zurück.

Judith wusste, dass er die Narben an ihren Armen nicht sehen konnte, aber so, wie der Stoff die Narben beschützte, versuchte sie unbewusst, sich auch eine seelische Schutzschicht zuzulegen. Wie konnte sie die Aufmerksamkeit des Feindes dämpfen? Sie musste die entgegengesetzte Taktik wie sonst verwenden, durfte nicht aus sich selbst hervorkommen und sich Gefahren aussetzen. Sie musste sich hinter Worten verbergen, einen Weg finden, aus dieser Küche zu fliehen. Aber ihre Augen verrieten sie. Und plötzlich wechselten sie ihre Rollen. Langsam, wie in einem rückwärts laufenden Film, durchschaute sie das Bild des Maulwurfs in der Türöffnung.

Judith starrte Holger Eliassen an, sah sein ausdrucksloses Gesicht mit den stahlgrauen Augen, Hals und Oberkörper mit dem karierten Hemd. Sie sah seine Hände und die Khakishorts. Sah seine haarlosen Beine. Sie sah seine Knie und seine Waden, sie sah die weißen Socken in den abgenutzten Turnschuhen.

Die Erinnerung trat mit schrecklicher Schärfe in ihr hervor. Wie ein Insekt.

Sie schaut wieder zu seinem Mund hoch. Sie hörte nicht, was Holger Eliassen sagte. Sein Bild jagte durch sie hindurch. Sie spürte, dass ihr Leben niemals wieder dasselbe sein würde, und sie wandte sich ab, um ihr Gleichgewicht zurückzugewinnen. *So wehren Tiere sich. Tief durchatmen, die Nase putzen, nicht traurig sein.*

Judith blieb mit dem Rücken zu Holger Eliassen stehen, während sein Bild sich nach und nach in ihrem Gehirn festsetzte. Sie legte die Hände auf den Küchentisch und stützte sich mit ihrem ganzen Gewicht darauf. Sie musterte ihr Spiegelbild in der grünen Bierflasche, die vor ihr stand. Ihr Gesicht war länglich verzerrt. Sie wusste, dass Holger Eliassen hinter ihr stand und sie so sah, wie das Glas sie abbildete.

Das Septemberlicht fiel als schmaler Streifen über die Bank und traf das Glas der Flasche. Die Farbe zwang sich auf eine neue Weise hervor. Wie im Wasser, wie in einem Regenbogen. Sie starrte die Flasche an. Dann ließ sie ihren Blick zu einem Punkt weiterwandern, an dem die Farbe verschwand.

Wut und Angst, die sie in all den Jahren in sich aufgestaut hatte, ruhten für einen Moment in diesem Streifen aus Herbstsonne. Auf der Fensterbank stand eine kleine Schale voll Bonbons. Eine Fliege flog irritiert immer wieder gegen das Glas.

Judith drehte sich um. Vielleicht hatte dieser warme Tag wirklich einen tieferen Sinn, dachte sie. Manchmal fügte sich einfach alles zusammen. Für einen langen und seltsamen Moment fühlte sie sich fast glücklich.

»Kannst du mir etwas zu trinken geben?«, fragte Holger Eliassen und hielt ihr sein Glas hin. Er war einige Schritte näher getreten.

Die Szene schien sich anderswo abzuspielen. »Natürlich kannst du etwas zu trinken haben«, sagte Judith mit klarer Stimme. Theater, dachte sie, und griff nach der Flasche. Dann hob sie sie hoch und leerte sie in sein Glas, während sie die ganze Zeit sein Knie im Auge behielt.

Das alles war ein Verschwindetrick, eingewickelt in etwas anderes. Innerhalb weniger Sekunden war alles vorbei.

Judith hörte ihre eigene Stimme. Wie klar und melodiös die war. Sie sprach mit ihrer normalen Menschenstimme. »Ich bring nur schnell das Essen auf den Tisch«, sagte sie. »Die warten doch alle da draußen in dem schönen Wetter.« Dann hob sie die schwere Schüssel hoch und trug sie in den Garten.

Die anderen saßen an den weißen Plastiktischen. Ihre Stimmen klangen munter. Carol prostete Virak Karlsen zu und lachte laut. Ihr Lippenstift hatte Flecken auf der Wange des alten Mannes hinterlassen. Judith ließ sich auf ihren Stuhl sinken. Jemand brachte auf einer Platte Kuchen mit rosa Glasur und Zitronenstreuseln. Plötzlich nahm sie schneidende Kopfschmerzen wahr, die von ihrer Stirn bis tief in ihren Nacken wanderten. Als zerrisse ihre Kopfhaut, als wollten alle Gedanken und alle Gefühle, die sie in ihrem ganzen Leben mit sich herumgetragen hatte, hinaus, aus ihr hinausfließen.

Sie aßen. Judith redete und kaute, kaute und schluckte. Einmal fing sie Lisbets besorgten Blick auf. Reidar Tangen saß auf der anderen Seite des Tisches. Wenn sie aufhörte zu atmen, würde sie sterben. Das Geräusch in ihr war verstummt. Reidar Tangen beugte sich freundlich zu ihr vor. »Möchtest du mein Gewächshaus sehen?«, fragte er.

Judith erhob sich mechanisch und ging hinter Michelle Tangens Mann her über den Rasen und hinein in das matte Licht. Die drei Katzen strichen umeinander, hinten, in der einen Ecke, unter einer Holzbank. Im Gewächshaus roch es nach warmer Erde.

»Sieh mal«, sagte er stolz und zeigte auf eine Reihe roter Blumen. Judith hörte zu, hörte aber trotzdem nicht, was er sagte, anfangs nicht. Sie spürte nur das grelle Sonnenlicht in den Augen. Das Licht wurde von den Fensterscheiben verstärkt wie von einem Brennglas. Aber dann sagte Reidar Tangen etwas über den Tisch im Versammlungshaus. Der sollte mit Blumen aus seinem Gewächshaus geschmückt werden, sagte er. Judith stand mit zwei leeren Händen vor ihm und sah sein stolzes Gesicht an. Sie stand in dem durchsichtigen Haus und spürte, wie der Wald von vor langer, langer Zeit, als sie sechs Jahre alt gewesen war, sich schwer und grünschwarz über sie legte.

Die Blüten waren bunt und schön in ihren Töpfen. Vor allem die Ringelblumen mit ihren brennend gelben und orangefarbenen Schattierungen. Aber auch die roten Blüten und die weißen mit den runden, robusten Köpfen und dem herben Geruch. Reidar Tangen hatte lange, schmale Blumenfinger. Die Farbe des Baumes draußen zwang sich durch das Glas und färbte seine Haut grün. Er zeigte stolz auf eine Pflanze ganz hinten in der Ecke. »Venuswagen«, sagte er. »Sieh dir den fleischigen Stängel an. Und die Blütendolden.«

Judith betrachtete die Pflanze.

»Der wächst wild in den Alpen und den Pyrenäen«, erzählte Reidar Tangen. »Er gehört zu den giftigsten Pflanzen überhaupt.« Er senkte die Stimme. »Hast du schon mal von Eisenhut gehört?«

Judith schüttelte den Kopf.

»Nur zwei bis sechs Gramm von dieser Pflanze reichen aus, um einen Menschen ums Leben zu bringen«, sagte Reidar Tangen lächelnd. »Michelle weiß nicht, dass ich sie hier habe. Sie schwächt das Nervensystem und die Atemorgane. Wenn man davon etwas schluckt, stirbt man innerhalb einer Stunde«, sagte er stolz.

Judiths Blicke klebten an der Pflanze. Sie war hoch, mindestens anderthalb Meter, und hatte blaue Blüten. Sie sah aus wie ein riesiges Veilchen, hatte aber mehrere glockenähnliche Blüten. *Rettender Engel*, durchfuhr es sie. Die grünen, kräftigen Blätter sahen ganz oben aus wie Flügel.

»Die Damen werden morgen die Tische schmücken«, erzählte Reidar Tangen. »Aber nicht hiermit. Natürlich nicht hiermit«, fügte er lächelnd hinzu.

Judith erwiderte sein Lächeln. »Natürlich nicht«, sagte sie und ging rückwärts zum Ausgang.

Im Garten nahm sie im Nacken die Wärme der echten Sonne wahr. Plötzlich stand vor ihr ein Tier. Sie bückte sich und fuhr über den weichen Katzenrücken, bis die Hand abrutschte und ein kleines Fellbüschel von der leichten Brise seitwärts über den Rasen getragen wurde. Die goldene Septemberluft hatte, trotz aller Wärme, auch kalte Winde.

Sie setzte sich wieder. Sie sah ihre Schwestern an. Carol lachte, und Lisbet sah müde aus, während sie ernst zurückblickte. Alles segelte in umgekehrter Reihenfolge vorbei. Judith war das Erdbeermädchen, das den Wald ins Haus trug. Es war wie eine Reise vom Wolf im Wald in den warmen Septembernachmittag gewesen. – *Ich wünsche mir eine Pistole, Großmutter.* Als Kind war sie immer wieder wach geworden und hatte mit einem Faustschlag auf die Augen gerechnet. Die Spielzeugpistole, die sie sich gewünscht hatte, war nur das Geräusch ihrer Herzschläge in der Nacht gewesen.

Liebes Nachtbuch,

heute ist der 3. September 2004. Das Böse hat endlich sein Gesicht gezeigt. Der Wolf mit den großen Augen und Ohren und dem riesigen Maul. Der Läufer im Wald vor langer Zeit. Holger Eliassen, der Mann mit der Narbe auf dem Knie. Teufel, Satan, Beelzebub, Ahriman. Das Symbol des Bösen, wie eine Schlange, ein Skorpion, ein Orkan. Die Tiere, die ihre Beute verschlucken. Tiere mit Hörnern und einäugige Zyklopen.
Holger Eliassen ist der Läufer aus dem Wald vor langer Zeit. Er ist der Wolf. Wenn ich jetzt daran denke, habe ich mein Leben lang gewusst, dass er es ist. Aber das Bild seines Gesichts wurde von etwas anderem verzerrt. Die Beute findet den Jäger, nicht umgekehrt. Ich habe das Bild davon, was damals wirklich im Wäldchen passiert ist, verdrängt. Nur für kurze Momente habe ich den großen Mann gespürt, der plötzlich vor mir stand, der nichts sagte, der mich einfach packte und meine kleinen Arme hinter meinen Rücken zwang. Der mir etwas tun wollte. Sein krankes Begehren nahm einen Ausdruck an, den ich niemals vergessen werde. Aber das Gesicht hinter diesem Ausdruck war wohl zu viel für mich. Das wird Verdrängung genannt, ein Kurzschluss im Gehirn, der die optischen Eindrücke blockiert, der vergessen lässt.
Aber am 3. September, also heute, stand der Läufer nach all diesen Jahren wieder vor mir. Und noch dazu in Michelle Tangens (oder Mutter Berits) Küche. Ich sah die Narbe über seinem Knie. Die Narbe, die aussah wie ein kleines Boot. Nach der ich mein ganzes Leben gesucht

habe. Endlich konnte mein Gehirn das Bild des Waldes entwickeln. Ehe er über mich herfiel, waren meine Gedanken mit kleinen Tieren und Spielzeug beschäftigt. Ich wünschte mir ein Eichhörnchen oder ein Kätzchen oder einen kleinen Hund. Ich wünschte mir den blauen Puppenwagen aus dem Schaufenster in der Stadt. UND DANN STAND ER PLÖTZLICH DA!

Jetzt verstehe ich, warum er Jagd auf mich gemacht hat. Er wollte sich an mir rächen. Was hätte er gemacht, wenn ich damals nicht hätte fliehen können? Er hätte mich nicht lebend aus dem Wald entkommen lassen können.

Lisbet und Carol stehen in der Küche und kochen. Sie wollen vier von Mutter Berits Pasteten backen. Zwei mit Pilzen, eine mit Kartoffeln und Zwiebeln und eine mit Brokkoli und Tomaten. Aber ich werde diesmal nicht beim Kochen helfen. Ich werde sicherheitshalber noch einmal Mutter Berit besuchen. Und danach werde ich einen langen Waldspaziergang machen. In meiner Tasche liegt ein Stück des giftigen Stängels. Eisenhut, Venuswagen, die schönste Pflanze auf der ganzen Welt. Ich habe den Stängel in eine Plastiktüte gesteckt. Der Kreis schließt sich, was mich betrifft. Jetzt habe ich den Punkt erreicht, den ich begreifen kann. Ich weiß, dass das hier das Ende meiner Taten ist. Und danach werde ich nach Island fahren.

Holger Eliassen fuhr aus der Stadt zurück. Er hatte den Ordner mit allen Beweisen und Schlussfolgerungen, die Judith Marner mit den fünf Morden verbanden, auf der Wache in Tromsø abgeliefert. Anna Borelius Hansen hatte ihm gedankt und versprochen, die Unterlagen bis zum Treffen mit den Kripo-Ermittlern am 8. September sorgfältig wegzuschließen. Sie hatte ihm einen großen Blumenstrauß gekauft, der jetzt sorgfältig eingewickelt neben ihm auf dem Beifahrersitz lag.

Als er am Vortag mit Judith Marner in Michelles Küche gestanden hatte, hatte sie ihm plötzlich einige Signale gesandt. Ihr Blick, ihre unruhigen Hände, die Art, wie sie ihn ansah. Das alles war doch der pure Wahnwitz! Er hatte an die Beweise gedacht, gedacht, dass er die sichern müsste. Aber die Reise nach Island hatte keinerlei Ergebnis erbracht. Er war ihr wie ein Schatten überallhin gefolgt, doch nichts war passiert. Aber bald wird sie nicht mehr herumreisen, dachte er und lächelte vor sich hin.

Er plante schon einen Besuch bei ihr im Gefängnis. Wo er dann in sicherem Abstand dasitzen und ihr kompromittierende Fragen stellen würde, auf die sie natürlich nicht antworten würde. Anfangs nicht. Er würde es genießen. Er hatte Zeit genug. Die Welt ist so einfach, wenn man nur machen kann, was man will, dachte er und trommelte mit den Fingern auf dem Lenkrad herum.

Früher an diesem Tag war er ein Stück aufs Land hinausgefahren und zum Fuß des Otertind spaziert. Er war eine Stunde in raschem Tempo gegangen. Die Herbstfarben leuchteten ihm entgegen zwischen den Resten des plötzlichen Schneefalls der vergangenen Nacht. Es tat gut zu spüren, dass der Körper funktionierte, auch wenn das Herz schwach war. Er brauchte all seine Kraft, jetzt, wo der Fall Marner offiziell untersucht werden würde. Er hatte seinen sich selbstauferlegten Auftrag vollendet. Alles war geordnet und belegt und in einem blauen Ordner abgeheftet. Niemand konnte seine Behauptungen als Phantasie abtun. Jetzt hab ich sie, dachte er.

Der Anblick von Judith Marner, als sie am Vortag plötzlich aufgetaucht war, hatte ihm eine tiefe Befriedigung vermittelt, aber er hatte dabei auch das starke Gefühl gehabt, dass er die Beweise gegen sie abliefern musste, sicherheitshalber.

Judith steht auf der Treppe vor dem Laden und nimmt die leichte Brise wahr. Ein Jagdflugzeug kreischt am Himmel und zerfetzt ihre Gedanken. Der September ist ein unzuverlässiger Monat, denkt sie. Über Nacht hat alles sich verändert. Jetzt liegt der Schnee wie eine graue, feuchte Wolldecke über der Landschaft. Alles ist anders und doch gleich. Auch auf den Büschen am Straßenrand liegt Schnee. Sie wippen auf und ab, schwere Schneeklumpen fallen zu Boden.

Heute, an seinem 70. Geburtstag, wird Holger Eliassen sterben. Der Tag gestern war wie ein Gesang vom Eis, denkt sie. Die Wärme war mit dem Wind vom Süden gekommen, über die Berge. Im September trägt man keine Sommerkleidung. Bald wird es vorbei sein, für immer.

Die Tische waren mit weißen Decken und feinem alten Porzellan gedeckt. Mehrere Gäste hatten Geschirr beigesteuert, und sie hatten für fast sechzig Personen gedeckt, mit schönen Kristallgläsern, Silberbesteck und dunkelblauen Servietten. Polizeifarbe, dachte Judith und rückte ein Blumenarrangement gerade. Es war so, wie Reidar Tangen gesagt hatte, die Gestecke waren in Schalen mit Muscheln und kleinen Steinen untergebracht. Rot und gelb. Und orangefarbene Ringelblumen.

Judith trug ein rotes Kleid mit zwei großen Taschen und einem schwarzen Spitzenmuster am unteren Saum. Lisbet trug Blau, Carols Kleid war gelb. Die Schwestern waren in den gleichen Farben gekleidet wie auf dem alten Foto, das in Carols Flur hing.

Judith richtete eine weiße Blume auf und drückte zugleich auf die Tüte in ihrer Tasche. Dann ging sie in die Küche, wo Pasteten, Hähnchenschenkel, Schälchen mit Salat und Lachs und die Auflaufformen mit den Duchettekartoffeln standen, zusammen mit fünf Saucieren. Die jungen Mädchen, die servieren sollten, liefen in schwarzen Röcken und weißen Schürzen herum. Hinten am Herd standen Michelle Tangen und Lisbet und diskutierten, ob die Hähnchenschenkel bei zweihundert oder hundertfünfzig Grad erhitzt werden sollten. Fast alles war fertig. Judith stand mit dem Rücken zu ihnen vor der breiten

Anrichte unter dem Fenster und zerschnitt Petersilie, die sie über Lachs und Salat streute. Sie zog gelbe Gummihandschuhe an, zog den Stängel aus der Tasche und fing an, ihn zu zerhacken. Das machte sie mit denselben kleinen Bewegungen, mit denen sie die Petersilie zerschnitten hatte, sie hackte den Stängel in winzige Stücke und mischte die in ein Salatschälchen. Dann spülte sie die Handschuhe ab und zog sie wieder aus.

Durch das Küchenfenster sah sie eine von Michelles Katzen, die zwischen den vom Frost mitgenommenen Herbstblumen herumstapfte.

Zwei der jungen Serviererinnen und Lisbet und Michelle brachten die Vorspeisen in den Saal. Sie verteilten die kleinen Schälchen, und Judith sorgte dafür, dass das eine am Platz des Ehrengastes landete. Neben jedem Teller stand eine Platzkarte. Sie selbst war an einem anderen Tisch platziert. Und dagegen hatte sie wirklich nichts.

Die Stimmen der Gäste füllten die Eingangshalle mit Lachen und Geplauder. Die großgeblümte rote Tapete hatte oben an der Decke dunkle Wasserflecken. Auf einem der Couchtische vor den senfgelben Chenillesofas standen zwei Tabletts mit Gläsern und Champagnerflaschen.

Als der Jubilar eintraf, in dunklem Anzug und grauem Schlips, mit frischer, gesunder Gesichtsfarbe nach seinem Spaziergang früher am Tag, brach Applaus aus. Judith, die aus der Küche gekommen war, klatschte ebenfalls, merkte aber, wie ihre Verachtung für den Ehrengast hinter ihrer Stirn brannte. Sie war draußen gewesen und hatte einen Gummihandschuh nach dem anderen in der Toilette entsorgt.

Ruth Eliassen trug ein fleischfarbenes Rüschenkleid mit einem gedruckten Rankenmuster um den Ausschnitt. Virak Karlsen erschien in einem zu engen blauen Anzug, und Reidar Tangens Hose war so lang, dass sie über seine blankgeputzten Schuhe fiel. Michelle Tangen trug zur Feier des Tages schwarze Spitzen. Ihr Kleid war ein wenig zu eng und ein wenig zu kurz, und sie hatte die höchsten Absätze des Abends. Judith musterte die Menschen in ihrer Umgebung wie Wesen von einem anderen Stern. Sie strebten nicht nach Schönheit, dachte sie, sondern nach Anstand. Nur Carol wirkte billig in ihrem schrillen gelben Kleid. Wer wusste eigentlich, was solche billigen Menschen trieben? In Engelsvågen wussten das alle. Die Frauen wetteiferten darum, freundlich und reizend zu sein. Die Männer hatten Reviere, wie Katzen. Und oben auf dem Thron prangte Holger Eliassen, der große Sohn des Dorfes. Ein Mann, der Respekt genoss. Ein Mann, der verehrt und beschützt wurde. Judith wandte sich ab, konnte aber noch registrieren, dass Holger Eliassens Blick sich verändert hatte. Was ist denn jetzt, dachte sie und verspürte eine leichte Unruhe im Magen. In der Art, wie er sie ansah, schien eine Andeutung zu liegen. Wusste er, was sie hier vorhatte? Ahnte er, dass sie ihm etwas ins Essen gemischt hatte? Auf dem Schälchen sind Fingerabdrücke, hämmerte es in ihrem Gehirn.

Endlich wurden die Gäste gebeten, Platz zu nehmen. Langsam strömten sie in den Saal und zogen mit schmerzhaftem Scharren ihre Stühle zurecht. Holger Eliassen saß zwischen Ruth in ihrem unkleidsamen Rüschengewand und Michelle Tangen.

Judith blickte unauffällig in die Runde. Ihr gegenüber saß eine bleiche, schmächtige Frau mit schmalem Gesicht, neben ihr der Ehemann, ein rothaariger alter Riese. Judith drehte sich zur Seite, um den Ehrengast im Auge zu behalten. Carols gelbes Kleid leuchtete am Tischende. Sie saß neben Nelly und deren Bruder, Nelly, die ihr die Stelle im Laden genommen hatte. Lisbet und Erik ließen die Köpfe in den Nacken sinken und lachten laut über irgendetwas, während der alte Sivander sich zu ihnen vorbeugte, um den Witz nicht zu verpassen. Der Pastor und seine Frau saßen am selben Tisch wie Judith. Neben ihnen saß Inga Kåresen. Mehrere alte Kollegen von der Polizei mit ihren Frauen waren ebenfalls eingeladen, dazu die Leiterin des Pflegeheims, die neben dem Hausmeister saß. Judith erkannte auch zwei Fischer, die mit Onkel Olaf ausgefahren waren. Ganz unten, am selben Tisch wie sie, entdeckte sie Reidar Tangen.

Judith lächelte der jungen Serviererin zu, die ihr Weißwein einschenkte. Neben ihr saß ein Mann, dessen Sohn Willy kannte. Judith mochte ihren Tischherrn nicht. Er hatte eine unangenehme Fähigkeit, Gesprächsthemen aufzuspüren, die für die Umgebung peinlich waren. Jetzt wollte er über Willy reden. Judith wandte sich halbwegs von ihm ab und redete in freundlichem Ton auf den Mann zu ihrer Rechten ein. Er hatte stumpfe Automechanikerfinger, die untätig auf der Tischdecke ruhten. Er wollte gern hören, welche Erfahrungen Judith mit ihrem neuen Volvo hatte.

Holger Eliassen erhob sich und hieß die Gäste bei Tisch willkommen. Er sprach munter und keck über sich, sein Leben und seine Arbeit. Er sei dankbar für alles, was er für die Gesellschaft hatte tun können, während es vielen jungen Leuten heutzutage an jeglicher Form von Höflichkeit mangele. »Zu meiner Zeit war das anders«, schwärmte er.

Deine Zeit ist bald vorbei, dachte Judith und starrte die Tischdecke an. Das Fadenmuster verlief in alle Richtungen, hin und her. Sie ließ ihren Zeigefinger an der Tischkante entlang über den Stoff wandern.

Holger Eliassen erzählte von seinen Erlebnissen als frisch ausgebildeter Polizist. »Der erste Verbrecher, den ich überführt habe«, sagte er, »war ein Mann ohne moralische Skrupel.« Ruth Eliassen starrte ihre Hände an. Michelle Tangen schaute verträumt vor sich hin.

»Die Liebe«, sagte Holger Eliassen und hob tadelnd den Zeigefinger, »kann die Leute seltsam werden lassen.« Am Tisch wurde gekichert. »Aber«, fügte er hinzu, »der Verlust von Liebe macht sie noch seltsamer.«

Was wollte er damit sagen? Judith merkte, wie trocken ihr Mund war. Erzähl uns hier nicht dauernd, wie verdammt normal du bist, dachte sie, sonst steh ich auf und übernehm das. Konnten sie nicht bald anfangen zu essen? Wollte er sie auf die Folter spannen? Sie schaute sich um. Würden plötzlich uniformierte Männer aus den Ecken springen? Sie merkte, dass ihr abwechselnd heiß und kalt wurde. Die Frau ihr gegenüber beugte sich zu ihr vor und flüsterte etwas. Judith nickte und lächelte kurz. Sie dachte an die Hallgrimskirche, an Lárus, der vor dem hellen Fenster ganz oben im Turm gestanden und mit ihr gesprochen hatte wie zu einer normalen Frau. Die Kirche war ihr katholisch vorgekommen, aber das war sie gar nicht. Es lag an dem Marienbild, eine Madonna in schwarzem Umhang. Schwarz wegen des Verlusts, dachte sie. Und weiß für die Hoffnung.

Sie fingen an zu essen. Judith kaute. Das Essen schien sich in ihrem Mund in Gift zu verwandeln. Wenn nun Holger Eliassen jemanden dazu gebracht hatte, die Schälchen zu vertauschen? Sicherheitshalber? Er war oft in ihre Spielfeldhälfte eingedrungen. Er konnte sie meisterlich deuten, dachte sie. Der Salat schmeckte bitter. Sie musterte die Salatblätter, während sie langsam kaute und immer wieder verstohlen zum Jubilar hinüberlugte. Sie sah nur ab und zu zwischen den Gästen ein Stück seines dunklen Anzugs und seiner grauen Haare.

Eine hochschwangere Frau erhob sich und ging schwankend zur Toilette. Vielleicht hörte das Kind durch die Haut der Mutter den Lärm der Stimmen, dachte Judith. Vielleicht erkannte ein Kind schon vor der Geburt die Stimme der Mutter. Ihre Oberschenkel klebten auf dem Stuhl. Das rote Kleid war feucht und unbehaglich unter ihrer Haut, es war neu, vermutlich aus Synthetik, und war unangenehm glatt.

Nach der Vorspeise wurde zum ersten Mal ans Glas geklopft. Es war einer der alten Kollegen, der zu diesem siebzigsten Geburtstag etwas Nettes sagen wollte. Die Wörter pflichtbewusst, fleißig, ehrlich und tüchtig kamen immer wieder vor. Die dicken blauen Kerzen fingen an zu tropfen, als ob sie weinten. Als Judith zur Zimmerdecke hochguckte, entdeckte sie eine Art gelbes Licht. Das lag natürlich am Wein, überlegte sie, während die Wörter des Redners in ihrem Kopf riesengroß wurden. Sie verdoppelten und vervielfachten sich. Am Ende beugte sie sich kichernd vor. Ihr Tischherr, der, der über Willy reden wollte, flüsterte ihr mit seiner Ziegenbockstimme etwas zu. Männer empfinden weniger Schmerzen als Frauen, dachte sie. Alles war wieder da.

Nachdem der langatmige Redner seinen Spruch aufgesagt hatte, holten die Serviererinnen die leeren Teller und brachten sie in die Spülküche. Alle Fingerabdrücke und Fettflecken wurden dort fortgeschwemmt.

Dann wurde das Hauptgericht gebracht und in großen ovalen Schüsseln herumgereicht, der Weißwein wurde durch Rotwein und alkoholfreies Bier ersetzt. Sie aßen fünf Minuten, dann klopfte ein weiterer Redner an sein Glas. Es klang wie zerstoßenes Kristall und bohrte sich wie blanker Draht durch den Kopf. Judith schaute kurz zu Holger Eliassen hinüber, der auf seinem Platz saß, als ob nichts passieren könnte. Vielleicht ist das ein Komplott, durchfuhr es sie. Hatte Holger sich mit Reidar Tangen abgesprochen, hatte er ihn gebeten, Judith vom Venuswagen zu erzählen, der vielleicht doch keiner war, sondern nur so aussah …

Sie lauschte dem Lärm im Festsaal und nahm plötzlich eine Veränderung wahr. Ihr Auge erkannte eine Bewegung, die Art, wie er zur Seite kippte, wie ein Schiff mit Schlagseite, so, wie Mutter Berit am Heiligen Abend in ihrem Rollstuhl gesessen hatte.

Etwas geschah mit ihm. Judith schaute sich rasch um, niemand merkte etwas. Sie sah, dass er seinen Kragen lockerte. Seine frische Hautfarbe war verblasst, seine Hände fummelten unruhig am Kragen herum.

Sie trank ausgiebig Wasser und legte lautlos Messer und Gabel weg. Als der Redner seine Lobrede beendet hatte, kehrte die Schwangere von der Toilette zurück. Sie schwankte zu ihrem Platz zurück und setzte sich, da erhob Holger Eliassen sich und ging, ein wenig vornübergebeugt zur Tür. Die anderen aßen und lachten und prosteten einander zu. Es war schrecklich laut in dem alten Lokal. Judith schnappte sich eine Rotweinflasche, sprang auf und gab vor, den Serviererinnen beim Ausschenken zu helfen. Als sie bei der Tür angekommen war, schob sie sich seitwärts aus dem Lokal. In der Eingangshalle mit dem chaotischen Blumenmuster stellte sie die Flasche auf einen Tisch und lief zur Herrentoilette.

Er lag auf dem Fliesenboden. Die Rohre rauschten ein wenig. Am Rand des Waschbeckens war eine Blutspur. Er lag auf der Seite und umklammerte mit der einen Hand krampfhaft seinen blanken grauen Schlips. Seine Finger zitterten ein wenig. Auf der Stirn hatte er eine blutende Wunde.

Judith fiel neben ihn auf die Knie. »Aber, mein Lieber«, sagte sie mit kalter Stimme und beugte sich über ihn, so tief es nur ging beugte sie sich über sein Gesicht. Sein Atem streifte ihre Wange. »Hast du dir den Kopf am Waschbecken gestoßen? Dir ist doch nicht schlecht, oder?«, flüsterte sie.

Holger Eliassen nickte leicht. »Ich hab wohl etwas gegessen …«

»Ja, du hast etwas gegessen«, sagte Judith Marner und strich mit dem Zeigefinger über sein Kinn. »Du erinnerst dich doch an unsere Begegnung im Wald, oder? Im Wäldchen, vor langer Zeit? Ich war sechs Jahre alt.«

»Nein«, flüsterte er.

»Ich trug ein rotes Sommerkleid, so wie heute, Was hättest du damals mit mir gemacht, wenn ich nicht entkommen wäre? Was hättest du mir angetan?«

»Nein«, flüsterte er.

»Damals ist mir zum ersten Mal ein böser Mann begegnet«, sagte sie und richtete sich auf. Von oben her musterte sie ihn dann aus zusammengekniffenen Augen.

»Nein«, stöhnte er.

»Doch«, sagte sie. »Du hattest eine Narbe über dem Knie.«

Holger Eliassens Mund stand offen. Sein Atem stank.

»Hattest du Angst, ich könnte dich verraten? Wolltest du mich umbringen? Die Tage vergingen, nicht wahr, ich habe nichts gesagt, denn ich hatte verdrängt, dass du das warst.«

»Nein«, flüsterte er.

»Ich habe nichts gesagt«, wiederholte sie.

»Es ist nichts passiert«, stöhnte er.

»Doch«, sagte sie. »Du hast mein Kleid zerfetzt, du hast mir ein großes Büschel Haare ausgerissen, du ... an diesem Tag ist alles passiert, alles.«

Holger Eliassen warf rasche, kurze Seitenblicke zu Judith Marner hoch. Er spürte, wie der Schmerz über seine Wange glitt. Ihre Nägel folgten seinen Gesichtszügen. Ein Lied dröhnte in seinem Gehirn, *Morgenrot, Morgenrot, leuchtest mir zum frühen Tod.*

Er musste weg hier. Er nahm den harschen, fremden Geruch wahr, den sein Körper absonderte. Es war ein dunkler Geruch, der ihn an etwas anderes erinnerte. Er riss sich zusammen und konnte sich auf den Bauch drehen. Dann legte er die Hände auf den Boden und stemmte sich ab, aber er hatte kaum noch Kraft. Langsam richtete Judith Marner sich auf. Er sah neben sich ihre Schuhe. Spitze rote Schuhe wie zwei kleine Raubtiere. Wenn sie wollte, könnte sie ihn wieder umdrehen. Aber sie öffnete die Tür zur Eingangshalle und hielt sie für ihn offen. Holger Eliassen kroch hinaus und blieb krampfhaft zuckend gleich hinter der Tür liegen. Aus seiner Kehle kam ein Röcheln, es klang wie eine Tierstimme.

Judith warf einen letzten Blick auf ihn, dann ging sie zum Couchtisch und riss die Weinflasche an sich. Sie kehrte zur Festtafel zurück und schenkte den Gästen bei der Tür Wein ein. Niemand schien ihr Verschwinden bemerkt zu haben.

Plötzlich kam eine Serviererin, ein junges Mädchen mit einem Ring in der Augenbraue, in den Saal gestürzt. Sie rief etwas. Nur die Nächstsitzenden konnten hören, was. Eine ganze Reihe von festlich gekleideten Menschen sprang gleichzeitig auf. Judith machte ein ängstliches Gesicht. Dann stellte sie die Weinflasche auf den Tisch und lief hinter den anderen her in die Eingangshalle.

Dort herrschte das Chaos. Jemand hatte die Tür aufgerissen, und kalte Luft strömte über den Boden. Die Luft brachte das Versprechen mit, dass bald etwas nicht mehr da sein würde. Judith erkannte diesen Geruch, der aus den Bergen kam.

Während Michelle Tangen losstürzte, um einen Krankenwagen zu bestellen, ließ Ruth Eliassen sich weinend auf einen Stuhl sinken. Judith kniete neben dem Kranken. Sie streichelte behutsam Holger Eliassens runzlige Wangen. Die anderen standen um sie herum und betrachteten diese rührende Szene. Judith wusste, dass es eine Frage von Minuten war.

Holger Eliassen nahm die vielen schwarzgekleideten Beine wahr, die ihn wie ein Wald umstanden. Seine Augen waren feucht und wie von einem Film bedeckt. Der Schmerz glitt langsam durch seinen Bauch und setzte sich in der Leiste fest. Vergeblich versuchte er, durch vorsichtiges Winken die Aufmerksamkeit seiner Frau zu erregen, die hatte ihre Patschhände vors Gesicht geschlagen und weinte. Sein Gehör funktionierte schon nicht mehr. Er spürte nichts. Seine Augen verrutschten, und seine Stimme versagte. Das Gift wurde vom Blut zu seinem Gehirn und seinem Herzen getragen. Sein Nervensystem war gelähmt. Kälte erfüllte ihn, genau wie im Lehrbuch. *Gehör und Sehfähigkeit werden gestört. Lähmung und schwacher Puls.*

Michelle Tangen kam zurück. Sie umfasste die Szene auf dem Boden mit düsterem, missbilligendem Blick. Judith Marner hatte Holger Eliassens Kopf in ihren Schoß gelegt. Sein Mund öffnete und schloss sich wie bei einem Fisch. Das Letzte, was Holger Eliassen wahrnahm, war die Gefühllosigkeit, die die gesamte Oberfläche seines Körpers erfasst hatte. Und dann war alles still.

Das Bild brannte sich Judith ein. Er war nicht mehr. Der

Schmerz zerschmolz in ihrem Kopf zu einem glühenden Punkt. Dieses Gift hatte er sich ehrlich verdient, dachte sie.

»Das war einfach zu viel für ihn«, schluchzte Ruth Eliassen auf ihrem Stuhl. »Er hatte sich so auf diesen Tag gefreut, auf die Reden, auf alles«, schluchzte sie. »Aber sein Herz hat das nicht ausgehalten. Ich hab ja gesagt, er sollte sich diese Bergtour nicht zumuten.«

»Mund-zu-Mund-Beatmung«, rief jemand. »Holt Lisbet«, schrie Judith. »Die ist doch Krankenschwester.«

Und dann übernahm plötzlich Lisbet die Regie. Judith richtete sich auf und wischte sich automatisch ihr rotes Kleid. Das Kleid zeigte Flecken von seiner Stirnwunde. Sie hatte kleine Blutperlen an den Waden. Das Blut setzte sich in ihren dünnen Nylonstrümpfen fest.

Judith, Lisbet und Carol sitzen in Carols kleinem Wohnzimmer, wie zuletzt im Winter, kurz vor Weihnachten. Sie blicken suchend umher. Lisbet zieht nervös an einer Zigarette. Ihr Hals fühlt sich nass von Tränen an. Auch Carol gibt sich Feuer und zieht das Nikotin in ihre Lungenspitzen. Der Zigarettenrauch gleitet wie ein grauer Vorhang durch das Zimmer. In der Küche murmelt der Kühlschrank vor der Wand vor sich hin. Der Motor brummt leise, dann wird alles wieder still.

Vorhin, als sie aus dem Versammlungshaus gekommen sind, nachdem der Krankenwagen mit Blaulicht auf dem Dach weggefahren war, blieben Lisbet und Judith sehr lange im Gang zurück. Während sie dort standen und ihre Mäntel auszogen, schaute Lisbet Judith an. Lisbet sah ihr nicht ins Gesicht, sie musterte sie von der Seite, mit Hilfe des alten Spiegels. Judiths Blick begegnete plötzlich Lisbets Augen, schien sie aber nicht zu erkennen. Judith wusste nicht, dass sie beobachtet wurde. Lisbet spürte die Kälte in sich hochkriechen. Mit Judith stimmte etwas auf entsetzliche Weise nicht.

Ihre Augen fingen das alte Schwarzweißbild ein. Drei kleine

Mädchen mit drei Kleidchen in unterschiedlichen Farben. Auch damals war Judiths Kleid rot gewesen.

Judith denkt an ihren Koffer, der fertig gepackt ist. Darin liegt das Nachtbuch. Die Hasskappe ist dabei, zwei Perücken. Sie weiß, dass das alles kein Traum ist. Das Licht der Deckenlampe greift ihre Pupillen an.

Judith ist so schön in dem roten Kleid. Carol, die sonst ihren Schwestern nie etwas Nettes sagt, hätte ihr fast ein Kompliment gemacht. Sie wollte es sagen, um die Stille zu brechen, tut es aber doch nicht. Sie sieht stattdessen Lisbet an, und plötzlich fällt ihr ein, wie Willy bei seiner Geburt ausgesehen hat. Wie ein kleiner blauweißer Klumpen, bedeckt von gelbem Fettschaum. Der Schmerz über die Abwesenheit des Sohnes bohrt sich wie ein Messer in ihren Bauch.

Die Gedanken jagen durch Lisbets Kopf. Erik ist zu den Jungen nach Hause gefahren, sie weiß nicht, wie sie hinkommen soll. Sie denkt an den Kaiserschnitt, bei dem sie am Vortag zugegen war.

Das Telefon klingelt, aber keine der Schwestern geht hin. Die Klingeltöne zerreißen die Stille.

Judith sieht Carol an. »Du hast Lilly am meisten gefehlt«, sagt sie.

»Das weiß ich«, sagt Carol und kneift die Augen zusammen. Die laufen über vor Tränen.

»Vielleicht sollte ich uns etwas zu essen machen«, sagt Judith und steht auf. »Habt ihr Hunger?«

Lisbet schüttelt den Kopf und sagt, sie müsse jetzt gehen.

»Ich hab jedenfalls Hunger«, sagt Judith und geht in die Küche zu dem brummenden Kühlschrank. Die hellblauen Wände und das gelbe Licht schicken Signale in ihr Gehirn. »Hast du keine Butter?«, ruft sie zum Wohnzimmer hinüber.

Carol gibt keine Antwort, sie erhebt sich nur langsam und bringt Lisbet zur Tür, dann geht sie ins Badezimmer und zieht die Tür mit einem kleinen Klicken hinter sich zu.

Judith isst eine dicke Schnitte Brot mit Ziegenkäse und trinkt dazu ein Glas Milch. Danach spült sie den Teller ab und stellt ihn ins Spülbecken. Dann geht sie auf Strümpfen ins Wohnzimmer und holt den Fotoapparat, zieht Mantel und Stiefel an und verlässt das Haus.

Eine einsame Lampe an der Ladenwand wirft einen hilflosen Lichtkreis auf den Boden. Der Himmel ist voller Sterne. Das Himmelsgewölbe sieht aus wie ein aus Lichtpunkten geknüpfter Teppich. Sie spürt etwas Kaltes, das an ihren Haarwurzeln entlangstreift. Das Dröhnen, das aus den Bergen kommt, erinnert an Zauberei. Es hat etwas mit Stille zu tun, und bald wird alles weiß sein. Eingehüllt in den Mantel der Unschuld. Sie hebt den Fotoapparat an ihre Schulter, schaut durch die Linse und findet einen Himmelsausschnitt. Alles bricht über sie herein, als wäre sie nur ein winziger Fleck, weit fort. So nah der Ewigkeit, wie es überhaupt nur möglich ist.

Auf dem Hofplatz lässt jemand ein Fahrrad fallen. Das Scheppern dringt durch den Fensterspalt herein. Carol liegt im Schlafzimmer. Sie schläft noch immer, obwohl die Sonne gelb an den Schlafzimmerwänden brennt. Aber die Wärme dringt nicht durch die Wand. Carol schläft seit elf Stunden. Die Decke ist halb auf den Boden gerutscht. Sie ist betäubt von Alkohol und Pillen, und sie träumt von einem Spiegelbild, sie presst die Stirn dagegen, kommt aber nicht weiter. Und dann öffnet sich eine Welt aus Cremekuchen mit Vanillefüllung. Und jemand zieht einen Stuhl über einen Steinboden und reicht ihr einen Kamm.

Judith sitzt am Esstisch und betrachtet das Foto von Mira. Auf dem Bild steht sie vor dem Trauerblumenladen. Sie sieht selbst auch aus wie eine kleine Beerdigungsblume, denkt Judith. Es ist ein magisches Bild. Hinter dem Fensterglas ahnt sie einen Kranz aus Laub. Und in der einen Ecke steht eine schmale Vase mit einer langen weißen Lilie. Miras Augen sind in dem schmalen Gesicht fast durchsichtig. Ihre Miene trägt den Augenblick in sich, gerade jenen Herbsttag, aber auch alle anderen Tage, die sie bereits gelebt hat. Ihre Haare sehen aus wie vergilbtes Papier, genau datiert, wie ein kleiner Brief.

Judith steht auf und sucht in der obersten Kommodenschublade nach Klebstoff und Kugelschreiber. Sie findet beides, setzt sich wieder an den Tisch und dreht den Verschluss von der Alleskleberbtube. Dann geht sie zu ihrem Koffer und öffnet ihn. Sie nimmt das Nachtbuch heraus, das sie in einer blauen Plastiktüte versteckt hatte. Nur zwei Seiten sind noch frei, ganz hinten. Sie klebt das Bild von Mira auf die vorletzte Seite, dann fängt sie an zu schreiben.

Liebes Nachtbuch,

5. September 2004. Carol schläft. Sie hat heute Nacht zu viel Wein getrunken. Gestern ging alles gut, Holger Eliassen ist tot. Jetzt werde ich bald ins Badezimmer gehen und duschen und mir die Haare waschen. Und heute Abend fahre ich zurück nach Island. Zu Lárus und Mira. Und zu Tinna.

Sie sind meine neue Familie. Jetzt habe ich das Bild von Mira vor dem Blumenladen auf die vorletzte Seite geklebt. Was für eine Vorstellung, dass es einen Blumenladen gibt, der sich nur mit Beerdigungen beschäftigt. Mira ist so klein und dünn. Es ist gefährlich, so klein zu sein.

Wir waren (sind) drei Schwestern, und ich war (bin) die Älteste. Warum alles so gekommen ist, ist wohl schwer zu erklären. Oder, nein, es ist schwerer zu erklären, warum die Liste nicht länger ist. Es fing damit an, dass Großmutter zu alt war, um sich um uns zu kümmern. Diese Männer, die jetzt tot sind, sehnen sich ja doch nicht auf die Erde zurück. Das ist mein Trost. Die Toten haben kein Heimweh. Alles hängt mit allem zusammen. Die Liste ist jetzt vollendet. Sie wird nicht länger.

Olaf Marner
Ivar Josteinsson
Odd Olsen
Tim Karlsen
Kazunori Katayama (Chicko)
Jarle Furseter

Johan Isberg Geller und Nathan Monrad
Holger Eliassen

Das macht neun Männer. So, wie das Meer aus Tausenden oder Millionen von Tropfen besteht. Im Badezimmer ploppen die Tropfen ins Becken. Plopp, plopp, plopp. Auch Tränen sind Wasser. Aber ich habe irgendwo gelesen, dass Tränen ein Rückfall sind, eine Huldigung an die Vergangenheit. Man muss vorwärts denken. Das mache ich. Jetzt blicke ich vorwärts. Und bald kommt der Winter. Und der Schnee.

Sie ist im Badezimmer bei halboffener Tür und macht sich zurecht. Ihr Koffer ist gepackt und steht mitten im Wohnzimmer, wie eine schwarze Insel. Auf dem Tisch liegt das Telefon. Es piepst, um eine SMS anzukündigen. Zugleich wird unten an der Tür geklingelt.

Judith hält den Fön in der Hand und bläst warme Luft auf ihre Haare. Sie hört das Klingeln wie eine ferne Glocke. Sie schaltet den Fön aus und horcht. Wieder klingelt es. Sie legt den Fön auf den Waschbeckenrand und schaut aus dem kleinen Badezimmerfenster. Draußen steht ein leerer Streifenwagen. Das scharfe Bild bohrt sich in ihr Gehirn. Das Bewusstsein, verloren zu haben, hämmert ihr ihre Sehnsucht nach Lárus ein. Wird sie ihn niemals wiedersehen?

Sie reißt sich zusammen und saugt das Bild des Autos ein weiteres Mal in sich hinein. Ein Fahrrad liegt auf dem Boden, und zwei kleine Jungen laufen johlend und mit wilden Armbewegungen hin und her.

Sie kann nicht aus dem ersten Stock springen. Und die Wohnung ist kein Fuchsbau mit mehreren Ausgängen.

Sie kneift die Augen zusammen, und ihre Hände zittern. Die Angst lässt ihre Haut prickeln. Alle Luft scheint aus dem Raum zu verschwinden. Jetzt, wo sie ihrem Ziel so nah ist. Sie will ihrem Blick nicht im Spiegel begegnen, denn ihre Augen sind wie dunkle Seen. Sie steht nackt und allein hier und wird niemals an einen anderen Ort gelangen.

Sie öffnet die Augen, die Sonne hinter dem kleinen Fensterviereck ist gelb wie Honig, der Dampf im Badezimmer hat sich verzogen und unter der Decke abgelagert. Sie ist in diesem kleinen Raum auf Grund aufgelaufen, unter den Bergen, unter dem Himmel.

Sie hat sich diesen Tag seit langer Zeit vorgestellt, aber sie hat nicht geglaubt, dass er kommt, jetzt, wo Holger Eliassen tot ist. Aber es kommt nicht immer so, wie man sich das wünscht. Wenn es nicht so kommt, wie man sich das wünscht, muss man einen anderen Kurs einschlagen. Sie nimmt Carols Bademantel vom Haken und zieht ihn an, öffnet den Schrank, nimmt eine Packung Rasierklingen heraus, schüttelt eine aus der Packung und steckt sie vorsichtig in die Tasche.

Auf nackten Füßen schleppt sie sich dann die Treppe zur Haustür hinunter. Die grau gestrichenen Stufen knacken. Durch das Buckelglas sieht sie eine dunkle Gestalt. Nur eine, denkt sie. Für einen kleinen Moment will sie nicht, dann dreht sie den Schlüssel im Schloss und öffnet die Tür.

Draußen steht eine Frau von Anfang zwanzig. Eine Polizistin mit zerzausten, halblangen roten Haaren, Sommersprossen wie braunen Sternen im Gesicht und einem hellblauen kühlen Blick. Sie trägt Jeans und eine schwarze Lederjacke mit weißen und schwarzen Karos am unteren Rand. Judith streckt die Hand aus. »Ich heiße Judith Marner«, sagt sie.

»Anna Borelius Hansen«, sagt die Frau und drückt ihr fest die Hand.

Die kühle Herbstluft streicht an Judiths nackten Beinen hoch. Sie merkt, dass sie überall friert, an den Armen, an den Brüsten und am Hals.

»Ich arbeite in Tromsø bei der Polizei«, sagt die Frau jetzt. »Ich weiß nicht, ob Sie sich an mich erinnern oder von mir gehört haben.«

»Doch«, sagt Judith monoton, ehe sie sich umdreht und gefolgt von der Polizistin die Treppe wieder hochgeht. Ihr Herz hämmert einen düsteren Takt. Im Gehen streift sie einen Tarnanzug über. Sie verschwindet auf der Treppe, verschwimmt mit der grauen Farbe. Alles war vielleicht doch ein wenig zu viel, denkt sie und steckt die Hand in die Tasche. Wenn die Wahrheit auf den Tisch soll, kann die Nadel an der Waage leicht einige Kilo Übergewicht zeigen. Aber das sollte sie vielleicht nicht. Sie sollte alles andere zeigen, das, was zwischen den Zeilen steht. Ihr Gedächtnis hat alles archiviert und gegen ihre Seele aufgewogen. Jetzt legt sie einige Gramm Trauer dazu, aber die Wut wiegt mehr. Am Ende nimmt sie ein wenig von der Einsamkeit weg, um die Waage auszugleichen.

Carol schläft noch immer in ihrem kleinen Schlafzimmer. Der Laden hat geschlossen. Alles ist sonntagsstill, abgesehen von den Stimmen der beiden Jungen, die draußen herumtollen. Judith beugt sich vor, um der Polizistin die Jacke abzunehmen, aber die möchte sie lieber anbehalten, sagt sie.

Judith bittet sie, sich aufs Sofa zu setzen. »Entschuldigen Sie mich einen Moment«, sagt sie. Dann geht sie ins Badezimmer und streift den Bademantel ab, der schwarz auf den Fliesenboden fällt. Sie zieht eine lange Hose an. Dazu den hellblauen Häkelpullover, den sie von Tinnas Mutter bekommen hat, dann erwidert sie im Spiegel ihren Blick. Ihre dunklen Augen zeigen tief unten ein zahmes Licht. Die Dinge nehmen erst ein Ende, wenn sie zu Ende sind. »Noch nicht vorbei«, flüstert sie ihrem Spiegelbild müde zu und reibt sich ein wenig Tagescreme auf die glühenden Wangen. »Noch nicht richtig vorbei«, wiederholt sie und blickt aus dem kleinen Fenster. Die Polizistin ist allein gekommen. Kein Kollege sitzt im Streifenwagen. Warum ist sie allein gekommen, wenn sie eine gefährliche Mörderin festnehmen soll? Judith dreht den Hahn auf und lässt das kalte Wasser über ihre Handgelenke fließen. Sie hat noch nie eine Frau umgebracht. »Das war bisher nicht nötig«, murmelt sie, nimmt ein kleines scharfes Messer aus der Tasche und schiebt es unter ihren Hosenbund, unter den Pullover. Dann geht sie ins Wohnzimmer.

Anna Borelius Hansen will keinen Kaffee. Sie will gar nichts, sagt sie. »Ich weiß nicht, ob Ihnen klar ist, warum ich gekommen bin«, fügt sie hinzu.

Judith antwortet nicht sofort. Sie schließt für eine Sekunde die Augen, denkt an alles, was gewesen ist. An Trauer, Freude, Angst und Wirklichkeit. Nichts davon ist noch vorhanden. Der Boden wogt auf und ab, als befinde sie sich in einem Boot.

Auf dem Couchtisch stehen der Aschenbecher und die leeren Weinflaschen von gestern Nacht. »Hat es etwas mit Willy Marner zu tun?«, fragt sie.

Die Polizistin sieht sie an. »Willy Marner hat seine eigene Geschichte«, sagt sie. »Hier geht es vor allem um Holger Eliassen.« Judith zieht einen Stuhl vom Esstisch weg und setzt sich auf die Kante. Sie denkt an die Fotolinse, die Parallelen schafft, Linien in konstantem Abstand zum Ende aller Dinge. Der Horizont, ein Verschwindepunkt. Eine Illusion.

Ihre Kopfschmerzen sind wieder da. Sie hört in Gedanken das Geräusch von Mutter Berits Uhr. Die Schläge der Standuhr haben jede Sekunde ausgemessen von ihrer Kindheit, bis sie erwachsen wurde. Vielleicht war alles sinnlos. Sie schaut sich in dem leeren, sonnenhellen Zimmer um. Ihre Sinne sind geschärft. Sie hat mit Körpern gespielt, hat sie entfernt, hat sie weggeräumt.

»Das, womit Holger Eliassen sich beschäftigt hatte«, fängt Anna Borelius Hansen an.

Judith weiß nicht, was sie antworten soll. Es gibt nichts zu sagen. Sie sitzt ganz still auf ihrem Stuhl.

»Er hat gestern seinen Bericht über Sie abgeliefert. Seinen abgeschlossenen Bericht«, betont die Polizistin. »Er glaubte, mit der Arbeit fertig zu sein.«

Judith spürt, wie die Übelkeit in kleinen Stößen in ihr aufsteigt, ihr Gesicht jedoch ist ruhig.

»In zwei Tagen kommt eine Gruppe von der Kripo«, sagt Anna Borelius Hansen. »Aus Oslo«, fügt sie hinzu, hebt die Hand und schiebt die Haare zurück, die wie ein Vorhang vor ihr Gesicht gefallen sind.

Judith faltet auf dem Schoß die Hände, senkt den Kopf und holt Luft. Das Messer drückt sich in ihre Haut ein. Sie steht auf und öffnet das Fenster. Sie braucht das Messer nicht, es ist zu spät. Polizei aus Oslo kommt, sie sitzt fest. Der schwere Vorhang bewegt sich langsam hin und her. Sie schaut zum Wald hinüber, zu dem Pflegeheim, wo Mutter Berit in dem weißen Bett liegt und wartet. Hinten im Wald steht der Baum, der den Schwestern gemeinsam gehört hat. Er ist groß geworden. Auf der Fensterbank sitzt das Schweigen und starrt sie an.

»Ich weiß ja nicht, wie Sie das alles sehen«, sagt die Polizistin und schaut sie an.

Judith dreht sich zu ihr herum und lächelt. »Ich glaube, er war verrückt«, sagt sie mit klarer Stimme, während ihr die Tränen aus den Augen fließen. »Ich glaube, er hatte zu wenig zu tun, wollte auf seine alten Tage Sheriff spielen«, fügt sie mit tränenerstickter Stimme hinzu. »Ich glaube, er stellte sich Sterne und Blumen und Bonus und Schlagzeilen vor.«

Die Polizistin setzt sich auf dem Sofa gerade. Sie mustert Judith Marner mit ernster Miene.

Judith hebt die Hand und wischt sich mit dem Handrücken das Gesicht ab. »Wollen Sie mich nicht verhaften?«, fragt sie.

»Wir haben das auch nicht besonders toll gefunden«, sagt Anna Borelius Hansen, als habe sie Judiths Frage nicht gehört. »Er hat zwei Jahre lang damit herumgequengelt. Für mich war das schwierig.«

Judith spürt, wie die Stimme der Polizistin sie einige Zentimeter vom Boden hebt. Anna Borelius Hansen hat schöne Augen und ein hübsches Gesicht. Ihre niedlichen Hände hat sie auf ihrem Schoß gefaltet. Sie sieht Holger Eliassens Unterlagen vor sich, mit dichter, aggressiver Schrift, Diagrammen mit

Pfeilen und Listen und Schlussfolgerungen, und Odd Olsens Abhandlung. Und die Zeitungsartikel. Und die Fußnoten, die ganz sicher auch vorhanden sind.

Judith spürt, wie die Wahrheit in ihrem Körper nach unten sinkt. In ihrem Kopf wird alles still, er scheint mit weißen Schmetterlingen gefüllt zu sein. »Nur er und Sie haben davon gewusst«, sagt sie.

»Ja«, sagt Anna Borelius Hansen leise. »Aber er war auch in Oslo, bei der Kripo, aber denen hat er sein Material nicht gezeigt. Er war geizig, wissen Sie. Sie haben rein gar nichts zu sehen bekommen. Holger Eliassen war ein selbstgerechter, narzisstischer Mann«, fügt sie hinzu. »Und ich war die Einzige, der er sich anvertrauen konnte, weil er meinen Vater gekannt hatte.« Anna Borelius Hansen schlägt ein Bein über das andere. »Er war mehrmals in Oslo, um irgendwelchen Spuren nachzugehen, wie er das ausgedrückt hat. Er ist Ihnen auch nach Island gefolgt, haben Sie das gewusst?«

Judith schüttelt den Kopf. »Ich glaube nicht, dass ich das gewusst habe«, sagt sie nachdenklich.

»Er war wie besessen davon, diese Wahrheit zu finden. Er hat Sie als gefährliche Mörderin gesehen. Ich weiß nicht, wie es angefangen hat, wie er sich das alles aus den Fingern saugen konnte«, sagt sie lächelnd.

Judith Marner steht auf einer Bühne. Sie ist eine Darstellerin in einem viel zu großen Kostüm.

So einfach lässt sich das also ausdrücken. So einfach ist die Wirklichkeit. Judith kann ein Kichern nicht unterdrücken. Sie senkt für einen Moment den Kopf, dann setzt sie sich wieder gerade hin.

»Science-Fiction, nicht wahr?«

»Er hatte ein schwaches Herz«, sagt Anna Borelius Hansen. »Meine Eltern sagen, Sie hätten sich alle Mühe gegeben, hätten es mit Erster Hilfe versucht. Mund-zu-Mund-Beatmung und Herzmassage und solchen Dingen.«

»Ihre Eltern, waren die gestern da?«

Anna Borelius Hansen nickt. »Holger Eliassen ist ein alter Freund meines Vaters«, sagt sie.

»Mund-zu-Mund-Beatmung hab ich aber nicht angewandt«, sagt Judith.

»Aber wie gut haben Sie ihn eigentlich gekannt?«

»Ich habe ihn überhaupt nicht gekannt«, sagt Judith rasch. »Überhaupt nicht.«

Die Polizistin nickt. »Aber ich«, sagt sie leise. »Ich habe ihn schon als kleines Kind gekannt.«

Judith spürt, dass ihr Herz jetzt schneller schlägt. »Sie haben ihn schon als kleines Kind gekannt?«

»Er hat gesagt, ich hätte eine zarte Haut«, sagt Anna Borelius Hansen und wendet den Kopf zur Seite. »Ich hatte immer Sonnenbrand. Kinder sind immer so leicht angezogen, wissen Sie. Er wollte mit mir in den Wald gehen und Blumen pflücken.«

»Nein«, sagt Judith, »ich will nichts mehr hören. Ich fahre nach Island.« Sie hebt die Hände und legt sie beschützend auf ihre Ohren.

Anna Borelius Hansen setzt sich gerade. »Es ist schön auf Island«, sagt sie kurz und steht auf.

Judith lässt die Hände sinken. »Ja, sehr schön«, sagt sie. »Ich werde fotografieren, und ich werde ein kleines Mädchen bewachen wie Gold«, fügt sie hinzu.

Die Ermittlerin erwidert ihren Blick. Vielleicht findet sie diese Bemerkung seltsam. So etwas sagt man vielleicht nicht, denkt Judith, redet aber trotzdem weiter: »Das ist eine wichtige Aufgabe«, sagt sie. »Auf die kleinen Kinder aufzupassen. Das ist unsere wichtigste Aufgabe, nicht wahr? Wir können doch nicht einfach zusehen, wie die kleinen Kinder verkümmern, oder?«

Anna Borelius Hansen geht quer durchs Zimmer. In der Türöffnung bleibt sie stehen und dreht sich noch einmal zu Judith um. »Ich habe den blauen Ordner mitgebracht. Niemand weiß, dass er ihn gestern bei mir abgegeben hat«, sagt sie. »Sie können mit zum Auto kommen und ihn holen, wenn Sie wollen.«

Judith Marner erwidert ihren hellen Blick.

»Man kann einem Menschen ja nicht ansehen, wie er ist.« Anna Borelius Hansen dreht sich um und geht durch den Gang.

Nein, denkt Judith, *man kann einem Menschen ja nicht ansehen, wie er ist.* Vorsichtig schließt sie die Badezimmertür, die aufgeglitten ist. Der Schrei ist jetzt nicht weit entfernt. Sie muss ihn mit Gewalt unterdrücken. Den Urschrei, den sie ihr Leben lang zurückgehalten hat. Sie wirft einen kurzen Blick auf das Foto, das Schwarzweißfoto mit dem roten, dem gelben und dem blauen Kleid. Das rote hatte auf beiden Seiten rote Abnäher. Das Bild gibt das Licht wieder, das durch den Türspalt vom Badezimmerfenster hereinkommt. Das Licht bildet einen neuen Strahl, der vom Bild wegwandert und im Spiegel verschwindet.

tinna.agnesdottir@simnet.is

Liebe Judith,
ich finde, wir fangen unser Buch so an. Wenn ich die Augen schließe, sehe ich Deine Bilder vor mir. Lass uns mit einem Augustbild anfangen, einem von denen, die Du neulich hier gemacht hast.

»Vieh stirbt, Verwandte sterben, am Ende stirbst auch du.«
(Hávamál, die Ältere Edda)

Island ist im August aus der Luft eine braune Insel, aber bald kommt der Schnee. Die Insel ist so groß wie Südnorwegen und wird eingerahmt von Nordsee einerseits und Atlantik andererseits.

An der Küste peitscht der Wind das Meer zum Land hin. Das Wasser bricht sich mit lautem Gebrüll, wenn es auf die Felsen auftrifft. Es gibt Organismen, die von Sauerstoff vergiftet werden. Sie leben tief im Erdinneren oder auf dem Meeresboden. Am Anfang der Welt ist alles Leben aus einer dünnen Meeressuppe mit organischen Molekülen entstanden. Die Landschaft hier erinnert an die Mondoberfläche.

Beim Anflug über das Meer sieht man auf der Insel so ungefähr als Erstes den Vatnajökull. Dieser Gletscher liegt wie ein weißer Mantel mit vielen Ärmeln über der flachen Landschaft. Nur das Eis in der Antarktis und auf Grönland hat größeren Umfang als der Vatnajökull. Man kann deutlich Moränenbildung und Fronten sehen, die im Laufe der Jahrhunderte entstanden sind. Der alte Schnee besteht aus Packeis und Schneekristallen. Jeden Winter wird neue Glasur über die Landschaft gelegt. Im Frühling jedoch gibt die Sonne sich alle Mühe, so viel wie möglich zum Schmelzen zu bringen. Dieser Kampf nimmt nie ein Ende. Jetzt steht der Winter vor der Tür, bereit, neuen Schnee über die Landschaft wachsen zu lassen.

Geysire lassen heißes Wasser und Dampf aus den Löchern in der Erdoberfläche hochschießen. Einige Wasserfälle liegen tief unten, fast versteckt in der Landschaft.

Der Vulkan Hekla erhebt sich auf der linken Seite. Die Hekla liegt wie eine Hexe auf der Lauer. Man weiß nie, wann sie zum Angriff übergehen wird. Jetzt schläft sie, aber irgendwann wird sie glühende Flüssigkeit über die Landschaft speien.

Schnee

Der Schnee kann hoch oben als Regen beginnen und dann auf dem Weg nach unten gefrieren. Er kann wieder schmelzen, ehe er den Boden erreicht. Er kann mit dem Wind über Hügelkämme peitschen, und er kann sich zu unregelmäßigen Haufen sammeln. Trockener Schnee, der über den Boden treibt, wird zu kleinen Partikeln geschliffen und zu Schneewehen und Harschschnee zusammengepresst. Unter dem Mikroskop sieht Schnee aus wie kleine, aus Perlen zusammengesetzte Eissterne.

Vor allem im Herbst, wenn er noch nicht liegen bleibt, kann es vorkommen, dass der Schnee in Gräben und an Waldrändern Schutz sucht. Dass Schnee weiß aussieht, hängt mit dem Sonnenlicht zusammen. Schnee ist weiß, weil er alles sichtbare Licht aus der Sonnenstrahlung reflektiert. In der Kälteperiode sind die Farben abstrakt. Der Winter ist eine geizige Jahreszeit.

Nordlicht

Das Nordlicht oder Polarlicht ist ein Licht, das sich in der oberen Atmosphäre bildet, vor allem in den Polargebieten.

Polarlichter entstehen, wenn elektrisch geladene Teilchen des Sonnenwinds auf die oberen Schichten der Erdatmosphäre treffen. Die sichtbarste Farbe im Nordlicht ist Gelbgrün, man sieht aber auch Grün, Rot, Rotlila, Blau und Weiß. Das Nordlicht kann viele unterschiedliche Formen annehmen. Die üblichsten Nordlichtformen sind Bögen, Bänder und Strahlen. Sie können gesammelt oder isoliert auftreten. Die Strahlen im Nordlicht liegen parallel zu den magnetischen Feldlinien und stehen deshalb in den Polargebieten fast senkrecht. Die Perspektivenwirkung kann jedoch einen ganz anderen Eindruck hervorrufen. Ein Beispiel dafür ist die besonders Aufsehen erregende Nordlichtform, die »Krone« genannt wird. Diese entsteht nur, wenn eine Strahlenfällung in der Nähe eines magnetischen Zenits auftritt.

Wind

Wind ist Luft, die sich über der Erdoberfläche bewegt. Wind entsteht durch horizontale Temperaturunterschiede. Die Sonne treibt den Wind vorwärts. Aber weil sie nicht überall gleich stark scheint, fällt die Temperatur unterschiedlich aus. Wenn Luft sich erwärmt, wird sie leicht und steigt nach oben. Neue Luft strömt von den Seiten herein und ersetzt die alte. Wind aus dem Norden ist immer kalt.

Eis

Der Eisgletscher ist kein Teil der Erde. Er ist eine Kappe aus Kälte, die bei der geringsten Berührung mit Wärme dahinschwindet. Bei jedem Zentimeter, den man sich durch das Eis nach unten hackt, entdeckt man Erinnerungen an vergangene Jahre: kleine Steine, Tannennadeln, ein Blatt. Eis ist Wasser in fester Form. Reines Eis ist farblos, aber in dicken Schichten sieht es bläulich aus. 80 % allen Süßwassers auf der Welt existiert in Form von Eis. Süßwasser gefriert bei null Grad Celsius, kann aber auch bei niedrigeren Temperaturen eisfrei gehalten werden. Eis kristallisiert trigonal, galt früher aber als dem hexagonalen System zugehörig. Die Grundeinheit ist ein sechseckiges Prisma. Wenn Wasser in Hohlräumen und Spalten gefriert, entstehen starke Kräfte, die den Fels zersprengen, da Wasser in gefrorenem Zustand sich ausdehnt. In Gletschern wird die meiste Luft herausgepresst, deshalb wirkt das Eis dort blau.

Die Regenbogenfarben im Eis entstehen dadurch, dass der Brechungswinkel bei den kurzen Wellenlängen am größten ist (violett), und am kleinsten bei den langen (rot). Ab und zu kann man einen sekundären Regenbogen mit größerem Radius sehen. Er ist breiter, weniger lichtstark, und die Farben treten in der umgekehrten Reihenfolge auf. Da die Sonne keine punktförmige Lichtquelle ist, gehen die Farben ineinander über. Das gebrochene Licht kann auch vom Mond oder von künstlichen Quellen herstammen, aber dann wird der Bogen weniger deutlich, und die Farben verschwimmen.

Meer

Das Meer ist gewaltig und ewig. Vor vier Milliarden Jahren lag der Wasserstand in den Weltmeeren siebzig bis neunzig Meter höher als heute – und die Temperatur war zehn Grad höher.

In der Tiefe ist von den roten und gelben Lichtstrahlen nichts mehr übrig. Auf der nördlichen Halbkugel weicht die Richtung des reinen Windstroms an der Oberfläche nach rechts ab. Das liegt an der Erdrotation. Die Lichtgeschwindigkeit im Wasser hängt ab von Salzmenge, Temperatur und Druck. Die großen Temperaturunterschiede gibt es nur an der Oberfläche und bis hinab zu einigen hundert Metern Tiefe. Weiter unten ist das Wasser homogen, was Salzgehalt und Temperatur angeht, das Wasser ist kalt.

Sonne

Die Sonne ist eine glühende Kugel, ohne scharf abgegrenzte Oberfläche. Sie ist der zentrale Körper unseres Sonnensystems und die Voraussetzung allen Lebens auf der Erde. Das extrem ultraviolette Licht der Sonne und die Röntgenstrahlung, die für das menschliche Auge unsichtbar sind, lassen sich mit Instrumenten messen, die mit Hilfe von Raketen oder Satelliten über die Erdatmosphäre gebracht werden.

In den nördlichsten Ländern gibt es im Sommer Mitternachtssonne. Das bedeutet, dass die Sonnenscheibe rund um die Uhr über dem Horizont sichtbar ist und dass das Licht in diesen Gegenden fast konstant bleibt. Im Herbst dagegen nehmen die hellen Nächte ein Ende, und im Winter verschwindet die Sonne ganz und gar.

Bis heute Abend.

Tinna

Danksagung

Ich möchte vor allem meinem geduldigen Mann danken, dann meinen beiden Söhnen, den wunderbarsten »Büchern«, die ich je geschrieben habe, und meiner Schwester Tone, weil wir trotz allem ein so gutes Lebensteam sind. Ich danke Trond und Bente, die mit mir auf Island waren. Bei polizeitechnischen Fragen waren Eva und Jan mir eine große Hilfe.

Ich möchte mich bei Mia, Even und Trygve von meinem norwegischen Verlag bedanken, für sehr nötige und begeisterte Hilfe. Und Ann-Marie Skarp in Schweden, die dieses Buch schon »gekauft« hat, als es nur eine Idee war. Ich danke außerdem meinem Agenten Bengt Nordin in Stockholm. Weiterer Dank geht an Anna und an Mark Levengood, für unser ganz besonderes Buchabenteuer. Nicht zuletzt danke ich meinen kleinen Nichten, Line, Martine, Emilie und Thea Marie. Vielleicht ist dieses Buch euretwegen entstanden. Und anstandshalber muss ich mich auch bei meinem Kater bedanken, für seine Anwesenheit auf der Fensterbank.

Alles in diesem Buch ist die pure Fiktion. Die Idee dazu hatte ich schon vor vielen Jahren. Ich hatte immer schon Angst vor Wölfen.

Engelsvågen ist ein fiktiver Ort, aber ich stelle mir vor, dass er in der Nähe von Nordkjosbotn im Bezirk Trøms liegt.

Nicht alle örtlichen Details in diesem Buch stimmen. Ich habe mir gewisse Freiheiten erlaubt und mich nicht sklavisch an die Gegebenheiten von Orten und Gebäuden gehalten.

Doch die sind für die Handlung auch belanglos. Aber für mögliche Fehler im Buch trage natürlich ich die Verantwortung.

Bücher, die erwähnt werden, oder die ich während der Arbeit benutzt habe:

Die Erde von oben, Yann Arthus-Bertrand

Giftplanter, Harald Nielsen und Bente Sivertsen

Sjarmør og Tyrann (Ein Einblick in die Welt von Psychopathen und ihren Opfern), Dahl und Dalsegg

Psykoser og psykoterapi, Paul Brudal

Å elske en mann, Alexandra Penny

Schmutziges Wochenende, Helen Zahavi

Solveigs Vermächtnis, Göran Tunström

Ariel, Sylvia Plath

Bitch, Elizabeth Wurtzel

Samlede Dikt, Edith Södergran

Sie sollten nach den Sternen greifen, Wayne Dyer

Kinder- und Hausmärchen der Brüder Grimm

»*Rotkäppchen*«-Zitate nach:
Märchen der Brüder Grimm, Th. Knaur Nachf. Verlag, Berlin, 1937

Sylvia Plath-Zitate nach: Sylvia Plath: *Ariel,* Suhrkamp Verlag, Frankfurt, 1974, übersetzt von Erich Fried

Scott Smith

Dickicht

Thriller

Aus dem Amerikanischen von Christine Strüh

Band 17616

»Das, was ›Der weiße Hai‹ für die Küsten
von Neu England war, das ist dieses Buch
für Mexiko-Urlauber.«

Stephen King

Mexiko: Sonne, Strand, Meer, Sex und ... Tequila. Nichts anderes haben sich Jeff und Amy, Eric und Stacy für ihren Urlaub erträumt. Die vier Amerikaner faulenzen am Strand von Cancun, als sich ein junger Deutscher zu ihnen gesellt. Dessen Bruder ist einer Archäologin zu einer Ausgrabungsstätte in den Dschungel gefolgt, hat aber seitdem nichts mehr von sich hören lassen. Die Gruppe beschließt spontan, Matthias in den Urwald zu begleiten.

Doch dieser Ausflug wird für die jungen Leute ein Weg in die Hölle ...

Fischer Taschenbuch Verlag

fi 17616 / 1

Unni Lindell
Spurlos in der Nacht
Krimi
Aus dem Norwegischen von Gabriele Haefs
Band 16300

Ein junges Mädchen verschwindet spurlos. Eine Autofahrerin hat das Mädchen spät in der Nacht am Eingang des Oslofjordtunnels stehen sehen. Einige Tage später wird ihre Großmutter in einer Osloer Gartenstadt ermordet. Kommissar Cato Isaksen glaubt, dass es einen Zusammenhang gibt zwischen den beiden Vorfällen – aber welchen? In einem dramatischen Wettlauf mit der Zeit versucht er, das Mädchen lebend zu finden und den Mörder der alten Frau zu entlarven.

Fischer Taschenbuch Verlag

fi 16300 / 1

Oliver Bottini

Mord im Zeichen des Zen

Kriminalroman

Band 16545

»So stark, so bildmächtig
hat lange keiner mehr angefangen ...«
DIE ZEIT

In einem kleinen Ort östlich von Freiburg taucht im dichten Schneetreiben ein asiatischer Mönch auf, der nur Sandalen und Robe trägt. Niemand kennt ihn, niemand hat ihn je gesehen. Woher kommt er? Was hat er vor? Klar scheint nur: Er ist verwundet und auf der Flucht. Hauptkommissarin Louise Bonì von der Freiburger Kripo soll herausfinden, was geschehen ist – und kommt einem furchtbaren Verbrechen auf die Spur ...

Fischer Taschenbuch Verlag

fi 16545 / 1

Roslund und Hellström

Die Bestie

Thriller

Aus dem Schwedischen von Gabriele Haefs

Band 16566

»Schon lange hat der Kaffee aus dem Kaffeeautomaten im Polizeirevier nicht mehr so bitter geschmeckt ...«

Stockholm City

Nach dem Mord an seiner Tochter nimmt ein Vater das Gesetz selbst in die Hand – und bezahlt dafür einen furchtbaren Preis. Der neue schwedische Bestseller. Packend und provozierend.

Ein psychopathischer Kindermörder, der aus dem Gefängnis flieht. Und wieder mordet. Ein Vater, der den Mörder seiner Tochter aufspürt und erschießt. Eine Stadt, die Beifall klatscht für diese Tat. Ein Richter, der den Vater von jeglicher Schuld freispricht. Ein Freibrief für viele andere, die jetzt selbst richten. Die Saat aus Hass und Gewalt geht auf ...

Fischer Taschenbuch Verlag

fi 16566 / 1

Mark T. Sullivan

PANIC

Thriller

Aus dem Amerikanischen von Irmengard Gabler

Band 66097

Lesen Sie mehr von Mark T. Sullivan …

Etwas lauert in der weißen Wildnis da draußen.
Etwas scheint auf sie gewartet zu haben.
Um sie dann wie ein Wild zu erlegen.

Publikation: Dezember 2006

Fischer Taschenbuch Verlag

fi 66097 / 1